LES AVENTURIERS DU XXe SIÈCLE

LE CARREFOUR DES ANGOISSES

Pierre Bellemare est né en 1929. Dès l'âge de dix-huit ans, son beau-frère, Pierre Hiegel, lui ayant communiqué la passion de la radio, il travaille comme assistant à des programmes destinés à R.T.L. Désirant bien maîtriser la technique, il se consacre ensuite à l'enregistrement et à la prise de son, puis à la mise en ondes.
C'est Jacques Antoine qui lui donne sa chance en 1955 avec l'émission « Vous êtes formidables ». Parallèlement, André Gillois lui confie l'émission « Télé Match ». A partir de ce moment, les émissions vont se succéder, tant à la radio qu'à la télévision.
Au fil des années, Pierre Bellemare a signé plus de quarante recueils de récits extraordinaires.

Paru dans Le Livre de Poche :

P. Bellemare

C'EST ARRIVÉ UN JOUR (2 vol.)
SUSPENS (4 vol.)
L'ANNÉE CRIMINELLE (4 vol.)

P. Bellemare et J. Antoine

LES DOSSIERS D'INTERPOL (2 vol.)
LES AVENTURIERS
HISTOIRES VRAIES (5 vol.)
DOSSIERS SECRETS (2 vol.)
LES ASSASSINS SONT PARMI NOUS (2 vol.)
LES DOSSIERS INCROYABLES
LES NOUVEAUX DOSSIERS INCROYABLES
QUAND LES FEMMES TUENT

P. Bellemare et M.T. Cuny

MARQUÉS PAR LA GLOIRE

P. Bellemare et J.-F. Nahmias

LES GRANDS CRIMES DE L'HISTOIRE (2 vol.)
LES TUEURS DIABOLIQUES (2 vol.)

P. Bellemare, J.-M. Épinoux et J.-F. Nahmias

LES GÉNIES DE L'ARNAQUE
INSTINCT MORTEL (2 vol.)

P. Bellemare, M.-T. Cuny, J.-M. Épinoux, J.-F. Nahmias

INSTANT CRUCIAL
INSTINCT MORTEL (2 vol.)
ISSUE FATALE

P. Bellemare, J.-M. Épinoux, R. Morand

POSSESSION

PIERRE BELLEMARE
JEAN-MARC ÉPINOUX/FRANCK FERRAND
JEAN-FRANÇOIS NAHMIAS/THIBAUT DE VILLERS

LES AVENTURIERS DU XXe SIÈCLE

Le Carrefour des angoisses

Soixante récits où la vie ne tient qu'à un fil

Avec la collaboration de Gaëtane Barben et de Micheline Carron

ALBIN MICHEL

Les faits et les situations dont il est question dans ce livre sont vrais. Cependant, pour des questions de protection et de respect de la vie privée, certains noms de lieux et de personnes ont été changés.

PRÉAMBULE

Voici votre livre. Les histoires que vous allez y découvrir sont les vôtres. En six mois, à votre écoute sur Radio Nostalgie, nous avons déjà recueilli des centaines de récits étonnants qui valent largement ceux qui sont relatés dans la presse internationale. Mieux... nous avons pu les rassembler par thèmes. Ainsi dans ce premier volume, nous nous proposons de vous emmener au carrefour des angoisses.

Peur indicible, cauchemar éveillé, terreur de la nuit et de la solitude ; au fil de vos lettres, nous avons pu découvrir, raconté avec précision, ce qui avait été l'instant le plus intense de votre vie, ou de celle d'un ami très proche.

Grâce à vous, à votre confiance, nous allons révéler à des milliers de lecteurs une face cachée de l'histoire du XXe siècle. Intimes, secrètes, souvent tragiques, parfois héroïques, ces histoires donnent un éclairage particulier à ces cent dernières années aspirées par la folie d'un progrès exponentiel.

« C'est ainsi que les hommes vivent... »

Pierre Bellemare

OÙ SONT LES CAISSES ?

Honoré Bayard est un homme ordinaire. Quand il est mobilisé, en 1939, il tient une épicerie à Bordeaux avec sa femme Micheline. Comme tant d'autres, il est fait prisonnier en juin 1940 et interné en Allemagne.

Honoré ne reste que deux ans en captivité. Car, en 1942, il tombe gravement malade et, par décision des autorités allemandes, il est rapatrié dans un convoi sanitaire. Il retrouve à Bordeaux son épicerie et sa femme Micheline. C'est là que tout commence.

2 juillet 1942, 6 heures du matin : des coups violents sont frappés à sa porte. Honoré se lève. Il ouvre et se trouve nez à nez avec quatre hommes. Malgré la chaleur, ils sont vêtus d'imperméables. Deux d'entre eux portent un chapeau mou, les deux autres ont un béret basque. Honoré n'a pas besoin de présentations. C'est la Gestapo : deux Français, deux Allemands.

C'est l'un des Français qui prend la parole.

— Allez, mets ton veston sur ton pyjama. Non, pas le temps de t'habiller. On est pressés...

Sans rien comprendre, Honoré s'exécute. On le jette dans une traction avant qui arrive peu après au siège de la Gestapo, un lieu sinistre que tout le monde connaît à Bordeaux. Mais Honoré espère malgré tout. C'est une erreur. C'est forcément une erreur. Il se retrouve dans un bureau. Devant lui un gradé allemand, qui parle avec un fort accent :

— Monsieur Bayard, ne perdons pas de temps. Où sont les caisses ?

— Je vous demande pardon...

L'officier répète sa question :

— Où sont les caisses, monsieur Bayard ?

— Mais je ne suis au courant de rien. Je viens tout juste de rentrer de captivité. J'étais prisonnier chez vous, en Allemagne...

L'Allemand n'a pas entendu, semble-t-il.

— Où sont les caisses ?

— Quelles caisses ? Les caisses de quoi ?

— A votre aise, monsieur Bayard. Nous avons d'autres méthodes.

Honoré est conduit brutalement dans un appartement au second étage de l'hôtel. Un grand blond en manches de chemise est là, qui l'attend, entouré de soldats. Il lance un ordre en allemand. Instantanément, Honoré se retrouve attaché sur une chaise et l'interrogatoire commence, mené par le grand blond. Sa question est celle qu'il redoutait. Elle est terrible, désespérante, parce qu'il ne peut pas y répondre.

— Où sont les caisses ?

— Mais je ne sais pas ! Je ne suis pas au courant...

Et ce sont alors les horribles tortures de la Gestapo : les ongles arrachés, la baignoire, le fer rouge. Et sans arrêt, la même question qui revient, tantôt hurlée, tantôt susurrée d'un ton mielleux :

— Où sont les caisses ? Où sont les caisses ? Où sont les caisses ?

A la nuit, Honoré est reconduit à sa chambre-cellule et il reste là, brisé, anéanti.

Le lendemain, il voit entrer un autre homme, un Français brun, un de ceux qui l'avaient arrêté.

— Allez, mon gars, on va faire un tour. Je vais te montrer, moi, où sont les caisses.

Il lui tend un imperméable et une paire de lunettes de soleil.

— Mets ça.

Honoré obéit. Il comprend de moins en moins, mais il ne cherche plus à comprendre.

Quelques minutes plus tard, il se retrouve dans une traction avant avec le Français de la Gestapo et plusieurs autres. Est-ce le dernier voyage ? Va-t-on aller dans un terrain vague ou un petit bois ? Non, la voiture gagne le centre de Bordeaux. Elle s'arrête dans une rue particulièrement passante.

Le Français fait sortir Honoré. Les autres écartent les curieux. Ensemble, ils font plusieurs centaines de mètres, quand, brusquement, son compagnon lui fait faire demi-tour. Pas un mot n'a été prononcé. « Je vais te montrer où sont les caisses », avait-il dit. A quoi rime alors cette promenade silencieuse ?

A la fin de la journée, il est raccompagné dans sa chambre-cellule. Cette fois, les tortures sont finies et, une semaine plus tard, il est transféré à Paris.

Là, il comparaît devant un tribunal militaire allemand. Honoré est calme. Bien sûr, il va être condamné à mort. Mais, avant de mourir, il va au moins comprendre. Ses juges vont lui expliquer ce que sont ces mystérieuses caisses...

Mais il n'aura même pas cette ultime satisfaction. A l'appel de son nom, il s'avance et l'officier qui préside lui annonce :

— Honoré Bayard, vous êtes condamné à mort pour terrorisme.

On l'emmène menottes aux poings. Il est de nouveau poussé dans une traction avant entre des personnages en imperméables. Et c'est alors, dans cette incroyable suite d'événements incompréhensibles, qu'intervient pour la première fois la chance.

Le conducteur de la voiture roule trop vite. Une carriole à cheval débouche d'une rue adjacente ; il ne peut l'éviter. Sous le coup, tous les occupants de la traction sont commotionnés ; tous, sauf Honoré, qui ne perd pas une seconde.

Comme un fou, il se rue au-dehors. Il y a une bouche de métro. La foule est dense. En le voyant, les gens comprennent. Insensiblement, plusieurs personnes se serrent autour de lui, dissimulant ses mains entravées. Un homme lui souffle :

— Venez avec moi. On va s'occuper de vous...

Honoré parvient à échapper à la Gestapo. Pris en charge par la Résistance parisienne, vivant avec de faux papiers, il peut atteindre sans encombre la Libération. Seule, de temps en temps, une question continue à l'obséder :

— Mais qu'est-ce que c'était que ces caisses ?

Début 1945. Honoré retourne à Bordeaux. Son cauchemar est fini. Qu'importe ce qu'il a vécu. Il va retrouver Micheline et la vie d'avant.

Pourtant, il se trompe. Il retrouve bien son épicerie, mais pas Micheline. Celle-ci a disparu. Sur le coup, il ne s'inquiète pas trop. Elle doit être dans sa famille. Il va sûrement recevoir de ses nouvelles. Mais Honoré n'en aura pas le temps : le 12 février 1945, il est réveillé en sursaut. On frappe des coups violents, précipités. C'est l'aube.

Comme un somnambule, Honoré se lève. Il s'approche de la porte d'entrée. Les coups n'ont pas cessé. Au contraire, ils redoublent.

— Police... Ouvrez !

Dans un état second, l'épicier s'exécute. Deux agents s'encadrent sur le seuil.

— Monsieur Bayard ? Veuillez nous suivre. Vous avez le temps de réunir quelques affaires personnelles.

— Mais que me veut-on ?

— Nous, on n'en sait rien. Vous verrez ça avec le commissaire...

Le commissaire, devant lequel Honoré se présente peu après, les menottes aux poings, lui indique effectivement le motif de son arrestation :

— Vous êtes accusé de trahison.

Honoré proteste, hurle. Ce n'est pas possible ! C'est l'horreur absurde des caisses qui recommence. Trahison, lui ? Mais il a été condamné à mort par les Allemands.

A l'époque, la police est débordée. C'est le moment des affaires rapidement instruites et expédiées. Le commissaire se contente de répliquer :

— Eh bien, mon vieux, vous expliquerez tout cela au juge...

Et, quinze jours après, Honoré est devant la cour d'assises de Bordeaux. La justice est tout aussi débordée que la police. Les procès se succèdent et l'atmosphère n'est pas à l'indulgence.

Au moins, devant les juges, Honoré comprend enfin ce qu'on lui reproche. Plusieurs témoins viennent à la barre. Ils le dévisagent. Ils sont affirmatifs, formels.

— C'est lui ! Je l'ai vu dans les rues de Bordeaux, en juillet 1942, avec la Gestapo. Il en faisait partie.

Honoré se souvient : l'imperméable et les lunettes de soleil. Ce périple, absurde, comme tout le reste. Ces caisses qu'on devait lui montrer et qu'on ne lui a pas montrées.

Il crie :

— Mais j'étais prisonnier de la Gestapo ! J'ai été torturé. J'ai été condamné à mort par les Allemands...

On ne l'écoute pas. Après une rapide audience, le tribunal rend son verdict.

— Honoré Bayard, vous êtes condamné à mort pour trahison.

Honoré se laisse emmener par les gendarmes. Il renonce à comprendre. Il renonce même à lutter. Tout cela est absurde : et alors ? Est-ce que le sort des déportés des camps de concentration n'était pas tout aussi absurde ?

C'est une victime consentante qui attend son sort. Et pourtant, c'est à ce moment précis qu'Honoré va enfin apprendre la vérité. Dans le quartier des condamnés à mort, il retrouve tout naturellement les hommes de la Gestapo française et en particulier le petit brun. En l'apercevant, celui-ci vient vers lui. Il n'a pas l'air surpris, plutôt apitoyé.

— Mon pauvre vieux, autant tout te dire. Pour moi, de toute manière, c'est foutu, alors, je n'ai rien à perdre.

Et le petit brun de la Gestapo raconte :

— Bien sûr qu'il n'y a jamais eu de caisses. C'est ta femme qui est responsable de tout. Elle couchait avec un général allemand. Mais t'as trouvé malin de revenir de captivité et le général nous a demandé de nous débarrasser de toi. Mais comme tu n'avais rien fait, il n'était pas sûr que tu serais fusillé. Alors, il a eu une drôle d'idée. Il m'a demandé de te promener dans les rues de Bordeaux habillé comme nous. Comme ça, si tu t'en étais sorti, ce sont ceux de la Résistance qui t'auraient fait la peau.

Voilà. Telle était l'explication de l'incroyable série d'événements qui avaient fait condamner deux fois à mort Honoré Bayard.

Mais son histoire ne s'arrête pas là. Convaincu par Honoré, le petit brun de la Gestapo a accepté de signer des aveux officiels et leur résultat a été la grâce d'Honoré.

La grâce, pas la réhabilitation. Car la justice ne revient pas si facilement sur ses décisions. Honoré, qui avait failli mourir sous les tortures de la Gestapo, qui avait failli être fusillé pour Résistance, a obtenu la grande faveur de se voir seulement condamné aux travaux forcés à perpétuité.

Malgré ses appels, il est resté en prison sept ans. Il a fallu une campagne de presse pour qu'il bénéficie d'une mesure de libération anticipée. Il est sorti de prison en mars 1952 et ce n'est qu'en 1956 qu'il a enfin obtenu sa réhabilitation, après quatorze ans de souffrances et d'injustices. Honoré s'est remarié. Sa première femme, responsable de tout, n'a jamais été retrouvée. Il a essayé de recommencer sa petite vie de Français moyen.

« Mais, conclut-il, jusqu'à ma mort, plus très lointaine maintenant, j'entendrai dans mes cauchemars hurler la même question : Où sont les caisses ? »

LA BOMBE

Décembre 1955. Gustave De Ruyter est un agent de change anversois et prospère. A cinquante ans, il peut s'estimer satisfait de l'existence.

« Bon, assez travaillé pour aujourd'hui. Il est temps de se préparer pour fêter Noël. »

Gustave rentre chez lui, à pied, car son chauffeur l'a déposé devant un bel hôtel particulier qui a miraculeusement échappé aux bombardements de la dernière guerre. La Mercedes est repartie vers le garage au fond du parc.

Soudain Gustave se sent saisi par des mains puissantes. Deux hommes l'encadrent et le poussent rapidement vers une voiture qui vient de se ranger le long du trottoir. Une des portes arrière est ouverte. Gustave est projeté à l'intérieur du véhicule et son visage va même heurter la porte fermée de l'autre côté. Sous le coup de la surprise, devant la rapidité de l'action, l'agent de change n'a pas eu le temps de dire un seul mot.

A présent, ses deux agresseurs sont installés sur la banquette arrière et Gustave, coincé entre eux, les regarde. Ses lunettes sont tombées sur le sol et il essaie d'identifier ces hommes. Mais non, impossible. A l'avant une sorte de gorille au crâne rasé tient le volant.

— Qui êtes-vous ? Je ne vous connais pas ? Que me voulez-vous ?

— Tu vas le savoir très bientôt. Tu n'as pas une idée ?

Dans la bousculade, Gustave, par réflexe, s'est cramponné à sa grosse serviette de cuir, celle qui contient l'écrin précieux. Mais il se dit que personne ne peut savoir qu'il transporte justement la bague d'opale entourée de diamants qu'il destine à son épouse. Il s'accroche à une idée absurde :

— Vous devez vous tromper de personne.

— Mais non, mon bonhomme, on ne se trompe pas de personne. Tu es bien Gustave De Ruyter, l'agent de change bien connu. Tu vois, on sait tout. On connaît ton adresse personnelle et tous les membres de ta famille : Tina, ta femme, et Louise, Joachim, Bertrand, tes enfants, et Rosita, la fidèle gouvernante.

— Laissez ma famille en dehors de ça !

— Mais, parfaitement, pour l'instant ta famille ne nous intéresse pas. C'est juste pour te faire savoir qu'on est bien renseignés. Si tu ne files pas doux, on saurait où s'adresser et à qui s'intéresser.

La voiture vient de s'arrêter. Le parcours n'était pas long. Gustave De Ruyter voit tout de suite qu'on se trouve dans le quartier de son bureau. Un des kidnappeurs, un petit blond à moustache, à peine âgé de trente ans, dit :

— Voilà, mon cher monsieur De Ruyter. Nous sommes arrivés. Bien sûr que nous voulons de l'argent. Ton argent. En tout cas celui qui se trouve certainement dans le coffre-fort de ton bureau.

— Impossible, mon associé est parti avec l'une des deux clés nécessaires pour l'ouvrir. Aucun de nous ne peut ouvrir le coffre sans la présence de l'autre.

Le petit blond réplique :

— C'est bien fâcheux, ça. On va voir quand même ce que tu peux faire tout seul.

Gustave sent que son argument n'a pas convaincu les agresseurs. Son associé ! Quel associé ? Gustave est le seul maître à bord de son affaire. Pas plus d'associé ni de seconde clé que de « beurre en branche », comme on dit.

Un des kidnappeurs palpe rapidement les vêtements de l'agent de change. Il ouvre la serviette de cuir. Gustave, le regard fixe, est muet d'angoisse. Mais l'autre n'aperçoit pas, sous les dossiers, l'écrin d'une élégance discrète qui contient la bague. De toute évidence ce n'est pas cela qu'il cherche.

— Ah ! voilà qui est intéressant : un joli trousseau de clés. Tiens, comme elle est belle celle-là. Ne dirait-on pas une clé de coffre ?

— Et alors, que comptez-vous faire ?

— Nous ? Strictement rien. Nous sommes arrivés. Tu vas avoir vingt minutes pour courir jusqu'à ton coffre, en prendre le contenu et nous le rapporter ici, dans la voiture... vingt minutes, pas une de plus.

— L'argent qui est dans le coffre ne m'appartient pas. De toute manière, ça ne tient pas debout ! Si je vais seul dans mon bureau chercher l'argent, qu'est-ce qui m'empêche d'appeler la police ?

— Oh ! mais nous avons tout prévu. On n'est pas des débutants.

Le petit blond à moustache brandit soudain une paire de menottes. Clic ! Le bracelet de métal se referme sur le poignet droit de Gustave.

— Qu'est-ce que vous faites ?

L'autre bracelet de métal est attaché à une chaîne. Au bout de la chaîne une curieuse boîte qui paraît être en acier et dont le couvercle est maintenu fermé par un système tout à fait banal.

— Regardez, mon cher monsieur De Ruyter, quelle belle mécanique !

Le blond ouvre la boîte en acier. De Ruyter comprend qu'on vient de lui attacher au poignet une bombe à retardement. Le système d'horlogerie qu'il aperçoit et la clé métallique sont tout à fait explicites.

— C'est... une bombe ?

— Exactement, tu as tout compris. Pour l'instant elle est aussi inoffensive qu'un réveille-matin. Mais, quand je vais tourner la clé, le compte à rebours sera commencé et là il va falloir que tu battes des records olympiques de vitesse.

— Vous n'allez pas me laisser avec une bombe à retardement au poignet. Vous êtes des salauds...

— Salauds, oui, mais assez efficaces. On va arriver près de ton bureau, c'est l'affaire de trois minutes. Bon, d'ici à ton bureau de change, cinq minutes, le temps d'ouvrir le bureau, deux minutes. Pas de problème d'ascenseur, puisque tout est au rez-de-chaussée. Ouvrir le coffre, trois minutes, prendre l'argent et le mettre dans le beau sac de toile fourni par la maison, trois minutes. Refermer les locaux, deux minutes, revenir jusqu'à la voiture au pas de charge, cinq minutes. Arrondissons à vingt minutes.

En disant ces mots le blondinet règle le système d'horlogerie sur vingt-cinq minutes :

— Tu vois, je suis bon prince, je te donne cinq minutes de plus. C'est parti. Dans vingt-cinq minutes tu es ici avec le contenu du coffre, sinon : Boum ! Tu peux le faire. Tu vas le faire. Dès que tu reviens je remets la clé dans la mécanique et j'arrête tout.

Le véhicule tourne à droite. Mais là une mauvaise surprise les attend : la rue est barrée par toute une équipe de la voirie qui profite du fait que le quartier est vide pour effectuer un travail urgent. La voie prévue par les kidnappeurs pour s'enfuir est complètement obstruée. D'autant plus que d'autres voitures se sont prises au piège. Déjà il est trop tard pour faire marche arrière. De Ruyter se prend à espérer :

— Vous voyez, nous sommes coincés. Vite ! Arrêtez le système d'horlogerie sinon nous allons tous sauter ensemble.

Les trois bandits ne disent rien. Le chauffeur au crâne rasé examine la situation. Le blond lui lance :

— Et si on filait en passant sur le trottoir ?

— Tu es dingue, il y a deux voitures de police juste derrière les ouvriers. Elles sont à moitié garées sur le trottoir, on ne passerait jamais ! C'est foutu.

De Ruyter hurle :

— Mais, bon Dieu, arrêtez cette bombe !

Le blond semble paniqué. Il lâche un juron :

— Nom de Dieu. La clé ! elle m'a échappé. Elle a dû glisser sous le siège avant. Vite, Joseph, récupère la clé !

A l'arrière de la voiture c'est la panique. A trois sur la banquette, impossible de se pencher pour aller fouiller sous les sièges avant. Et personne n'est certain de l'endroit où la clé, si petite mais soudain si vitale pour tout le monde, a pu aller se nicher.

Le crâne rasé pousse un hurlement, presque joyeux :

— Sébastien, les flics viennent de partir, on peut passer sur le trottoir.

— De toute manière on n'a plus le temps d'y arriver et je ne sais pas où est passée cette clé.

Le petit blond ouvre la portière. Il saute sur le trottoir enneigé et se penche vers l'intérieur du véhicule. Avec une force décuplée par la peur, il attrape De Ruyter par le revers de son manteau et le tire. L'agent de change s'affale sur la neige du trottoir. Curieusement, il n'a pas lâché sa grosse serviette de cuir. Quelques dossiers s'en échappent.

— Mais qu'est-ce que vous faites ! Vous n'allez pas

me laisser avec cette bombe au poignet. Détachez ça, je vous en supplie.

— Désolé, c'est le pépin !

En disant ces mots de regrets, le petit blond s'engouffre à l'arrière du véhicule. Le chauffeur appuie sur le champignon et jette la machine entre les ouvriers de la voirie et les immeubles tout proches. Au passage, un des rétroviseurs s'arrache. Pas de doute ils ont filé.

De Ruyter est resté là sur le trottoir. Il lui semble entendre le mécanisme d'horlogerie de la boîte infernale attachée à son poignet par les menottes. Il ne sait plus combien il lui reste de minutes à vivre. Tout a été si vite et si lentement. Six ? huit minutes ? Peut-être moins.

Il hurle :

— Au secours ! aidez-moi ! Au secours !

Les ouvriers du chantier mettent un moment à comprendre ce qui se passe. L'agent de change crie de plus en plus fort.

— Vite, aidez-moi ! Vite !

Deux ouvriers se décident à s'approcher. Ils ne courent pas vraiment. Ils viennent d'un pas rapide. Sans plus. Mais De Ruyter commet l'erreur de sa vie. Il crie, sans réfléchir :

— J'ai une bombe attachée au poignet, vite, ça va exploser.

Du coup les deux ouvriers qui arrivaient pleins de bonne volonté stoppent net.

— Quoi ? Qu'est-ce que vous dites ? Une bombe ? Ça va exploser ?

De Ruyter, qui a des larmes dans la voix, supplie :

— Si vous avez des pinces coupantes pour couper la chaîne. Vite.

Des pinces coupantes, oui, ils doivent bien avoir ça quelque part dans la boîte à outils, mais il faut revenir sur ses pas, chercher. L'un des ouvriers, réaliste, demande :

— Dans combien de temps elle doit exploser votre bombe ?

— Je n'en sais rien. Dans un quart d'heure, dans dix minutes.

De Ruyter n'en sait strictement rien. Il réfléchit aux idées les plus folles : « Si je tiens la boîte à bout de bras, peut-être que j'arriverai à m'en sortir. Je perdrai sans doute mon bras mais je sauverai ma peau. »

Et le tic-tac de cette mécanique monstrueuse continue. De Ruyter hurle encore :

— Vite, aidez-moi ! Je vais exploser.

Soudain, malgré sa panique, il prend conscience de la présence, tout près de lui, d'un lampadaire. Alors, sans réfléchir, fichu pour fichu, il fait un moulinet : la boîte en acier tourne follement autour de la chaîne qui la relie à lui et s'abat sur le lampadaire. Une douleur fulgurante remonte du poignet à l'épaule de l'agent de change. De nouveau, il balance le bras, la chaîne et la bombe et, de nouveau, il frappe la bombe. Le choc résonne sinistrement dans la nuit. Une fois, deux fois, trois fois. Machinalement l'agent de change jette un regard sur son bracelet-montre. Il reste incrédule : le temps que les bandits lui ont donné est largement dépassé. Il devrait être mort depuis longtemps.

« Ou alors ce n'était pas une vraie bombe. Ou bien je suis devenu fou. »

La police arrive et on délivre l'agent de change.

— Vous avez bien failli y rester. C'était bien une bombe que ces salauds vous avaient attachée au poignet. Un truc artisanal fabriqué par un spécialiste mais très efficace. Normalement vous auriez dû sauter avec. Mais vous avez eu un réflexe qui vous a sauvé la vie. En frappant la bombe comme un fou, vous avez eu la chance de bloquer le mécanisme d'horlogerie.

Le soir même, mal remis de ses émotions, Gustave

De Ruyter procède à la distribution des précieux écrins prévus pour chaque membre de la famille. La bague d'opale et de diamants est toujours là. Comment est-elle encore en sa possession ? Mystère ! Ou plutôt miracle, double miracle de Noël.

GOUTTE-À-GOUTTE

Mars 1974. Robert Théneau vient de passer une semaine à Val-d'Isère, avec sa femme et ses deux fillettes. Il a cinquante et un ans, mais skie cette année pour la première fois. Ça ne l'empêche pas de bien s'amuser et de dévaler les pentes à une vitesse qui lui vaut les compliments du moniteur. Seulement, ce samedi après-midi, c'est l'accident : une fixation mal enclenchée, et Robert déchausse, perd l'équilibre et heurte un sapin la tête la première. Le bruit ne peut pas s'oublier : c'est exactement celui d'un ballon de football dans lequel on taperait très fort.

Robert est sonné. Il saigne abondamment du crâne, vers le haut du front. Le moniteur s'approche, inquiet, et lui propose de le raccompagner jusqu'à l'hôtel. Robert refuse et se relève. Mais, en voulant hisser les skis sur son épaule, il est traversé par une douleur si violente qu'il décide quand même de se rendre chez le médecin du village.

Le vieux praticien est habitué aux accidents de ski. Il recoud la plaie au front avec doigté et procède à une radiographie buccale — la routine. N'ayant rien constaté d'anormal, il prescrit de l'aspirine à son patient et le renvoie avec une ordonnance pour des séances de massage sous infrarouges.

Le vieux médecin a juste négligé un petit détail : en réalité, le choc a causé une fracture complète de l'atlas, la première vertèbre cervicale, celle qui supporte le poids de la tête ! A chaque mouvement qu'il fera, si infime soit-il, Robert risque désormais la paralysie, voire la mort.

Le lendemain matin, comme si de rien n'était, Robert prend le volant pour rentrer avec sa famille dans la région parisienne. Il a très mal dormi et souffre de douleurs fulgurantes dans tout le dos. Pourtant, aussi extraordinaire que ça paraisse après coup, Robert conduit sans encombre pendant tout le voyage !

— On peut dire que vous n'avez pas de chance ! lui lance le kinésithérapeute, le lendemain lundi. Mes lampes infrarouges viennent justement de sauter. Soyez là mercredi, elles seront réparées.

Pas de chance ? Au contraire... Car si Robert était passé ce soir-là sur la table du masseur, il ne serait sûrement plus là pour le raconter ! En fin de compte, c'est son associé Eugène qui va le sauver. Voyant Robert souffrir au bureau le mardi matin, il lui propose de téléphoner à son beau-frère qui est justement médecin dans une unité de traumatologie.

— Un truc ultramoderne, précise Eugène. Ils sont très bien équipés, tu verras.

Le soir même, raide de douleur, Robert est allongé sous les objectifs d'un énorme appareil de radioscopie panoramique. On se croirait dans un feuilleton de science-fiction.

— Ce n'est pas la peine de rentrer chez vous ce soir, lui déclare le radiologue à l'issue de la séance. Votre atlas est ouvert en deux. Je vous place en observation. Le chirurgien est prévenu ; il vous opère dès demain.

A son réveil après l'intervention, Robert se retrouve immobilisé dans un lit adapté à son cas, et qui doit permettre de tenir soudées les deux parties de son atlas fracturé. Il est maintenu aux bras et à la taille par des liens serrés. Ses jambes sont étirées par un système de traction. C'est aussi le cas de sa tête : on a fixé des attelles sur son crâne, de part et d'autre, reliées par un câble à un poids de dix kilos, qui lui tire en permanence sur la colonne vertébrale. Il lui est donc absolument impossible de bouger, mais aussi de parler : une sangle de cuir tient serrées ses deux mâchoires — on a simplement limé deux dents pour laisser passer une pipette. Si l'on ajoute la sonde et les perfusions, on peut se faire une idée de la posture insoutenable du malheureux.

— Le plus pénible dans son cas, explique le médecin présent au réveil, ce sera de ne pas pouvoir parler. Le professeur dit que c'est à nous de prévenir ses moindres désirs. Tenez... il se réveille.

— Restez tranquille, dit une infirmière en se penchant au-dessus de Robert. Tout s'est très bien passé. Vous êtes un peu ficelé, mais c'est pour votre bien. Dites-vous que ça ne va pas durer longtemps.

Le médecin se penche à son tour :

— Bonjour, je suis le beau-frère de votre associé. Il est 22 heures et les visites sont terminées. Votre femme a dû rentrer. Elle sera là demain matin, dès l'ouverture. Nous aussi nous allons nous absenter. Si vous avez besoin de quoi que ce soit, vous pouvez appuyer sur cette sonnette.

Et il lui cale la petite poire sous les doigts de la main gauche.

Jamais de sa vie Robert ne s'est senti aussi seul. La chambre est baignée dans une lumière tamisée. Dans le couloir, un chariot grince, à moins que ce ne soit une porte. Une petite goutte tombe sur sa pommette droite ; sans doute la condensation du bocal de la perfusion. Tout ça le ferait plutôt sourire, mais il n'en a même pas la possibilité. Maintenant, il va s'efforcer de ne penser à rien et de laisser agir les calmants. Une autre goutte tombe après un moment, puis une troisième qui le réveille juste quand il allait s'assoupir. Robert tente de voir d'où ces gouttelettes proviennent, mais son champ de vision est restreint, et il ne distingue aucune source évidente. La quatrième goutte l'énerve. Il sonne et attend quelques instants.

— Eh bien, fait l'infirmière en entrant, qu'est-ce qu'on a déjà qui ne va pas ?

Elle s'approche du lit, vérifie que tout est bien en place, rajuste le drap. Puis elle se penche au-dessus de Robert et secoue la tête comme si elle observait un objet cassé.

— C'est pas permis de se mettre dans des états pareils, dit-elle en quittant la chambre.

La cinquième goutte tombe au même moment. Robert scrute le plafond — en fait un faux plafond, composé de plaques en aggloméré, des carrés d'un mètre de côté. L'interstice entre deux plaques est infime, mais suffisant cependant pour canaliser un mince filet d'eau jusqu'à l'angle où se forme une goutte.

Entre la sixième et la septième goutte, Robert compte les secondes : une centaine. Cela fait donc environ une minute quarante. Quand tombe la huitième, il reprend l'expérience — cette fois il arrive à près de deux minutes. « De deux choses l'une, se dit-il. Ou bien les gouttes tombent de façon aléatoire, ou bien c'est moi qui distords le temps. » Une autre goutte interrompt son raisonnement.

Si Robert ne trouve pas une solution rapide, il va subir ni plus ni moins que le supplice oriental de la goutte. Il appuie tant qu'il peut sur la sonnette et ne relâche pas la pression.

— On n'est pas raisonnable, monsieur Théneau, dit l'infirmière quand elle revient trois bonnes gouttes plus tard.

Rapide inspection. Robert essaie de fixer le plafond avec le plus d'intensité possible, espérant attirer l'attention de l'infirmière vers la fuite. Soulagé, il constate que ça marche. L'infirmière lève la tête. Mais elle ne remarque rien — car il n'y a rien de remarquable !

Une goutte tombe. Elle passe juste à côté de la tête de l'infirmière, mais elle ne la voit pas ! Robert sonne tant qu'il peut.

— On ne sonne pas, la dame est là ! dit l'infirmière comme si elle parlait à un fou. Mais... vous ne pleurez tout de même pas ! Vous n'avez pas honte, un grand garçon comme vous ?

L'infirmière lui essuie la joue ; puis, après lui avoir retiré la sonnette de la main, elle quitte la pièce. Elle l'a laissé seul — seul avec la goutte. La goutte ! Robert l'attend, l'accompagne dans sa chute, la reçoit avec des frissons.

Cette nuit-là, Robert va subir le supplice pendant près de sept heures d'affilée — sept heures de résignation, de cauchemars, de révolte, de raisonnements de plus en plus échauffés, de plus en plus fous. La goutte est tombée plus de deux cent cinquante fois. Au petit matin, quand elle vient lui écraser la joue, elle lui paraît grosse comme un œuf !

Vers 6 heures, l'équipe médicale entre pour le premier bilan : elle trouve Robert tremblant, livide et trempé de sueur.

— Il s'est mis dans un état pas possible, dit une jeune infirmière.

— Normal, répond le beau-frère d'Eugène. C'est le stress.

Attention, voilà la goutte, elle va tomber. Ça y est ! Bien sûr, personne n'a rien vu.

— Il faudrait peut-être lui administrer plus de tranquillisants, hasarde l'infirmière. Mais si on augmente les doses dès maintenant, qu'est-ce que ce sera dans un mois ?

Un mois ! Un mois à subir cela ? Mais Robert sera mort avant, ou, en tout cas, complètement fou ! Sentant arriver la prochaine goutte, il frissonne et lance une longue plainte. L'infirmière passe lentement sa main devant les yeux de Robert, comme on le fait pour les nouveau-nés. Il ne cille pas. La goutte suivante passe tout près de la main de l'infirmière. Sans conséquence.

Une heure plus tard, on place des électrodes sur le thorax de Robert, et on apporte un appareil permettant de visualiser les battements cardiaques. Pour faire passer l'installation, on déplace doucement son lit, avec d'infinies précautions. Et c'est la délivrance ! Robert n'y croit pas : maintenant la goutte passe à côté de lui ! Il pleure, et ce sont de vraies larmes — des larmes de joie.

— Il faut remettre le lit à sa place, dit un interne.

Robert gémit, mais tout le monde s'en moque, et l'on repousse la victime vers sa torture. Quand la goutte suivante arrive, Robert constate seulement qu'elle a changé de cible ; elle tombe maintenant dans le creux de son oreille droite.

On branche l'électrocardiogramme. A chaque goutte, Robert entend désormais l'appareil émettre des sons anarchiques.

Vers 9 heures, le chirurgien passe, entouré d'un essaim d'étudiants.

— Eh bien, dit-il à Robert. On me dit que vous n'êtes pas capable de rester tranquille cinq minutes ?

Suit un cours magistral sur le traitement des patients en état de stress. Soudain l'électrocardiogramme s'emballe. Le professeur s'interrompt, observe la courbe et s'approche de Robert :

— Clignez des yeux, une fois pour dire oui, deux fois pour dire non. D'accord ?

Robert cligne une fois.

— Bon. Avez-vous mal quelque part ?

Robert hésite. Bien sûr qu'il a mal. Seulement, s'il répond oui, les médecins vont partir sur une fausse piste et cela retardera la découverte de la goutte. Il bat deux fois des paupières.

— Bien. Avez-vous envie de bouger ?

— Oui, hurle Robert d'un clignement appuyé.

— C'est bien ce que je vous disais, conclut le professeur à la cantonade. Cet homme ne souffre que de son immobilité.

Puis tout le monde se dirige vers la sortie. Une autre goutte tombe, et l'électrocardiogramme s'emballe plus que jamais. Le professeur s'arrête sur le seuil de la chambre et se retourne :

— Voulez-vous me faire parvenir le graphique avant midi ? ordonne-t-il au médecin.

— Oui, monsieur.

Son salut, Robert Théneau le devra à la sagacité de ce médecin, le beau-frère d'Eugène. Découpant les feuilles de graphique pour le professeur, il remarquera en effet la régularité des emballements cardiaques — une régularité si mathématique qu'elle ne saurait provenir du patient lui-même. Le médecin pensera d'abord à une saute de courant, puis, à force d'observer le phénomène, il finira par déceler la fuite au plafond... une petite fuite aux énormes conséquences.

Décidément, Robert revient de loin. Ironie du sort : avant l'opération, le moindre mouvement aurait pu lui être fatal ; mais après, c'est son immobilité qui a failli le rendre fou.

LE PETIT TRAIN DU CONGO

Nous sommes en été 1984, à Pointe-Noire, le principal port du Congo, une ville dynamique, notamment en raison de ses activités pétrolières. Karin, dix-sept ans, est élève de première au lycée. Si elle se trouve là, c'est, bien entendu, que ses parents font partie des Français qui travaillent dans le pays. Mais ils n'appartiennent pas, comme presque tout le monde ici, à la grande compagnie pétrolière qui exploite les gisements : une circonstance en apparence insignifiante, mais qui va se révéler lourde de conséquences.

Ce soir-là, Karin s'ennuie. Elle a été invitée à une surprise-partie dans le quartier de l'aéroport, dans une villa comme toutes les autres, moderne et sans caractère. On s'ennuie beaucoup, de manière générale, dans ces pays-là. Faute d'autres distractions, on se fréquente entre Européens : le groupe est restreint, ce sont toujours les mêmes têtes, et puis il y a le climat, invariablement humide et chaud, l'éloignement, le mal du pays...

Mais, cette fois, la soirée est encore plus morne que d'habitude et Karin en a assez. Un camarade de classe, Marc, dix-sept ans comme elle, est du même avis. Ensemble, ils décident de prendre un bain de minuit sur la plage et, pour cela, de prendre un taxi.

Peu après, une voiture arrive dans un bruit pétaradant. Les taxis de Pointe-Noire constituent, en effet, tout un poème. Ce sont de véritables épaves roulantes et leurs chauffeurs sont tout aussi folkloriques, leur principal point commun étant de n'avoir qu'une notion très approximative du code de la route.

Karin et Marc sont pourtant rassurés en voyant arriver leur véhicule. Il a ses deux phares qui fonctionnent, ce qui n'est pas toujours le cas et ce qui est préférable par une nuit sans lune comme celle-ci. Le chauffeur est du genre jovial.

— Et là-bas, qu'est-ce que je fais ? Je vous attends toute la nuit ?

— Non, non. Vous nous laissez...

Marc et Karin habitent, en effet, tout près de la plage. Et, après leur bain, ils rentreront par leurs propres moyens. Le chauffeur, qui s'imagine sans doute autre chose, émet plusieurs gloussements sonores, qui s'étranglent soudain dans un furieux crissement de freins. La route coupe la ligne de chemin de fer Congo-Océan, qui relie Pointe-Noire à la capitale Brazzaville, et le passage à niveau vient de s'abaisser, ou plutôt de tomber comme une pierre, sans signal sonore ou lumineux préalable, avec la brutalité d'une guillotine. C'est d'ailleurs ainsi qu'on surnomme la barrière en question : « la guillotine ».

Le moment de surprise passé, le chauffeur a un sifflement :

— Elle est de plus en plus pressée, cette fichue guillotine ! C'est vrai que c'est l'heure du train.

Le train attendu est celui au départ de Pointe-Noire et, à ce point du trajet, il est possible de prévoir son horaire, plus loin, c'est inutile. Le Congo-Océan met une journée pour parcourir les cinq cents kilomètres de la ligne, mais s'il y a un incident à la locomotive ou s'il déraille, ce qui arrive relativement souvent, il faut compter deux ou trois jours, voire plus.

Quels que soient la saison ou le moment de la semaine, en tout cas, c'est un convoi bondé où s'écrasent hommes et animaux, dans lequel il y a autant de volailles que de voyageurs et qui est monstrueusement surchargé par rapport à ses capacités.

Et, effectivement, après une courte attente, le voilà qui passe dans un bruit de ferraille. Après quoi, nouvelle attente, car il arrive que la barrière refuse obstinément de se relever. Au bout d'un moment, Marc prend les choses en main, descend et demande au chauffeur de l'aider à la manœuvrer. Karin les suit, amusée par toutes ces péripéties, qui mettent enfin un peu d'animation dans sa soirée si morne. Et c'est à cet instant que tout bascule.

Des cris sourds s'élèvent dans la nuit. Ils proviennent de la voie. S'agit-il d'un des nombreux animaux nocturnes de la région ? Non, les cris sont humains. Le chauffeur prend une torche électrique dans sa boîte à gants et une machette au cas où il s'agirait d'un traquenard, et tous trois vont dans la direction des appels.

Karin a très peur de ce qu'elle va découvrir. Et ses appréhensions étaient fondées : elle manque de défaillir. Le faisceau lumineux éclaire un homme assis sur les rails. A leur approche, il se tait. Il reste immobile et pour cause : il lui manque une jambe, coupée ras, à la hauteur du bassin !

Si la jeune fille est horrifiée, elle sait ce qui vient de se passer. En arrivant au Congo, elle a été surprise par la quantité de culs-de-jatte qu'on croise dans les rues, elle s'est renseignée et on lui a dit :

— C'est le train !

— Comment cela, le train ?

On lui a alors expliqué que ceux des Congolais qui n'ont plus de travail à Pointe-Noire tentent d'aller en trouver à Brazzaville. Mais comme les salaires sont d'environ 500 francs français par mois, ils n'ont, la plupart du temps, pas de quoi s'acheter un billet. Alors, ils se cachent dans les buissons près de la voie, de préférence la nuit, parce qu'il y a moins de contrôles et moins de police. Lorsque le train arrive, ils sautent sur les marchepieds en s'accrochant aux barres. Un exercice terriblement dangereux, surtout dans l'obscurité. Les moins chanceux sont écrasés, beaucoup se retrouvent culs-de-jatte ou unijambistes et les privilégiés réussissent à devenir chômeurs à Brazzaville au lieu de Pointe-Noire.

Voilà. On le lui avait dit, mais Karin ne voulait pas vraiment y croire. Maintenant, elle ne peut faire autrement, ce qui ne l'empêche pas d'avoir l'impression de vivre une scène irréelle. En les voyant, l'homme s'est tu. C'est un bel Africain d'une quarantaine d'années, au visage plein de noblesse. Il est d'un calme olympien, alors qu'eux-mêmes tremblent comme des feuilles.

Aussi blême que sa camarade, Marc réunit tout son courage pour aider le chauffeur à le transporter dans la voiture, tandis qu'elle leur éclaire le chemin avec la torche. Une fois sur la banquette, le blessé prend la parole pour la première fois, s'adressant à Marc.

— Vous avez une cigarette ?

Marc lui en tend une et il se met à la fumer comme si de rien n'était. Karin n'est pas loin de défaillir, mais elle est toujours aussi déroutée. Rien de tout cela ne se passe normalement. Tandis que le chauffeur roule à tombeau ouvert en direction de l'hôpital, l'Africain se tait. A part la cigarette, il ne demande rien d'autre, en particulier, pas où on le conduit. Il garde l'air fataliste, tandis que son moignon saigne à gros bouillons.

Enfin, l'hôpital apparaît. Le chauffeur pile devant l'entrée et, en compagnie de Marc, conduit l'homme dans le bâtiment. C'est un hôpital africain. Karin les suit, marchant comme une automate. Une infirmière noire se tient derrière la réception.

— Qu'est-ce que vous voulez ?

— Nous vous apportons un blessé. Vous ne voyez pas ?

— Laissez-le là.

— Dans le hall ?

— Oui.

— Et on va venir le chercher quand ?

— On ne viendra pas le chercher.

— Mais il va mourir !

— Eh bien, cela lui fera la leçon et cela fera la leçon aux autres. On en a assez des voleurs !

— Qu'est-ce qui vous dit que c'est un voleur ?

— Il s'est fait ça en voulant prendre le train. C'est toujours la même chose. On a l'habitude...

Le cauchemar continue. Marc et Karin insistent, mais l'infirmière est inflexible :

— On a des consignes. Je regrette.

Karin voit Marc au bord de la révolte, prêt à tout casser, peut-être, mais c'est le blessé, qui, de lui-même, y met un terme.

— S'il vous plaît, une cigarette.

Il est assis dans le hall, où on a fini par le déposer. Il tend la main, avec toujours le même calme. Il a accepté son sort. Il semble partager le point de vue de l'infirmière. Il a tenté sa chance et il a perdu. C'est la règle du jeu. Marc remet la cigarette demandée, celle du condamné... Il se tourne vers Karin et ils tentent désespérément entre eux de trouver une solution.

— Il faut l'emmener chez un médecin.

— Aucun médecin africain n'acceptera de le soigner. Il aura la même réaction.

— Un Européen...

— Tes parents ne travaillent pas dans le pétrole et les miens non plus, alors...

C'est ici qu'intervient la profession des parents de Karin. Tous les médecins blancs de Pointe-Noire sont payés par la compagnie pétrolière et ils ont pour consigne de ne soigner que ses employés. Quand ils ont un problème de santé, les Européens travaillant dans une autre branche doivent aller à l'hôpital africain ou à l'hôpital européen le plus proche, qui n'est pas au Congo, mais à Libreville, au Gabon, à une heure et demie d'avion. Le seul praticien français qui n'appartienne pas à la compagnie n'est pas médecin, mais vétérinaire. Il lui arrive de dépanner ses compatriotes pour des cas bénins, mais pour quelque chose d'aussi grave...

Il n'y a rien à faire, rien. Marc va déposer son paquet de cigarettes près du blessé, à côté de la flaque de sang qui continue de s'élargir, et ils pleurent tous les deux en remontant dans leur taxi.

À FONDS PERDUS

A dix-sept ans, Suzanne est une jeune fille honnête et sans histoire. Elle a quitté sa province et ses parents, des gens très modestes, pour venir travailler en banlieue parisienne, comme ouvrière dans une fabrique de piles. Son seul divertissement, c'est le bal, et elle sort souvent. Or, à Paris, dans ces années 30, certains bals ont très mauvaise réputation. L'As de Pique ou La Boule Rouge sont de ceux-là, mais aussi Le Chat qui miaule, où Suzanne se rend régulièrement depuis quelques semaines.

Les hommes qui fréquentent Le Chat qui miaule ont entre trente et trente-cinq ans — complet et chapeau d'alpaga, le « diam » au doigt... De quoi fasciner Suzanne. Ce soir, elle a repéré un homme « qui a de la classe », seul à sa table. Elle ne le quitte pas des yeux, jusqu'à ce qu'il l'invite à danser, en sifflant, comme ça se fait ici. Il s'appelle Paul. Suzanne n'est pas déçue ; son cavalier l'entraîne dans plusieurs javas endiablées.

Désormais, la jeune femme est comme magnétisée. Plusieurs soirs de suite, elle fait tout son possible pour séduire Paul, le dévorant de ses yeux vert pâle, agitant ses longs cheveux dorés. Mais Paul garde ses distances ; il se contente de la regarder fixement, de temps à autre, comme s'il se posait des questions.

Alors Suzanne insiste ; elle revient à la charge, jusqu'à ce qu'il finisse par changer d'attitude.

Car un beau soir, il va changer d'attitude — du tout au tout ! Il fait signe à Suzanne de s'approcher et, tout en commandant le champagne, la présente à ses amis en ces termes :

— Voici ma nouvelle femme.

Suzanne n'en croit pas ses oreilles. Pour elle, c'est déjà l'extase. Puis Paul lui demande tout bas, presque tendrement :

— Tu veux danser ?

Elle en est sûre : ce soir, c'est sa vie qui commence. Paul la considère déjà comme sa femme ! Elle est fière, elle se sent plus grande que la tour Eiffel ! Pendant qu'ils dansent tous les deux, Paul lui parle à l'oreille :

— Je vais acheter un bar en Afrique du Nord, tu sais ? Si tu veux, on s'installe à notre compte...

Elle qui rêvait d'une nouvelle vie à deux, la voilà comblée. Dans les jours qui suivent, le voyage est arrangé. Les choses ont l'air de se faire d'elles-mêmes, comme par enchantement.

Seulement voilà, la veille de leur départ, Paul reçoit un pneumatique : sa mère a fait une attaque, il doit se rendre à son chevet. Ça tombe mal, et d'autant plus que la cabine sur le bateau est déjà réservée.

— Le mieux, explique-t-il à Suzanne, c'est que tu partes avant moi, je te rejoindrai à Constantine dans deux ou trois jours.

Et, pour la rassurer, il ajoute :

— Des amis à moi t'attendront sur le quai, à Bône. Tu verras, ils sont un peu spéciaux, mais ce sont de braves types.

Suzanne hésite un peu ; partir seule ne l'enchante pas. Mais puisque Paul doit la rejoindre dans quarante-huit heures, elle accepte.

Après deux jours de traversée, le *Lamoricière* entre de nuit dans le port de Bône. En bas de la passerelle, Suzanne finit par trouver la voiture noire qui l'attend sur le quai. Paul avait raison, ses amis sont « un peu spéciaux » — et pas causants du tout... Ils la conduisent sans un mot vers le sud du Constantinois, à la limite du Sahara, jusqu'à une grande maison isolée, entourée de hauts murs...

Une vieille femme leur ouvre ; elle porte à la ceinture un lourd trousseau de clés. A peine entrée, Suzanne entend les deux grosses portes se refermer derrière elle. Ça fait tout drôle. « Heureusement, se dit-elle, que Paul ne va pas tarder à me rejoindre. » Dans un coin de la cour, deux molosses montent la garde. « Pas très accueillant, tout ça... » Quant au maître de maison, c'est un homme borgne à la figure carrée, très dure, qui la salue à peine. Il lui indique rapidement sa chambre et retourne se coucher.

Le lendemain matin, la mauvaise impression se confirme. Cette maison n'inspire pas confiance. Dans la grande pièce du bas, toute carrelée, les tables et les chaises sont rivées au sol, comme si l'on redoutait des bagarres... Le plus étonnant, ce sont ces femmes à la balustrade, tout autour du patio : il y en a six ou sept, la plupart atteignant la quarantaine ; surtout, elles sont presque nues...

Soudain, au milieu de l'après-midi, toutes les femmes descendent ensemble au salon ; le patron invite sèchement Suzanne à les rejoindre. Un homme les attend, entièrement dissimulé par une gandoura, avec des chiffons aux pieds, tenus par des ficelles. Seuls ses yeux sont visibles. Suzanne a beau ne pas être très « affranchie », elle comprend que l'une des femmes va devoir monter avec ce fantôme dans une petite chambre, là-haut. L'homme les passe rapidement en revue. S'arrêtant à Suzanne, c'est elle qu'il désigne. Elle frissonne, regarde autour d'elle, tente de se dérober, mais le borgne la rattrape par le bras et la pousse violemment vers le client. Suzanne s'évanouit.

Quand elle reprend connaissance, elle est dans la chambre du patron. Le gros homme au visage de brute a l'air mécontent :

— Un conseil, dit-il, ne me refais jamais ce coup-là. D'ailleurs, je vais tout de suite te mettre au parfum. Ici, c'est ce qu'on appelle une taule à fonds perdus. Ton homme, il t'a vendue. Pour vingt-cinq mille francs ! Ce pognon, maintenant, je te jure que tu vas me le rembourser. Alors, à partir d'aujourd'hui, tu fais tous les clients qui se présentent.

Puis il sort. Suzanne est complètement sonnée. « Vendue... Mais qu'est-ce qu'il raconte ? » Elle est convaincue qu'il ment, ce borgne. Paul va arriver et la tirer de là. Suzanne s'accroche à cette certitude : « Paul va venir, j'ai sa parole. »

Mais les jours s'écoulent, et Paul ne donne pas signe de vie. Seule, sans défense, Suzanne est bien obligée de se soumettre. Si seulement elle avait quelqu'un à qui se raccrocher ! Mais les femmes n'ont pas le droit de communiquer entre elles. Même pendant la sieste, le patron les surveille : assis à cheval sur une chaise, ses gros bras autour du dossier, il somnole : dès qu'une femme quitte sa chambre pour rejoindre celle de sa voisine, il se redresse et hurle :

— Cent balles, ma belle ! N'oublie pas qu'il dort jamais, « l'ordure » !

Ces cent francs s'ajoutent à la dette de la femme mise à l'amende. Comme par ailleurs tout est payant dans la maison, le compte s'allonge indéfiniment ; aucun espoir de rembourser tout ça...

La journée, Suzanne est cantonnée dans sa chambre ; sauf quand un client se présente au salon. Le patron crie alors :

— Au choix, mesdames ! Allons, vite !

Etant nouvelle et de loin la plus jeune, Suzanne a la préférence des clients. Pour elle, c'est un supplice. Elle s'y refuse de tout son être ; et, comme il n'y a pas moyen d'y échapper physiquement, elle tente de fuir par la pensée ; alors, elle s'imagine que ce n'est pas elle qui se livre, que c'est une autre.

Le soir, de 8 heures à minuit, elle descend dans la grande salle, où elle fait les cent pas avec les autres femmes. Elles sont toutes là, marchant autour des tables jusqu'à ce qu'un client les choisisse. Dès qu'une femme ralentit, le patron frappe dans ses mains et crie :

— On tourne, mesdames ! On tourne !

De temps en temps, il arrive qu'un client appelle plusieurs femmes à la fois. Elles en profitent alors pour échanger quelques mots. C'est comme ça qu'une femme, celle qui porte toujours une Croix du Sud en or, peut confirmer à Suzanne les propos du tenancier.

— T'es marron, lui dit-elle tout bas. C'est pareil pour nous toutes.

— Mais... pas moi...

— Si, t'es marron comme les autres.

Avec le temps, Suzanne se rend à l'évidence : elle ne peut compter que sur elle-même. Il faut qu'elle sorte d'ici. Il doit bien y avoir un moyen ! Son seul contact avec l'extérieur, c'est le médecin. Il vient chaque semaine pour la visite. Mais comment lui parler ? En fait, dès la deuxième visite, le docteur lui facilite la tâche.

— Tu es bien jeune, lui dit-il. Tu n'as jamais pensé à une autre vie ?

— Je ne pense qu'à ça. Mais je ne sais pas comment sortir d'ici...

— Ecoute, dit le médecin en baissant le ton. Voilà ce que nous allons faire...

En quelques minutes, leur plan est au point. Et dès la nuit suivante, une fois la maison endormie, Suzanne descend sur la pointe des pieds et se faufile vers l'arrière-cuisine, prenant garde de ne pas réveiller les chiens. Elle s'approche de la porte qui donne sur la cour de derrière et, retenant sa respiration, frappe cinq petits coups, comme convenu. Pas de réponse. Suzanne se désespère ; son complice l'aurait-il oubliée ? Elle frappe de nouveau cinq coups, un peu plus forts que les précédents. Cette fois, la serrure grince. Son cœur bat fort. La poignée s'abaisse, la porte s'entrouvre, mais ce n'est pas le médecin qui apparaît, c'est le patron lui-même.

— Tu croyais lui échapper, à « l'ordure », hein ? Tu prends le toubib pour un cave !

Elle voudrait se sauver, mais le borgne lui saute dessus et la roue de coups. La correction est sévère, et il faudra une semaine pour qu'elle s'en remette.

Un soir, la femme à la Croix du Sud réussit à la prendre à part ; elle lui dit :

— Je sens que t'as des tripes ; t'en as dans le ventre.

Et parlant du salaud qui l'a vendue :

— Tu t'en sortiras, tu le retrouveras, tu le buteras.

Cette phrase, Suzanne va la retenir et se la répéter inlassablement pendant deux ans et demi. Même quand tout espoir semble perdu, elle ressasse cet objectif, son seul but : « Tu t'en sortiras ! »

Le plus étonnant, c'est que Suzanne s'en soit finalement sortie. Comment ? En changeant radicalement d'attitude. En jouant à fond le rôle qu'on lui impose. En apparence au moins, elle s'est fait une raison. Maintenant, il lui arrive même de rire avec les clients. L'alcool y aide beaucoup, ainsi que la drogue... Mais, même ivre, elle ne manifeste plus aucun désir de liberté. Le patron est content :

— Tu vois, quand tu veux... Tu es une bonne fille, dans le fond...

Assez souvent, le borgne organise des soirées avec plusieurs tenanciers du Constantinois. A chaque fois, les femmes les accompagnent au champagne. Or, Suzanne sait que l'un d'eux l'a remarquée. Au lieu de le repousser comme elle l'aurait fait auparavant, elle va s'appliquer à le séduire, n'hésitant pas à minauder quand il le faut. Si bien qu'un soir le patron lui annonce, en désignant l'homme en question :

— Tu vois ce monsieur ? Il paie toutes tes dettes. Tu t'en vas ce soir avec lui.

Sur le coup, Suzanne n'ose pas y croire. Mais quand elle entend les deux portes se refermer, elle comprend qu'elle revient de loin.

Cinq mois plus tard, elle est de retour à Paris. Plus que jamais, au fond d'elle-même, la petite voix se fait entendre : « Tu le retrouveras, tu le buteras ! »

Retrouver Paul est un jeu d'enfant. Elle le repère un soir dans un de ses bals favoris, place Pigalle. Il est en train de danser. Il n'a pas changé, toujours aussi bel homme. « Tu le buteras. Tu-le-bu-te-ras ! » Dans son sac à main, elle serre le revolver qu'elle a réussi à se procurer. Elle entre sur la piste et se mêle à la rumba. Elle s'approche de lui. Il se raidit, il l'a reconnue ! Elle a pourtant beaucoup changé, Suzanne. Elle n'est plus du tout la petite fille innocente qu'il avait vendue.

Il retourne s'asseoir. Elle le suit et crie :

— Sors, fumier, si t'es un homme !

Il essaie de se justifier. Elle brandit son revolver et l'insulte :

— T'es vraiment la reine des salopes !

Il veut protester, il se lève. Elle l'agrippe par les cheveux et lui enfonce le canon dans la bouche : le chapeau part sur le côté ; elle tire deux balles.

Il s'est affalé sur sa chaise ; Suzanne s'assied en face. Elle reste prostrée en attendant l'arrivée de la police. A son procès, elle bénéficiera de telles circonstances atténuantes que le jury des assises la condamnera à trois ans seulement de prison ferme. D'ailleurs Suzanne s'en moque. Pour elle l'objectif est atteint : elle s'en est sortie, elle l'a retrouvé. Elle l'a tué. Elle a vingt ans.

POUR PASSER LE TEMPS

Esther Borstein est heureuse. Nous sommes en 1939 et elle est parvenue à fuir la Pologne juste avant qu'un monstre nommé Adolf Hitler ne mette la main dessus. Pour Esther, jeune violoniste de talent, il n'y avait qu'une seule direction vers la liberté : l'Ouest, loin de l'ogre soviétique. L'Ouest, c'est-à-dire la France d'abord et, qui sait, l'Amérique, peut-être un jour.

Esther pense à sa famille restée à Varsovie, dans le ghetto. Quand reverra-t-elle papa, maman et ses frères et sœurs ?

Arrivée à Paris avec un tout petit baluchon, elle a quelques dollars rassemblés par la famille. Juste assez pour prendre une petite chambre dans un hôtel près de la gare de l'Est.

Esther considère le carnet d'adresses qu'elle a dans son sac à main. Bien sûr ce ne sont pas les Polonais qui manquent à Paris. Entendons-nous bien, les israélites polonais. Les autres... n'en parlons pas. Ce sont deux mondes différents.

« Voyons, il y a Moshe Borstein, le cousin de papa. Il est tailleur dans le quartier du Sentier, mais il doit avoir au moins soixante-cinq ans... Ni le même métier ni la même génération. Que pourrait-il faire pour moi ? »

Esther, pourtant, se décide à rendre visite au cousin. Elle est reçue à bras ouverts. Mais la situation se gâte rapidement. Après sa deuxième visite le cousin Borstein met les points sur les *i* :

— Esther, tu es belle et jeune. Tu devrais te marier. Tu as vu mon fils, Isaac. Ne penses-tu pas qu'il ferait un bon mari ? Vous pourriez nous donner de nombreux petits-enfants. C'est Dieu qui t'envoie.

Esther a vu Isaac. Très peu pour elle. Elle est violoniste dans l'âme. Malgré la tourmente qui commence à s'abattre sur l'Europe, malgré les difficultés de tous ordres, elle veut croire en son destin : tous les jours elle passe de longues heures à jouer du violon, ce qui provoque d'ailleurs les récriminations des autres clients de l'hôtel :

— Alors, on ne peut plus dormir ! Si vous croyez que c'est agréable d'entendre ce crincrin quand on a travaillé toute la nuit !

Ce n'est pas juste, Esther et son violon sont déjà dignes d'intérêt.

Toujours est-il que notre jeune artiste, vingt-quatre ans à peine, s'éloigne du cousin Borstein et des projets matrimoniaux qu'on fait pour elle.

Elle cherche désespérément du travail. Oh, bien sûr, elle pourrait être serveuse dans un restaurant casher, ou faire des ménages chez des bourgeois, mais non, violoniste elle est, violoniste elle restera. Elle apprend que les musiciens de Paris se réunissent en fin d'après-midi aux alentours de la plage Pigalle et de la place Blanche : c'est là que se recrutent ceux qui feront partie des « affaires » à saisir :

— Il y a un mois de saison à faire aux Sables-d'Olonne. Ils cherchent un contrebassiste et un pianiste. Ça t'intéresse ?

— Au Raspoutine, la place de violoniste est libre. Ils cherchent quelqu'un. C'est bien payé et il y a les pourboires.

Esther, malgré sa timidité et son accent polonais, ose se mêler à la conversation :

— Excusez-moi, si on cherche une violoniste, je suis disponible.

— Désolée, ma petite dame : ce n'est pas un orchestre féminin. Uniquement des hommes. Et en plus il faut connaître le répertoire tzigane sur le bout des doigts.

Pour Esther, les promenades dans les rues de Paris sont une merveilleuse aventure toujours renouvelée. Même si elle est seule. Parfois elle s'égare dans les cimetières parisiens, le Père-Lachaise, le cimetière Montmartre, le cimetière Montparnasse.

Au Père-Lachaise, une tombe attire son attention : un buste de bronze représente un homme d'un certain âge, moustachu, du siècle dernier. Elle lit le nom qui lui est inconnu : Allan Kardec.

Le buste, protégé par une sorte de monument un peu préhistorique, est couvert de fleurs. Pourtant, ce M. Kardec est mort depuis soixante-dix ans. Comment se fait-il qu'on fleurisse encore sa tombe avec tant d'assiduité ?

Une femme justement s'approche avec un bouquet de fleurs à la main. Des fleurs qu'on croirait cueillies dans les champs. Des petites fleurs toutes simples : marguerites, coquelicots, bleuets. Elle dépose le bouquet sur la tombe. Esther la voit ensuite qui applique sa main sur le buste. Les yeux fermés, la femme se perd dans une prière muette. Au moment où elle s'éloigne, Esther l'aborde :

— Excusez-moi, madame, qui est l'homme qui est enterré là ? Vous semblez avoir une dévotion particulière pour lui ?

La femme ne se fait pas prier pour expliquer :

— C'est Allan Kardec, un Lyonnais qui a fondé le spiritisme. Un homme de bien très charitable. Une sorte de saint que l'Eglise catholique ne reconnaît pas, mais qui est un puissant protecteur pour tous ceux qui demandent son aide. C'est pourquoi depuis sa mort sa tombe est continuellement fleurie et couverte de témoignages de reconnaissance...

Esther murmure, comme pour s'excuser :

— Je suis juive.

— Et alors, qu'est-ce que ça peut faire ? Allan Kardec intervient pour tous ceux qui font appel à lui. Apportez-lui quelques fleurs et demandez-lui ce que vous voulez.

— Vous croyez ?

Esther quitte la dame après l'avoir remerciée pour ces précisions intéressantes. Elle regagne son hôtel toute songeuse. Un catholique lyonnais. Si loin du ghetto de Varsovie. Mais après tout la prière ne monte-t-elle pas vers Dieu pour les uns comme pour les autres ?

Désormais, Esther prend l'habitude de fréquenter les cimetières, celui du Père-Lachaise en particulier. Elle a toujours avec elle son violon, et, quand elle se sent bien seule, elle sort l'instrument de son étui. Et elle joue, pour elle, pour les morts, pour Kardec aussi, pour les vivants, de France, de Pologne et d'ailleurs. Elle perd la conscience des choses. Parfois quelques personnes s'arrêtent pour écouter les sanglots de l'instrument. On n'applaudit pas quand elle cesse de jouer. Ça ne se fait pas dans un cimetière.

— C'est merveilleux, madame, c'est quoi ?

— Des airs traditionnels juifs.

— Mais vous êtes dans un cimetière catholique !

— La musique est toujours la musique, vous ne croyez pas ?

Un autre jour, c'est le gardien du cimetière qui l'apostrophe. Oh ! sans méchanceté.

— Chère madame, vous jouez merveilleusement bien du violon, mais je ne suis pas certain que le règlement du cimetière autorise les concerts. Vous comprenez, ça peut déplaire aux familles. En tout cas, je vous demande de vous abstenir si une inhumation a lieu à proximité.

Esther promet de faire attention.

Un lundi, alors qu'elle arrive au Père-Lachaise, son étui à violon au bout du bras, le soleil est radieux. Elle a comme une intuition : « Aujourd'hui, je sens que quelque chose va m'inspirer des accords encore plus beaux que d'habitude... »

Au moment où Esther va attaquer, alors que son archet effleure déjà les cordes de son vieux violon polonais, elle aperçoit un corbillard qui monte lentement l'allée en pente. Elle se souvient de la recommandation du gardien : pas de violon pendant les inhumations. D'ailleurs le gardien est là, qui accompagne le corbillard. En souriant, il pose son index sur ses lèvres : « Silence. »

Esther fait un signe de tête : elle a compris la consigne. Bon, il ne lui reste plus qu'à remiser son instrument dans son étui et à attendre un peu.

Le corbillard continue sa montée. Ce ne doit pas être un grand homme qu'on conduit à sa dernière demeure. Personne ne suit le convoi. Ah ! si. Un homme gris et triste, vêtu de noir, une serviette à la main. Esther se dit : « Quand on pense aux enterrements de chez nous ! Quelle tristesse d'être enterré sans famille ! »

Alors, machinalement, Esther, pour tuer le temps, marche derrière le fourgon mortuaire qui roule très lentement. L'homme en noir la considère un moment et la salue sans dire un mot. Il doit penser : « Comme c'est bizarre, une violoniste. Est-ce quelqu'un de la famille ? »

De toutes les manières ce n'est pas le moment de poser des questions.

On arrive bientôt à la tombe, fraîchement ouverte. Esther lit sur la pierre : Famille Rouard, et quelques noms et prénoms dont les plus anciens remontent à une centaine d'années.

Les croque-morts procèdent à l'inhumation. Un pasteur protestant est là qui prononce des prières rituelles et fait quelques signes de croix. Esther s'abstient de les imiter et se dit : « Je ferai une petite prière pour cet inconnu. Puisque presque personne n'est venu lui dire adieu. »

Prise d'une inspiration soudaine, elle se tourne vers l'homme gris à la serviette de cuir et dit :

— Je suis violoniste. Verriez-vous un inconvénient à ce que je joue un morceau de musique à l'intention de la personne qu'on vient d'enterrer ?

— Absolument pas, mademoiselle. C'est une attention charmante. En plus cette personne adorait la musique et tout particulièrement le violon.

Esther a déjà ouvert l'étui. Déjà l'instrument est coincé sous son menton et elle attaque d'un archet décidé un des airs du répertoire traditionnel de son pays. L'homme en gris l'écoute avec attention tandis que les fossoyeurs ont entamé la fermeture de la tombe.

Après le premier morceau, Esther, encore prise par l'émotion, demande :

— Pensez-vous qu'un deuxième morceau... ?

— Vous jouez si bien que je considère de mon devoir de vous donner mon accord.

Et Esther entame un air plus joyeux. Une danse où son violon alterne lamento et sarabande. C'est toute l'Europe orientale qui est là : Pologne, Roumanie, Hongrie.

Après ce deuxième morceau, l'homme en gris s'approche :

— Je vous remercie beaucoup. Maintenant, si vous le permettez, j'aimerais beaucoup connaître votre identité.

Ce mot d'« identité » fait frémir Esther : identité, papiers d'identité, contrôle, frontières, douanes. Toutes ces images déplaisantes resurgissent dans le calme ensoleillé du Père-Lachaise :

— Vous êtes de la police ?

— Oh ! mais pas du tout. Je suis simplement l'exécuteur testamentaire de M. Jean-Jacques Rouard que nous venons d'accompagner à sa dernière demeure.

Esther, un peu rassurée, donne son identité :

— Esther Borstein, née à Varsovie en 1914.

— Serait-il indiscret de connaître votre adresse.

— Eh bien, pour l'instant je vis à l'hôtel en attendant mieux : Hôtel des Voyageurs, boulevard Magenta. Mais j'espère bien changer de résidence le plus tôt possible.

— Avez-vous des amis ou de la famille chez qui on puisse vous joindre, ou avec qui vous soyez en contact permanent ?

— Eh bien, il y a mon cousin Moshe Borstein, 44, rue des Jeuneurs.

— Parfait ! Je vous contacterai très bientôt.

Quelques semaines plus tard, le cousin Isaac Borstein expédie un pneumatique à Esther qui a changé d'hôtel.

« Un certain M. Baranton désire te voir d'urgence. Voici son téléphone. »

Esther se dit : « C'est peut-être un engagement dans un orchestre. Un peu d'argent enfin. »

Quand elle frappe à la porte de M. Baranton, elle reconnaît l'homme gris du cimetière. Celui-ci ne tourne pas autour du pot, comme on dit :

— Chère mademoiselle Borstein, j'ai une bonne nouvelle pour vous. Vous étiez la seule personne qui ait bien voulu accompagner M. Rouard jusqu'à sa dernière demeure. En conséquence vous êtes sa légataire universelle. Compte tenu des droits de succession, vous allez recevoir 3 millions de francs.

Le lendemain, Esther s'en va porter un énorme bouquet de marguerites sur la tombe d'Allan Kardec, puis elle va jouer un air de violon sur la tombe de son bienfaiteur. Malgré les projets matrimoniaux du cousin Borstein, Esther a pris le premier paquebot pour l'Amérique, aussi loin que possible d'un certain Adolf Hitler.

LA FEMME-ENFANT

Les essuie-glaces de la 403 Peugeot fonctionnent sans arrêt depuis Paris, c'est-à-dire depuis plus de deux heures. Au volant, Gérard Rousseau, trente-neuf ans, ingénieur dans une entreprise de travaux publics, a ralenti l'allure. Bien qu'il ne soit que 6 heures du soir, il a déjà allumé les phares. Il est vrai qu'il fait un temps absolument détestable, ce 28 octobre 1961, et qu'on n'y voit pas à vingt mètres.

Gérard Rousseau soupire. Il n'avait aucune envie de partir en week-end chez ces amis qui ont une propriété au bord du lac des Settons, au cœur du Morvan. Quand il fait beau, l'endroit est ravissant, mais avec un temps pareil ! Seulement, voilà, Agnès, sa femme, a fait un caprice. C'est sa spécialité, les caprices. Agnès est ce qu'on appelle une femme-enfant. A trente ans, elle se comporte encore comme une gamine. Mais, dans le fond, c'est pour cela qu'il l'a épousée : pour sa spontanéité, sa fraîcheur, qui le reposent, lui qui est accablé de soucis et de responsabilités.

Gérard regarde sa femme assise à côté de lui sur le siège du passager. Qu'est-ce qui se cache dans cette tête charmante, sous ces boucles blondes qui sortent tout juste de la main du coiffeur ?

Soudain il sent un flottement dans la direction. Il pousse un juron :

— Bon Dieu ! C'est pas vrai !

Mais c'est vrai ! Ils viennent de crever alors qu'ils étaient presque arrivés. A quelle distance sont-ils de chez leurs amis ? Entre cinq et dix kilomètres, pas plus. Mais, comme par un fait exprès, c'est l'endroit où la route est la plus mauvaise. Un chemin communal qui passe dans une région escarpée où deux voitures se croisent tout juste. Il n'y a pas de bas-côté, juste un léger talus. Gérard arrête la voiture, profitant d'une courte ligne droite. Agnès demande, surprise :

— Qu'est-ce qu'il se passe ?

— On a crevé !

— C'est gai !

Il ouvre sa portière. La pluie battante entre dans la voiture.

— Cela ne m'amuse pas plus que toi. Tu vas sortir et me tenir le parapluie...

Agnès s'exécute sans discuter. Elle va chercher le parapluie et le cric dans le coffre. Gérard, lui, examine les dégâts. Le pneu avant droit est à plat. C'est particulièrement ennuyeux : de ce côté-là de la voiture, c'est le vide. Pas un ravin, un précipice, mais un fossé à hauteur d'homme. Il va devoir y descendre et introduire le cric en contrebas en gardant le mieux possible son équilibre. Par temps sec, cela ne poserait pas de difficulté majeure, mais la pluie a transformé le talus en bourbier. Il va être dans un bel état quand il arrivera chez leurs amis ! Agnès revient. Sous le parapluie ouvert, elle tient le cric et une lampe de poche allumée. Elle a une exclamation en considérant la situation :

— Mon pauvre chéri !

Gérard prend le cric en main. Une première tentative pour le mettre en place se solde par un échec. Il glisse dans la boue et se retrouve à quatre pattes en bas du talus. Agnès est horrifiée.

— Mais c'est affreux !

Gérard s'essuie sommairement les mains dans l'herbe.

— Je t'en prie, pas de drame ! Eclaire-moi et abrite-moi avec le parapluie.

Agnès, qui est restée sur la route à côté de la voiture, s'acquitte de son mieux de sa tâche. Son mari pousse un grognement et se relance à l'assaut du talus. Cette fois, il parvient à placer le cric. Se tenant de la main gauche, il tourne la manivelle avec la main droite jusqu'à ce qu'il tienne en place. Ensuite, c'est le plus difficile : dévisser les boulons de la roue qui n'est pas encore soulevée du sol. D'habitude, il place la clé à pipe sur le boulon et donne un vigoureux coup de pied. Mais dans la position où se trouve la voiture, c'est impossible. C'est d'en bas et à la main qu'il doit effectuer ce travail.

Sous la pluie battante, il s'escrime tandis que sa femme le protège en répétant à plusieurs reprises :

— Mon pauvre chéri !

Ce qui contribue à l'énerver plus encore. Enfin, après dix minutes d'effort dans la boue, le dernier boulon cède. Gérard revient à la manivelle et la tourne vivement. Le côté droit de la 403 s'élève et la roue crevée tourne dans le vide. Il crie à sa femme :

— La roue de secours ! Va me chercher la roue de secours !

Agnès disparaît dans la nuit. Gérard se retrouve seul dans l'obscurité et sous la pluie. Il entend un choc sourd à l'arrière, puis un autre. Qu'est-ce qu'elle fait ? Ah oui, c'est vrai. Elle est obligée d'enlever les valises pour prendre le pneu. Il devrait y aller lui-même, cela irait plus vite.

Gérard est sur le point de quitter son poste lorsque le drame se produit. Il y a un bruit de tonnerre et une souffrance atroce, puis une certitude, même s'il ne comprend pas encore ce qui s'est passé :

— Je vais mourir.

Agnès met, elle aussi, quelques secondes pour comprendre. Elle a entendu le bruit et reste toute bête avec sa roue dans les bras. Puis elle la pose par terre et prend la lampe électrique. La voiture n'est plus là. Elle pousse un cri :

— Gérard !

Effectivement, la voiture n'est plus là. L'averse a provoqué un glissement de terrain et elle se trouve à présent, le nez en avant, dans le fossé avec Gérard en dessous.

Horrifiée, Agnès a sauté en contrebas et découvre le tragique spectacle dans la lumière tremblante de sa lampe de poche : Gérard est couché sur le dos, le pare-chocs de la voiture sur sa poitrine. Il a les yeux fermés. Elle pousse un cri déchirant : il est mort !

Non, Gérard n'est pas mort. Il ouvre les yeux, la voit, lui parle :

— Agnès, j'étouffe...

Agnès ne répond pas. Elle agite fébrilement les mains, prise de panique.

— Agnès, j'étouffe ! Fais quelque chose...

Cette fois, Agnès a retrouvé ses esprits. Elle lâche sa lampe de poche et agrippe à deux mains le dessous de la voiture du côté droit, là précisément où se trouvait le pneu crevé responsable de tout. Mais elle n'arrive qu'à s'écorcher les mains. Combien peut peser la voiture ? Une tonne peut-être... Elle a un gémissement désespéré.

— C'est trop dur ! Je ne peux pas !

A ses pieds, dans la boue, la voix de Gérard se fait de nouveau entendre. Elle est implorante et mourante.

— Agnès, Agnès...

Faire quelque chose, n'importe quoi ! Sinon il sera trop tard. Chercher du secours. Oui, c'est cela : chercher du secours...

Avec une agilité extraordinaire malgré la boue, Agnès grimpe le talus et elle se met à courir comme une folle. Ses chaussures à talons hauts la font tomber. Elle les envoie promener et continue. Et puis elle s'arrête.

« Comme une folle » était l'expression juste. Elle avait pris la direction de chez leurs amis, mais leur maison est à cinq bons kilomètres et, même en courant à perdre haleine, elle arrivera trop tard. Gérard sera mort avant. Attendre une voiture ? Bien sûr, s'il en passait une, ce serait le salut. Mais sur cette route déserte et par ce temps de cauchemar, il peut fort bien ne pas en passer avant le lendemain matin. Alors ?

Alors, il arrive quelque chose d'extraordinaire, de prodigieux. Agnès, qui n'a jamais suivi que son instinct, se met à agir, une fois encore, de manière instinctive. Et ce que lui dit, ce que lui crie son instinct, c'est qu'elle doit sauver Gérard. Il ne faut pas qu'il meure ! Il ne faut pas !

Sans s'en rendre compte, elle a couru sur la route en sens inverse et plongé, les pieds en avant, dans le fossé. Sans s'en rendre compte, elle s'est placée contre la voiture. Mais son instinct lui a fait faire le geste nécessaire : elle s'est accroupie, le dos à la carrosserie. Or, c'est dans cette position, et cette position seule, qu'on peut soulever un objet lourd. Elle serre les dents et elle tire de toutes ses forces sur ses bras, tout en essayant de déplier ses jambes.

Si Agnès Rousseau n'était pas la jeune écervelée qu'elle est, la femme-enfant qui fait ce que lui dicte son cœur, elle n'aurait jamais entrepris cette tentative absurde. Pour soulever dans ces conditions un objet du poids de la 403, il faudrait deux hommes vigoureux et elle mesure en tout et pour tout 1,60 m pour cinquante kilos...

Agnès n'a pas la force de gémir tant la crispation est violente, absolue. Une seule pensée traverse sa tête : il faut sauver Gérard, il le faut, il le faut !

Et le miracle se produit : la voiture a bougé. Elle se soulève de quelques centimètres seulement, mais elle ne repose plus sur la poitrine de Gérard. Il respire de nouveau. Agnès l'entend émettre un sifflement, puis un râle. A présent, s'il est capable de bouger, il peut se dégager lui-même. Il y a quelques secondes interminables d'attente et... rien ne se produit. Soit qu'il ait perdu conscience, soit qu'il ait quelque chose de cassé. Gérard n'a pas bougé. Agnès sent ses forces l'abandonner. Elle va laisser retomber la voiture et tout sera perdu. Elle a fait tout cela pour rien !

Alors elle recommence, elle s'arc-boute de nouveau. Il faut soulever la voiture, il le faut ! Et l'incroyable lutte reprend. La lutte de près d'une tonne d'acier contre cinquante kilos de fragilité, cinquante kilos d'amour, cinquante kilos de refus, cinquante kilos de désespoir. Et la 403 se met à s'élever, lentement, centimètre après centimètre.

Agnès se relève. Elle arrive presque à déplier les genoux. C'est l'instant crucial. Elle donne une brusque impulsion avec toutes les forces qui lui restent et fait passer la charge de ses mains à son dos. Elle ressent une douleur fulgurante, mais elle y parvient. A présent, le dernier effort : se relever, se mettre debout sous le poids, comme les haltérophiles. Elle pousse un cri. La voiture, propulsée sur son côté gauche, se met en position d'équilibre sur le côté opposé. Son mari est sauvé ; alors Agnès s'évanouit.

Une grande lueur blanche et la vision d'un homme en blanc lui aussi.

— Où suis-je ?

— A l'hôpital, madame Rousseau.

Tous les souvenirs reviennent en même temps dans l'esprit de la jeune femme.

— Et mon mari ?

— Il va bien, rassurez-vous. Il n'a eu que des côtes cassées. Il est sauvé, grâce à vous.

— Et moi ?

Le médecin a un air un peu gêné.

— Vos vertèbres lombaires ont beaucoup souffert. Il va vous falloir une longue et assez pénible rééducation et il n'est pas certain que vous remarchiez tout à fait normalement. Mais je ne me fais pas de souci pour vous, vous êtes une femme d'exception...

Non, Agnès Rousseau n'était pas une femme d'exception. Mais elle avait réagi comme il fallait à des circonstances exceptionnelles. Dans cette jolie tête blonde et ce joli corps de cinquante kilos, il y avait bien autre chose que de la futilité. Il y avait des sentiments si profonds qu'ils étaient plus forts que tout, absolument que tout.

JOLIE PIÈCE

— Là, dit Charnay. Dans ce fourré ! Vous voyez comme ça remue ?

A dix pas, le buisson bouge en effet. Un oiseau s'envole, mais avant que Marc ait pu le distinguer, Charnay tire. Le coup de fusil résonne dans les bois. L'oiseau est atteint de plein fouet et retombe lourdement dans les feuilles mortes.

— Touché ! crie Charnay. Il a son compte. Rapporte, Thoutmès ! Rapporte, mon beau !

Le chien dévale le talus. C'est un braque hongrois au pelage souple et satiné. Il se précipite vers Charnay, son butin dans la gueule : encore un coq de bruyère. Le chasseur ne cache pas son contentement.

— Bon chien, glousse-t-il en le caressant. En voilà, un bon chien !

Le gros homme se redresse et tend le faisan à Marc.

— Tenez, dit-il, mettez donc ça dans votre gibecière. Moi, j'en ai déjà deux.

Et, tandis que le jeune homme le remercie, il ajoute avec mépris :

— Vous voyez comment on chasse, Marc. Ce n'est pas plus compliqué que ça. Vous verrez, vous y arriverez, un jour.

En ce 12 octobre 1967, Marc, vingt ans, est à la chasse pour la première fois de sa vie. On ne peut pas dire qu'il en éprouve une grande joie. En fait, il est venu pour faire plaisir à M. Charnay, qui est le père de sa fiancée.

— Vous voyez ce chien, dit Charnay en admirant Thoutmès d'un œil complice, c'est le plus extraordinaire que j'aie jamais eu !

Et il conclut :

— Vous verrez, Marc. Un bon chien, ça vaut tous les amis du monde.

Précédant les deux hommes, Thoutmès arpente le terrain. Il renifle les buissons, s'engouffre dans les ronciers. Soudain, il bondit derrière une haie. Charnay referme son fusil et se tient prêt. Marc laisse le sien cassé ; il aimerait bien tenter sa chance, mais Charnay ne lui donnera jamais une si belle occasion.

— Regardez, dit la voix rauque en baissant le ton. Vous voyez comme ça remue ? Vous allez voir ce que vous allez voir !

Cette fois, Charnay doit tirer ses deux cartouches. Personne n'est parfait.

— Touché ! crie-t-il. Et de quatre ! Une poule, cette fois, vous l'avez vue ?

En fait, Marc n'a rien eu le temps de voir. Thoutmès rapporte la proie à son maître.

— Un conseil au passage, dit Charnay. Ne tirez jamais sur un gibier avant que le chien ne l'ait débusqué — enfin je veux dire : quand vous chasserez pour de bon...

Et comme Charnay aime les brimades :

— Tenez, rendez-moi donc mon coq, je vous laisse la poule en échange.

A présent, Marc regrette clairement d'avoir abandonné le groupe des chasseurs pour suivre son futur beau-père. D'ailleurs, Charnay ne lui a rien demandé ; la compagnie de Thoutmès lui suffirait amplement.

— Je devrais peut-être essayer de voir où en sont les autres, propose le jeune homme d'un ton badin.

Le gros homme ne répond même pas ; il ne s'intéresse qu'à son chien :

— Cherche, Thoutmès, cherche, mon beau !

On entend plusieurs coups de feu au loin, et Marc décide de rejoindre le groupe. Tout en cheminant à travers bois, il rêve de revanches. Il imagine sa gibecière rebondie, bourrée de gibier à craquer, les fines oreilles d'un lièvre dépassant même du rabat. Il se voit déjà, de retour de la chasse, étalant un impressionnant tableau sous la mine déconfite du gros Charnay.

Marc débouche à présent sur une petite clairière ; il jette un regard alentour et comprend que ses rêveries l'ont égaré ; plutôt, il est revenu sur ses pas sans s'en rendre compte. C'est alors que tout va lui sembler possible.

A quelques mètres sur sa droite, un buisson vient de frémir. Marc retient son souffle et arme discrètement. Le buisson remue de plus belle. Marc met en joue calmement. Vision fugitive : une boule de plumage brun, à la base du taillis. Le fusil est lourd et le viseur instable. Tout à coup, la tache brune, de nouveau, moins nette peut-être. Respirant à fond, Marc rassemble tout le sang-froid dont il est capable et presse la première détente. Le recul le surprend, le coup de feu l'assourdit. Il est prêt à tirer une deuxième cartouche, mais plus rien ne bouge. Rabaissant le canon, Marc reste figé un moment dans l'odeur de la poudre. Le sang lui est monté au visage ; maintenant, l'espoir l'envahit : il vient peut-être d'abattre son premier gibier !

Marc se dirige vers le buisson. Bien sûr, il aurait mieux valu tirer l'oiseau après son envol ; mais comme il n'a pas de chien... Le jeune homme stoppe net. Ses jambes se dérobent sous lui, son cœur se met à galoper. L'angoisse le serre à la gorge : un affreux pressentiment vient de l'envahir.

Il se précipite vers le buisson, écarte les ronces et les branchages. Freiné par les épines qui s'accrochent à sa veste, Marc se fraie un passage. Soudain il a le pied dessus, il sent le corps rouler sous sa semelle ; il scrute l'obscurité, et ce qu'il aperçoit est terrible : au milieu des orties et des feuilles mortes, Thoutmès est étendu, sans vie, une grosse tache noire au flanc gauche. Marc est au bord du précipice. « Non ! se dit-il, ce n'est pas vrai ! Ça ne peut pas être vrai ! » Pourtant il faut se rendre à l'évidence : il vient de tuer le meilleur ami de Charnay !

Il entend bientôt la voix rauque et lointaine du gros homme :

— Marc ? C'est vous qui avez tiré ? Qu'est-ce que c'était ?

Le jeune homme s'extirpe du taillis. Il se sent complètement vide. Charnay insiste :

— Qu'est-ce que vous avez tiré ? Un corbeau ?

— Rien, s'entend-il articuler d'une voix blanche. Un faisan, j'ai dû le manquer.

— Vous l'avez vu tomber ?

— Je... j'avais cru...

Marc regarde son fusil avec effroi. Charnay n'est plus très loin. Pour le moment, il cherche son chien :

— Thoutmès ! hurle-t-il. Thoutmès, au pied !

Charnay se rapproche toujours. Marc a une envie douloureuse de pleurer ; la situation est sans appel.

— Ce n'est pas le tout de tirer un gibier, dit Charnay quand il parvient à sa hauteur. Encore faut-il être capable de repérer l'endroit où il tombe. Enfin rassurez-vous : j'ai Thoutmès. Lui va vous dénicher ça le temps de le dire. Thoutmès ! Mais où est-il donc passé, l'animal ?

Le gros homme se tient maintenant à dix mètres du buisson. Marc est exsangue, son regard n'exprime plus rien. Même le lourd Charnay finit par s'en apercevoir.

— Qu'est-ce qu'il y a, ça ne va pas ?

— C'est... Oh ! je suis désolé !

Le jeune homme ferait pitié. Il regarde son fusil comme si c'était une pièce à conviction.

— Vous allez beaucoup m'en vouloir, mais ce n'est pas ma faute ! Il faut me pardonner, je n'ai pas l'habitude !

Charnay s'est raidi. Il ne répond pas.

— Pas l'habitude... bredouille Marc en remettant l'arme du crime à Charnay. Je pensais que c'était un faisan...

Le gros homme prend le fusil et le met à son épaule.

— Ça va, j'ai compris.

Sa voix n'est plus qu'un râle.

— Je veux le voir.

— Oh ! je suis tellement désolé...

— Je veux le voir ! grogne Charnay.

— Il... là... les ronces...

Le gros homme entre dans le fourré. Il en ressort quelques instants plus tard, son chien mort dans les bras.

— Jolie pièce ! dit-il. Félicitations !

Le visage révulsé, il dépose l'animal dans l'herbe, puis se relève, très droit, et retire son chapeau de chasse. Marc fait comme lui. Puis, sans changer d'attitude, Charnay se met à retirer une à une les cartouches qu'il porte à sa ceinture. Il les jette au loin, sans regarder.

— Tu vois, je n'en garde que cinq, explique-t-il. Ça te laisse toutes tes chances.

Un frisson parcourt le jeune homme.

— Comment ça ?

— Je compte jusqu'à dix. File !

— Mais...

— Un. Deux...

— Attendez...

— Trois !

Cette fois Marc a peur, vraiment peur. Il tourne sur lui-même.

— Quatre !

« La route ! pense Marc. C'est ma seule chance ! » Il détale aussitôt dans cette direction, se retournant à chaque seconde pour voir si Charnay le suit. Soudain il aperçoit le fou furieux qui bondit sur ses pieds et accourt dans sa direction à grandes enjambées. Marc courbe la tête et détale autant que le permettent les racines. Il se prend le pied dans l'une d'elles, fait un vol plané dans les feuilles mortes, se relève à bout de souffle et repart aussi vite qu'il peut. Un coup de feu, très fort, dans son dos. Marc entend les plombs s'écraser sur un arbre tout près de lui. Son cœur s'emballe. Plus que quatre cartouches.

Marc fonce droit devant lui, sans se soucier des petites branches qui le cinglent de partout. Nouveau coup de feu et, en même temps, nouvelle chute ; juste au bon moment pour éviter la décharge — mais de justesse, puisque des plombs ont touché sa main : ils se sont logés dans la paume et dans deux doigts. Marc se relève très vite. Plus que trois cartouches ! Vite ! Vite ! Il court, court tant qu'il peut. Il a maintenant le visage en sang, il s'est déchiré le front. Ses poumons lui font mal — bientôt le point de côté... Marc ne sait plus où il en est, ce sont ses jambes qui courent pour lui. Petit regard en arrière... Il n'y a plus personne ! Marc s'agrippe à un arbre, haletant, et s'accorde une seconde de répit. La route ne doit plus être très loin, et du même coup sa voiture, sa petite Dauphine qui va peut-être lui sauver la vie. Tout n'est pas perdu. Sans ralentir la course, il sort de sa poche la clé de contact. La voiture n'est plus qu'à cent mètres. Marc a presque oublié Charnay. Charnay, lui, ne l'a pas oublié. Il s'était caché derrière la Dauphine et attendait son heure. Il met en joue...

Un coup de feu, et, pour Marc, c'est une douleur terrible dans l'épaule et une partie du cou. Sonné, il a quand même le réflexe de sauter dans le fossé. Sa chute est amortie par la boue et les feuilles. Rampant sur le talus, il se relève à moitié pour se jeter dans des fougères. La douleur le mord profondément. Il y a encore deux cartouches. C'est plus qu'il n'en faut pour l'achever. « Non ! se dit Marc, ce n'est pas possible ! »

Charnay renifle, crache, puis il entre à son tour dans les fougères où il s'immobilise. Comme un animal traqué, Marc est tapi au sol. « C'est fini, pense-t-il, ce salaud a trop de réflexes. Je suis cuit. » Mais alors une idée lui vient — une idée complètement folle ! C'est le mot « réflexe » qui l'a fait réagir.

Evitant de faire le moindre bruit, Marc ouvre sa gibecière et en sort délicatement la poule faisane qu'il avait oubliée. Après plusieurs secondes de concentration, le jeune homme joue le tout pour le tout. Il lance l'oiseau en l'air de toutes ses forces. Les réflexes du chasseur fonctionnent. Charnay pointe sur l'animal et tire. La décharge atteint la carcasse de plein fouet, déviant sa trajectoire.

« Plus qu'une cartouche ! » se dit Marc qui a profité de la diversion pour détaler vers la voiture. La Dauphine est à quelques mètres, Marc déploie ses dernières forces ; mais Charnay a compris la manœuvre et se met en position. Parvenu à son but, le jeune homme tente de déverrouiller la portière, mais il tremble tellement qu'il ne parvient pas à mettre la clé dans la serrure. Trop tard : Charnay l'a mis en joue, il appuie sur la détente. Marc s'aplatit au sol comme un poids mort. Les plombs viennent cribler le pare-brise, rebondissant dans tous les sens. Marc est sain et sauf, mais il ne bouge pas.

— C'est bon ! lui crie Charnay. Nous sommes quittes !

Marc se met à genoux pour vomir ; puis il se relève, ouvre enfin sa portière, s'assied tant bien que mal au volant et démarre sans demander son reste.

Le gros homme le regarde s'enfuir d'un œil placide.

— Piètre chasseur, dit-il, mais gibier acceptable. Et c'est un connaisseur qui parle !

LA ROBE BLEUE

Tout commence un jour de printemps de l'année 1966. Arlette, vingt-quatre ans, est assise sur un banc public de la capitale, l'air boudeur. Car Arlette ne travaille pas. Elle est sans profession, comme c'est le cas le plus fréquent à l'époque. A part cela, c'est une jolie blonde, toute menue. Ses meilleures amies affirment qu'elle n'a pas de cervelle, son mari, Jean-Jacques, préfère dire que c'est une femme-enfant.

Et il y a du vrai dans ce jugement. Arlette est capricieuse. Quand elle a envie de quelque chose, elle le veut tout de suite, même si ce n'est pas raisonnable, même si ce n'est pas possible.

Et, en ce moment, Arlette veut la robe qu'elle a vue la veille chez un couturier chic : une robe de soie bleue. Seulement, elle vaut 500 francs. Cinq cents francs, en 1966, c'est beaucoup d'argent et leur ménage ne roule pas sur l'or. Hier soir, quand son mari est rentré, après l'avoir embrassé tendrement, Arlette lui a parlé de la robe. Tout a bien été au début. Mais il a fallu annoncer le prix.

Jean-Jacques ne s'est même pas fâché, il a éclaté de rire :

— Cinq cents francs, alors que nous n'avons pas encore payé les traites de la voiture ni du réfrigérateur !

— S'il te plaît ! Ce sera à la fois mon cadeau d'anniversaire et de Noël. J'en ai tant envie !

— Quand nous aurons gagné le gros lot à la Loterie nationale, je te promets que tu l'auras... En attendant, passons à table. J'ai une faim de loup.

Et voilà : rien n'y a fait, ni ses pauvres regards d'enfant battu, d'habitude irrésistibles, ni ses larmes, ni ses tendres tentatives. Arlette n'aura pas sa robe.

Ce matin, la rage au cœur, elle est retournée devant la vitrine. La robe bleue était là, qui la narguait. Arlette l'a contemplée longuement et, maintenant, elle s'est assise sur un banc public pour bouder.

Soudain, elle remarque un sac à main près d'elle, un très beau sac de grande marque, avec une longue courroie formant bandoulière. Arlette le prend et l'ouvre. Elle est très curieuse, elle adore tout ce qui est nouveau. Du coup, elle a complètement oublié la robe.

Arlette commence à fouiller et sort une liasse de billets. Elle les déplie, les compte : cinq billets de 100 francs, 500 francs !

Arlette a toujours été d'une honnêteté scrupuleuse. S'il y avait eu moins, ou s'il y avait eu plus, 1 000, 2 000 francs, elle aurait immédiatement rapporté sa trouvaille au commissariat. Mais 500 francs, la somme exacte. Comment croire qu'il s'agisse d'une coïncidence ? Ce ne peut être que le destin qui s'est manifesté, une bonne fée.

Un coup d'œil à droite et à gauche pour voir si la propriétaire ne reviendrait pas, et elle s'empare prestement de l'objet, traverse la rue et entre dans le magasin.

— Vous désirez, madame ?

Le ton de la vendeuse est des plus aimables, il est presque déférent. On voit que celle-ci est sûre d'avoir affaire à une bonne cliente. La robe d'Arlette est pourtant des plus simples, mais il y a le sac de luxe qu'elle porte en bandoulière.

— J'ai remarqué une robe bleue en vitrine...

— Parfaitement, madame. Je suis sûre qu'elle est faite pour vous.

L'essayage confirme ce pronostic. Il n'y a pas une retouche à faire et, un quart d'heure plus tard, Arlette sort de chez le couturier. Elle a tenu à garder la robe sur elle, elle porte à l'épaule le sac élégant. Dieu, qu'elle est chic ! Le reflet à la fois flou et idéalisé que lui renvoient les vitrines lui semble venir d'un conte. Plusieurs hommes se retournent sur son passage, quelques-uns lui sourient. Son visage enfantin est rayonnant. Elle est heureuse.

Rentrée chez elle, elle se contemple interminablement dans la glace. Elle prend des poses de mannequin. Et puis, elle baisse les bras avec un gros soupir.

C'est vrai que ses amies ont raison. Elle ne réfléchit pas assez. Cette robe, que va-t-elle pouvoir en faire ? Elle ne pourra jamais la mettre. Elle s'était imaginé naïvement la joie de Jean-Jacques quand il la verrait habillée ainsi.

Sa joie ! Il va tout de suite lui demander :

— Mais avec quel argent as-tu acheté cette robe ?

Et que pourra-t-elle lui répondre ? Alors, brusquement, Arlette prend conscience qu'il n'y avait pas de bonne fée, que ce sac à main a une propriétaire, que ces 500 francs n'étaient pas à elle, qu'elle les a volés.

Voleuse ! Elle est une voleuse ! Prise de panique, Arlette court cacher sous une pile de linge le sac et la robe. Le soir, quand Jean-Jacques rentre, elle est à deux doigts de lui dire la vérité, mais les mots ne viennent pas. Cette fois, elle est consciente d'avoir fait une vraie bêtise, elle sait que c'est très grave.

Les jours passent. Arlette se tait. Et plus le temps avance, plus sa situation devient intenable. Elle ne peut plus penser qu'au sac et à la robe. Elle devient absente, irritable, elle dort à peine.

Jean-Jacques croit qu'elle est malade ou contrariée à cause de lui. Il redouble de gentillesse, de prévenance. Arlette n'en est que plus furieuse contre elle-même.

— Cela ne va pas, ma chérie ? Je t'assure que tu devrais voir un médecin.

— Mais non, mais non...

— Tu me caches quelque chose ! Non, ne me dis pas que c'est ce que nous espérons depuis si longtemps : un heureux événement.

Cette fois, Arlette éclate en sanglots. Elle n'est pas loin de la crise de nerfs.

C'est cette allusion à l'enfant qu'ils attendent depuis le début de leur mariage qui la décide. Elle est allée trop loin dans le mensonge. Son attitude vis-à-vis de Jean-Jacques s'apparente à une trahison. Le soir suivant, le sixième jour après son forfait, elle franchit le pas. Tremblant de tous ses membres, elle sort la robe de sa cachette. Ahurissement de Jean-Jacques.

— Qu'est-ce que c'est que cela ?

— Eh bien, la robe bleue dont je t'avais parlé.

— On te l'a offerte ? Tu as un amant ?

— Non. Je me la suis achetée.

— Avec quoi ? Tu as... vidé notre compte en banque ?

— Non, non ! Ce n'est pas avec notre argent. C'est avec 500 francs que j'ai trouvés dans un sac.

Et, d'un air lamentable, elle sort l'objet de luxe de sa pile de linge. Il y a un interminable silence. Le plus terrible, c'est que Jean-Jacques ne crie pas. Il a les mâchoires serrées, la voix sèche :

— Je m'étais trompé sur ton compte.

Le ton est glacial, comme celui d'un jugement, d'un verdict. Arlette est blême. Elle a un instant la crainte horrible que son mari va lui annoncer son intention de divorcer. Mais non, il se met à exploser. Et c'est presque avec soulagement qu'elle accueille sa colère.

— Tu es une idiote, la dernière des idiotes ! Il n'y a pas de mot pour te qualifier ! Tu as imaginé que la propriétaire a porté plainte ? Tu comprends ce que cela veut dire ? Ouvre le sac, il doit y avoir des papiers avec une adresse.

En tremblant, Arlette retire une carte d'identité. L'adresse est une rue du XVIe arrondissement.

— Des gens importants, bien sûr ! Ces personnes-là ne font pas de sentiment, tu peux me croire ! Toi, tu iras en prison et moi, je perdrai ma place à cause du scandale...

La scène dure encore un bon moment. Mais Jean-Jacques, qui est un homme d'action, finit par cesser ses invectives et donner ses instructions.

— Bien. Demain matin, tu iras rapporter le sac toi-même. Avant, nous passerons par mon bureau. J'expliquerai tout à mon patron et je lui demanderai une avance sur mon salaire...

Le lendemain matin, après une nuit blanche qui a été la pire de sa vie, Arlette est dans la voiture aux côtés de Jean-Jacques. Sur ses genoux, il y a le sac avec cinq billets de 100 francs. Le patron de son mari s'est montré compréhensif.

Jean-Jacques stoppe devant un immeuble luxueux. C'est là. Il lui lance d'une voix sans réplique :

— Vas-y. Je t'attends ! Si tu fais demi-tour au dernier moment, c'est moi qui irai à ta place !

L'appartement est au premier étage. Arlette monte l'escalier de marbre recouvert d'un tapis rouge. Elle se demande comment ses jambes peuvent la soutenir. Elle sonne. C'est un domestique en livrée qui vient lui ouvrir. Arlette s'embrouille, bafouille :

— Je... Le sac, c'est moi qui... Enfin, je viens le rapporter, voilà...

Le domestique, pourtant certainement stylé, ne peut s'empêcher d'avoir un mouvement de recul.

— Ah ! c'est vous ! Veuillez me suivre au salon...

Assise à l'extrême pointe d'une bergère Louis XVI, Arlette continue à vivre son cauchemar. Voilà, ça y est. On est allé prévenir la police. Jean-Jacques la verra ressortir entre deux agents. Elle voudrait être ailleurs, être quelqu'un d'autre, n'avoir jamais existé. Elle voudrait qu'on la retrouve morte, là, sur le tapis chinois. Trop tard, la porte vient de s'ouvrir. Une jeune femme élégante vient vers elle.

Arlette dit tout d'une traite la phrase que lui a fait apprendre Jean-Jacques.

— Madame, je vous rapporte votre sac. J'aurais dû le faire plus tôt. Pardonnez-moi...

Mais, à sa stupeur, la jeune femme éclate de rire.

— Vous pardonner ? Après ce que vous avez fait pour moi ? Est-ce que je peux vous embrasser au contraire ?

Et elle l'embrasse. Arlette ne sait plus ce qui se passe. Elle ne sait plus rien.

— Vous n'avez donc pas vu ce qu'il y avait dans le sac ?

Arlette rougit jusqu'aux oreilles.

— Si... Il y avait... 500 francs...

— Non, je ne vous parle pas de l'argent, mais du billet... le billet d'avion Paris-Rome... Sur le moment j'ai été horriblement contrariée. J'ai dû annuler mon voyage... Vous m'avez sauvé la vie. Le Paris-Rome s'est écrasé et il n'y a pas eu de survivant.

La jeune femme marque un temps et continue :

— Je vous aurais bien laissé l'argent du sac, mais ce n'est pas assez. Tenez, prenez ceci... Si, si, j'insiste...

Elle retire de sa main droite une magnifique, une éblouissante bague en diamants et la lui passe au doigt.

— Elle vous va parfaitement. On la dirait faite pour vous. Je suis sûre que vous avez une toilette pour aller avec.

Et, comme dans un rêve, Arlette s'entend répondre :

— Oui, une robe bleue...

Voilà comment on devient une héroïne sans le vouloir et même avec de fort vilaines intentions. Mais il n'est tout de même pas recommandé de suivre l'exemple d'Arlette. Ne volez pas un sac à main, même s'il contient un billet d'avion. Vous ne sauverez la vie à personne et vous risquerez, au contraire, de très graves ennuis.

LE BAGNARD

France, 1922. Ce soir c'est la fête au village. La journée a été chômée. Ce matin, tout le monde ou presque a participé à la procession de sainte Ildefonse, la patronne qui a protégé la communauté de la peste en... en quelle année déjà ? Aucune importance, ça remonte à si loin et tout le monde s'en moque.

Bernard Guyot et Antonin Levesque s'en moquent encore plus que les autres. Ils sont bien éméchés. Il faut dire qu'ils reviennent du service militaire et ils ont passé la journée à brailler dans les rues du village :

— La quille, bon Dieu !

Tout le monde les connaît par ici. Ce sont de

braves garçons, solides et rieurs. A chaque maison on les invite à entrer :

— Alors, les gars, c'est fini, l'armée ? Vous n'avez pas été au gniouf, par hasard ?

— Pas de risque, on est trop malins. On s'est tenus bien à carreau. Pas un jour de taule. Est-ce qu'on a des têtes de taulards ?

Eh bien justement, Bernard et Antonin, s'ils n'ont pas des têtes de malandrins, sont, sans le savoir, sur la mauvaise pente.

— Allez ! les gars, une petite gnôle ! Pour fêter votre retour à la vie civile. C'est bientôt les moissons, il va falloir retrousser ses manches !

Bernard et Antonin acceptent la gnôle, un peu plus loin c'est du vin rouge, plus loin encore du cidre bien frais. Tout est bon, tout « fait ventre », comme on dit. Aussi, quand le village se calme un peu, après la kermesse, le marché aux canards et le bal populaire, nos deux amis se réveillent-ils au fond d'un fossé.

— Antonin, quelle heure qu'il se fait donc ? Le soleil se couche.

— Oh ! là ! là ! mon pauvre Bernard, qu'est-ce que je tiens ! J'ai mal aux cheveux.

— Et si on poussait jusqu'à La Ferté, la marche nous réveillerait et le café de la mère Mavuche ferme tard. Elle nous ferait une omelette au lard et on ferait glisser ça avec quelque chose de gouleyant !

Titubant un peu, Antonin et Bernard se mettent en route vers le hameau de La Ferté : à peine deux kilomètres.

— Dis donc, Antonin, c'est à La Ferté qu'habite ta tante, la vieille Eulalie, non ?

— Cette vieille vache ? Je veux ! Quand je suis parti faire mon temps, j'ai été lui dire au revoir. Qu'est-ce que tu crois qu'elle m'a donné comme viatique ? Nib de nib, pas un sou troué. Une médaille pieuse en aluminium. J'ai jamais vu une avaricieuse comme ça...

— Tu sais quoi, Antonin, on devrait aller lui chiper une ou deux poules. Ni vu ni connu j't'embrouille.

— C'est parti ! En route, ça terminera la journée en beauté.

Et c'est ainsi que Bernard et Antonin, pas très solides sur leurs jambes, se mettent en route vers leur destin. Il va se passer pas mal d'années avant qu'ils ne revoient leur village, leurs parents, leurs amis. Ou du moins ceux qui seront encore en vie.

Une fois arrivés à La Ferté, rien de plus facile que d'entrer dans le jardin qui jouxte la ferme de la tante Eulalie. Antonin connaît bien le chien, le pauvre Hannibal qui passe toute sa journée attaché à la même chaîne. Hannibal connaît Antonin, il n'aboie pas, il remue la queue.

— Tiens, en voilà une !

Bernard a saisi une grosse poule qui dormait déjà dans le poulailler. Elle n'a pas le temps de lancer le moindre cri qu'elle est déjà étranglée. Antonin la glisse sous sa veste de drap noir.

— Encore une et on s'en va.

Une seconde poule sous la veste de Bernard et les deux garçons sont déjà sur la route. Personne n'a rien vu. Enfin c'est ce qu'ils croient.

Chez la mère Mavuche, ils sont reçus fraîchement :

— Une omelette au lard ! A cette heure-ci ! Et pourquoi donc que vous n'êtes pas chez vous ? Enfin bon, je vais vous préparer ça, mais après vous allez déguerpir. J'ai sommeil.

Ce n'est qu'au beau milieu de la nuit que Bernard et Antonin regagnent leur lit. Antonin marche sur la pointe des pieds. Dame, il est marié, lui. Et sa femme, l'Angèle, est du genre à lui taper dessus.

Le lendemain, Bernard, de son côté, Antonin et l'Angèle du leur, sont réveillés par des éclats de voix dans la rue :

— Dites donc, vous ne savez pas quoi ? La vieille Eulalie, la tante de l'Antonin. Quelqu'un lui a réglé son compte cette nuit à La Ferté. Egorgée dans son lit. On a fouillé partout et il ne reste rien. Il paraît qu'elle cachait son magot dans son matelas. Il a été éventré. Il y avait des plumes partout.

— Et son chien. Il n'a pas aboyé ?

— Le chien aussi a pris un coup de couteau dans la gorge. Mort !

La gendarmerie est diligentée sur les lieux du crime. On pose des questions et on obtient des réponses simples, évidentes, mortelles. La mère Mavuche, la cabaretière, raconte qu'elle a reçu la veille, tard, la visite de Bernard et Antonin :

— Ils avaient l'air d'en avoir un coup dans l'aile. Et j'ai bien vu qu'ils cachaient quelque chose sous leurs vestes.

De fil en aiguille, tous les éléments de l'enquête s'imbriquent les uns dans les autres. Les « paquets » dissimulés sous les vestes, la présence insolite à cette heure des deux garçons, le chien qui n'a pas aboyé, les plumes des poules collées à leurs vestes. Comme des plumes de couette. Voilà Bernard et Antonin, tout abasourdis, en cour d'assises. En ce temps-là on vous envoyait au bagne sans autre forme de procès.

Les deux garçons ont beau clamer leur innocence, ils sont enchaînés, le crâne rasé et en route pour Cayenne... vingt ans à tirer là-bas. Leurs vies sont fichues.

Mais Bernard et Antonin, dans leur malheur, ont la chance de ne pas être séparés. Quand on est innocent d'un crime, quand on est victime d'une erreur judiciaire, ça fait du bien d'avoir quelqu'un en qui on peut avoir confiance. Bernard, hélas, ne résiste pas au climat tropical, aux moustiques. Déjà qu'il n'était pas trop costaud. Il meurt et Antonin se retrouve tout seul. « Je ne vais quand même pas crever ici. » La mort de Bernard décuple sa volonté de vivre. « Il faut que je rentre en France, coûte que coûte. »

Il faudra encore six ans avant qu'Antonin ne parvienne, avec quelques autres forçats, à « faire la belle ». Il se retrouve au Venezuela, où, avec l'aide d'anciens bagnards, il commence une vie faite de bric et de broc. Mais toujours la même pensée l'obsède. « Il faut que je rentre en France. Est-ce qu'Angèle m'aura attendu ? »

Depuis Caracas il écrit, mais, faute d'une adresse permanente, jamais il ne reçoit de réponse. « Et mon gamin, Sébastien. Maintenant il est grand, il a combien ? dix ans ? »

D'année en année, Antonin se livre toujours au même calcul. Il essaie d'imaginer à qui son fils peut bien ressembler :

« A moi ? A Angèle ? A mon père ? A ma mère ? »

Il essaie d'imaginer un Sébastien adolescent, jeune homme. « A-t-il une moustache ? Maintenant il devrait faire son service. »

En pensant au service Antonin se revoit avec Bernard, le jour de la fête, et cette idée d'aller voler les poules de la tante Eulalie. Qui les aura mangées, ces poules de malheur ?

Un beau jour, au village, un homme barbu, mal vêtu, mal chaussé, traîne sa misère.

— Vous n'auriez pas du travail à me donner, ma bonne dame ?

Angèle, sur le seuil de la ferme, regarde celui qui, de toute évidence, est un vagabond. C'est bizarre, ce bonhomme lui rappelle quelqu'un. Comme si elle l'avait rencontré il y a bien longtemps. Comme si elle l'avait connu dans une vie antérieure. Sébastien sort de l'étable :

— Qu'est-ce qu'il veut, cet homme, maman ?

— Du travail, dame. Comme tout le monde.

— Vous tombez mal ! On vient de perdre une vache. Ce n'est pas le moment. Mais si vous voulez dîner avec nous et passer la nuit dans la paille, c'est de bon cœur.

Le vagabond fixe intensément Sébastien, puis il regarde Angèle. Il ne dit rien mais il pense, la tête en feu : « Alors voilà, Angèle et mon Sébastien. Ils ont survécu à toutes ces années de malheur. »

Antonin, car c'est bien lui, s'éloigne sans dire un mot. Que dire d'ailleurs : « Bonjour, me voilà. Je me suis échappé du bagne. Je n'ai pas un sou en poche. Voulez-vous encore de moi ? »

Mais, malgré tout, Antonin est heureux d'avoir vu sa femme et son fils. Il estime qu'ils sont en bonne forme et qu'il ne pourrait rien leur apporter.

« Bah, qu'est-ce que je fais en France ? Si les gendarmes me contrôlent, je suis bon pour me retrouver au bagne. La seule solution, c'est de repartir. Pour où ? L'Amérique du Sud. En trouvant un emploi sur un cargo étranger. Après tout je peux encore me servir de mes bras. »

Et c'est sur ce dernier projet qu'Antonin Levesque, injustement condamné pour un crime qu'il n'a pas commis, s'éloigne de son village et des siens.

Sébastien regarde cette silhouette qui diminue sur la route :

— Où peut-il bien aller, ce pauvre type, avec son baluchon ? En partant il a dit quelque chose comme : Je pars au Havre et je vais m'embarquer pour l'Amérique.

En rentrant dans la salle de la ferme, deux jours plus tard, Sébastien regarde, au-dessus de l'âtre, une vieille photo jaunie. Soudain il pousse un cri :

— Regarde, les yeux de papa, sur la photo. Mais c'est lui qui est venu il y a deux jours. Le vagabond qui cherchait du travail. Je suis certain que c'est lui. La manière dont il te regardait et dont il me fixait.

Angèle se met à pleurer :

— C'est pour ça que j'avais une drôle d'impression. Je me disais : je connais cette tête-là. Mais je ne l'ai pas reconnu. Après plus de vingt ans.

Sébastien enfourche sa bicyclette et fonce vers la

gendarmerie. Il faut qu'il retrouve son père. Tant pis si les choses sont compliquées. Il raconte tout ce qu'il sait :

— Il a parlé du Havre. Si on le retrouve, vous croyez qu'il va aller en prison ?

Le capitaine de gendarmerie examine les dates :

— Non, de ce côté-là, il peut être tranquille, il y a prescription. C'est d'autant plus dommage qu'on a fini par arrêter celui qui a égorgé votre tante Eulalie. Mais votre père s'était déjà évadé du bagne. Il aurait pu s'épargner au moins dix ans de misère. C'est comme ça, il y a des êtres qui sont nés sous une mauvaise étoile.

Sébastien rassemble ses économies et annonce :

— Je pars au Havre. Avec un peu de chance j'arriverai peut-être à le retrouver. D'autant plus que je peux demander l'aide des gendarmes.

Trois jours plus tard, Sébastien commence, au Havre, une course contre la montre. Il répète si souvent son histoire qu'il la connaît par cœur :

— Mon père a été condamné au bagne à la place d'un autre. Mais il ne sait pas qu'on a reconnu son innocence. Tenez, voilà une photo d'il y a plus de vingt ans. Mais ça donne une idée.

Sébastien va voir l'Armée du Salut, en vain. Puis il visite les cafés fréquentés par les marins. On lui conseille de s'adresser au service des recherches. Là on refuse de lui communiquer la fiche signalétique de son père. Enfin toute la police du Havre accepte de se consacrer à la poursuite de la dernière chance. Et c'est le miracle.

— Tenez, ce n'est pas lui, là-bas ?

Au milieu d'un terrain vague un vagabond se chauffe auprès d'un feu de bois.

— Papa ! C'est moi, ton fils, Sébastien !

Deux heures plus tard Antonin aurait été en mer, à bord d'un cargo, partant pour l'Amérique. Les deux hommes s'étreignent. Ils sont si émus que les larmes les empêchent de parler. Trois jours plus tard, Antonin retrouve son village et sa femme qui, d'émotion, ne parvient pas à lui parler pendant toute une journée. Le tour du malheur était terminé.

TOMBÉE DU CIEL

Irina Dranovic ouvre péniblement les yeux sur le décor aseptisé d'une chambre d'hôpital. Elle est plutôt mal en point et souffre de partout. Les médecins qui s'activent autour d'elle ne tardent pas à lui préciser son état.

— Vous êtes gravement blessée, lui explique-t-on avec un fort accent tchèque. Traumatisme crânien, fractures multiples à la jambe gauche et au bras, ainsi que plusieurs lésions à la colonne vertébrale.

Irina est encore trop faible pour demander des explications, mais elle parvient quand même à obtenir des renseignements sur la date et le lieu.

— Nous sommes le 26 janvier 1972. Et ici, vous êtes à l'hôpital principal de Prague.

Irina ferme les yeux : c'est bien ce qu'elle craignait, elle n'est pas dans sa Yougoslavie natale, mais loin de chez elle, dans la capitale tchécoslovaque.

— Votre famille est prévenue, ajoute un médecin. Vos parents sont en route, ils ne tarderont pas à arriver.

Irina fait signe au médecin d'approcher. D'une voix très faible, elle lui demande ce qui l'a mise dans cet état. Son interlocuteur lève les sourcils et, sans manifester trop d'embarras, répond seulement :

— Vous avez eu un accident. Mais nous parlerons de ça plus tard. A présent reposez-vous.

« Un accident ? se demande la jeune femme. Ainsi j'aurais eu un accident de voiture ? »

Irina soupire. Elle tente de rassembler ses pensées dans son cerveau endolori. « Voyons... Je m'appelle Irina Dranovic, j'ai vingt-deux ans, je suis hôtesse de l'air... Et s'il s'agissait d'un accident d'avion ? se dit-elle. Mais oui, c'est bien possible ! » Cependant, avant qu'Irina n'aille plus loin dans ses investigations, elle sombre dans un sommeil agité.

Un peu plus tard, la jeune femme se réveille dans les bras de son père — le pauvre homme a fait toute une partie de la route de nuit pour venir voir sa fille. Irina lui demande de lui tendre un miroir. M. Dranovic hésite d'abord, puis il sort un moment dans le couloir et revient avec un petit miroir tout rond. Irina se regarde avec douleur, mais elle a la satisfaction de constater que, si sa tête a beaucoup enflé, elle ne présente en revanche aucune blessure disgracieuse.

— Dis, papa... tu crois que je vais pouvoir continuer à voler en tant qu'hôtesse de l'air ?

— Mais... certainement, ma petite fille, il le faudra bien.

Irina le regarde dans les yeux :

— Qu'est-ce qu'il m'est arrivé ? Raconte-moi, papa. S'il te plaît !

— Tu apprendras tout cela bien assez tôt. A quoi bon se faire du mal quand tout est fini ?

Irina se forge cependant une conviction : elle a été victime d'un accident d'avion, sur le vol retour de la ligne Zagreb-Copenhague qu'elle faisait pour la première fois ce jour-là. Les souvenirs lui reviennent, avec peine d'abord, puis de plus en plus facilement : après le vol aller, elle a flâné dans Copenhague, elle a fait du lèche-vitrine. Elle a ensuite passé la nuit à l'hôtel, avant de rejoindre l'aéroport, pour accompagner les cinq membres d'équipage et la vingtaine de passagers à bord du petit DC-9 de la veille. Les moteurs ont chauffé... Les moteurs ont chauffé... Là, c'est le noir complet. Irina a beau se triturer les méninges, ses souvenirs ne vont pas plus loin : elle ne se rappelle même plus le décollage.

Les médecins la rassurent :

— Vous faites de l'amnésie rétrograde, c'est normal. Votre psychisme a été choqué, et vous avez oublié ce qui s'est passé dans les heures précédant l'accident. Mais...

— Quel accident ?

Irina bondit sur l'occasion. Mais une fois de plus, le médecin se dérobe :

— Chaque chose en son temps, lance-t-il en quittant la chambre.

La vérité, l'effroyable vérité, Irina Dranovic la découvrira par elle-même, de façon toute bête il est vrai. Sa tante et sa mère, venues exprès de Belgrade pour la voir, oublient dans la chambre d'hôpital un journal en serbo-croate. La jeune amnésique se précipite sur le document après leur départ. Et là, occupant toute la troisième page, la vérité éclate : « A Prague, dit la manchette, la jeune Irina se remet doucement de sa chute de sept mille mètres en plein ciel. »

Sept mille mètres ! Sept kilomètres en chute libre ! Irina se sent prise de vertige et de nausées. Son cœur bat à tout rompre. La bouche grande ouverte, elle parcourt le très long article consacré à son extraordinaire aventure. Et, en quelques longues minutes d'une lecture sidérée, elle comble enfin son besoin de savoir.

Tout s'est passé vers 10 heures du matin, alors que l'appareil survolait, à haute altitude, les montagnes tchécoslovaques. Selon toute vraisemblance, Irina devait être occupée à servir du café dans la queue de l'appareil quand la bombe a explosé.

Là commence la cascade des coïncidences heureuses auxquelles Irina va devoir sa vie. D'abord, il semble que la queue de l'appareil n'ait pratiquement pas été endommagée par l'explosion, et qu'elle se soit simplement mise à chuter sans s'ouvrir ni se démembrer. Ensuite, au lieu de tomber tout droit comme une pierre, le morceau d'appareil — celui où se trouve Irina — a flotté dans les airs, tourbillonnant un peu à la manière d'une feuille morte. La queue s'appuie même sur la résistance de l'air aux ailerons, ce qui lui permet, en quelque sorte, de planer. C'est une chance inouïe, mais qui n'est que la première d'une longue série.

Ainsi le morceau de carlingue, en arrivant au sol, devrait-il se fracasser contre la paroi de la montagne. Eh bien non ! Plutôt que de s'écraser contre un rocher, le morceau d'épave se trouve amorti par une pente très enneigée, qu'il attaque dans le sens de la descente avec un angle très ouvert. Le bloc d'acier glisse alors comme une gigantesque luge, jusqu'au précipice en contrebas.

Cette fois, tout laisserait à penser que c'en est fini d'Irina. Même si la malheureuse a réussi à survivre jusqu'ici, la chute qui l'attend devrait être fatale. Pas du tout, car, au lieu de continuer sur son erre, le bout d'avion bifurque, heurte des sapins qui sont bien entendu fauchés sur le coup, mais qui le ralentissent considérablement. Les dieux sont avec Irina. En bout de course, comme disposés là par une main bienveillante, tout un tas de buissons accueillent l'épave pour la stopper en douceur.

Pour autant, la petite Yougoslave est loin de se trouver hors de danger. Ce coin de montagne est désolé, il y fait très froid, et la blessée se trouve dans un état critique. Les chances de la sauver seraient sans doute faibles, même si les secours arrivaient sur-le-champ. Or, de secours, il ne faut pas en espérer dans cet endroit désert. A moins que...

Une fois de plus, Irina a de la chance. Un peu plus haut, un bûcheron est en train de travailler quand il assiste à l'atterrissage forcé de l'épave. Intrigué, il décide de descendre voir ce dont il s'agit. Et l'homme découvre bientôt le morceau de carlingue défoncée, tout près du ravin. En y regardant de plus près, il aperçoit des jambes ! Des jambes de femme et, ce qui est mieux, d'une femme encore vivante.

Mais, pour Irina, c'est peut-être le moment le plus dangereux. Les lésions qu'elle porte à la colonne vertébrale sont en effet si graves que la moindre torsion, la moindre traction peuvent lui être fatales. Au début, le bûcheron est tenté de tirer sur ces deux jambes qui dépassent. Mais, comble de chance, il se ravise aussitôt et préfère écarter les tôles pour mieux dégager la blessée. Ce faisant, le pauvre homme va s'entailler les bras en plusieurs endroits et s'arracher méchamment la peau des mains, mais surtout, il va parachever l'œuvre du destin en sauvant la vie d'Irina Dranovic. Il finit en effet par la dégager de son piège métallique, puis il l'étend de son mieux sur un aileron et la couvre de son manteau, avant de dévaler les pentes neigeuses en quête des premiers secours.

Au moment où les médecins parviennent à l'épave, Irina semble condamnée. Mais personne ne veut se résoudre à cette fatalité. Un être humain qui a survécu à des circonstances aussi effroyables doit disposer de ressources cachées. Quatre longues heures durant, le médecin principal prodigue à la mourante des massages cardiaques, cependant que les brancardiers la portent jusqu'à la vallée, et que des infirmiers lui injectent plus de trois litres de sang.

De constitution robuste et sportive, Irina reprend alors vie sous leurs yeux. Et quand elle parvient à l'hôpital de Prague, à 20 heures passées, les chirurgiens la déclarent apte à subir tout de suite les interventions les plus urgentes.

Irina repose le journal, livide et tremblante. Son aventure lui paraît si improbable qu'elle-même ne parvient pas à réaliser que c'est d'elle que parle cet article. Elle a beau penser et repenser à ce qu'elle vient de lire, elle ne peut pas admettre qu'elle soit la seule survivante du vol Copenhague-Zagreb — et qui plus est, la survivante d'une chute de sept mille mètres. Irina tremble tellement à présent que certaines douleurs se réveillent en elle. Elle gémit faiblement, tombe à genoux sur le sol. C'est dans cette posture qu'une infirmière la découvre. L'alerte est donnée. On comprend ce qui s'est passé, on recouche la malade en pleine crise de nerfs, et on lui administre des calmants à forte dose.

Une heure plus tard, Irina Dranovic a l'impression de flotter mollement sur un matelas irréel. Ses oreilles bourdonnent, ses yeux piquent. Elle remonte lentement vers elle sa main droite valide et touche son corps. Pas de doute, elle est toujours en vie, bien en vie. A cet instant, elle se pose des questions bizarres, et inédites pour elle ; des questions sur Dieu, sur la mort, sur le destin et les limites du hasard.

SOUVENIRS DE VACANCES

Les vacances, le soleil, le dépaysement, c'est l'époque où l'on se sent disponible pour toutes les folies. Ces folies peuvent vous rattraper plus de vingt ans après et conduire à un désespoir mortel.

Patrick Longchamp ne cesse d'être obsédé par la même idée. Depuis quelques années, depuis qu'il a eu ses quinze ans, il demande sans cesse à sa mère :

— Maman, tu peux bien me le dire. Je suis assez grand pour le comprendre : qui est mon père ?

Patrick vit encore avec sa mère dans la banlieue de Paris. Héloïse Longchamp est secrétaire dans une société de transports. Elle gagne honorablement de quoi vivre et de quoi payer les études de son fils. Patrick veut devenir ingénieur agronome. Il aime la nature sous toutes ses formes.

— Maman, tu ne veux toujours pas me le dire. Je peux comprendre à présent. Même si tu as honte. Si c'est un inconnu de rencontre, je comprendrai aussi.

— Non, Patrick, ce n'était pas un inconnu de rencontre. Mais je dois avouer que tu es né d'un accident, disons d'un moment d'abandon. J'étais jeune, seule, un peu perdue. Je rêvais comme une midinette. Je voulais rencontrer l'homme idéal, viril, sain, affectueux. Un soir d'été j'ai cru le reconnaître. C'était une erreur. Il était viril, sain et très gentil, mais il avait d'autres projets dans la vie. Neuf mois plus tard tu es venu au monde.

— Mais cet homme, mon père, tu n'as pas cherché à le revoir. Est-ce qu'il sait que j'existe ?

— Non, je ne voulais pas le revoir. Il m'a fait nettement comprendre qu'il ne se marierait jamais. C'était un homme à femmes et il n'était pas en peine de me remplacer par beaucoup d'autres, plus jolies, plus jeunes, plus expérimentées.

— Tu sais qui il est. Tu connais son nom. Si tu ne veux pas le revoir, s'il ignore mon existence, je pourrais le rencontrer. Juste comme ça : pour voir s'il me plaît. Je n'aurais même pas à lui dire qui je suis.

— A quoi bon ? Il ne sait pas que tu existes. Laisse-le vivre dans son univers...

Patrick se replonge dans ses bouquins d'études, pleins de plantes potagères et de graphiques. L'été arrive et Patrick pense, naturellement, à changer d'air.

— Maman, cette année j'ai envie d'aller faire un

séjour en Corse avec des copains de l'Institut agronomique. Tu as déjà été en Corse ?

Héloïse prend un temps pour répondre :

— Mais pourquoi penses-tu à la Corse, d'un seul coup ?

— Je ne sais pas ! L'île possède une flore particulière. Mon copain Branchini qui est corse me dit que lorsqu'on arrive le soir en bateau le parfum du maquis vous obsède longtemps avant d'avoir touché le port.

Héloïse fouille dans un tiroir de la commode, là où elle range les photos. En dessous de la pile des albums, un vieil album jauni est enfoui.

— Tiens, Patrick, j'ai quelques photos de ces vacances, ces vacances qui devaient être un moment de bonheur. Elles ont marqué ma vie pour toujours.

— Maman, j'ai compris ! C'est là que vit mon père, n'est-ce pas ?

— Oui. A quoi bon te le cacher plus longtemps ? Après tout, tu es adulte. Les années ont passé. J'ai vingt-cinq ans de plus. Je suis presque une vieille femme. Mon histoire est terminée. La tienne commence.

Héloïse vient d'extraire de l'album un cliché en noir et blanc. On la reconnaît : à cette époque elle portait les cheveux longs, une robe à fleurs de jeune fille sage, sa peau était hâlée par le soleil.

Patrick examine la photo :

— Qui est le barbu qui te tient par les épaules ?

— Le barbu ? C'est lui, c'est ton père : Sampiero Carucci.

— Maman, tu ne trouves pas que je lui ressemble ?

— C'est vrai. Tu lui ressembles. Depuis que tu es un homme, tu lui ressembles énormément. C'est pour cela que je ne voulais pas que tu te laisses pousser la barbe.

Patrick hésite une seconde :

— Où est-il en Corse ?
— Quand je l'ai connu, il vivait près de Piana.
— Et que faisait-il ?
— Ton père possédait une ferme, des chevaux qu'il louait aux touristes pour faire des balades dans le maquis. Il organisait des safaris-photos, on faisait des barbecues chez lui. Il faisait déguster son jambon, ses fromages.
— Une vie de rêve. Et comment est-ce... arrivé ?
— Un soir il y a eu un bal au village. J'étais mignonne. Il est venu m'inviter. C'était un très bon danseur. Avec des yeux verts qui riaient tout le temps. Exactement comme toi. Il m'a invitée à venir visiter sa maison. Une superbe bâtisse du XVIIIe siècle. Je ne suis revenue que le lendemain matin. Pendant le reste du séjour il m'a un peu évitée. Je n'ai découvert que j'étais enceinte qu'en rentrant.
Patrick revient à la charge :
— Tu as encore son adresse ?
— Sampiero Carucci, à Piana. Il est connu comme le loup blanc.
Deux mois plus tard Patrick découvre la Corse. Il n'a qu'une hâte : arriver à Piana, savoir si son « géniteur » vit toujours là, le regarder les yeux dans les yeux et, peut-être, lui dire la vérité. Dès le premier instant il se sent chez lui dans l'île de Beauté. Il ne perd pas de temps.
— Bonjour ! Vous êtes Sampiero Carucci ? Je me nomme Patrick Longchamp. Je viens du continent pour les vacances.
Sampiero a pris quelques années par rapport à la photo qui repose dans l'album d'Héloïse. Il regarde le jeune homme. Il le voit mal à contre-jour dans le soleil du matin :
— Bonjour, l'ami. Vous venez pour un safari à cheval ?
— Euh, oui, mais je ne suis jamais monté. Ils ne sont pas trop ombrageux ?

— Des anges. Parfois ils ont leurs têtes.

Sampiero tend une main ferme. Il considère Patrick :

— Tu ne serais pas corse, par hasard.

— Euh, non, enfin, pas vraiment. Je ne suis pas certain.

Dès le premier regard Sampiero a senti une sympathie pour le jeune homme du continent. Il cherche une explication :

— C'est marrant, mais on croirait que tu es de la famille. Tout le portrait de mon cousin François.

Les journées passent et l'amitié de Patrick et de Sampiero devient plus évidente. Mais Patrick n'a toujours pas avoué la vérité. Il se contente d'observer celui qui est son père. Patrick et ses amis campent aux environs. Des touristes étrangers sont là aussi. On est en pleine saison. Parmi eux une famille de Dusseldorf, les Steinerweck : le père, Helmut, la mère, Greta, ct la fille, Frieda. Ils parlent français et sympathisent avec Patrick :

— Nous venons tous les ans ici, depuis environ vingt ans. A force nous avons un peu appris le français. Pour nous la Corse est un monde merveilleux, si loin des brouillards de l'Allemagne.

Patrick est d'accord. Et la jeune Frieda est si sympathique. Les jeunes gens fréquentent le « ranch » de Sampiero. Ils font de grandes balades à cheval, admirent les couchers de soleil, ils vont danser, échangent des baisers sans conséquence.

Frieda raconte :

— C'est surtout mon père qui est fou de Piana. A cause de la pêche sous-marine. Ma mère aurait bien aimé changé de lieu de vacances. Elle dit que quelque chose l'oppresse quand elle vient ici, qu'elle ne comprend pas la mentalité des gens d'ici. C'est vrai qu'elle évite autant que possible les contacts. Moi, j'adore cet endroit, le paysage, le soleil, la mer.

J'ai l'impression que j'aimerais vivre ici toute l'année. Toute ma vie. Pas toi ?

Patrick soupire :

— Vivre en Corse, pourquoi pas ? A condition d'avoir un métier qui permette d'y subsister. Quand j'aurai mon diplôme d'ingénieur agronome, pourquoi ne pas trouver un job en Corse ? Me spécialiser dans la flore locale. Ou bien l'amélioration de la plaine orientale.

Frieda dit :

— Pour moi ce serait plus difficile. Je suis allemande.

— A moins que tu ne deviennes française !

— Et comment ?

— En m'épousant, par exemple.

— Tu es sérieux ? Mais on se connaît depuis si peu de temps. Mes parents risquent de ne pas être d'accord. Malgré ses airs sportifs, mon père est encore vieux jeu. Et tu n'as pas de situation.

— J'en aurai une, n'aie pas peur. Et puis je vais te confier un secret. N'en parle à personne : je suis le fils de Sampiero, du ranch.

— Le fils de Sampiero, c'est pour ça que vous vous ressemblez tellement ! Je m'étais déjà fait la réflexion. Il est vraiment formidable. Mais tu ne vis pas ici. Qu'est-ce qu'il en pense ?

— Sampiero ne sait rien. Il me regarde d'une drôle de manière, il trouve que nous avons un air de famille, mais il n'a pas deviné la vérité. Ma mère a attendu que j'aie vingt-cinq ans pour accepter de tout me dire. Elle a eu une aventure d'une nuit ou de quelques jours avec lui, lors d'un séjour d'été. Elle ne l'a jamais revu et il n'a jamais su que j'existais.

Frieda reste songeuse :

— Comme la vie est bizarre ! Penser que sans cette aventure de vacances tu ne serais pas là. Vas-tu te décider à dire la vérité à Sampiero ?

— Oui, je l'aime beaucoup. Je suis heureux qu'il

soit mon père. Mais je ne veux pas qu'il croie que je sois intéressé.

— Et ta mère ? Qu'en pensera-t-elle ?

— Je ne pense pas qu'elle ait envie de revenir sur le passé. De toute manière n'y pensons plus pour l'instant. Allons faire une balade jusqu'à la plage.

— Patrick, pourquoi ne viendrais-tu pas en Allemagne, cet hiver ? Ta maman pourrait t'accompagner. Nous avons une très grande maison. Si nous passions tous Noël ensemble. Ce sont mes parents qui m'ont fait cette proposition. Ils disent : Patrick est si charmant que sa mère doit être une personne très bien. Ils sont au courant et je crois que tu leur plairais assez comme gendre.

— Oui, ça serait sympa ! De toutes les manières, on va s'écrire, se téléphoner d'ici là.

Au cours d'une de ces conversations internationales, les amoureux font des projets, mais un jour Frieda murmure d'une voix à peine perceptible :

— Patrick, autant te le dire tout de suite : j'attends un enfant ! Je n'ai rien dit à mes parents.

— Formidable. Je suis fou de joie. Bien sûr ça aurait pu attendre que nous soyons mariés mais, après tout, ce n'est pas grave.

Noël est vite là. Patrick et sa mère partent pour l'Allemagne. Les Steinerweck accueillent leurs hôtes avec affection. Frieda avoue à Patrick :

— Je n'ai toujours rien dit.

Héloïse sympathise avec Greta, la mère de Frieda. Elles ont tant de choses en commun. La confiance mutuelle est si bien établie que la Française se décide un jour à faire des confidences à celle qui doit faire bientôt partie de la famille :

— Je vous dois la vérité : Patrick n'est pas né de père inconnu. Son père est corse et il vit à Piana, là même où vous vous êtes connus. C'est pour ça qu'il est parti là-bas pour les vacances. Vous le connaissez peut-être, il tient un « ranch », et se nomme Sampiero.

Greta a pâli :

— Sampiero Carucci ?

Le soir même, au dîner, les deux jeunes gens, main dans la main et un peu confus, annoncent la grande nouvelle.

— Frieda va avoir un enfant. Vous allez être grands-parents. Nous allons nous marier le plus vite possible.

Tout le monde s'embrasse. Mais Greta semble soudain toute triste. Elle dit :

— Je me sens très fatiguée. Excusez-moi si je monte me coucher.

Quand son mari la rejoint deux heures plus tard, elle s'est ouvert les veines et repose dans la baignoire, rouge de sang. Sur la table de chevet elle a laissé un simple mot.

« Frieda, elle aussi, est la fille de Sampiero Carucci. Comme Patrick. Le destin nous a joué un tour. Ils sont frère et sœur et attendent un enfant. Tout est de ma faute. Pardonnez-moi. »

LE CHIEN NOIR

C'est le 10 août 1949, à minuit, que tout commence. Le quartier des Demi-Lunes, le plus pauvre de la ville, est réveillé par un cri en provenance de la maison des Oberlé. Monique Oberlé, dix-sept ans, se roule par terre en hurlant. Les voisins, alertés par le remue-ménage, se précipitent et, parmi eux, Gabriel Doucet, un mineur retraité, qui consacre son temps à lire des ouvrages de magie. Il s'approche d'elle en tenant dans sa main un couteau de cuisine.

— Pose le manche sur ton front. Les forces maléfiques vont attirer la lame et te conduire vers le jeteur de sorts.

La jeune fille se lève en tenant le couteau et, en pleine nuit, se met en marche. Elle va sans hésitation vers une cabane au milieu d'un terrain vague et s'arrête net. Gabriel Doucet prononce d'une voix forte :

— Plante le couteau dans la porte. Les forces du mal resteront clouées.

La jeune fille obéit et tombe évanouie. Le lendemain, elle n'a plus le souvenir de rien, mais, dans le quartier des Demi-Lunes, c'est l'émoi. Personne, dans le fond, n'est surpris de ce qui arrive, car cette cabane est habitée par Ludmilla Kiprenski et, pour tout le monde, Ludmilla Kiprenski est une sorcière.

Ludmilla, comme son nom l'indique, est d'origine polonaise. Elle a quarante ans. C'est une grande femme brune aux traits assez épais. Elle n'est pas belle, mais elle n'a pas non plus le visage d'une sorcière. Alors pourquoi cette accusation ?

Eh bien, pour plusieurs raisons. D'abord, elle n'est pas mariée, elle n'est même pas en ménage, elle vit seule, et puis surtout elle a une curieuse manie : elle donne à manger aux corbeaux ! Elle leur apporte de la viande avariée. Au début, elle les nourrissait sur son terrain vague, mais les habitants du quartier s'étant plaints, elle va leur porter leur nourriture plus loin, dans un bois, ce qui l'oblige à faire chaque jour plusieurs kilomètres. Enfin, il faut ajouter que Ludmilla Kiprenski a un chien noir et un chat noir. Un chien *ou* un chat noir, on pourrait penser que c'est le hasard, mais les deux...

Plusieurs personnes interviennent pour calmer les esprits : le médecin de la mine affirme qu'il s'agit d'une crise d'hystérie, qu'il faut soigner la jeune Monique Oberlé avec des moyens scientifiques. Le commissaire Carrel, responsable de Saint-

Benoît-les-Mines, décide même qu'une ronde quotidienne aura lieu aux environs de minuit. Une précaution qui ne s'avère pas inutile, car, à trois reprises, dans des foyers différents, les mêmes faits se reproduisent. Chaque fois, un enfant ou un adolescent se met à hurler sur le coup de minuit. Et, chaque fois, les gens accusent Ludmilla, la « sorcière ».

Dix jours ont passé, nous sommes le 20 août et le commissaire Carrel se fait de plus en plus de souci devant la tournure que prennent les choses. D'autant que la Polonaise, qui ne manifeste que mépris pour la police comme pour ses voisins, ne change rien à ses habitudes. Elle continue toujours à aller nourrir ses corbeaux à plusieurs kilomètres et n'importe qui peut l'agresser en chemin.

Le commissaire rentre chez lui, sa journée terminée, avec un vague sentiment d'inquiétude. Et, la nuit même, il est réveillé par un coup de téléphone. Saisi d'une brusque appréhension, il regarde sa pendulette de chevet : minuit et quart. Au bout du fil, la voix angoissée d'un des deux agents qu'il avait envoyés faire leur ronde :

— Il se passe des choses graves aux Demi-Lunes, monsieur le commissaire. Le fils Vatchek s'est tué en tombant du toit. Tout le monde accuse la sorcière ! On peut plus tenir, mon collègue et moi.

Dix minutes plus tard, le commissaire Carrel est sur les lieux, en compagnie d'une dizaine d'hommes. Autour de la maison des Vatchek, une bâtisse de briques abritant une famille d'émigrés tchécoslovaques, règne une atmosphère d'émeute : des hommes et des femmes discutent par petits groupes. L'agent qui l'avait appelé le met rapidement au courant de la situation.

— Le petit Vatchek, un gosse de dix ans, a eu une crise de somnambulisme. Il a grimpé sur le toit et il s'est tué. Les gens disent que c'est la sorcière qui l'a hypnotisé à distance et qui lui a donné l'ordre de se jeter dans le vide.

Le commissaire Carrel n'a pas besoin d'en savoir davantage. Suivi de ses hommes, il se précipite vers le terrain vague. Une dizaine d'énergumènes sont déjà en train de jeter des pierres contre la cabane. Les policiers les dispersent brutalement. Le commissaire frappe à la porte, qui est fermée. Pas de réponse. Il décide de l'enfoncer. A l'intérieur de la masure, il y a le chien et le chat noirs, mais pas trace de la femme.

Le commissaire Carrel se met en devoir de fouiller la maison dans la recherche d'un hypothétique indice. Ce qu'il découvre est malheureusement peu rassurant. Les maigres affaires de Ludmilla Kiprenski sont toujours là : deux robes, un peu de linge, quelques produits de toilette. Il y a même son sac à main avec trois billets de 100 francs. Si elle s'était enfuie, elle aurait emporté son argent ; à moins qu'il ne s'agisse d'une fuite précipitée sous l'effet de la panique. Mais, dans ce cas, aurait-elle pris le temps de refermer à clé derrière elle ?

Le commissaire retourne dans les rues du quartier des Demi-Lunes. La nouvelle de la disparition de la « sorcière » est déjà connue et suscite une satisfaction non dissimulée :

— Elle est allée rejoindre le diable, c'est ce qu'elle avait de mieux à faire !

— Tant mieux pour elle, sans quoi...

Ignorant ces commentaires, le commissaire Carrel se rend sans attendre au domicile de Gabriel Doucet, ce mineur qui se prétend mage et qui est à l'origine de tout.

L'homme qu'il découvre est un vieil homme aux cheveux blancs, à l'air doux. Malgré tout, le commissaire l'attaque brutalement :

— Vous êtes content ? Vous avez réussi à jeter la

panique dans la population. Vous êtes indirectement responsable de la mort de cet enfant !

Gabriel Doucet tente de se défendre :

— Mais c'était la vérité. J'ai bien remarqué que ce qui arrivait, c'était exactement comme dans les livres...

— Taisez-vous ! Tout cela ne tombe malheureusement pas sous le coup de la loi. C'est la disparition de Ludmilla Kiprenski qui m'intéresse et là, vous allez me répondre !

Le mineur retraité essaie encore de faire front :

— Si elle a voulu rejoindre le diable...

— Un mot de plus et je vous arrête pour outrage à un représentant de l'ordre... Où étiez-vous cette nuit ?

— Mais, à la maison, comme tout le monde. J'ai été réveillé par les cris des Vatchek et j'ai été chez eux...

— Et vous n'êtes pas allé ensuite chez Ludmilla Kiprenski ?

— Non.

— Vous n'avez entendu personne autour de vous dire qu'il fallait se venger de la sorcière, qu'il fallait la tuer ?

— Si, mais je n'étais pas d'accord. J'ai lu dans les livres qu'il ne faut pas tuer les sorcières. C'est trop dangereux. Ce qu'il faut, c'est se défendre contre elles avec d'autres armes.

Le commissaire Carrel regarde cet homme au visage usé par les travaux de la mine. Il n'a pas l'air de se rendre compte de sa responsabilité dans toute cette histoire. Peut-être est-ce simplement un inconscient... Au soir d'une vie de privations, il a voulu s'offrir un peu de rêve en s'intéressant à la magie. Il n'a pas compris qu'il y a quelquefois des rêves dangereux.

Mais alors, qu'est devenue Ludmilla Kiprenski ? A-t-elle été victime de la vengeance d'un de ses voisins ? mais comment ? et lequel ? A-t-elle fui ? mais où ? La question reste entière.

En tout cas, les jours passent et l'enquête du commissaire est au point mort : Ludmilla reste introuvable. Depuis, d'ailleurs, le calme est revenu dans le quartier des Demi-Lunes. Persuadés qu'avec la disparition de la « sorcière » les envoûtements avaient cessé, les habitants ont retrouvé leur calme. Malgré la mort tragique d'un enfant, l'affaire semble oubliée pour eux.

Ce n'est évidemment pas le point de vue du commissaire Carrel. Des avis de recherche concernant Ludmilla Kiprenski ont été diffusés dans toute la région, mais sans résultat, et le temps qui passe laisse la porte ouverte aux hypothèses les plus sombres.

C'est le 25 août, cinq jours après la disparition de la « sorcière », que le commissaire a l'illumination. Comment n'y avait-il pas pensé plus tôt ? Accompagné de deux de ses hommes, il revient à la cabane qu'habitait Ludmilla.

Le chien noir ! Ce chien, qui semblait aux habitants des Demi-Lunes un être de l'enfer, peut devenir, au contraire, le sauveur de sa maîtresse ! Le commissaire lui fait renifler une des deux robes que Ludmilla Kiprenski a laissées et lui passe une laisse. Il n'a pas à attendre : le chien bondit. Il doit le retenir de toutes ses forces pour qu'il ne lui échappe pas.

Le commissaire et ses deux hommes traversent tout le quartier des Demi-Lunes. Ils arrivent vers le secteur minier. Un endroit de sinistre présage : où dissimuler un corps, sinon dans un puits de mine abandonné ?

Et c'est effectivement vers une mine abandonnée que va le chien. L'endroit est aussi peu engageant que possible. Un puits d'aération rouillé se dresse à côté d'un terril et de baraquements délabrés. Le chien s'arrête et se met à gémir sourdement. Malgré le danger que peut représenter une descente dans ces galeries qui risquent à tout moment de s'effondrer, le commissaire Carrel décide de s'y aventurer. Il se fait passer une torche électrique et descend le long de l'escalier métallique qui subsiste encore. A tout hasard, il appelle :

— Madame Kiprenski ! Madame Kiprenski ! Est-ce que vous êtes là ? Je suis un ami... Tout va bien. Il n'y a plus de danger.

Et, alors qu'il ne l'espérait plus, il obtient une réponse. Oh ! pas même une voix, un gémissement, une plainte. Oui, Ludmilla Kiprenski est bien là, ramassée sur elle-même, dans un état de faiblesse effrayant.

— Que vous est-il arrivé ?

Elle a la force de répondre :

— J'ai entendu des cris. J'ai eu si peur que je suis partie droit devant moi.

— Mais vous avez quand même fermé à clé derrière vous ?

— Oui. Pour faire croire que j'étais à l'intérieur. Sans quoi, ils se seraient tous mis à ma poursuite et ils m'auraient rattrapée.

Une fois rétablie, Ludmilla Kiprenski est partie pour l'Allemagne où elle avait, paraît-il, de la famille. Espérons que, là-bas, elle n'a pas eu l'idée de nourrir les corbeaux. Il y a des comportements qui, vue l'étroitesse d'esprit de certaines personnes, finissent par être dangereux et parfois mortels.

LE PLUS GRAND SACRIFICE

Toute guerre a suscité ses héros, mais la Seconde Guerre mondiale sans doute plus encore, car ceux qui se sont engagés dans la Résistance l'ont fait volontairement. C'est d'eux-mêmes qu'ils ont accepté le danger, voire le sacrifice. Et de sacrifice, il n'en est peut-être pas de plus terrible que celui qu'a consenti Albert Fontaine, un jour de 1942.

Nous sommes le 25 avril, à Thonon-les-Bains, sur les bords du lac Léman. Dans cette ville calme et harmonieuse, il faut faire un effort d'imagination pour se figurer que le monde est en guerre.

Albert Fontaine, lui, le sait bien. Capitaine de réserve, il est de ceux qui n'acceptent pas l'Occupation. Habitant Saint-Jean, en Haute-Savoie, il était sur le point de rejoindre un maquis lorsqu'il a reçu à son bureau un coup de téléphone du colonel Martin, son ancien supérieur : « Je suis à Thonon. Venez me voir. »

Ce coup de téléphone bref, ce rendez-vous sans explication ne l'ont qu'à moitié surpris. Il imagine très bien le colonel Martin dans la Résistance. Il se sent fier qu'il ait pensé à lui.

Albert Fontaine marche sans se presser le long du lac. De loin, il aperçoit la haute silhouette aux cheveux gris. Même dans le civil, le colonel a gardé cette démarche un peu mécanique qui trahit le militaire de carrière.

Une rapide poignée de main. Le colonel Martin entre immédiatement dans le vif du sujet :

— Heureux de vous voir, Fontaine. Votre avis sur la situation ?

— Celui de tout Français qui se respecte, mon colonel.

— Je n'ai jamais douté de vous, Fontaine. Mais ce que j'ai à vous confier n'est pas commode...

— Je ne demande qu'à me battre.

— Pour vous, j'ai plus difficile que commander un maquis.

Et le colonel Martin expose la mission très spéciale qu'il lui a réservée :

— Ici, à Thonon, nous recevons un certain nombre de messages en provenance de Suisse. Il s'agit de les passer en zone occupée et de les déposer dans des lieux convenus à Paris. Vous êtes l'homme idéal pour cela. La papeterie que vous dirigez à Saint-Jean a son siège social à Paris et vous pouvez y faire des voyages fréquents sans attirer l'attention. Seulement...

Le colonel Martin se retourne vers son ancien capitaine :

— Seulement, les autorités de Vichy et les Allemands ne doivent avoir aucun soupçon. Et, pour cela, il n'y a qu'un moyen : vous devrez passer aux yeux de tout le monde pour un collaborateur convaincu.

Albert Fontaine a pâli.

— C'est... indispensable, mon colonel ?

— Indispensable. De plus, votre femme et votre fils ne doivent être à aucun prix dans le secret. Il ne faut pas qu'ils parlent au cas où ils seraient... questionnés.

— Mais vous imaginez ce qu'ils vont penser de moi ?

— Vous êtes libre de refuser. Je n'ai pas à vous dicter votre destin.

Albert Fontaine regarde le lac Léman, si calme en cette matinée de printemps. Il était prêt à affronter l'ennemi, à donner sa vie, mais pas à cela, pas à passer pour un traître aux yeux de tous les êtres qui lui sont chers. Pourtant on ne choisit pas sa place dans une armée. Il faut faire la guerre au poste qu'on vous assigne. Il s'entend répondre :

— A vos ordres, mon colonel !

Albert Fontaine est un homme prudent. Dans son

village de Saint-Jean, il a toujours évité de faire part de ses sentiments antiallemands, sauf à sa famille et à de rares amis. Eux seuls vont être choqués ; les autres ne se rendront compte de rien.

Joseph, le patron du bistrot, fait justement partie de ces rares amis. C'est un dimanche après-midi qu'Albert décide d'agir. Le café est plein. Une bonne partie du village est là. Il s'adresse d'une voix forte au patron :

— Joseph, j'offre une tournée générale à la santé du Maréchal.

Joseph, totalement décontenancé, s'exécute, l'air stupéfait. Avant de lever son verre, Albert Fontaine proclame, d'une voix toujours aussi forte :

— Dans un sens, ce n'est pas mauvais que les Allemands nous aient remis à notre place. On dira ce qu'on voudra, mais ces gens-là, au moins, ils ont le sens de l'organisation. Et puis ils sont corrects.

A la maison, c'est bien pire. Jeanne, la femme d'Albert Fontaine, est institutrice. Ils forment un couple uni. Ses opinions, elle les exprime peu, simplement parce que ce n'est pas nécessaire. Albert et elle pensent la même chose, ils le savent parfaitement.

Quant à leur fils, Gabriel, dix-huit ans, il travaille à la papeterie avec son père pour lequel il a la plus grande admiration. Ce soir-là, comme tous les soirs, il va tourner le bouton du poste de TSF, branché sur la radio de Londres. Les premiers grésillements crépitent quand Albert Fontaine lance sèchement :

— Eteins-moi ça !

Gabriel reste la main sur le bouton.

— Mais enfin, papa, tu es fou !

— Eteins-moi ça, je te dis ! C'est du bourrage de crâne !

Jeanne, ahurie, intervient à son tour :

— Albert, qu'est-ce qui t'arrive ?

Albert Fontaine tape du poing sur la table :

— Je ne veux plus entendre parler de la guerre ! On l'a perdue, un point c'est tout.

Et sur ce, il va se coucher.

A partir de ce moment, tout change dans l'existence d'Albert Fontaine. Des gens qui le regardaient jusque-là avec méfiance se montrent désormais chaleureux. C'est le cas en particulier du maire de Saint-Jean qui n'hésite pas à le présenter aux nombreuses relations qu'il a. Grâce à lui, l'industriel s'introduit dans les milieux officiels du département. Il joue parfaitement son rôle de chef d'entreprise, soucieux avant tout de faire tourner son usine. Il s'acquiert rapidement une réputation de « bon Français », d'homme d'ordre, absolument insoupçonnable d'avoir des activités subversives.

Mais cela, Albert Fontaine le paie très cher. Un jour, Joseph l'a mis à la porte de son café en lui disant avec dégoût :

— Moi, je ne sers que les amis !

Le plus douloureux, c'est en famille que cela se passe. Jeanne et Gabriel, qui avaient d'abord cru à un moment de dépression passagère, ont fini par comprendre que c'était sérieux. Au bout de quelques semaines, plus personne ne se parle autour de la table familiale ; et c'est dans ces conditions que, après avoir effectué un crochet par Thonon, Albert Fontaine accomplit son premier voyage à Paris.

Toute l'année 1942 se passe ainsi. Ses missions sont des pleins succès, mais sa vie privée est devenue un supplice.

En rentrant de Paris, un jour de décembre 1942, Albert trouve sa femme en larmes. Sans un mot, elle lui tend une feuille de papier. C'est une lettre de Gabriel : « Ma chère maman, je rejoins le maquis. Je veux effacer la honte que papa a jetée sur notre famille. Je lui souhaite de profiter tant qu'il pourra de ses amis allemands. Mais cela ne durera pas longtemps. Je t'embrasse. Gabriel. »

Albert Fontaine tient la feuille en tremblant. Il garde le silence. Jeanne s'adresse à lui sur un ton qui est proche de la haine :

— Tu es fier de toi ?

Albert Fontaine crispe les mâchoires. L'héroïsme dont il fait preuve en ce moment est peut-être plus grand encore que s'il chargeait sous les balles.

Février 1943. Lors d'un de ses voyages qui sont devenus pour lui une routine, Albert Fontaine se rend, comme d'habitude, à Thonon. Mais, alors que les fois précédentes c'était une personne inconnue qui lui remettait les messages, cette fois, c'est le colonel Martin lui-même qui est au rendez-vous.

— Je tiens à vous féliciter, Fontaine. Vous avez fait de l'excellent travail et je sais que ce n'était pas dans des conditions faciles.

Albert Fontaine se sent plus ou moins inquiet. Il n'aime pas beaucoup ce genre d'entrée en matière. Il attend anxieusement la suite.

— Vous êtes un de nos meilleurs agents. C'est pourquoi je vous ai choisi pour une autre mission. Vous allez partir pour Londres.

— Tout de suite ?

— Oui. Vous vous rendrez à Paris comme prévu. Là, un de nos hommes se chargera de vous. Je ne sais pas combien de temps vous resterez à Londres. Peut-être toute la durée de la guerre. Votre mission vous sera expliquée là-bas. Une question à poser ?

Evidemment, il a une question à poser :

— Et ma femme ? Qu'est-ce que je vais lui dire ?

— Vous lui écrirez de Paris en lui disant que vous avez décidé de rester dans la capitale. Je vous laisse imaginer une explication plausible.

Albert Fontaine est désemparé :

— Mais il n'y en a aucune ! Elle va croire que c'est une rupture, s'imaginer que j'ai trouvé une autre femme là-bas...

Le colonel tend la main à son interlocuteur pour lui faire comprendre que l'entretien est terminé.

— C'est à vous de voir... Cela ne me regarde pas. C'est la guerre.

Oui, la guerre. Mais celle d'Albert Fontaine n'est vraiment pas comme les autres.

Une fois à Paris, il écrit donc la lettre demandée, ajoutant tout de même à la fin : « Je te supplie de me faire confiance. » Mais est-ce que ce sera suffisant ? Est-ce qu'elle pourra comprendre ?

Ces questions, Albert Fontaine se les pose pendant toute la guerre. Car sa mission l'oblige à rester à Londres. Il ne rentre en France qu'en septembre 1944 après la Libération. Le courrier fonctionne mal pendant cette période de bouleversement. Les lettres qu'il envoie à Saint-Jean restent sans réponse.

Les combats ne sont pas terminés et Albert Fontaine est affecté comme commandant dans une unité régulière. Mais il demande auparavant l'autorisation de se rendre chez lui, en Haute-Savoie. Malgré les difficultés et les dangers du voyage, il veut tout de suite aller dire la vérité à sa femme, à son fils, à ses amis.

En réponse, c'est une visite qu'il reçoit : celle de l'ancien colonel Martin devenu général. Son supérieur n'a plus l'allure glaciale qu'il affectait lors de leurs rencontres à Thonon. Il semble même ému.

— J'ai des nouvelles de Saint-Jean. Vos faits de guerre ont été rendus publics. Quand vous retournerez là-bas, vous serez accueilli comme un héros.

— Et ma femme ? mon fils ?

Le général Martin s'éclaircit la voix :

— Votre fils, lui aussi, a été un héros.

— A été ?

— Gabriel Fontaine est tombé au champ d'honneur. Il a été cité à l'ordre de sa division.

Albert Fontaine s'est immobilisé. Le général poursuit :

— Ce n'est pas le moment d'y aller. On a trop besoin de vous ici.

Albert se met à crier :

— C'est ma femme qui a besoin de moi ! Allez-vous-en ! Je pars tout de suite...

Le général Martin pose sa main sur le bras de son subordonné :

— N'y allez pas, Fontaine. Elle est malade... à l'hôpital...

Albert Fontaine bondit :

— Malade ? Je devrais déjà y être !

Le général Martin le retient dans son élan :

— Elle est à l'hôpital psychiatrique de Thonon. C'est depuis la mort de votre fils... Elle n'est pas en état de vous voir. Elle ne vous reconnaîtrait pas. Courage, mon vieux !

Malgré l'avis du général, Albert Fontaine a sauté dans sa jeep et filé à tombeau ouvert en direction de Thonon. Il s'est présenté aussitôt à l'hôpital en grand uniforme de commandant, Légion d'honneur sur la poitrine, espérant ainsi provoquer chez sa femme le choc qui la sauverait. Mais en le voyant, Jeanne, après un long moment de silence, s'est écriée :

— C'est toi, Gabriel ? Je savais que tu reviendrais... Comme je suis fière de toi, mon enfant !

Et Albert Fontaine a répondu :

— C'est moi, maman... Je suis revenu. La guerre est finie.

UN DERNIER TOUR

Pour les Français d'Indochine, le Tonkin de 1925 est un pays de cocagne. Dans cette colonie lointaine, où rien n'est à l'échelle de la métropole, certains adolescents ont des distractions peu ordinaires.

Romain conduit depuis l'âge de onze ans ; il en a vingt aujourd'hui, c'est un conducteur chevronné. Sa cousine Jeanne est presque aussi précoce : à quatorze ans, elle conduit la voiture de son père chaque fois que l'occasion se présente. Il faut dire qu'avec ses cheveux courts et son air effronté, Jeanne est une fille intrépide. De temps en temps, elle provoque même Romain pour qu'il fasse la course avec elle dans les rues de la ville. Les deux jeunes gens s'affrontent alors sur l'avenue Puginier, plus de deux kilomètres en ligne droite, les « Champs-Elysées » d'Hanoi.

Ce matin, Romain croise Jeanne au passage à niveau, juste à l'entrée de la grande avenue. Il lui adresse trois coups de klaxon, leur signe de reconnaissance. Aussitôt sa cousine le défie.

Grondement des moteurs. Sur un cri de Jeanne, les deux bolides s'élancent. Le long de l'avenue, les porteurs d'eau et les pousse-pousse n'ont qu'à se ranger. Jeanne se grise de vitesse. Et comme souvent, c'est elle qui atteint la première la place du Gouvernement général. Elle klaxonne en signe de triomphe.

— Je t'ai mis cinquante mètres dans la vue ! crie-t-elle à Romain.

— C'est normal... Ta Berliet a plus de reprise que ma Rolland-Pilain.

— Dis plutôt que tu as peur, oui ! A ce train-là, tu n'es pas près de gagner la course du Lao Tam...

Romain hausse les sourcils :

— Le Lao Tam ? Mais... enfin...

— Tu ne t'en sens pas capable, c'est ça ?

Le Lao Tam, c'est une station de montagne où se retrouvent chaque été les Français d'Hanoi. Pour y monter, la pente est raide ; c'est donc un lieu idéal pour organiser une course de côte. Dans tout le Tonkin, nombreux sont les amateurs à vouloir se mesurer au Lao Tam. M. Demarchais, qui est le père de Jeanne et l'oncle de Romain, s'est inscrit pour la course. Et finalement, Romain a suivi son exemple.

Le matin du grand jour, pilotes et mécaniciens s'activent autour des bolides. C'est l'heure des ultimes réglages. La petite Jeanne passe inaperçue parmi tous ces hommes ; avec son pantalon de golf et son blouson de cuir, on pourrait presque la prendre pour un pilote. Elle va gentiment de la Berliet de son père à la Rolland-Pilain de son cousin. Demarchais la surveille du coin de l'œil, mais, ce matin, elle est plutôt sage.

Le trajet fait cinq kilomètres, sur une piste en terre battue, remise en état exprès pour la course. Le public attend les concurrents dans une tribune à l'arrivée, au sommet du Lao Tam. Une voiture part toutes les trois minutes, soulevant derrière elle un nuage de poussière rougeâtre.

— Le candidat n° 8 sous les ordres ! s'époumone le commissaire de la course.

— Dépêche-toi ! crie Jeanne à son cousin. Le n° 8, c'est toi !

Un peu fébrile, Romain s'installe au volant de son bolide vert. Il ajuste ses gants, mais, au moment de mettre son casque, plus de casque !

— Où sont mon casque et mes lunettes ? s'exclame-t-il.

— Tu as dû les oublier sous le hangar ! dit Jeanne. Fais vite !

Romain saute de la voiture et court vers le hangar. Il y entre comme un fou, cherche son casque dans tous les coins, demande si quelqu'un l'a vu. Un mécanicien lui répond :

— La demoiselle est venue le chercher tout à l'heure.

— Quelle « demoiselle » ?

— Mais votre cousine, voyons !

Romain a un mauvais pressentiment. Il fait demi-tour. Serait-il possible... ? Il se rue vers le départ à toutes jambes, bousculant plusieurs personnes sur son passage. Trop tard : au moment où il arrive sur l'esplanade, le juge est déjà en train d'abaisser son drapeau ; avec un grondement féroce, l'auto verte, sa propre Rolland-Pilain, disparaît sous ses yeux dans un nuage de poussière. C'est à peine si Romain a le temps d'apercevoir la jeune fille au volant et s'il entend son rire aigu sous le rugissement du moteur.

— La peste ! La sale petite peste !

Mais quand il voit la fougue avec laquelle Jeanne amorce le premier virage, Romain change de ton :

— C'est de la folie, murmure-t-il. Elle va se tuer !

Romain court jusqu'à la 15 CV Berliet de son oncle, déjà en marche. Il implore le père de Jeanne :

— Laissez-moi le volant ! Il faut que je la rattrape !

— Qui ça ? De quoi parles-tu ?

Sans autre explication, Romain tire le pauvre homme hors de sa voiture, puis il prend les commandes de l'engin, traverse l'esplanade et franchit la ligne de départ sans s'occuper des juges. Ecrasant l'accélérateur, Romain s'engage maintenant sur la piste, dans une envolée de poussière.

Le moteur de la 15 CV est puissant, la mécanique répond bien. Romain tente d'en tirer le maximum. Seulement une piste en terre battue, ce n'est pas l'avenue Puginier ! Ici la voiture chasse au moindre coup de volant ; et la route est pleine de creux et de bosses qui réduisent encore l'adhérence.

Ça y est. Au détour du cinquième virage, Romain aperçoit la Rolland-Pilain verte ; elle fait de courtes apparitions dans chaque lacet, puis disparaît un moment derrière le flanc de la montagne. Elle a plus de cinq cents mètres d'avance. Romain tente d'augmenter la vitesse de la Berliet. Il doit rattraper Jeanne avant qu'il ne lui arrive un malheur. Déjà la 15 CV gagne du terrain sur la petite voiture verte. Romain pense être à portée de klaxon de sa cousine, et il lance les trois coups habituels. Aussitôt, trois petits coups plus aigus lui répondent, comme pour dire : « Coucou, je t'ai vu ; attrape-moi si tu peux ! » Romain est hors de lui.

Bientôt Jeanne franchit la cote 400, qui marque la moitié du parcours. Son moteur commence à chauffer, et elle préfère s'arrêter tout de suite pour remettre de l'eau dans le radiateur ; Romain en profite pour réduire encore la distance qui les sépare. Et, quand Jeanne redémarre, elle se trouve dans la ligne de mire de son cousin. Lui peut clairement percevoir le bruit du moteur de la Rolland-Pilain : « A nous deux, ma belle, je te tiens, je ne te lâche plus. » Mais Jeanne l'a entendu approcher et elle profite de sa sortie d'un virage en épingle à cheveux pour accélérer de plus belle.

Romain connaît par cœur les moindres accidents du terrain : rétrécissement de la piste, accentuation des virages. Soudain, le bouchon de radiateur de la Berliet saute sous la pression de la vapeur et vient rebondir sur le capot ; la mécanique s'échauffe ; Romain doit s'arrêter à son tour pour refroidir un peu le circuit. Mais, alors qu'il verse de l'eau dans le radiateur de la Berliet, le moteur cale. Romain lâche un juron. Il attrape la manivelle sous le siège du conducteur et relance le moteur en deux ou trois coups secs. Seulement il a perdu près d'une minute.

Sans se décourager, il pousse de nouveau son bolide à fond. Jeanne a encore disparu ; une minute, c'est suffisant pour creuser l'écart. Romain réalise qu'en la prenant en chasse comme il l'a fait il ne rend pas service à sa cousine ; au contraire, plus il se rapprochera d'elle, plus elle prendra des risques. Il est sur le point de lever le pied, quand le moteur, là-bas devant, se fait entendre de nouveau, plus ronronnant que jamais. Romain hésite ; au fond, il meurt d'envie de coiffer Jeanne au poteau. Rien que pour lui apprendre à se moquer du monde !

Déjà la Berliet débouche sur la dernière ligne droite. Tout excité, Romain découvre que le nuage de poussière n'est plus qu'à quelques mètres devant lui ; le halo rougeâtre est maintenant à sa portée. A cent mètres, c'est l'arrivée. Romain déboîte et dépasse la voiture, mais, en jetant un regard sur le côté, il n'en croit pas ses yeux : à travers la poussière, la carrosserie qu'il aperçoit n'est pas verte, elle est bleue ! Et il comprend que ce n'est pas Jeanne, mais le concurrent précédent, le n° 7 !

Romain franchit en trombe la ligne d'arrivée. Dans les tribunes, le public l'acclame debout. Mais Romain est ailleurs. Il stoppe sa voiture devant la tribune et court vers des spectateurs qu'il connaît. Arrachant ses lunettes pleines de poussière, il demande :

— Où est Jeanne ?

— Jeanne ? Mais... elle est en bas, au départ !

— Je vous demande où est Jeanne ?

Romain est saisi par l'angoisse ; sa gorge se serre.

— Mais Jeanne enfin...

Maintenant il en est certain : il est arrivé quelque chose à sa cousine. Il ne faut pas la laisser sans secours. Sans perdre un instant, Romain remonte aux commandes de la Berliet, fait demi-tour sur les chapeaux de roues et, sous les regards éberlués du public, s'engage de nouveau sur la piste — cette fois, à contresens ! Un murmure incrédule parcourt l'assistance.

Roulant le plus près possible du ravin, il refait le trajet à l'envers et scrute le vide avec anxiété.

— Jeanne ! crie-t-il. Jea-anne !

Tout à coup, une voiture. Il l'aperçoit qui monte à vive allure. Elle est blanche. Il s'agit sans doute du candidat n° 9 qui fonce vers l'arrivée, ignorant tout ce qui s'est passé. La piste est étroite. Romain ralentit et serre au plus près le bord de la route, laissant le plus de place possible entre la paroi rocheuse et sa Berliet. Pourvu que le n° 9 soit un bon pilote ! S'il a des réflexes, tout se passera bien ; sinon... Romain arrête sa voiture et cramponne le volant à deux mains. Le n° 9 est à cinquante mètres. Romain donne un grand coup de trompe. La voiture blanche fait un léger écart, ralentit un peu en soulevant de la poussière ; puis, frôlant la Berliet, elle passe comme elle peut et reprend aussitôt de la vitesse. Romain souffle, mais il ne doit pas perdre de temps ; il redémarre et, juste après le virage suivant, appuie à fond sur l'accélérateur. Il percute alors de plein fouet la petite voiture verte. Le choc est terrible.

Il ne l'a pas vue venir. Elle n'allait pourtant pas vite, la voiture de Jeanne, puisqu'elle sortait tranquillement d'un petit chemin de montagne, sur la droite. La 15 CV est venue heurter son aile avant gauche, tuant la conductrice sur le coup, avant d'écraser les tôles et de la propulser dans le ravin.

On n'a jamais compris pourquoi Jeanne avait quitté la route en pleine course pour s'engager dans un petit chemin pierreux. Certains ont pensé que c'était par manque d'expérience ; d'autres qu'elle avait délibérément laissé la victoire à son cousin. Romain a toujours su, quant à lui, qu'elle avait simplement voulu lui jouer un tour. Un dernier tour. Mais personne ne croit à sa version : avouez que ce serait trop bête.

— Mesdames et messieurs, le commandant René Sebastiani et son équipage vous souhaitent la bienvenue à bord. Nous atteindrons Paris, notre destination finale, dans cinq heures et quinze minutes...

Nous sommes le 30 août 1972. Les passagers du Boeing se laissent aller sur leurs sièges. Il fait un temps superbe. Ce sont, pour la quasi-totalité, des vacanciers qui regagnent la France, après avoir passé leurs vacances dans un grand club de vacances. Ils sont bronzés et détendus. Michel Normand se penche vers sa femme.

— Ça va, chérie ? Tu ne veux pas que j'appelle l'hôtesse ?

— Tout va bien, Michel.

L'hôtesse, Micheline B., s'arrête à son tour à sa hauteur :

— Tout se passe bien, madame ?

Mme Normand remercie d'un sourire et l'hôtesse poursuit son chemin dans la travée. Cette sollicitude s'explique par le fait que Bernadette attend un bébé.

— Vous pourriez faire attention !

C'est Bernadette Normand qui vient de pousser cette exclamation. En effet, un jeune homme à la chevelure hirsute, un de ces hippies comme on en voit partout à cette époque, vient de se ruer dans le couloir, renversant l'hôtesse et la bousculant elle-même au passage. L'individu poursuit sa course, ouvre la porte de la cabine de pilotage et disparaît. Bernadette agrippe le bras de son mari :

— Pourvu que cela ne soit pas un détournement !

Et pourtant si, c'est un détournement, mais pas tout à fait comme les autres. Dans la cabine, le commandant René Sebastiani, qui, une heure plus tôt, avait souhaité aimablement la bienvenue aux passagers, voit arriver un énergumène chevelu qui lui brandit sous le nez un poignard et un revolver.

— Change de cap et prends la direction de Moscou, vite !

Le commandant Sebastiani veut croire un instant à une plaisanterie, mais il sait bien que c'est impossible. Personne ne ferait une plaisanterie pareille et surtout pas l'homme qu'il a en face de lui. Avec sa barbe et ses cheveux longs, il a des allures de Jésus-Christ et ses yeux hallucinés indiquent assez qu'il a perdu la raison. René Sebastiani tente de gagner du temps :

— Moscou ! Mais pour quoi faire ?

La voix du pirate est aussi exaltée que son regard :

— La paix est menacée ! Moi seul, je peux la sauver ! Je dois dire la vérité aux Russes. C'est ma mission.

Le commandant essaie encore d'argumenter :

— Moscou, c'est trop loin. Je n'ai pas assez de carburant.

— Direction Moscou, je te dis ! Sans quoi, je descends les passagers un par un !

Cette fois, il n'y a plus rien à répliquer. Mais le commandant Sebastiani n'est tout de même pas homme à se laisser faire. Avant d'être pilote de Boeing, il était dans une patrouille de démonstration aérienne et c'était un as de la voltige. Il change de cap, mais il amorce son virage si serré qu'il devient impossible de se tenir debout, tandis qu'il coupe les gaz, provoquant un affaissement brutal de l'appareil.

Le résultat est celui qu'il escomptait : le pirate de l'air n'a même pas le temps de se rendre compte de ce qui lui arrive, il est catapulté contre une paroi, puis jeté à terre, où il reste inanimé, K.-O. pour le compte.

Tandis que le copilote s'occupe de ficeler l'individu, René Sebastiani s'empare du micro :

— Mesdames et messieurs, nous venons d'échapper à un détournement. Rassurez-vous, il n'y a plus aucun danger. Je suis désolé de vous avoir un peu secoués, mais je n'avais pas le choix. J'espère qu'il n'y a personne de blessé.

Le commandant reprend la radio pour mettre Dakar au courant des événements. Il dialogue depuis plusieurs minutes lorsqu'un homme fait de nouveau irruption dans la carlingue.

— Il s'est malheureusement passé quelque chose de grave, commandant !

— Qui êtes-vous ? Allez-vous-en !

— Je ne m'en irai pas ! Votre voltige... Ma femme est en train d'accoucher !

Le commandant essaie de minimiser les choses.

— Cela va sans doute bien se passer. Il n'y a aucun médecin dans l'avion ?

— Si, moi. Je suis médecin. Mais justement...

Cette fois, René Sebastiani est devenu tout pâle, bien plus que lorsqu'il avait le poignard et le revolver sous le nez.

— Qu'est-ce que vous voulez dire ?

— L'enfant se présente mal... par l'épaule... C'est le pire. Je suis généraliste, pas obstétricien. Je ne suis pas capable d'opérer.

— Je retourne sur Dakar ; nous pourrons y être dans trois quarts d'heure environ. Ce sera suffisant ?

— Non. Trop tard...

— Alors, que faut-il faire ?

— Demandez à Dakar qu'il envoie un spécialiste à la tour de contrôle. S'il me donne des instructions par radio, je pense pouvoir me débrouiller. En attendant, je vais amener ma femme ici.

— O.K. Ici Charlie-Tango-Zoulou. Demande Dakar en priorité absolue. Je répète : Ici Charlie-Tango-Zoulou...

C'est ainsi qu'après avoir échappé à un drame le Boeing faisant la liaison Dakar-Paris se trouve confronté à une autre situation imprévisible : un accouchement en plein ciel.

Frédéric Bernard, assis sur une des banquettes de l'aéroport de Dakar, attend ses valises avec un sourire. A l'aéroport de Dakar, il y a deux types de personnes : les pâles qui arrivent et les bronzés qui repartent. Frédéric Bernard, dont le teint évoque le cachet d'aspirine, fait, de toute évidence, partie de la première catégorie.

Il débarque, effectivement, pour prendre ses vacances dans le grand club d'où reviennent la plupart des passagers du Boeing. Il a tout juste trente ans et il vient de passer brillamment sa spécialisation en obstétrique. Avant d'aller exercer, il a jugé tout indiqué de s'octroyer ce repos bien mérité. C'est alors que le haut-parleur retentit :

— Appel urgent : si un médecin accoucheur est présent dans l'aéroport, il doit se présenter immédiatement à l'accueil.

Frédéric Bernard se lève précipitamment pour se rendre à l'accueil. Une hôtesse est là à qui il demande :

— Il y a une femme sur le point d'accoucher ? Où est-elle ?

L'hôtesse se met à courir à petites foulées.

— Suivez-moi.

— Où allons-nous ?

— Dans la tour de contrôle.

— Elle est dans la tour de contrôle ?

— Non : en plein ciel.

Frédéric Bernard, les yeux un peu éblouis, contemple l'aéroport de Dakar vu du haut de la tour. A ses côtés, une douzaine d'hommes figés, avec des mines graves. L'un d'eux lui désigne un siège et le micro où il doit parler. La voix de son correspondant lui parvient par un haut-parleur dont le son emplit toute la salle.

— Ici Charlie-Tango-Zoulou. Est-ce que le médecin est là ?

Frédéric Bernard se penche vers son micro :

— Oui. Je suis là.

— Je vous passe le Dr Normand... Prenez le micro, docteur.

Une nouvelle voix se fait entendre.

— Ici Michel Normand. Je suis auprès de ma femme. L'enfant se présente par l'épaule. Je répète : par l'épaule. Je suis formel.

Frédéric Bernard sent sa gorge se nouer. Oui, il est bien obstétricien. Il a bien son diplôme en poche et il l'a obtenu haut la main. Ses professeurs lui ont même dit qu'il était le plus doué de sa promotion. Seulement, il sait bien qu'à côté de cela il a un défaut : il a toujours été une grosse tête, un fort en thème, plongé dans les livres. C'est la pratique qui lui manque. La présentation par l'épaule, il la connaît en théorie, mais c'est extrêmement rare et il n'a jamais eu l'occasion de voir comment cela se passait sur le terrain.

Pourtant, il faut agir. A sa surprise, il s'exprime d'une voix nette, à la fois calme et autoritaire :

— Ici Frédéric Bernard. Ne vous inquiétez pas. J'ai déjà pratiqué des accouchements de ce genre. Si vous suivez mes instructions à la lettre, tout se passera bien. Il importe avant tout que vous restiez calme. Vous m'avez compris.

— Oui, docteur.

— On ne va pas s'appeler « docteur » tous les deux. Appelez-moi Frédéric. O.K., Michel ?

— O.K., Frédéric.

Et, entre Dakar et le Boeing au milieu de l'océan, un dialogue s'engage, dont l'enjeu est la vie d'une femme et d'un enfant.

Frédéric parle d'une voix posée :

— Vous êtes sûr de la présentation par l'épaule ?
— Absolument.
— Connaissez-vous la méthode Braxton ?
— J'ai des souvenirs d'étudiant, mais c'est vague...
— O.K., Michel. Commencez par vous laver les mains à la teinture d'iode. Vous en avez ?

Il y a un court silence.

— Oui, Frédéric, on a ça.

De nouveau un silence, puis la voix de Michel :

— C'est fait, Frédéric.
— Bien. Maintenant, asepsie de la mère.

Et l'invraisemblable dialogue se poursuit entre la terre et le ciel, à des kilomètres de distance.

Dans la tour de contrôle de Dakar, tout le monde retient son souffle. Les communications avec les autres avions ont lieu au casque ; seul le Boeing a été branché sur haut-parleur.

Frédéric transpire à grosses gouttes.

— Ecoutez-moi bien, Michel : introduisez deux doigts de la main droite et tâchez de saisir le pied de l'enfant. Attention : le pied, pas la main. Pour ne pas vous tromper, palpez le talon.

Il y a d'interminables secondes et un cri de joie :

— Je l'ai !
— Maintenant, exécutez la rotation de l'enfant en tirant par le pied.

Frédéric continue à donner ses instructions d'une voix lente. Il a fermé les yeux. Ceux qui l'entourent ont la certitude qu'il voit ce qui est en train de se passer. Cette femme qui souffre dans le ciel est devant lui. Ses mains font machinalement les gestes qu'il ordonne.

Après un long silence, le Boeing reprend la parole par la voix de Michel :

— Rotation effectuée avec succès.

D'un seul coup, la tour de contrôle se libère de son angoisse. Ce sont des exclamations, des rires, des applaudissements spontanés. Mais Frédéric les fait taire aussitôt. Ce n'est pas fini. Au contraire.

— Michel, surveillez le cœur de l'enfant. Vous l'entendez ?

Un silence.

— Distinctement.

— Vous allez tenter un accouchement par le siège. Attendez la dilatation complète.

L'attente et le silence s'installent de nouveau dans la tour de contrôle de Dakar. Frédéric enchaîne les instructions avec précision. Il est parfaitement maître de lui.

— Ramenez les bras, Michel ! Surtout, ramenez les bras...

Une demi-heure s'écoule. Le Boeing, qui a fait demi-tour vers Dakar, est au-dessus de la piste. Mais Frédéric a donné l'ordre qu'il n'atterrisse pas : la descente et le freinage pourraient être catastrophiques. L'avion décrit donc des cercles autour de l'aéroport.

Il y a enfin un cri de joie dans le haut-parleur de la tour :

— C'est un garçon, Frédéric !

Cette fois, le médecin ne cherche pas à calmer l'explosion d'enthousiasme qui éclate autour de lui. Dans le charivari, la voix du nouveau père est inaudible. Il parvient à se faire entendre :

— Frédéric ! Bernadette et moi nous avons une faveur à vous demander... Nous aimerions appeler notre fils Frédéric.

Frédéric Bernard se détend. L'intolérable tension nerveuse qui était la sienne a enfin cessé. Il éclate de rire en s'écriant :

— Je souhaite beaucoup de bonheur au petit Frédéric ! Je crois qu'il est né sous le signe de la chance !

France. 1955. Berthe Granville approche des trente ans. A cette époque, la plupart des jeunes filles ne songent pas à faire une carrière. Elles n'ont qu'une idée en tête : trouver un bon mari et avoir de beaux enfants dont elles seront fières plus tard.

Berthe est vendeuse dans une bijouterie de Villeneuve. Les hommes jeunes qui franchissent la porte de la boutique sont rares. Un jour le timbre résonne. Berthe voit entrer un homme « entre deux âges ».

— Bonjour, mademoiselle, je voudrais connaître le prix du collier qui est dans la vitrine.

Berthe retire le collier, une fantaisie de très belle allure, en plaqué or, garni de pierres du Rhin, et le présente au client.

— Il vaut 1 200 francs. Mais il est très beau. C'est pour une personne de quel âge, si je peux me permettre ?

L'homme considère Berthe avant de répondre :

— C'est pour une jeune fille... qui doit avoir votre âge.

— Blonde ou brune ?

— Auburn, à peu près comme vous... Si j'osais, je vous demanderais de l'essayer. Je me rendrai mieux compte de l'effet qu'il fera.

Berthe quitte la petite chaîne d'or qui retient autour de son cou une médaille pieuse. Elle la remplace par le collier. Machinalement elle jette un coup d'œil vers le miroir qui est posé sur le comptoir. C'est vrai que ce collier est ravissant :

— Alors, monsieur, qu'en pensez-vous ?

— C'est parfait.

L'homme a sorti de sa poche une épaisse liasse de billets.

— Vous m'avez bien dit 1 200 francs. Les voici.

Il pose les 1 200 francs sur le comptoir. Berthe dit :

— Je vais appeler la patronne, Mme Chambert : c'est elle qui encaisse.

Elle est déjà en train de détacher le collier, mais le client interrompt son geste.

— Non, gardez-le. Il vous va si bien. Et puis, autant vous le dire : ce collier... il est pour vous.

— Mais, monsieur, je ne peux pas. A quel titre ?

— Mademoiselle, voilà des mois que je vous observe. Je passe de longs moments dans le square, en face. J'attends l'heure où vous terminez votre travail. Vous ne vous en êtes pas rendu compte, mais je vous ai suivie jusque chez vous. Je devrais avoir honte, j'ai même interrogé vos voisins, les commerçants pour savoir qui vous êtes. Tous les renseignements que j'ai obtenus m'ont rempli de joie. Vous êtes une jeune fille comme on n'en fait plus aujourd'hui.

Berthe Granville est rouge de confusion. Surtout que Mme Chambert, la propriétaire de la bijouterie, est arrivée pendant cette déclaration.

— Monsieur, j'ignore qui vous êtes. Je trouve votre démarche un peu osée. Qu'espérez-vous donc ? Que je me jette à votre cou parce que vous désirez m'offrir un collier de 1 200 francs ? Je crois rêver.

Mme Chambert, silencieuse derrière son tiroir-caisse, fait des grimaces : elle cligne des yeux à l'intention de Berthe, d'un air de dire : « Acceptez, ma petite, tout va bien, je vous expliquerai plus tard... »

Mais Berthe est réticente. Elle remettrait bien le collier dans la vitrine. Seulement cela ferait une vente en moins et Mme Chambert n'apprécierait pas du tout.

— Bien, après tout ce n'est qu'un collier. Si vous voulez me l'offrir, pourquoi pas ? Seulement je ne vous promets pas de le porter. Du moins tant que je ne vous connaîtrai pas davantage. Mon intention est de me marier et rien d'autre.

L'homme arbore un large sourire :

— Je suis heureux de vous l'entendre dire. Mais, excusez-moi, je ne me suis même pas présenté : Henri Lefranc. Peut-être mon nom vous est-il connu. Je suis ingénieur des Ponts et Chaussées.

Berthe n'a jamais entendu parler d'Henri Lefranc. En tout cas celui-ci paie le collier et se retire après avoir invité la jeune femme à dîner pour le lendemain soir.

Dès qu'il a quitté la boutique, Mme Chambert intervient :

— Eh bien, ma petite Berthe, vous en faites des ravages. Henri Lefranc en personne s'intéresse à vous. C'est un des plus beaux partis du pays. Il est riche à ne savoir que faire de son argent. Et puis il est plutôt bel homme.

— Oui, il n'est pas mal... pour son âge. Quel âge peut-il bien avoir ?

Mme Chambert réfléchit :

— Il a le même âge que mon neveu Georges, quarante ans à quelque chose près.

Henri Lefranc, dans les mois qui suivent, continue à faire sa cour. Berthe apprend à mieux le connaître. En tout cas c'est ce qu'elle croit. Elle y croit si bien qu'elle accepte d'être son épouse. Berthe Granville devient Mme Henri Lefranc et, du même coup, la châtelaine de la Malvoisine, un ravissant manoir Renaissance situé en bordure de la Loue, et entouré d'un parc superbe.

Après quelques mois de lune de miel, Henri Lefranc, continuellement aux petits soins pour sa nouvelle épouse, dévoile un aspect jusque-là méconnu de son caractère :

— Ma Berthe, mon ange, mon amour, jure-moi que tu me seras toujours fidèle. Que tu ne me tromperas jamais. Jure-moi que tu n'en regarderas jamais un autre.

Berthe répond, un peu étonnée :

— Mais enfin, chéri, quelle idée ? Je suis heureuse avec toi, sur tous les plans. J'espère que tu ne regrettes pas de m'avoir épousée. Te tromper ? Mais, ma parole, tu es jaloux ?

— Oui, je suis jaloux, à en mourir. Tu es si jolie. Tu sais, je vais devoir partir quelques semaines en Alsace, pour un nouveau chantier. Et à l'idée que tu puisses rester seule ici, désœuvrée, je deviens fou.

— Mais, Henri, c'est toi qui as insisté pour que je quitte la bijouterie.

— J'avais trop peur que tu y rencontres d'autres hommes. Et maintenant j'ai peur que, pendant mon absence, par ennui, tu ne te laisses séduire par n'importe qui, par le voisin, Lemonnier par exemple. Avoue qu'il n'est pas mal, Lemonnier. Avoue qu'il te plairait assez, quand il vient jusqu'ici sur son cheval arabe...

Berthe essaie de calmer son mari. Mais celui-ci, après avoir respiré un grand coup, annonce :

— De toutes les façons, j'ai un petit cadeau pour toi. Tu me feras le plus grand plaisir si, pendant mon absence, tu le portes. Ce sera une preuve d'amour de ta part...

Berthe, innocemment, demande :

— Encore un bijou. Tu n'es pas raisonnable. Tu dépenses trop d'argent pour m'offrir des bagues, des bracelets...

— Tu verras, c'est très spécial. Je l'ai fait moi-même, spécialement. A ta taille.

Quelques jours plus tard, à la veille de son départ pour l'Alsace, Henri présente à Berthe un sac de velours rouge :

— Voilà, Berthe chérie, mon cadeau pour le temps de mon absence.

Berthe ouvre le sac de velours. Elle en sort un objet étrange, volumineux, inconnu :

— C'est de l'argent. Mais, Henri... qu'est-ce que c'est ? Je ne comprends pas.

— Ma chérie, c'est une ceinture. Déshabille-toi. Tu vas voir. Je vais t'aider à la mettre. Tu verras, c'est très agréable à porter.

Berthe ne comprend toujours pas. Elle se met nue devant son mari. Henri, en quelques gestes, a installé la ceinture autour de la taille de son épouse. Faite de chaînes d'argent et de quelques plaques délicatement ouvragées, il s'agit... d'une ceinture de chasteté, comme celles que certains chevaliers faisaient porter, dit-on, à leurs épouses en partant pour la croisade.

Un petit bruit métallique et la ceinture est refermée. Henri brandit en souriant une petite clé :

— Et voilà, tu vois comme c'est commode. J'emporte la clé avec moi. Comme ça je serai moins jaloux. Bien sûr, je n'ai aucune raison de l'être, mais c'est plus fort que moi. J'ai toujours été comme ça. Tu vois, c'est parfaitement bien conçu pour ne pas te gêner, ni pour ta toilette ni pour le reste. Mais, grâce à ce bijou, impossible qu'aucun homme t'approche.

Berthe en reste muette d'étonnement. Le lendemain, Henri s'en va sans qu'elle ait rien trouvé à dire.

Restée seule, elle se contemple dans le miroir de la salle de bains. Sur le plan esthétique, la ceinture d'argent est d'un bel effet, un peu orientale, un peu barbare. Berthe se dit : « Tous les hommes ont des côtés bizarres. Bah, ce n'est pas bien grave. Dans quelques jours nous en rirons ensemble, Henri et moi. »

Grossière erreur, car, une fois revenu de son chantier lointain, Henri, après avoir délivré sa femme de sa ceinture, après lui avoir prouvé sa tendresse, prétend remettre la ceinture en place. Berthe proteste :

— Mais pourquoi ? Tu es là tous les jours. Tu me prends pour qui ?

— Tu sais, la chasse sera bientôt ouverte. Qui va à la chasse perd sa place ! Avec tous les hommes qui parcourent la campagne. Je veux pouvoir partir toute la journée l'esprit tranquille et sans me poser de questions.

Berthe, soudain, ne trouve plus la plaisanterie à son goût. Elle se sent mutilée, prisonnière. Comment sortir de cette situation ? Elle décroche le téléphone et appelle Chantal Rebulier, une de ses plus intimes amies d'enfance :

— Chantal, c'est moi, Berthe. Il m'arrive quelque chose d'inouï. Figure-toi qu'Henri m'oblige à porter une ceinture.

Chantal ne comprend pas tout de suite :

— Une ceinture ? Et alors ?

Quand elle réalise ce qui se passe en réalité, le ton change :

— Mais il est fou ? Tu ne dois pas supporter ça. Va porter plainte : il n'y a pas d'autre solution. Et le plus tôt sera le mieux. Sinon la situation va dégénérer. Il est capable dans quelque temps de t'attacher au pied de ton lit ou bien à un radiateur. Ma pauvre chérie, tu as épousé un malade.

C'est ainsi qu'Henri Lefranc, tout étonné, se retrouve devant le juge d'instruction, inculpé de « violences volontaires ». Pire encore, il est incarcéré. Berthe, débarrassée de sa ceinture, ne pensait pas que les choses iraient jusque-là.

La nouvelle de son arrestation, les motifs qui l'ont conduit en prison font bientôt le tour de la ville et même du département. Cela devient le grand sujet de conversation :

— Ah ! la petite Mme Lefranc, une ceinture de chasteté. Il faut dire qu'elle n'est pas mal du tout. Avec ou sans ceinture, j'irais bien lui dire deux mots.

Lefranc, avec ses idées d'un autre âge, réussit à faire de son épouse le centre d'intérêt de toute la ville. Tous les mâles, célibataires ou pas, échafaudent des projets de grandes manœuvres pour « monter à l'assaut de la belle Mme Lefranc ». Le boulangerpâtissier, histoire de rire, se met à vendre des friandises multicolores en forme de « ceinture ». Un auteur malicieux écrit un texte de circonstance sur l'air de « Elle avait une jambe de bois... ». Chanson reprise en chœur dans toutes les noces, toutes les réunions sportives.

« Elle avait un p'tit cad'nas... Et pour que ça n'se voie pas... »

Pourtant Henri Lefranc ne mérite pas ça. On le remet en liberté. Berthe, surprise par la nouvelle, décide de s'éloigner de son époux et de se réfugier chez son amie Chantal :

— Il faudrait que je repasse à la Malvoisine, pour y prendre mes affaires personnelles.

— Si tu vas là-bas, tu ferais mieux de te faire accompagner par un officier de police. La Malvoisine, je n'ai jamais aimé le nom de ton domaine, il sent la poisse. Dieu sait ce dont est capable ton mari après une humiliation pareille.

C'est donc accompagnée d'un policier que Berthe arrive chez elle. La bonne vient à sa rencontre :

— Monsieur est là ?

— Oui, Madame, il est arrivé ce matin. Il avait l'air déprimé. Il est monté dans la chambre et depuis il n'est pas reparu. Il n'a même pas répondu quand je lui ai annoncé que le déjeuner était servi.

Berthe doit faire intervenir un serrurier pour ouvrir la porte de la chambre. Henri est là, pendu à une grosse poutre. La ceinture d'argent autour du cou. Sur la table, un seul mot écrit sur un bristol : « Pardon. »

Un soir de mars 1943, Monique Benhamou et son mari dînent en silence dans leur appartement proche du Vieux-Port, à Marseille. Soudain, ils entendent des bruits de bottes dans l'escalier. Jacques et Monique échangent un regard où se mêlent l'angoisse et la résignation. Ils sont à bout. Monique, très affaiblie, se remet à peine d'une fausse couche ; quant à Jacques, il n'en peut plus de se cacher dans le placard de la cuisine au moindre bruit. Pourtant, ce soir, c'est bien eux qu'on vient chercher. Déjà de grands coups de poing heurtent la porte : « Police, ouvrez ! »

— Va te cacher, Jacques, supplie Monique. S'il te plaît ! Pendant qu'il en est encore temps.

— Et toi ?

— Ils verront bien que je suis malade.

— Non, j'en ai assez, soupire Jacques en serrant les dents, tant pis.

La porte cède d'un coup. Trois hommes de la Milice font irruption dans la pièce.

— Monsieur et madame Benhamou, vous êtes en état d'arrestation, déclare d'une voix neutre un homme en imperméable gris.

— Emmenez-moi, mais laissez ma femme ! implore Jacques, vous voyez bien...

— Elle est sur ma liste ! coupe l'homme à l'imperméable.

— Dans l'état où elle est, c'est criminel ! hurle Jacques. Elle mourra avant d'arriver au commissariat.

Mais, pour Monique, c'en est trop ; elle s'est déjà évanouie. L'homme à l'imperméable gris ne lui prête aucune attention ; son collègue, lui, s'est approché pour l'observer. Jacques fixe celui-ci intensément. « Il doit bien y avoir quelque chose d'humain dans cet homme-là. » Jacques se dirige vers le buffet :

— Si vous voulez, j'ai de l'argent...

Les deux policiers le regardent faire sans un mot. Lorsque Jacques tend 3 000 francs, toutes ses économies, ils finissent par céder.

— Bon, suis-nous, lâche l'homme à l'imperméable en prenant les billets.

Jacques regarde sa femme une dernière fois. « Il faut que tu vives, pour les enfants », murmure-t-il avant que les miliciens ne le poussent vers l'escalier où attendent des soldats allemands.

Monique reprend connaissance. Elle est dans le noir. Des bruits dans la rue. Elle reste un long moment prostrée, la tête enfouie dans ses mains. « Il faut que tu vives, pour les enfants », se répète-t-elle sans trop comprendre pourquoi. Après avoir rallumé la lumière, elle lève les yeux vers un miroir et découvre que ses cheveux sont devenus blancs. Blancs de peur. Elle n'a que trente-cinq ans, mais elle en paraît soixante.

Il faut fuir au plus vite, car les Allemands ratissent le quartier maison par maison ; ils pourraient revenir d'une minute à l'autre. L'estomac noué, Monique prend son sac et descend l'escalier. Sur le pas de la porte, elle s'arrête : la rue grouille de soldats. Elle regagne l'appartement et parvient à téléphoner à sa sœur. C'est elle qui aidera Monique à passer les barrages deux jours plus tard, dissimulée dans un camion de déménagement. A bout de nerfs, elle est hospitalisée quelques jours à Marseille, puis part pour Nice où des religieuses l'accueillent. Sur leurs conseils, elle contacte le maire de Loubières, un petit village dans l'arrière-pays niçois. Le gros homme prend tout de suite les choses en main :

— Il ne faut pas que vous restiez en ville, lui explique-t-il au téléphone, ils vous trouveront un jour ou l'autre.

— Mais où aller ? Je ne connais personne.

— Venez à Loubières. On trouvera un endroit pour vous cacher. J'envoie quelqu'un vous chercher.

— Mais...

— Surtout, ne parlez de tout cela à personne.

Devant tant de générosité, Monique se laisse convaincre. Le lendemain, elle quitte Nice dans la carriole d'un jeune paysan. Au terme d'un voyage fatigant, sous un soleil de plomb, elle découvre, sur un promontoire, le village de Loubières. Ici, la vie semble se dérouler selon le rythme immuable de la vie paysanne ; c'est comme si la guerre avait épargné le village.

Monique ne sait pas du tout quelle vie l'attend. Une chose est sûre : les épreuves qu'elle vient de traverser l'ont transformée. Malgré l'abattement, elle n'a cessé de se répéter : « Il faut que tu vives, pour les enfants. » Sans qu'elle sache d'où cela provient, Monique sent peu à peu une énergie naître en elle et se développer, comme une force qui la pousserait à vivre.

— Voilà, nous y sommes.

Sur les indications du maire, le jeune paysan conduit sa passagère jusqu'à une cabane isolée, à plusieurs kilomètres du village. Le petit gars saute de la carriole, ouvre la porte, entre dans la cabane et en ressort bientôt avec un grand sourire.

— C'est pas le Ritz, mais ici vous serez tranquille. Vous trouverez sous l'évier de quoi casser la croûte.

Monique a vite fait le tour de la cabane que lui propose le maire. L'endroit est misérable : une table, une chaise et un lit des plus rudimentaires ; le toit et les murs sont pleins de trous, l'hiver risque d'être rigoureux. Une trappe dans un coin du plancher permet de se cacher en cas de danger.

— Avec quelques arrangements, on doit pouvoir y vivre, poursuit le paysan. Au moins, vous serez à l'écart, il y a peu de chances qu'on vienne vous chercher ici...

Monique hésite un instant. La perspective de vivre dans cette cabane de chasseur n'a rien de rassurant : elle n'était pas préparée à un tel dépouillement. Mais ce n'est pas le moment d'être difficile.

— Elle est très bien, cette cabane, dit-elle. Je vous remercie beaucoup, monsieur.

Cette cachette provisoire va abriter Monique pendant toute une longue année, une année de misère et de solitude presque totale pendant laquelle il lui faudra survivre au froid et à la faim. Car, une fois les premières provisions épuisées, Monique doit assurer seule sa subsistance. Des paysans du coin lui fournissent bien quelques œufs ou du lait contre de petits services, mais la plupart se défient d'elle. Son accoutrement rudimentaire et sa présence solitaire intriguent : on se pose des questions à son sujet. Elle est, elle reste une étrangère. Aussi doit-elle se résoudre, lorsque la faim la tenaille trop, à voler de la nourriture. La nuit, elle s'introduit dans les fermes ct dérobe des fruits, des œufs, et même des poulets. Jusque-là, Monique n'avait jamais rien volé de sa vie ; mais elle y est contrainte ; c'est pour survivre qu'elle le fait — et, à sa grande surprise, elle y puise une énergie chaque jour plus grande. Elle combat pour la vie ; c'est une véritable foi qui l'anime à présent.

Au cours de l'été 1944, des groupes de maquisards s'installent dans la région de Loubières. Ils font aussitôt la connaissance de Monique, cette femme marquée par la fatigue, mais dont les yeux brillent d'un éclat intense. Elle ne tarde d'ailleurs pas à leur devenir indispensable : c'est elle en effet qui les informe des mouvements de l'ennemi dans la vallée ; elle qui leur trouve des caches en cas d'alerte ; elle enfin qui facilite l'approvisionnement en vivres et la circulation des messages. La petite cabane de Monique devient ainsi un véritable foyer de résistance. Bientôt tout le pays parle d'elle et de son courage. Elle est une figure locale. Mais c'est une gloire dont sa sécurité se serait bien passée.

Le 10 août 1944, vers 7 heures du soir, quelqu'un frappe à la porte de la cabane. Des coups violents. Monique devrait se précipiter vers la trappe et se dissimuler sous le plancher, mais quelque chose lui dit que ce n'est pas nécessaire ; elle ouvre. Deux gendarmes français sont sur le seuil.

— Bonsoir, madame, contrôle de police.

— Que me voulez-vous ?

— Montrez-nous vos papiers.

Monique va calmement les chercher. Ils sont en règle. Le plus âgé des deux gendarmes y jette un regard furtif et déclare :

— Suivez-nous, nous savons que vous êtes juive.

— Mais je ne suis pas juive du tout, proteste Monique, je suis alsacienne.

Le deuxième gendarme la dévisage. Son teint clair et ses cheveux devenus blancs lui rappellent sa propre mère.

— Allez, finit-il par dire à son chef, laissons-la tranquille. Cette vieille femme n'est pas juive. On nous a mal renseignés.

Mais l'autre n'en démord pas :

— Tu ne vois pas qu'elle nous ment ? Tous ces youpins sont des menteurs !

Puis il ajoute, en caressant le visage de Monique :

— En plus, je parierais qu'elle n'a pas plus de trente-cinq ans...

La main du gros gendarme s'attarde au creux de son cou.

Monique voudrait tuer cet homme.

— Allons, vous ne voyez pas que vous lui faites peur ?

— Qu'est-ce que ça peut bien te faire, à toi ? demande le chef en saisissant Monique par le bras.

— Allons-nous-en ! Je vous en prie.

— Avant de m'en aller, j'ai bien l'intention de m'en payer une tranche, ricane le gros en poussant Monique vers le lit.

— Vous ne la toucherez pas ! Je vous garantis que vous ne toucherez pas un cheveu de cette femme !

Pour toute réponse, le jeune gendarme reçoit un coup de poing au menton. Le gros s'abat sur lui. Monique quitte la cabane en courant. Soudain, un coup de feu retentit. Monique s'arrête. Elle n'ose pas bouger. Une minute passe, puis le jeune gendarme apparaît à la porte :

— J'ai été obligé, madame...

Monique le regarde, incrédule. Il s'avance vers elle et ajoute :

— C'était un mauvais homme.

Le ton du jeune homme est grave. Cette fois, il a franchi le pas ; il n'y a plus de retour possible en arrière.

— Comment vous appelez-vous ? lui demande Monique.

— Eric.

— Alors, merci, Eric.

Monique ne dit rien de plus. Elle sourit.

La nuit tombée, Monique et Eric se débarrassent du cadavre en le jetant, lesté de pierres, dans une rivière proche. Elle est vivante et reverra ses enfants. Jacques, son mari, ne reviendra pas ; déporté à Drancy, il disparaîtra dans des circonstances inconnues.

Quant au gendarme, Eric, il a enfin choisi son camp, celui de la Résistance.

Avant qu'Eric ne parte pour le maquis du Vercors, Monique le serre dans ses bras. Une grande sérénité l'envahit : il y a un an, des Français emmenaient son mari ; aujourd'hui, c'est un gendarme français qui lui a sauvé la vie.

LE MATCH EN TROP

Les acteurs de cette histoire ont été très célèbres en leur temps, et si, selon notre habitude, nous avons changé leurs noms, les spécialistes de la boxe les reconnaîtront facilement. Car c'est bien de boxe qu'il va s'agir, la boxe avec son côté impitoyable, mais qui peut donner lieu parfois à une grande, une merveilleuse histoire d'amour.

— A ma droite, René Marini, 1,61 m, cinquante et un kilos.

C'est ce qu'a dit tout à l'heure l'arbitre au moment de la présentation du combat. Il ne l'a pas dit comme cela parce qu'il est anglais, mais c'est ce qu'il voulait dire.

René Marini sautille au milieu du ring de l'Albert Hall à Londres, dans les cris du public et les éclairs des flashes au magnésium. Il est râblé, comme l'indiquent ses mensurations, court sur pattes, le torse puissant, la figure allongée, avec les cheveux bruns très bouclés, presque crépus. Même en ce moment, où il est en train de se battre, il n'a pas l'air méchant. On serait presque tenté de dire : il a une bonne tête. Ce qui, en boxe, n'est pas un avantage.

— A ma gauche, Jack Tulli, 1,65 m, cinquante kilos sept cent cinquante.

Jack Tulli, que René Marini apprécie en connaisseur, est incontestablement un bel athlète. C'est un Zoulou. Il est originaire d'une de ces colonies anglaises d'Afrique que René ne situe pas très bien sur la carte. Mais qu'importe ! Il semble sortir tout droit de sa forêt vierge et il en a la beauté sauvage. C'est un magnifique boxeur tout en finesse.

— Allez, Néné !

Autour du ring éclatent les cris des supporters marseillais. René Marini est de Marseille et ils sont une centaine à avoir fait le déplacement à Londres, ce qui, en 1952, est un long et coûteux voyage. C'est que, dans sa ville, René Marini, dit « Néné », est aussi populaire que les plus grandes vedettes nationales et internationales.

— Allez, Néné !...

Les cris des Marseillais couvrent par moments les hurlements en anglais qui encouragent Jack Tulli. René a besoin de ces voix chaleureuses, ensoleillées, pour avoir le courage nécessaire... Evidemment, ils ne savent pas. Ils crient son nom parce que c'est celui d'un grand sportif qui a douze ans de carrière professionnelle derrière lui et qui est passé tout près du titre mondial. Ils ne savent pas pourquoi, à trente et un ans, après un an d'inactivité, il a accepté de remonter sur le ring pour disputer ce que tous les boxeurs appellent « le match en trop ».

— Allez, petit ! courage !

Cela, dans le coin, c'est la voix de Philippe Constantino, son manager. Lui, il sait pourquoi René Marini a accepté de rencontrer Jack Tulli ce 6 novembre 1952, à l'Albert Hall de Londres. Et il lui a donné raison : il n'avait pas le choix.

Le premier round est terminé. Dans le coin, Philippe Constantino donne ses conseils à son protégé.

— Il a une allonge supérieure. Tu dois rentrer au corps à corps. Cherche le K.-O. Si le match dépasse le cinquième round, la différence d'âge jouera en sa faveur.

Au coup de gong, René Marini se jette contre son adversaire. Il prend des coups, mais il en donne aussi. La jeunesse de Jack Tulli a pour contrepartie un certain manque de technique.

A plusieurs reprises, il parvient à le toucher nettement. Les cris des supporters marseillais redoublent. Allons, tout n'est pas perdu !

— A ma droite, René Marini, 1,61 m, cinquante et un kilos.

L'arbitre aurait dû dire :

— A ma droite, Nanou Marini, onze ans, 1,41 m, trente et un kilos.

Nanou, le fils de René Marini. C'est pour lui qu'il a accepté de remonter sur le ring. Tandis qu'il continue son duel avec le Zoulou, René Marini se revoit deux mois plus tôt dans le bureau du docteur. Il avait conduit Nanou à l'hôpital parce qu'il se plaignait de migraines et de troubles de la vue.

— J'ai une très mauvaise nouvelle à vous apprendre, monsieur Marini : votre fils souffre d'une tumeur au cerveau.

René a vacillé comme s'il avait reçu un crochet au menton.

— Rien n'est perdu, monsieur Marini. La tumeur n'évolue pas et une opération peut être tentée avec de bonnes chances de réussite. Seulement, elle est chère... un million...

Un million de francs, c'est une fortune en 1952. Alors, René est allé trouver Philippe Constantino. Il lui a tout expliqué et M. Constantino a décroché ce fabuleux contrat : le match contre Tulli à l'Albert Hall ; 1 000 livres au perdant, 1 500 livres au vainqueur. En mettant les choses au pire, 1 000 livres, cela fait un million et demi de francs. René Marini a fait ses comptes : en retirant la part du manager, celle des impôts, les frais de déplacement et de séjour, ce sera suffisant.

Il y a un cri dans l'Albert Hall, tandis que crépitent les flashes. Marini vient de placer sa droite. Touché au visage, Tulli s'est écroulé net. L'arbitre compte.

— Un... Deux... Trois... Quatre... Cinq... Six... Sept...

Un bruit sourd retentit : le gong. Jack Tulli se relève et regagne son coin. Assis sur son tabouret, René Marini n'écoute qu'à moitié les encouragements de son manager.

— Tu l'as ! Tu n'as qu'à foncer ! Il est à toi !

Il sent bien, lui, que la chance n'est pas de son côté ce soir, alors qu'il en avait tant besoin. Son adversaire a été sauvé par le gong. L'occasion de gagner le match est passée : maintenant il va devoir souffrir.

René Marini ne se trompe pas. Jack Tulli a très vite récupéré. Les minutes, puis les rounds passent et c'est lui qui prend irrésistiblement le dessus. Trois fois, René est touché durement à la tempe. Il vacille, mais ne tombe pas. Il tient à terminer le combat debout.

Le gong du dernier round sonne enfin. C'est terminé. L'arbitre lève la main de son adversaire :

— Vainqueur aux points, Jack Tulli !

René Marini regagne son coin en titubant. Dans le fond, tant pis s'il a perdu. Il a assez d'argent pour sauver son fils Nanou. Mais il n'arrive pas à se raccrocher à cette pensée. En fait, il n'arrive pas à penser quoi que ce soit. Il se dirige vers son manager ; il a la force de dire :

— J'ai mal à la tête.

Et il tombe sans connaissance.

Le public cesse d'acclamer le vainqueur pour pousser un cri angoissé. Le médecin chargé de surveiller le match se précipite. Il fait un rapide examen et se relève.

— A l'hôpital, vite !

8 novembre 1952. Il y a deux jours que René Marini a été opéré à l'hôpital Saint-Patrick de Londres. L'intervention a été un échec. Si elle a rendu sa conscience à René Marini, les médecins ont renoncé à tout espoir. Ils ne l'ont pas dit au blessé,

mais il a compris qu'il était perdu. Il a fait venir de Marseille sa femme Michèle et son frère Raoul. Bien sûr, il aurait aimé revoir son fils Nanou, mais il ne pouvait lui imposer cette épreuve.

Michèle et Raoul Marini se penchent au-dessus du lit. René est tout pâle. Des boucles de cheveux bruns crépus sortent des bandes qui entourent son crâne.

— Raoul, il faut que je te parle.

— A moi ?

— Oui, à toi.

Raoul Marini s'approche de son frère aîné. Ils ont une grande différence d'âge : dix ans exactement. Morphologiquement, pourtant, ils sont presque semblables : tous deux sont des petits gabarits mais aussi musclés l'un que l'autre. Raoul est d'ailleurs presque aussi doué que son frère pour la boxe. Il en a fait en amateur, mais il n'a pas voulu aller plus loin, estimant qu'un professionnel, c'était assez dans la famille. La voix de René est presque un souffle.

— Raoul, il n'y a que toi qui puisses gagner assez d'argent pour payer l'opération de Nanou.

René Marini s'arrête de parler. De la sueur coule sur son visage, sur sa bonne tête d'homme comme les autres, brisé par ce sport impitoyable qu'est la boxe.

— Raoul, tu dois devenir boxeur. Tu es aussi bon que moi ; tu peux même être meilleur. Tu es plus rapide et tu encaisses mieux. Tu veux bien, Raoul ?

Raoul Marini prend la main de son frère.

— Je te le jure, René !

— Tu ne t'arrêteras pas en chemin, hein ? C'est que la boxe en amateur, ce n'est rien, mais en professionnel, c'est dur...

— J'irai jusqu'au bout, René.

Le soir du 8 novembre, les journaux londoniens, parisiens et marseillais annonçaient en première page la mort de René Marini. Certains faisaient à cette occasion le procès de la boxe ; d'autres se contentaient de rendre hommage au champion disparu. Mais aucun ne parlait de la raison véritable de cette mort, on devrait dire de ce sacrifice. Car personne n'était au courant du drame du petit Nanou. Cela, c'était le secret de la famille Marini.

23 juin 1955. Deux ans et demi ont passé depuis la mort tragique de René Marini et, ce 23 juin 1955, Raoul Marini a réussi !

Comme son frère, il a pris comme manager Philippe Constantino et, sous sa direction, il est devenu l'égal des meilleurs. Il y a quelques jours, il a battu, au Palais des Sports de Paris, Nat Brooks, ancien champion olympique. Après cette brillante victoire, Philippe Constantino a obtenu ce qu'il désirait depuis le début, un championnat du monde ! Raoul va bientôt rencontrer le tenant du titre de la catégorie, l'Italien Mario Dagata. Pour l'instant, les modalités financières et la date ne sont pas fixées, mais quelle que soit l'issue du match, la somme que touchera Raoul Marini sera suffisante pour payer l'opération de Nanou.

C'est pourquoi il conduit si vite, au volant de sa voiture, de Paris à Marseille. Il a rendez-vous dans une clinique, pour mettre au point les détails de l'intervention. Tout à sa joie, il a un instant d'inattention quand le camion en face se déporte brusquement vers la gauche. La voiture va trop vite. Il ne peut éviter le choc. C'est le grand trou noir.

Raoul Marini reprend connaissance dans une grande chambre toute blanche. Un médecin est penché au-dessus de son lit.

— L'opération s'est parfaitement déroulée. Votre état n'inspire aucune inquiétude.

— Et quand pourrai-je reprendre la boxe ?

Le visage du praticien se ferme. Il reste silencieux.

— Vous n'allez pas me dire que je ne pourrai plus

boxer ? Il faut que le championnat du monde ait lieu. Il le faut pour Nanou !

— Qui est Nanou ?

Alors, pour la première fois, Raoul Marini raconte ce qui était resté un secret partagé par quelques intimes. A mesure qu'il parle, il voit le médecin prendre un air de plus en plus bouleversé.

— Vous avez... une fracture du crâne et d'une vertèbre cervicale. Il va vous falloir du courage : vous allez rester paralysé à vie des deux jambes.

Raoul Marini voit tout s'écrouler autour de lui. Mais sa vie, son bonheur, ce n'est pas le plus grave. Il repense à ce jour de novembre 1952 où il s'est approché du lit de son frère agonisant. Il a échoué ; il n'a pas tenu son serment. Il y a de nouveau un long silence et le docteur reprend la parole d'une voix grave :

— Il n'est pas possible que les choses s'arrêtent là. Ce serait trop injuste. Je suis prêt à opérer l'enfant gratuitement.

L'opération, qui a eu lieu un peu avant la fin de l'année 1955, a été un succès. Qu'est devenu aujourd'hui Nanou Marini ? Nous ne le savons pas. S'il est encore en vie, il a environ cinquante-cinq ans et il faut souhaiter qu'il soit heureux. Car il y a peu d'êtres pour qui ont été dépensés tant de courage et d'amour.

LA TRAÎNE

Aux commandes d'un gros avion de transport, le lieutenant Belin adresse un sourire à son supérieur, le capitaine de Brades ; la première partie de l'entraînement vient de se dérouler dans les meilleures conditions. En trois passages seulement, plus de neuf tonnes de matériel divers ont pu être larguées ; et trois longs chapelets de champignons blancs se répandent maintenant sur le terrain aménagé pour les exercices de parachutage. A présent l'avion reprend de l'altitude ; il s'agit de passer à la seconde phase de l'entraînement : après le matériel, c'est en effet le tour des hommes ! Bien alignés dans la carlingue, une vingtaine de parachutistes débutants s'apprêtent à sauter. Et quand retentit la sonnerie, ils se précipitent les uns derrière les autres dans le vide. Habituellement, les hommes sont lâchés par une porte latérale de l'appareil ; mais aujourd'hui, histoire de corser un peu l'exercice, on les a fait sortir comme le matériel, par ce qu'on appelle la « tranche arrière », c'est-à-dire une porte béante sous la queue de l'avion.

Une fois le lâcher terminé, le lieutenant amorce un grand virage.

— C'est bien, mon capitaine. On rentre à Alger.

— Mon capitaine ! Mon capitaine !

Le sous-officier qui accompagnait les paras vient d'entrer affolé dans la cabine de pilotage. C'est un jeune adjudant.

— Eh bien, que se passe-t-il ? demande de Brades.

— Mon capitaine, un homme est resté accroché à la queue !

— « Accroché ? ! »

— Oui, mon capitaine, accroché ! Son parachute s'est pris dans l'empennage, et maintenant nous le remorquons. Il a perdu son casque, mais il a l'air de tenir le coup ; en tout cas il bouge.

De Brades avale sa salive. C'est la première fois de sa carrière qu'il traîne un homme derrière son appareil, à près de trois cents kilomètres à l'heure.

— Dites-moi : votre type, il a bien un parachute ventral ?

— Bien sûr, mon capitaine.
— Bon ! Alors tâchez de le convaincre de se décrocher — quitte à ce qu'il coupe la suspente...
— Bien, mon capitaine.
De Brades fait signe au lieutenant Belin de reprendre un peu d'altitude. Mais quelques secondes plus tard, le sous-officier parachutiste est de retour.
— Il ne peut pas couper la suspente, mon capitaine, pour la bonne raison qu'il a perdu son couteau, dans la secousse.
Au même moment, le lieutenant aux commandes fait un signe pour indiquer que l'appareil est un peu instable : la traîne qu'il emmène derrière lui ne doit pas améliorer son assise. Le capitaine de Brades soupire. Il appelle la tour de contrôle du terrain de La Sénia pour rendre compte de l'incident. Puis il se tourne vers son élève, le regard interrogateur. Le lieutenant Belin se racle la gorge.
— S'ils nous envoyaient un autre avion, propose-t-il, ce serait le moyen le plus sûr de récupérer cet homme.
— Et de le servir ensuite en hachis Parmentier, ironise le capitaine.
Se tournant ensuite vers l'adjudant para :
— Et vous, que proposez-vous ? demande-t-il.
— Mon capitaine, j'ai une idée. Je n'ai qu'à m'accrocher au cadre par une longe et descendre le long de son parachute pour aller couper sa suspente. Après quoi je décrocherai la longe et redescendrai en parachute à mon tour.
— Vous vous croyez au cirque ?
Le capitaine de Brades n'est pas homme à fuir ses responsabilités ; et l'idée de risquer la vie d'un deuxième homme pour sauver le premier lui est étrangère.
— Mon capitaine, je ne vois pas d'autre solution.
— Pourtant, il y en a peut-être une...
De Brades fait signe à son subordonné de lui

repasser les commandes. En quelques secondes, il se retrouve donc en place gauche. Jouant du palonnier, il oriente aussitôt l'appareil vers le ciel.

— Voilà ce que je vais tenter, explique-t-il. Pour casser cette maudite suspente, il faut exercer sur elle une traction suffisante. Je vais donc accélérer puis basculer en piqué. Sous l'effet de l'inertie, je pense que la courroie cédera.

— Mais le bonhomme ! intervient le lieutenant. Il va être complètement sonné. Vous pensez qu'il y verra clair assez tôt pour ouvrir son ventral ?

Le capitaine déglutit.

— Ça, c'est ce qu'il faut espérer... Maintenant, cramponnez-vous !

D'un seul coup, le pilote fait basculer l'appareil qui se retrouve en piqué juste au-dessus du terrain d'aviation.

Pour le parachutiste, la secousse est terrible ; alors que l'inertie le propulsait toujours vers le haut, il se trouve violemment happé vers la terre — un choc inimaginable. Pourtant, ce n'est pas suffisant ; la suspente de son parachute a tenu bon ! Heureusement, d'ailleurs, car, dans l'opération, le parachutiste s'est évanoui, et s'il s'était retrouvé seul dans le vide, il n'aurait peut-être pas repris connaissance à temps.

— Il est groggy, mon capitaine ! Il ne bouge plus !

De Brades opine du chef :

— Cette fois, avoue-t-il, je ne vois pas ce que nous pouvons faire. La seule solution maintenant, ce serait de tenter un amerrissage. Vous n'avez pas peur de l'eau, Belin ?

— Non, mon capitaine.

Au sol, la nouvelle de l'incident s'est répandue comme une traînée de poudre, et tout le personnel de la base est venu se masser au bout de la piste pour assister à l'événement. Bien entendu, les secours s'organisent ; des ambulances se postent en divers endroits stratégiques, tous moteurs en marche, prêtes à récupérer le para.

L'état-major de la base est sur les dents ; et, dans le casque du pilote, la tour de contrôle répercute les ordres. « Atterrissez avec cet homme ! » ordonne la voix au micro.

— Atterrissez, atterrissez... Il vaudrait mieux amerrir. Sur quelle piste veulent-ils que j'atterrisse ?

Le lieutenant Belin croit connaître la réponse :

— Mon capitaine, je pense qu'il vaut mieux atterrir sur la piste en sable. Ça amortira déjà le choc !

— Mais bien sûr ! renchérit l'adjudant.

— Vous, reprenez votre poste, et prévenez-moi si notre homme se réveille ! lui intime de Brades.

Puis, se tournant vers Belin :

— Eh bien, vous voyez, moi je préfère la piste en dur. Au moins, je suis sûr que là, le type ne va pas venir heurter une bon Dieu de caillasse.

Il jette un œil en direction de son élève :

— Vous me suivez ?

— Bien sûr, mon capitaine, fait le lieutenant en baissant la tête.

A la queue de l'appareil, le parachutiste s'est mis à tourner sur lui-même dans l'axe de la courroie, mais aussi, et c'est nettement plus grave, à décrire de grands cercles qui descendent nettement au-dessous du plan de l'avion. Autrement dit, quand l'appareil va s'approcher du sol, le malheureux risque fort de se retrouver projeté hors de la piste avant l'atterrissage, puis traîné en travers. Comment survivrait-il ?

Le capitaine de Brades tente évidemment d'émettre par radio plusieurs objections de ce genre. Mais comme s'ils disposaient de la science infuse, les responsables de l'état-major refusent d'en tenir le moindre compte.

— Atterrissez ! répond la voix grésillante. Un point c'est tout !

La mort dans l'âme, le capitaine amorce donc son atterrissage ; il perd de l'altitude et vire pour se placer dans l'axe de la piste en béton.

— La piste en sable ! lui crie-t-on dans le casque. La piste en sable, vous m'entendez ?

Cette fois, de Brades en a assez. Après tout, c'est son avion, c'est son para, c'est sa manœuvre ! S'il échoue, on ne se demandera pas longtemps qui est le responsable. Alors, au moins, qu'on le laisse libre de sa tactique !

Penché à la tranche arrière, le sous-officier parachutiste observe son jeune camarade avec angoisse. Le pauvre continue à tourner sur lui-même comme une toupie. Soumis à un tel régime, comment pourrait-il s'orienter — à supposer qu'il ait retrouvé ses esprits, ce qui reste improbable. Mais, soudain, le brave adjudant reprend espoir :

— Mon capitaine, il a bougé ! Il a bougé !

Aux commandes, de Brades lève les sourcils. « Il a bougé, pense-t-il, la belle affaire ! Qu'est-ce que ça va bien pouvoir changer à l'issue de la manœuvre ? » Sans se soucier des indications proférées par la tour, dans un casque qu'il a relégué autour de son cou, le capitaine fait un premier passage classique, puis il opère un dernier virage et commence son approche ; il décide de sortir d'emblée le train d'atterrissage et de se freiner en l'air plus que nécessaire.

Aussitôt un cri parvient de l'arrière de l'appareil :

— Il s'est stabilisé ! Mon capitaine, il ne fait plus de grands ronds !

De Brades est à présent trop concentré pour se permettre de sourire. L'avion est à quelques mètres seulement de la piste. Apparemment, le parachutiste n'a pas encore touché le sol.

Dès que les roues arrière commencent à frôler le béton, le capitaine actionne les freins à mort. Il appuie comme un sourd. Le contraire absolu de ce qu'on apprend aux jeunes pilotes.

— Ne regardez pas ! crie-t-il au jeune Belin médusé.

Les deux pneus éclatent, mais l'appareil s'arrête en une distance record de cent mètres seulement ! Les secours n'en espéraient pas tant ; ils s'étaient postés à trois cents mètres du début de la piste et doivent redémarrer pour s'approcher du pauvre para. Dans quel état vont-ils le retrouver ?

Mais alors que l'ambulance des pompiers n'est plus qu'à trente mètres, tout le monde peut voir, sidéré, le parachutiste se relever et s'épousseter, comme après un saut normal ! Le jeune adjudant saute alors de l'appareil et se jette dans les bras du miraculé. Les deux hommes se congratulent. Au moment de son arrivée au sol, le parachutiste a eu le réflexe de se protéger la tête dans ses mains, et la chance de toucher le sol sur le dos ; protégé par son harnais, il s'est juste un peu échauffé la peau en surface.

Le capitaine de Brades est heureux ; il a rempli sa mission. Le lieutenant Belin lui donne une poignée de main fraternelle ; dans son regard, on lit toute l'admiration du monde. Pourtant, quelques minutes plus tôt, au moment du renversement en piqué, la foule amassée sur la piste a crié en chœur : « Assassin ! » Et les insultes ont redoublé quand l'avion s'est placé dans l'axe de la piste en dur. Dans quelques instants, le capitaine de Brades sera accueilli en héros chez le colonel commandant la base. On va l'applaudir, le féliciter, peut-être même le citer. Mais, à cette perspective, l'officier ne peut s'empêcher de sourire en lui-même. Car il le sait : un coup d'éclat comme celui d'aujourd'hui, c'est bien... mais quand ça réussit.

LE PETIT ROBINSON

Georges et Pauline Doucet sont attablés dans la cuisine de leur modeste trois pièces d'un quartier ouvrier de Lens. « Un quartier ouvrier de Lens », c'est presque un pléonasme pour cette ville située au cœur du pays minier du Nord, qui est, en cette année 1952, la région la plus industrielle de France.

Rien qu'à leur aspect physique, Georges et Pauline Doucet font visiblement partie de la population laborieuse. Lui, mécanicien dans un garage, trente-deux ans, blond aux yeux bleus, a fait pas mal de sport quand il était jeune, mais il s'est empâté. Elle, vingt-huit ans, paraît déjà une femme sans âge. Elle travaille dans une petite filature des environs. Ils sont assis l'un en face de l'autre devant du bœuf bouilli et une bouteille de vin. Ce sont, comme on le voit, des gens simples semblables à des millions d'autres, mais l'expression qu'ils ont en ce moment, ce soir du 6 mai 1952, n'est pas ordinaire. Ils se regardent sans mot dire et leurs visages expriment un incroyable, un incommensurable chagrin. Pauline Doucet prend la parole après un long silence :

— Il reste peut-être un espoir...

Georges Doucet secoue la tête avec une sorte de rage.

— Non ! Tu as entendu le professeur ? Philippe va mourir. Il n'y a rien à faire !

Le drame qui survient dans la famille Doucet est, en effet, un des plus affreux qu'on puisse imaginer. Leur petit dernier, Philippe, cinq ans, est atteint d'une maladie implacable, que les médecins viennent de diagnostiquer : la myopathie. Depuis le Téléthon, chacun connaît cette atrophie progressive des muscles. A l'époque, il n'y a aucun remède, elle conduit irrémédiablement à la mort, bien que des périodes de rémission puissent être observées.

Malheureusement, dans le cas du petit Philippe, tout espoir, même à court terme, doit être abandonné : il s'agit d'une forme foudroyante de la maladie. L'issue fatale est toute proche.

Philippe est un charmant bambin au sourire d'ange et aux cheveux blonds bouclés ; rien, à part une grande fatigue qui le prenait de temps en temps, ne laissait supposer la terrible fatalité dont il est victime. Pour l'instant, il n'est pas dans le modeste trois pièces de Lens. Il est à l'hôpital de Lille pour une série de soins et d'examens hélas inutiles. Pauline Doucet :

— Je refuse de baisser les bras.

— Que veux-tu faire, ma pauvre Pauline ?

— Je suis catholique. Je veux aller à Lourdes et demander à Dieu un miracle pour Philippe !

— C'est où ça, Lourdes ?

La voix juvénile qui vient de poser cette question est celle de Michel, onze ans, l'aîné de Philippe. Michel fait son entrée dans la cuisine. Il est plutôt grand pour son âge ; il a les cheveux bruns très courts. Il est visible qu'il s'est battu : il a une balafre sur la joue et une manche de son pull-over déchirée. Son père bondit.

— Avec qui as-tu été te bagarrer encore ?

Michel hausse les épaules.

— Avec l'autre bande, pardi...

Michel est, en effet, bagarreur, c'est son gros défaut. Malgré toutes les corrections de ses parents, rien n'y a fait. Mais cela ne l'empêche pas d'être bon élève à l'école. Il est, en particulier, très en avance pour la lecture.

Il répète sa question :

— Dis, papa, c'est où ça, Lourdes ?

M. Doucet ne répond pas. Il se lève et agrippe Michel par le bras.

— Va-t'en ! Laisse-nous tranquilles ! Philippe va

mourir et tu t'en moques ! Tu ne penses qu'à te bagarrer. Va-t'en !

Michel s'enfuit de la cuisine. Mais il ne va pas dans sa chambre. Il reste derrière la porte à écouter. La conversation de ses parents reprend. C'est son père qui parle :

— Lourdes, tu n'y penses pas ! Il faudrait traverser toute la France !

— Et alors, si c'est le seul espoir de sauver Philippe ?

— Alors, nous n'avons pas assez d'argent, tout simplement. Tu le sais bien, même pour voyager en troisième classe.

Il y a de nouveau un silence. Mme Doucet se prend la tête dans les mains. Elle répète d'une voix accablée :

— Pas assez d'argent !

Dans l'entrebâillement de la porte de la cuisine, Michel écoute, l'air grave. Ses parents se trompent à son sujet. Ils croient qu'il n'aime pas son petit frère ; ils l'ont définitivement classé comme un voyou. Ils ont tort.

7 mai 1952. Comme tous les jours, M. Doucet se lève à 6 h 30 pour aller prendre son travail au garage. En passant devant la chambre de Michel, il a la surprise de constater que la porte est ouverte. Il entre. Non seulement la chambre est vide, mais le lit n'est même pas défait. Sur la table de nuit, un mot griffonné d'une écriture enfantine :

« Cher papa, chère maman, vous n'aurez plus à me nourrir. Comme cela, vous pourrez emmener Philippe à Lourdes. Je vous embrasse. Michel. »

M. Doucet appelle sa femme. Tandis que Pauline, réveillée par ses cris, fait irruption à son tour dans la chambre, une idée le traverse brusquement :

— Le revolver !

M. Doucet possède en effet un revolver qu'il range dans le buffet de la salle à manger. Il lui arrive quelquefois de faire le pompiste de nuit pour son garage et son patron lui a procuré une arme.

Fébrilement, il ouvre le meuble. Il voit tout de suite que le revolver a disparu.

Le commissaire François Muret, de la police de Lens, a légèrement dépassé la quarantaine. Dans cette ville laborieuse, il est habitué à côtoyer toutes sortes de drames, mais ce qu'il découvre chez les Doucet dépasse ce qu'il a connu jusque-là. Il doit avant tout rassurer les malheureux parents qui sont au bord du désespoir.

— Il n'a pas pu aller très loin. Nous allons le retrouver.

Mme Doucet, effondrée près de la table de la cuisine, est incapable de parler. C'est son mari qui questionne le commissaire Muret.

— Le revolver... Vous ne pensez pas que... ?

— Non. C'est impossible. En admettant que Michel ait eu l'intention de mettre fin à ses jours, il l'aurait fait ici. S'il a emporté cette arme avec lui, c'est qu'il y a une raison.

— Mais laquelle ?

— C'est ce que nous devons découvrir. Voyons, monsieur Doucet, est-ce que votre fils n'a pas emporté autre chose avec lui ? de l'argent ? des vêtements ?

— Non. J'ai regardé...

Georges Doucet s'interrompt.

— Pourtant, il y a une chose bizarre...

Il désigne un des placards de la cuisine :

— Tout à l'heure, c'était ouvert et la boîte à outils était sortie. Avant de la ranger, j'ai vérifié : tous les outils étaient là. S'il a pris quelque chose, ce ne pourrait être que des clous. Mais cela n'a pas de sens.

— Peut-être que si, monsieur Doucet... Continuons à chercher. Je suis sûr que nous allons découvrir d'autres choses.

Georges Doucet et le policier se mettent à explorer le trois pièces, ce qui, étant donné son exiguïté, ne prend guère de temps. Il apparaît qu'outre les clous et le revolver un troisième objet, pour le moins surprenant, a disparu : un chapeau de paille appartenant à Mme Doucet. M. Doucet comprend de moins en moins.

— Enfin, Michel est parti en emportant un revolver, un chapeau de paille et une poignée de clous ! Mais pourquoi ?

Le commissaire Muret a l'air terriblement concentré.

— Laissez-moi réfléchir. Tout cela s'explique ; mais pour le comprendre, il faut se replacer dans la logique d'un enfant. Aidez-moi, monsieur Doucet. Essayez d'imaginer que vous avez onze ans et que, pour une raison ou pour une autre, vous vous enfuyez de chez vos parents. Où iriez-vous ?

Georges Doucet reste les yeux fermés pendant quelques secondes.

— Je ne sais pas... A cet âge-là, partir ne m'aurait pas fait peur. Je ne rêvais que d'aventure.

— Et votre fils aussi ?

— Oui. Il adore cela.

— Il lit des livres ?

— Oui. Des romans d'aventures, c'est sa passion.

Le commissaire semble frappé d'une brusque illumination.

— Il a lu *Robinson Crusoé* ?

— C'est justement ce qu'il était en train de lire.

C'est au tour de Georges Doucet d'être frappé d'une illumination.

— Mais, c'est vrai ! Le livre n'est plus dans sa chambre. Il est parti avec.

Le policier hoche la tête avec gravité.

— Voici ce qui s'est passé dans l'esprit de votre

fils : il a voulu s'en aller pour que vous n'ayez plus à le nourrir et il a pensé partir pour une île déserte.

Mme Doucet pousse un cri :

— Une île déserte !

Le commissaire Muret l'apaise d'un geste.

— Rassurez-vous, madame, on ne va pas aussi facilement que cela dans une île déserte. D'après vous, dans l'imagination de Michel, quel est le port le plus important ?

Encore une fois, c'est M. Doucet qui répond :

— Le Havre. Il en parlait tout le temps. Nous y avions été une fois pour lui montrer la mer. Vous croyez vraiment que vous allez le retrouver dans le port du Havre ?

François Muret approuve de la tête.

— S'il a pu aller jusque-là, oui...

7 mai 1952, 18 heures. Il y a maintenant une demi-journée que le jeune Michel Doucet s'est enfui de chez ses parents. Et, si extraordinaire que cela paraisse, il a réussi à gagner Le Havre. Tout de suite après s'être enfui de chez lui, il a été à la gare. Il y avait sur l'une des voies un train de marchandises à l'arrêt. Dans ce train, un wagon dont la porte était ouverte. Il est monté et le train a démarré peu après.

Michel a eu de la chance : le convoi allait au Havre. Michel a sauté en arrivant dans les faubourgs et il a demandé le chemin du port. Maintenant, après une heure de marche, il y parvient enfin.

La vue des grands navires le fait tressaillir. Il serait faux de dire qu'il a complètement oublié son petit frère. Il pense toujours à Philippe et à sa maladie ; mais il n'est plus inquiet puisque maintenant il va pouvoir aller à Lourdes et que le bon Dieu va le guérir. Quant à lui, il va vivre une aventure formidable.

Michel l'a lu dans son livre : l'île de Robinson Crusoé se situe au large du Chili. Il doit donc trouver un bateau qui aille au Chili. Comment fera-t-il une fois là-bas pour débarquer sur une île déserte ? La chose n'est pas très claire dans son esprit. Comment fera-t-il même pour survivre dans le bateau pendant la traversée ? Il ne le sait pas non plus. Mais, après tout, on verra bien...

Il parcourt les quais, les yeux levés, et il a un choc... Là ! à la poupe de ce cargo, il lit : « Santa Monica — Valparaiso ».

Michel découvre à cette occasion qu'il est parfois utile d'être bon élève. Valparaiso, il connaît : c'est le plus grand port du Chili, c'est le port de Robinson Crusoé !

Par une chance inouïe, la passerelle est déserte. C'est le moment ou jamais... Il s'élance.

Il n'a pas vu l'homme qui était caché derrière une pile de caisses. Une main le saisit fermement. Mais la voix qui lui parle est douce :

— C'est très courageux ce que tu as fait, Michel, mais tu es quand même trop jeune pour partir. Allez, viens. Il faut rentrer à la maison. Tes parents sont inquiets.

Le commissaire François Muret ne s'était pas trompé et la police du port du Havre, prévenue par lui, venait de faire le reste.

Dans le port du Havre, il n'y avait pas que les policiers, ce 7 mai 1952. Il y avait aussi des journalistes, car le drame des Doucet s'était ébruité et le jour même toute la presse régionale le relatait.

Le résultat ne s'est pas fait attendre. Emus par ce cas douloureux, les gens du Nord, qui ont le cœur sensible, ont spontanément envoyé des dons à la famille. Et les Doucet ont eu largement assez d'argent pour se rendre à Lourdes.

Le pèlerinage a eu lieu quinze jours plus tard, les employeurs de M. et Mme Doucet leur ayant accordé un congé exceptionnel.

Il faut malheureusement ajouter une dernière précision : il n'y a pas eu de miracle.

L'OURS IMPOSSIBLE

En cette fin du XXe siècle, les espaces vierges sont devenus rares à la surface de la Terre. Même les régions du cœur du Groenland ont été visitées. S'étendant à l'infini, elles présentent la particularité d'être un désert absolu : on n'y rencontre pratiquement aucune forme de vie. C'est pourtant au milieu de ce désert qu'une équipe de scientifiques a fait un jour une rencontre. Une mauvaise rencontre.

Nous sommes en 1960. Depuis plusieurs jours, trois hommes arpentent les glaces. Leur mission : effectuer à intervalles réguliers des relevés météorologiques et géodésiques. Un travail qui devient vite pénible dans cet univers où tout est blanc, désespérément blanc, et où l'absence totale de forme vivante crée un vide inquiétant. Seuls les vents glacés troublent le silence, surtout quand ils effleurent avec un sifflement triste l'abri tracté par chenillette des trois chercheurs.

— Au secours ! les gars ! Au secours !

Patrick et Xavier échangent un regard complice. Cette fois ils ne seront pas dupes. Michel, le mécanicien de l'expédition, est sorti il y a deux minutes et il en profite pour faire une farce aux deux ingénieurs. Une de plus. Depuis le début de l'expédition, il ne s'est pas passé de jour sans qu'il invente un canular.

— Dès le matin, il exagère, dit Xavier en sirotant son café.

— S'il s'imagine qu'on va s'habiller et sortir par un

froid pareil, il nous connaît mal, renchérit Patrick, l'air goguenard.

Mais dehors Michel y met tout son cœur :

— A l'aide ! A l'aide ! Il y a un ours ! crie-t-il d'une voix effrayée.

Patrick et Xavier secouent la tête. N'importe quoi. Un ours en plein désert ! De quoi vivrait-il, pauvre bête ? Ici, il n'y a aucune trace de vie. Mais un grognement puissant les fait soudain sursauter, suivi d'un cri de douleur. Cette fois ils se lèvent d'un bond.

— Nom d'un chien ! S'il se moque de nous, ça ira mal ! grogne Patrick en enfilant son équipement polaire.

Mais quand ils ouvrent enfin la porte du refuge, les deux hommes n'en croient pas leurs yeux : un ours blanc énorme tient Michel en respect. Ses griffes acérées ont déchiré les vêtements du jeune homme et lui lacèrent l'épaule. Déformé par un rictus de douleur, le visage de Michel n'exprime plus que de la terreur. Il a déjà perdu pas mal de sang, et cela fait de longues traînées roses, tant sur la glace que sur le pelage du fauve.

— Ne bouge pas ! Ne bouge surtout pas ! hurle Patrick au petit mécano.

L'ours réagit : tournant un peu la tête, il toise les deux scientifiques de ses yeux sombres, l'air plus sot que mauvais. La gueule à moitié ouverte, les dents saillantes, il pousse des grognements rauques qui pétrifient les deux hommes : ils savent que l'animal ne lâchera pas prise. Le corps sanguinolent qu'il écrase sous sa patte l'a sans doute mis en appétit. D'autant plus qu'avant de se retrouver aussi loin de toute nourriture, cet animal a dû lutter contre la faim pendant des jours et des jours.

Xavier et Patrick savent bien qu'il faut faire vite. Déjà l'ours se désintéresse d'eux pour renifler sa prise de façon dangereuse ; il ne tardera pas à donner le coup de grâce. Les deux hommes se ruent dans leur abri, à la recherche d'un objet qui pourrait éloigner l'animal. Ils n'ont pas d'armes : qui aurait pu prévoir l'attaque d'une bête sauvage dans une région réputée déserte ?

Que faire ? Attaquer l'ours au couteau ? Un corps à corps avec une telle masse de muscles serait un suicide. Non. La seule solution consiste à créer une diversion : Xavier se saisit de deux barres à mine et, ressortant en courant, les fait sonner l'une contre l'autre aussi fort qu'il le peut. Le bruit est assourdissant. L'ours répond à ce vacarme par un grognement sonore. Et lorsque Xavier s'approche à moins de cinq mètres de lui, il détourne le haut du corps de façon très impressionnante.

L'animal s'énerve. Il tente d'intimider Xavier en s'avançant d'un pas vers lui ; cependant le bruit des barres est tel qu'il maintient l'agresseur à distance. A plusieurs reprises, l'ours jette une patte en avant, comme pour bloquer les barres, et lâche sa proie.

Michel s'est écroulé dans la neige, sans connaissance. L'ours est maintenant à dix bons mètres de lui, il se rapproche toujours de Xavier. Pendant que l'un et l'autre se jaugent, Patrick court vers le blessé et, le saisissant de son mieux, le traîne à toute vitesse jusqu'au refuge. Une fois à l'intérieur, il donne le signal à Xavier :

— C'est bon ! Tu peux revenir !

Xavier n'attendait que ça. Il lâche les barres et court à toutes jambes vers l'abri, aussitôt poursuivi par le gigantesque animal. Xavier manque de perdre pied, voit l'ours fondre sur lui ; mais il se redresse à temps et parvient à se mettre à l'abri. Deux secondes plus tard, un choc puissant fait trembler tout l'habitacle. Fou de rage, l'ours secoue violemment le refuge pendant de longues minutes. Puis il se calme.

L'abri a tenu bon, mais l'ours ne renonce pas à sa pitance. Au contraire, les trois hommes le voient avec stupéfaction prendre ses dispositions pour un siège : il s'est assis paisiblement près de la porte. Sa masse énorme obstrue maintenant l'unique ouverture, et il faut allumer la lumière.

Xavier et Patrick administrent des soins d'urgence à Michel, dont la blessure est affreuse ; en fait, l'ours lui a déchiqueté l'épaule et le bras droits. Puis les deux hommes tentent d'établir un contact radio avec le P.C. de l'expédition et lui adressent le message suivant : « Attaqués ours blanc. Un blessé. Evacuation sanitaire demandée. » Ce S.O.S. est aussitôt retransmis à une base américaine, où il est accueilli avec le plus grand scepticisme : « Qu'est-ce que c'est que cette histoire ? s'interroge le responsable de service. Un ours blanc en plein désert polaire ? Ces Frenchies ! Il faut être français pour inventer des choses pareilles. » Puis il demande confirmation. « Ours blanc. Un blessé. Evacuation sanitaire demandée », lui répète-t-on, en précisant les coordonnées exactes de la station ambulante. A moitié convaincus, les Américains dépêchent sur place un petit avion de reconnaissance.

Depuis le ciel, la situation est à peine croyable. On distingue très nettement l'ours blanc. D'une taille impressionnante, il se tient dans une position « humaine » : adossé au refuge, il est tranquillement assis. Comment s'imaginer que ce grand animal d'allure débonnaire attend sa ration de chair fraîche ?

— Tuez l'ours et envoyez un hélicoptère chercher le blessé, supplie Patrick lorsque le contact radio est établi avec l'avion.

— O.K. On revient. Tenez bon, répond le pilote de l'avion, dépourvu de tout moyen d'action immédiat.

Les Américains réagissent enfin. D'abord incrédules, ils doivent admettre l'évidence : ainsi la région n'est pas aussi déserte qu'on l'avait cru. Un ours blanc en a même fait son territoire de chasse ! Une heure plus tard, un C-97 américain survole le refuge à basse altitude. L'ours est toujours là, impassible.

Les Américains tentent tout d'abord d'abattre l'animal depuis l'avion, mais les tirs sont imprécis. L'ours est indemne. Il se dresse seulement sur ses pattes postérieures et lance aux assaillants un grognement plus féroce que jamais. Le petit jeu l'a réveillé.

Après avoir manqué plusieurs fois leur cible, ils changent de tactique et décident d'effrayer l'ours. Le C-97 descend alors en rase-mottes et vient frôler l'abri. L'animal, visiblement effrayé, s'éloigne à dix, puis trente mètres du refuge. Lorsqu'il est assez loin, les Américains larguent des armes en « free-drop », c'est-à-dire sans parachute, très près du sol. Laissant le blessé seul, les deux ingénieurs bondissent hors de leur abri et courent vers le chargement. Dans un sac de toile, ils découvrent deux carabines 22 long-rifle. Ils ont à peine le temps de s'en emparer que l'ours accourt déjà vers eux, plus enragé que jamais. Sans plus attendre, les deux hommes se ruent une nouvelle fois vers l'abri et échappent de justesse aux griffes de l'ours qui s'affale contre la cloison dans un choc sourd. A présent l'animal est déchaîné. Il bouscule si fort le refuge que celui-ci manque de céder. Avec sa lourde patte, il parvient à briser l'ouverture de plexiglas. A l'aveugle, il donne des coups de griffes dans le vide. Fébrile, Xavier charge son arme et tire sur l'énorme patte. Elle n'est qu'effleurée et se met à cogner la cloison avec une violence redoublée. Il faut une deuxième balle, tirée cette fois par Patrick, pour que l'animal se retire. Xavier parvient alors à passer le canon de sa carabine par le hublot et à viser l'ours qui a pris du champ. Il tire sur l'animal qui sursaute. Nouveau grognement. De larges taches de sang sont maintenant visibles dans le pelage du fauve. Abandonnant tout espoir de se nourrir, il tente de fuir. Mais il est trop tard. Les chercheurs ont eu peur, trop peur, et, sans même se concerter, ils ont décidé d'en finir. Il leur faudra tirer trois nouvelles balles avant que l'ours ne s'écroule dans la neige.

Michel, le jeune mécanicien, a pu être évacué par hélicoptère ; mais les griffes de l'ours avaient pénétré si profondément dans sa chair que le médecin a dû l'amputer de son bras droit.

La présence d'un ours blanc dans la région fut expliquée par l'autopsie de l'animal. Le médecin trouva en effet dans l'estomac du mammifère des morceaux de boîtes de conserve, des papiers gras et de nombreux déchets qui ne laissaient aucun doute ; l'ours ne s'était aventuré aussi loin que pour se nourrir, des semaines durant, des restes qu'il avait trouvés de nuit dans les déchets de l'expédition — régime trop maigre pour un si grand corps. Sans le savoir, les hommes l'avaient attiré loin de son territoire de chasse, si loin qu'ils avaient fini par devenir eux-mêmes ses proies. Les seules possibles.

LES DAMNÉS DE LA MER

Juillet 1947. Il fait un temps radieux sur la Méditerranée. L'aviso *Provence*, de la Marine nationale française, fend rapidement les flots. A l'avant du navire, le commissaire Letellier entouré de plusieurs policiers et inspecteurs, dont Louis Giraud.

Le commissaire Letellier, chargé du port de Marseille, est en train d'accomplir une mission qui sort de l'ordinaire. Un navire mystérieux, qui ne figure sur les registres d'aucune marine marchande, battant pavillon panaméen, a été signalé en plusieurs endroits de la Méditerranée. Il serait parti de Salonique et, depuis, il n'a fait escale dans aucun port important. Il zigzague en mer. Pourquoi cet itinéraire apparemment absurde ? S'agit-il de contrebandiers ou d'une épave dont l'équipage aurait mystérieusement péri ? S'agit-il de trafic d'armes, car la Grèce, d'où est parti le navire, est alors en pleine guerre civile ? S'agit-il d'immigrants pour le nouvel Etat d'Israël, comme ceux de l'*Exodus* ? En tout cas, le commissaire Letellier a reçu l'ordre de l'intercepter.

Les yeux sur les jumelles, le commissaire a une exclamation de surprise. A mesure que le point blanc grossit, il constate qu'il ne s'agit pas du banal cargo qu'il attendait. C'est au contraire un yacht de grande taille et visiblement d'un grand luxe.

Le *Provence* envoie au navire mystérieux l'ordre de stopper par signaux optiques. Celui-ci obtempère. L'aviso vient se ranger à ses côtés. Le commissaire Letellier n'est toujours pas revenu de sa surprise. Le yacht, qui s'appelle le *Camélia*, est, de toute évidence, un bateau de milliardaire. Il y a même une piscine à l'arrière. Alors, pourquoi fuit-il tous les ports, comme s'il se cachait ? Apparemment, cela n'a aucun sens.

Accompagné de ses hommes et d'une dizaine de matelots armés jusqu'aux dents, le commissaire Letellier arrive sur le pont. Un homme est là pour l'accueillir. Il est vêtu d'un blazer bleu marine, d'un pantalon blanc et d'une casquette. Il doit avoir la soixantaine ; bref, l'allure typique du milliardaire.

— Je m'appelle Costas Vassiliadis. Je suis le propriétaire de ce navire. Que puis-je pour vous, messieurs ?

— Police française. J'ai ordre de fouiller.

M. Vassiliadis a un sourire courtois :

— Mais bien sûr. Puis-je vous recommander de ne pas trop effrayer mes invités ?

Tandis que ses hommes commencent la perquisition, le commissaire se rend seul dans le salon principal. Et là, il a un choc. Il se trouve en présence d'une trentaine de personnes : des messieurs en smoking blanc, des femmes en tenue de cocktail. Ils sont assemblés autour d'une table de roulette ; des serveurs stylés portent des plateaux de rafraîchissements.

A leur arrivée, les joueurs se sont figés. Ils étaient tellement absorbés dans leur jeu que, visiblement, ils n'avaient remarqué ni l'apparition de l'aviso ni l'arrêt du *Camélia*. Costas Vassiliadis leur adresse la parole d'une voix suave :

— Ces messieurs sont envoyés par les autorités françaises pour vérifier que nous sommes bien en règle. N'ayez aucune inquiétude.

Le commissaire Letellier réfléchit rapidement. Maintenant, il comprend un certain nombre de choses. Depuis quelque temps, la police américaine avait signalé le départ des Etats-Unis de plusieurs milliardaires dont le point commun était d'être des fanatiques du jeu. Or, ils n'avaient été vus nulle part en Europe. On craignait une disparition, un enlèvement. Eh bien non, ils sont là !

Le commissaire Letellier examine de plus près l'assistance. Les milliardaires américains ne composent pas à eux seuls cette assemblée. Il y a, en particulier, un visage qui lui dit quelque chose. Pas de doute : c'est Horst Steiner, criminel de guerre condamné à mort par contumace en France.

Le commissaire évalue la situation. Il est certain que Horst Steiner n'est pas le seul ici à être recherché par la police. Il y a sans doute d'autres criminels de guerre, peut-être aussi des gangsters qui ont trouvé ce moyen agréable de dilapider leur butin à l'abri. Mais il est en dehors des eaux territoriales et, légalement, il n'a le droit de procéder à aucune arrestation. Il aurait pu arraisonner le *Camélia* en cas de résistance. Mais Costas Vassiliadis s'en est bien gardé. Il connaît les lois maritimes internationales.

Le commissaire a perdu. D'autant que ses hommes

reviennent lui faire part du résultat de la perquisition :

— Nous avons tout fouillé. Rien de suspect.

Costas Vassiliadis affiche un sourire exaspérant :

— Eh bien, puisque tout est en règle, je crois que vous pouvez laisser mes invités. Merci de votre visite, messieurs.

Il n'y a effectivement rien d'autre à faire. Mais le commissaire ne va pas partir comme cela. Il se plante au milieu de la salle de jeux et parle d'une voix forte :

— Ecoutez-moi tous ! Il y a parmi vous des criminels de guerre, des repris de justice. Je suis sûr que cette assemblée représente quelques centaines d'années de prison, plus deux ou trois condamnations à mort. Vous êtes en dehors des eaux territoriales, je ne peux rien faire. Mais dites-vous bien qu'à partir de maintenant vous êtes prisonniers de ce bateau. Son signalement va être communiqué à toutes les polices du monde. Vous ne pourrez plus aborder nulle part. Vous mourrez de faim et de soif avec tout votre argent !

Il règne dans le grand salon du *Camélia* un silence de mort. Les invités de Costas Vassiliadis se regardent. Ils s'épongent le front. Le commissaire leur lance avant de s'en aller :

— Maintenant, retournez à votre jeu et amusez-vous bien !

Et, quelques minutes plus tard, l'aviso *Provence* vire de bord, laissant le *Camélia* à son destin.

Août 1947. Trois semaines ont passé. Un agent fait irruption dans le bureau du commissaire Letellier.

— Commissaire, on vous demande sur le port. Il y a des naufragés dans des canots de sauvetage. Ils demandent la police.

Et l'agent ajoute d'un air perplexe :

— C'est des drôles de particuliers.

Effectivement, des drôles de particuliers : des hommes en smoking blanc, l'air complètement épuisés, avec une barbe de plusieurs jours ; des femmes en robe du soir, les cheveux ébouriffés et l'air hagard. Ils serrent contre eux des petites valises dont le contenu n'est pas difficile à deviner.

Ce sont bien eux, les joueurs du *Camélia*. Mais ils ne sont pas tous là. Il manque Steiner, entre autres. Visiblement, ceux qui viennent de débarquer sont les milliardaires et leurs épouses, ceux qui n'ont rien à se reprocher. Les criminels, eux, ne se seraient pas jetés dans la gueule du loup.

Le commissaire Letellier donne des ordres pour que les naufragés soient conduits à l'hôpital. Il leur fait savoir aussi qu'ils sont en état d'arrestation jusqu'à ce que leur cas ait été tiré au clair.

Le lendemain, l'un des passagers du *Camélia* est dans son bureau. Il s'agit d'Herbert Macduff, banquier américain. C'est lui qu'a choisi le commissaire pour la simple raison qu'il parle correctement français. Entre-temps, les services de police ont vérifié les papiers de tous les arrivants. L'intuition du commissaire était bonne : tous sont en règle ; ce sont d'honnêtes milliardaires.

Et Herbert Macduff commence son récit :

— Lorsque vous êtes parti, cela a été terrible. On a tous commencé à se disputer. La plupart étaient d'avis de débarquer à Marseille, mais il y avait les autres, Horst Steiner, en tête.

Herbert Macduff a l'air très gêné :

— Croyez-moi, monsieur le commissaire, pour moi, pour ma femme et pour les amis qui étaient venus avec nous, c'était juste une croisière... un peu originale. On ne savait pas qu'il y avait parmi nous des gens... enfin des criminels. C'est vous qui nous l'avez fait découvrir.

— Je le sais, monsieur Macduff. Rassurez-vous, aucun de vous ne sera inquiété.

Le milliardaire le remercie d'un faible sourire et reprend :

— A ce moment-là, Steiner a sorti son revolver et d'autres ont fait pareil. Ils ont ordonné à Costas Vassiliadis de mettre le cap vers le sud. Ils voulaient débarquer en Egypte le plus tôt possible, avant que la police égyptienne ait eu le temps d'être prévenue... Vassiliadis a refusé. Et puis son équipage est arrivé. Lui aussi était armé. Il voulait qu'on retourne à Salonique. J'ai bien cru qu'ils allaient s'entre-tuer et que nous allions tous y passer...

Le commissaire Letellier reste silencieux, mais, intérieurement, il savoure sa victoire. Son discours, avant de quitter le *Camélia*, a produit des résultats dépassant ses espérances. A cause de lui, d'un seul coup, ces gens qui croulaient sous les millions se sont métamorphosés en bêtes sauvages, le palace flottant est devenu un enfer avec ses damnés, les damnés de la mer.

Le milliardaire en arrive à la fin de son récit.

— C'est M. Vassiliadis qui a trouvé la solution. Moyennant beaucoup d'argent, il a accepté que Steiner et son groupe soient débarqués d'abord en Egypte. Ensuite, il reviendrait à petite vitesse vers Marseille afin de leur laisser le temps de fuir. Au large de Marseille, il nous débarquerait à notre tour avec le reste des canots de sauvetage. Enfin, il rentrerait à Salonique avec son équipage... C'est ce qui s'est passé.

Après avoir conseillé à son interlocuteur de choisir à l'avenir des voyages d'agrément moins mouvementés, le commissaire Letellier avertit aussitôt les polices égyptienne et grecque. Mais il a peu d'espoir. Il y a plus de quinze jours que Steiner et les autres ont débarqué, et ils doivent être loin. Quant à la Grèce, elle est toujours déchirée par la guerre civile et la police a autre chose à faire que de s'occuper d'un yacht transformé en casino.

Le commissaire ne s'était pas trompé. Ses avis de recherche internationaux n'ont rien donné. Horst Steiner n'a jamais été retrouvé. Mais ce qui est le plus étonnant, c'est que le *Camélia* lui aussi a disparu. Jamais il n'est arrivé à Salonique, jamais on ne l'a revu nulle part.

Le plus vraisemblable est qu'il a coulé dans une tempête ou en sautant sur une mine, car en 1947 il en reste encore en Méditerranée. Et, dans ce cas, le patron et l'équipage du yacht somptueux ont immanquablement péri. Car, après avoir débarqué les deux groupes de passagers, le *Camélia* n'avait plus aucun canot de sauvetage.

LA CRÈME RENVERSÉE

Tout commence dans l'aéroport de Montréal, un jour d'août 1977. Le vol est prévu pour 15 heures et l'équipage s'est rendu à midi et demi au restaurant pour une rapide mais solide collation. Il importe de prendre des forces en vue d'une traversée toujours longue et fatigante.

D'autant que le climat n'arrange rien. Il règne une chaleur torride sur Montréal, une chaleur pesante, humide et lourde, qui ferait plutôt penser à l'Afrique ou à l'Amazonie qu'au Canada, et les climatiseurs arrivent tout juste à dispenser un air respirable.

Mais ce moment de détente est le bienvenu pour tout le monde et les conversations sont gaies et animées pendant le repas. Chantal Oliveri se souvient d'avoir beaucoup ri avec les autres. Elle n'a prêté, en revanche, aucune attention à ce qui s'est passé au moment des desserts. Ils ont commandé qui une glace, qui une coupe de fruits, qui une pâtisserie, et le copilote, après avoir jeté un coup d'œil rapide sur la carte, a déclaré :

— Je vais prendre une crème renversée.

Après quoi, le pilote a hoché la tête et a annoncé :

— Moi aussi.

Non, Chantal n'a prêté aucune attention à ce « Moi aussi ». Et pourtant, c'est dans ces deux petits mots que tient tout le drame.

— Chantal, apportez-moi un café.

— Moi aussi. Ou plutôt un thé. Et un peu de bicarbonate. Je me sens barbouillé.

— Tiens, bonne idée. Moi aussi.

Ce sont le pilote et le copilote qui viennent de s'adresser à l'hôtesse. Il est 17 heures et le charter, complet comme à son ordinaire, vole sans problème au-dessus de l'Atlantique. L'arrivée est prévue huit heures plus tard, c'est-à-dire, compte tenu du décalage horaire, à 7 heures du matin, heure de Paris.

Chantal ne se fait intérieurement aucune réflexion. Elle va dans le compartiment des boissons chaudes, puis dans la réserve de pharmacie pour s'acquitter de sa tâche. Elle n'a toujours pas la moindre appréhension et pourtant, si elle y réfléchissait bien, elle vient d'entendre de nouveau, et prononcé à deux reprises, le fatidique « Moi aussi ». La suite va aller très vite.

Elle revient dans la cabine de pilotage et elle se rend compte immédiatement qu'il se passe quelque chose. Le pilote et le copilote n'ont plus la même physionomie : ils sont tout blancs, ils sont même blêmes. Elle leur tend leur tasse, mais ils ont la même réaction en même temps. Ils font non de la tête, avec une expression d'intense dégoût.

— Je serais incapable d'avaler quoi que ce soit !

Chantal Oliveri insiste :

— Essayez... Boire chaud ne peut que vous faire du bien.

Ni l'un ni l'autre ne répondent. Au contraire, ils bondissent de leur siège, la bousculent avec une telle violence que le thé et le café se renversent sur sa jupe et se ruent aux toilettes.

Leur départ n'a aucune incidence sur le vol de l'appareil, le pilote automatique étant branché, mais l'hôtesse ainsi que le radio qui sont restés seuls dans la cabine se regardent, anxieux. Qu'arrive-t-il ? Quel est ce mal mystérieux qui vient de saisir en même temps les deux navigants ?

Lorsqu'ils reviennent, Chantal comprend tout de suite que c'est très grave. L'état des deux hommes s'est considérablement dégradé. Ils titubent, ils sont couverts de sueur, ils roulent des yeux hagards, ils se tiennent le ventre, avec une main devant la bouche pour s'empêcher de vomir. Ils s'effondrent d'un même mouvement dans leur fauteuil et le commandant prononce dans un souffle :

— Médecin !

L'instant d'après, Chantal Oliveri va au micro pour prononcer l'annonce :

— Y a-t-il un médecin à bord ?

La phrase provoque un remous de nervosité dans l'avion. Un homme d'une trentaine d'années se lève. Par chance, il a avec lui sa trousse médicale, qu'il va prendre dans le porte-bagages. Chantal lui dit brièvement :

— Suivez-moi !

Quand les passagers se rendent compte que c'est vers la cabine de pilotage qu'elle conduit le docteur, le remous de nervosité se transforme en murmure d'inquiétude. Avec beaucoup de sang-froid, Chantal s'empare de nouveau du micro pour enrayer ce qui pourrait devenir un début de panique.

— Il n'y a aucune raison de s'alarmer. Le radio a une légère indisposition. C'est tout.

Si, il y a des raisons de s'alarmer et les plus graves ! Quelques minutes plus tard, après avoir pris le pouls, la tension et examiné rapidement les deux navigants, le médecin se redresse :

— Intoxication alimentaire.

Les deux hommes ne réagissent pas. Ils sont dans un état de complète hébétude. C'est Chantal qui s'adresse au docteur :

— C'est grave ?

Le praticien s'écarte un peu et baisse la voix :

— Peut-être... Il y a parfois des cas mortels. Il faudrait essayer de connaître l'aliment en cause. Vous avez déjeuné avec eux ?

— Oui.

— Et vous ne vous souvenez pas de quelque chose qu'ils auraient mangé tous les deux et eux seuls ?

L'hôtesse se concentre et brusquement les deux petits mots « Moi aussi » lui reviennent.

— Une crème renversée.

Au grand désespoir de la jeune femme, le visage du praticien s'assombrit.

— Des œufs et des laitages : ce sont les substances les plus toxiques. Avec la chaleur qu'il y avait à Montréal, tout cela a dû tourner et se remplir de germes.

— Qu'est-ce qu'on peut faire ?

— Normalement, les hospitaliser, mais il faudra évidemment attendre Paris.

— Et dans votre trousse, vous n'avez rien ?

— Pour les soigner à proprement parler, non. Pour les soulager, oui. Malheureusement...

— Malheureusement ?

— Malheureusement, ce sont des substances décontractantes, qui ont un effet soporifique. Sur la notice, il est écrit : « Totalement incompatible avec la conduite des véhicules automobiles », alors...

— Mon Dieu !

Chantal Oliveri pousse un cri horrifié. Elle vient de comprendre qu'il s'agit de bien autre chose que de l'état de santé de deux hommes ; il s'agit de la vie ou de la mort de plus de deux cents passagers et membres d'équipage, il s'agit de... sa vie ou de sa mort.

— Vous pensez qu'ils pourraient être incapables de poser l'avion ?

La voix du jeune médecin reste calme. Et, pourtant, son sort à lui aussi est en jeu.

— Il y a un grand risque. Ce genre d'affection ôte pratiquement tout moyen. Cela peut aller jusqu'au coma.

Comme pour en avoir confirmation, il revient vers les deux malades. Ils sont prostrés sur leur siège, les yeux clos, la bouche tordue par une affreuse grimace de souffrance. Ils n'ont même pas l'air d'avoir conscience de l'endroit où ils se trouvent ni des responsabilités qui sont les leurs. Le médecin secoue vivement le commandant par l'épaule.

— Ressaisissez-vous ! Il faut absolument que vous preniez sur vous. Mais, pour toute réponse, il ne reçoit que quelques mots prononcés dans un souffle, presque un râle :

— Peux pas... trop mal... vais mourir...

Le même manège avec le copilote donne le même désespérant résultat. Il se tourne alors vers le radio :

— Vous sauriez faire atterrir l'appareil ?

L'homme, qui avait assisté jusque-là muet à toute la scène, secoue la tête d'un air sinistre.

— Absolument pas. C'est totalement exclu.

Il interroge à son tour le médecin :

— Quel temps leur faudrait-il pour retrouver un état à peu près normal ?

— Vingt-quatre heures au moins. Et encore, ce n'est pas certain.

Le radio hoche la tête.

— Il est 17 h 30. Nous nous poserons à Paris dans

sept heures et demie. Ce n'est pas à ce moment-là qu'ils devront intervenir, c'est quand on débranche le pilote automatique pour la descente, une demi-heure avant. Donc, dans sept heures exactement. Maintenant, je vais remplir mon rôle : envoyer un message de détresse.

C'est parfaitement clair. Pendant sept heures, le vol charter Montréal-Paris ne risque rien, mais, passé ce délai, si les navigants sont toujours dans le même état, c'est le drame absolu. Ou on débranche le pilote automatique, et c'est l'écrasement assuré, ou on ne le débranche pas, et l'appareil continue jusqu'à épuisement du carburant et chute comme une pierre. Oui, une véritable catastrophe ! Et pas seulement pour ceux qui sont à bord. Car nul ne peut prédire où tombera l'appareil. Peut-être sur une école, un hôpital, peut-être... au cœur de Paris !

Alors, pour la première fois, Chantal Oliveri craque. Elle est prise d'un rire nerveux et répète entre deux hoquets :

— La crème renversée !... La crème renversée !...

La voix sèche du docteur la rappelle à l'ordre :

— Taisez-vous, mademoiselle ! J'ai besoin de vous. Nous allons leur donner du café, des vitamines, s'ils acceptent d'en prendre. Il faut aussi des couvertures, beaucoup de couvertures pour éviter l'hypothermie et, surtout, nous allons leur parler, leur dire combien de vies humaines dépendent d'eux. Leur volonté, je crois que c'est encore notre meilleur atout. Il faut qu'ils comprennent, qu'ils puisent dans leurs dernières forces, qu'ils aillent au bout des ressources humaines.

C'est ce que font pendant des heures le médecin et l'hôtesse.

— Commandant, pensez aux femmes, aux enfants... Pour eux, commandant. Il le faut...

Et ils réussissent ! Lorsqu'arrive le moment crucial, le commandant échange un regard crispé avec son second et débranche le pilote automatique. Au même moment, Chantal Oliveri s'est emparée du micro.

— Nous commençons notre descente sur Paris. Nous risquons d'avoir un atterrissage difficile. Serrez vos ceintures, penchez-vous en avant et serrez vos genoux avec vos bras.

Il y a eu des cris, des larmes, mais tout s'est passé sans trop de mal. Si l'appareil s'est immobilisé un peu brutalement, il n'y a eu ni dégât ni blessé.

Ainsi s'est terminée l'odyssée du vol charter Montréal-Paris. Mais si les faits sont passés inaperçus du grand public en raison de l'absence de victimes, ils ont suscité, au contraire, une vive émotion dans la profession. A tel point qu'à la suite de cela, dans toutes les compagnies aériennes mondiales, un règlement interdit au pilote et au copilote de manger la même chose lors du repas précédant un vol. Voilà pourquoi cet événement restera heureusement unique dans l'histoire de l'aviation.

ORESTE

Tout commence le 11 juillet 1979. On joue *Andromaque* de Racine au Théâtre municipal de Lyon. A l'époque, Sylvie a vingt-trois ans ; elle est secrétaire-dactylo à la P.J. de la ville.

Comme tous les jeudis, elle se rend seule au théâtre où elle a un abonnement. Le programme ne l'emballe guère : elle a déjà vu cette pièce du répertoire classique et la troupe n'a pas une réputation extraordinaire ; à vrai dire, pour Sylvie, elle n'est composée que d'inconnus.

Mais dès le lever du rideau, elle a un choc. Oreste est superbe. Ce jeune homme, dont elle a oublié le nom à consonance germanique entrevu un instant sur l'affiche, l'attire, la fascine : de longs cheveux noirs bouclés, un visage aux traits réguliers, des mains fines et surtout des yeux noirs au regard intense, fiévreux. Au fur et à mesure qu'il parle, d'une voix prenante, passionnée, Sylvie ne peut s'empêcher de le détailler. Il y a en lui quelque chose de fragile, mais en même temps une force et même une violence contenues.

Il fait particulièrement chaud, cette année-là. Les deux jours qui suivent sont éprouvants pour Sylvie. Au bureau, dans les rues, l'atmosphère est électrique. Sylvie, en tapant le courrier du commissaire Bertin, son patron, n'a qu'une hâte : vivement le 14 juillet. Avec une amie, elle ira se détendre en faisant la tournée des bals.

Le matin du 14 arrive enfin. Oppressée par la chaleur étouffante, Sylvie a mal dormi. Elle s'est assoupie quand, à 9 heures, son téléphone sonne. Elle décroche en maugréant. A l'autre bout du fil, la voix du commissaire Bertin :

— Je suis désolé de vous déranger un jour comme aujourd'hui, mais j'ai besoin de vous.

Sylvie laisse échapper un « non, c'est pas vrai » où s'exhale toute sa déception. Le commissaire a un ton gentil :

— Il s'agit juste de prendre à la machine les aveux d'un meurtrier. Ne vous inquiétez pas, vous pourrez aller au bal ce soir.

Sylvie est d'une humeur massacrante en pénétrant dans les bureaux vides et chauffés à blanc de la P.J. lyonnaise. Elle pousse la porte du bureau du commissaire Bertin. Son patron est en train d'interroger un homme qu'elle ne voit que de dos, mais elle reconnaît immédiatement sa voix : c'est celle d'Oreste.

Troublée, émue, Sylvie, après avoir salué son patron, prend place à sa machine. Oui, c'est bien l'acteur, mais il est dans un état effrayant : prostré, ruisselant de sueur, les yeux hagards, agité de frissons.

Le commissaire commence son interrogatoire :

— Vous vous appelez bien Werner Grass, citoyen suisse, et vous reconnaissez avoir assassiné votre femme Anna dans la nuit du 13 juillet.

Sylvie a du mal à taper. Les touches de sa machine s'embrouillent.

— Oui, monsieur le commissaire.

— Depuis combien de temps étiez-vous mariés ?

— Depuis exactement quatre ans.

— Pourquoi « exactement » ?

— C'était hier notre quatrième anniversaire de mariage.

Sylvie voit l'acteur s'affaisser, soupirer un long moment et enfin se redresser.

— Avant la représentation, j'avais été lui acheter du parfum et un bouquet de roses. Quand je suis rentré du théâtre, Anna n'était pas là. Alors, j'ai mis le couvert. Et puis j'ai remarqué qu'un des crochets des rideaux s'était détaché. J'ai pris des ciseaux et je suis monté sur une chaise pour le réparer. Et c'est alors qu'Anna est arrivée. Tout de suite, elle s'est mise à crier. Elle devait être à bout de nerfs à cause de la chaleur. Elle m'a dit : « J'en ai assez des anniversaires. » Elle a pris les roses et elle les a envoyées promener à l'autre bout de la pièce...

— Vous vous disputiez souvent comme cela ?

— Non, c'était la première fois. Nous étions un couple très heureux. Enfin, j'étais heureux et je m'imaginais qu'Anna l'était aussi. Elle a continué à parler et plus elle parlait, plus elle s'énervait. Elle m'a dit qu'elle ne voulait plus de ce bonheur bourgeois.

Et puis elle m'a dit qu'elle avait un amant. Elle s'est mise à crier : « Au moins, ton métier idiot m'aura rendu service ! C'est pratique d'avoir un mari acteur. Je te trompe avec lui pendant toutes les représentations... »

Werner Grass ne peut plus parler pendant un long moment. Enfin, il reprend :

— Elle m'a dit qu'Eva n'était pas de moi, Eva, c'est notre fille, elle a six mois. Elle a ajouté : « Tu ne t'es jamais étonné qu'elle n'ait aucune ressemblance avec toi ? Eh bien, si tu savais comme elle lui ressemble à lui... »

La machine à écrire vient de s'arrêter brusquement. Le commissaire Bertin jette un regard étonné à sa secrétaire. Sylvie bredouille une excuse :

— Ce n'est rien. C'est sans doute cette chaleur...

Et Werner Grass termine son récit.

— Après, je ne me souviens plus de rien. Quand j'ai repris conscience, j'étais devant le corps d'Anna avec mes ciseaux à la main. Alors, j'ai appelé la police. C'est tout... Monsieur le commissaire, que va devenir Eva ? Qui va s'occuper d'elle ?

— On va la placer dans un home d'enfants. Ne vous inquiétez pas. Maintenant, voulez-vous signer vos aveux ?

Après avoir signé, Werner, qu'un agent vient chercher, repart, affaissé sur lui-même. Alors Sylvie se lève et, sans qu'elle puisse rien faire contre son impulsion, l'arrête du bras.

— Si vous voulez, j'irai voir Eva. Et, au prochain interrogatoire, je vous donnerai de ses nouvelles.

Werner la regarde un moment, incrédule, puis semble se détendre un peu.

— Je vous remercie, mademoiselle, de faire cela pour... quelqu'un comme moi...

Après son arrestation, Werner n'est pas incarcéré à la prison mais conduit dans un hôpital psychiatrique, le médecin chargé de l'examiner ayant diagnostiqué des troubles nerveux.

C'est le lendemain que Sylvie va voir la petite Eva Grass dans son home d'enfants. C'est vrai qu'elle ne ressemble pas à Werner. Mais c'est un bébé comme les autres, qui lui sourit, qui sourit à la vie. Et Sylvie y retourne le lendemain et les jours suivants. Elle lui apporte des babioles. Quand a lieu, enfin, une semaine plus tard, le second interrogatoire, avant que son patron ait pu lui dire quoi que ce soit, elle va à la rencontre de Werner.

— Eva est magnifique, vous savez. Elle mange bien, elle prend du poids et la directrice du home la trouve particulièrement éveillée.

En répondant, quelques instants plus tard, aux questions du commissaire, Werner Grass s'exprime d'une manière plus calme. De temps en temps, il adresse même un rapide regard à Sylvie.

Mais celle-ci ne se contente pas d'aller voir l'enfant, elle se met à suivre l'enquête avec passion, comme elle ne l'a jamais fait jusqu'à présent pour aucune autre affaire.

C'est le défilé des témoins, dont elle prend les dépositions à la machine. Elle ne peut s'empêcher d'éprouver une sympathie instinctive pour ceux qui viennent défendre Werner et une répulsion marquée pour les autres. Mais ceux-ci sont peu nombreux. En fait, ils se limitent à la famille d'Anna. Presque tous, au contraire, insistent sur les qualités de cœur de Werner. Bien sûr, il était un peu instable nerveusement et affectivement, surtout les derniers temps, mais ils sont unanimes : il adorait sa femme et sa fille. Même l'amant d'Anna n'est pas empressé pour la défendre. Sylvie l'observe attentivement tandis qu'il parle. Oui, il n'y a pas de doute, Eva lui ressemble.

Sylvie demande et obtient du commissaire la permission d'écrire à Werner à l'hôpital. Peu à peu, elle s'avoue que ce n'est pas seulement le sort de la petite fille qui l'a émue, que ce n'est pas seulement elle qu'elle veut aider et sauver, mais aussi lui.

Dans sa première lettre, elle lui parle de la représentation à laquelle elle a assisté. Elle lui dit l'admiration qu'elle a éprouvée pour lui, puis elle lui donne des nouvelles d'Eva.

Werner lui envoie quelques jours plus tard une lettre sèche et désabusée :

« Merci pour Eva. Mais vous n'avez pas à vous occuper de moi. Je suis un meurtrier, j'ai tué la femme que j'aimais. La vie est finie pour moi. »

Pourtant, Sylvie écrit de nouveau à Werner et, comme sa lettre reste sans réponse, elle fait plus encore, elle va le voir. Elle est impressionnée de le retrouver dans le quartier des malades dangereux.

Dans ce décor sinistre, Werner Grass ne semble que l'ombre de lui-même. Quand il voit Sylvie, il a un mouvement de recul.

— Vous venez pour un nouvel interrogatoire ? Le bureau du commissaire ne vous suffit plus ?

Mais Sylvie ne se démonte pas. Elle lui tend des livres. Au cours des dépositions de sa famille et de ses amis, elle a appris ses auteurs préférés, les rôles qu'il aurait voulu jouer. Toutes les pièces qu'aime Werner sont là. Elle attend un moment et puis, voyant qu'il n'a pas envie de parler, elle laisse les livres et s'en va.

Pourtant, le lendemain, Sylvie éprouve sa plus grande joie. Le rapport des psychiatres vient d'arriver sur le bureau du commissaire et il conclut à l'irresponsabilité. Werner Grass, qui était en traitement depuis un an pour ses nerfs et qui s'est trouvé dans un état second à la suite des révélations de sa femme, ne sera pas jugé.

Werner Grass est resté trois ans et demi à l'hôpital psychiatrique. Au début, Sylvie en repartait découragée et même désespérée. Werner se renfermait dans son malheur, sa solitude, il n'avait que des mots durs ou méprisants. Puis, peu à peu, il a commencé à s'intéresser à elle, à lui poser des questions. Ils ont échangé leurs idées sur le théâtre et puis sur d'autres sujets.

A partir de ce moment, l'état de Werner n'a fait que s'améliorer. Quand, pour la première fois, il a parlé d'avenir, Sylvie a su qu'elle avait gagné.

Sylvie et Werner se sont mariés six mois après sa sortie de l'hôpital. Le plus dur a été de retrouver un travail pour lui. Il ne voulait pas remonter sur scène et d'ailleurs son médecin le lui avait interdit : le métier d'acteur était trop stressant pour sa personnalité fragile. Mais les amitiés qu'il avait dans la profession étaient intactes et il a pu trouver un emploi administratif au Théâtre municipal de Lyon. Faute de jouer, il allait pouvoir rester quand même dans son milieu.

Sylvie a adopté la petite Eva, qui était depuis toujours moralement sa fille, et lui a donné par la suite un petit frère et une petite sœur. Aujourd'hui, personne, en regardant la famille Grass, ne pourrait s'imaginer dans quelles conditions dramatiques elle s'est formée. Tout cela grâce à un petit miracle qui s'appelle tout simplement l'amour.

CHARLOTTE EST UNE GRANDE FILLE

Hervé Moulin lève la tête et tend l'oreille. Depuis plus d'un mois, il lui semble entendre, de temps à autre, comme un gémissement qui viendrait de l'appartement du dessus. Au début, il a évacué le problème en haussant les épaules ; mais les jours passant, cette sorte de plainte feutrée a fini par devenir obsédante ; elle se fait entendre quand on l'attend le moins, au milieu d'un film ou quand on cherche à s'endormir. Pour Hervé, elle est devenue un problème — un problème dont il est résolu à trouver la solution.

« Je vais sonner chez les dames du dessus », pense-t-il. Et aussitôt, il grimpe l'escalier jusqu'au palier supérieur. Il sonne, resonne. Personne ne vient ouvrir. Il commence à redescendre, et soudain il se fige. Il vient de percevoir la plainte, distinctement, plus distinctement que jamais. Il se met à tambouriner à la porte.

— Il y a quelqu'un ? Répondez ! Il y a quelqu'un ?

Le gémissement se fait plus pressant. A n'en pas douter, c'est un appel au secours. Hervé se sent très mal. « Je vais appeler la police », pense-t-il. Mais au moment où il reprend l'escalier, il est arrêté par un cri d'angoisse, un cri guttural, sans expression, mais d'autant plus effrayant.

Hervé fait demi-tour et se campe devant la porte. Il n'y a aucune raison d'en douter : quelqu'un est en train de souffrir à l'intérieur de cet appartement. Se tournant de côté, Hervé se rue sur la porte d'entrée. Une fois. Deux fois. Il compte sur ses cent kilos et sur son élan pour venir à bout d'une huisserie au demeurant assez légère. Au troisième coup, la porte cède. Hervé entre aussitôt.

— Il y a quelqu'un ? demande-t-il.

La plainte le conduit vers la chambre la plus éloignée, au fond du couloir — la disposition de l'appartement est quasiment la même que chez lui. Hervé pousse la porte de la chambre : une vieille femme est là, livide, sale, sentant l'urine. Elle est attachée à son fauteuil et bâillonnée. Quand elle aperçoit Hervé, elle lui lance un regard qui le transperce. On y lit beaucoup de soulagement et beaucoup d'espoir. Hervé lui retire son bâillon.

— Merci, monsieur... Merci beaucoup, dit-elle très faiblement. N'appelez pas... la police. Je vous en supplie. Emmenez-moi seulement... hors d'ici... Loin d'elle !

— Loin de qui, madame ?

— Loin de ma sœur ! C'est elle... qui me séquestre comme cela... Mon Dieu ! La voilà, c'est elle !

La vieille femme paraît hystérique. Hervé tente de la rassurer. De l'entrée lui parviennent des exclamations :

— Qu'est-ce que c'est ? crie une voix. Qui a défoncé ma porte ?

Hervé se précipite hors de la chambre. L'horrible sœur — une femme entre deux âges qu'il a souvent croisée dans l'escalier et qui s'est toujours montrée très aimable avec lui — le dévisage avec un regard où se lisent l'angoisse et le défi.

— Qu'est-ce que vous faites ici ? lui demande-t-elle.

— J'ai entendu votre sœur appeler, je suis venu lui porter secours.

— Quelle sœur ? De quoi parlez-vous ?

Hervé esquisse un sourire.

— Vous l'avez mise dans un triste état, dit-il. Je crois qu'il vaudrait mieux que j'appelle la police.

Et il se dirige vers la sortie.

— Attendez ! Je n'ai jamais fait de mal à ma sœur. Cet état, elle s'y est mise toute seule. Compris ?

Hervé fait non de la tête.

— Si vous voulez m'écouter trois minutes, dit-elle, je veux bien tout vous expliquer.

Hervé remarque un tremblement dans la voix de cette femme.

— Il n'y a rien à expliquer, dit-il.

Mais il se surprend à rentrer dans l'appartement.

— Oh si ! il y a plein de choses, fait la dame.

Et elle commence :

— Je vais essayer de faire simple. Ma sœur Thérèse est née en 1924, moi, Charlotte, en 1936. Quand j'avais quatre ans, notre père a été tué par les Allemands. Un obus. A Dunkerque. En apprenant la nouvelle, notre mère s'est suicidée. Vous me suivez ?

— Ce n'est pas la peine, dit Hervé. Vous cherchez à vous justifier.

— Exactement. Je cherche à me justifier.

Et la femme continue :

— J'ai été placée chez ma tante, la sœur de ma mère. Ma sœur aînée...

Elle s'interrompt et fait un signe de tête pour désigner la chambre du fond :

— ... Thérèse, elle, avait déjà seize ans. Elle était très forte de caractère et s'y connaissait dans le commerce. Elle a donc fait marcher la boutique avec un de nos cousins avec lequel elle s'est mariée.

Hervé se surprend à opiner. La boutique en question, il la connaît bien : c'est le magasin de fleurs en bas de la rue. Son interlocutrice explique qu'en 1951, quand elle-même eut quinze ans, elle a quitté l'école pour venir vivre avec sa sœur et son nouveau beau-frère au-dessus du magasin. Au début, elle était contente ; le jeune couple la menait assez durement, mais elle trouvait magnifique de les aider à faire prospérer leur affaire. Cependant, l'emprise de l'aînée sur sa toute jeune sœur n'a fait que croître.

— Bien sûr, explique la femme, je ne manquais de rien. Si j'avais besoin d'une robe ou d'une paire de chaussures, ma sœur me les achetait sans trop se faire prier — à condition de m'accompagner dans le magasin et de choisir à ma place. J'étais plutôt bien nourrie, et mon beau-frère me coiffait lui-même — comme il coiffait sa femme d'ailleurs.

Le visage de la femme se rembrunit.

— Mais pour le reste, dit-elle, ils me traitaient comme une enfant : jamais de sorties, ni au cinéma ni au bal, jamais de conversations d'adultes en ma présence — exactement comme si j'avais eu huit ans. A 9 heures le soir, ma sœur me disait : « Allez, Charlotte, au lit ! C'est l'heure ! »

— Et cela jusqu'à quel âge ? demande Hervé.

— Jusqu'à quarante ans, monsieur ! Jusqu'en 1976 pour être exacte. Mais entrez dans la cuisine, je vais vous faire un café.

Hervé obtempère.

— Cet été où il a fait très chaud, j'ai demandé si je pourrais avoir un ventilateur dans ma chambre. Tous les deux se sont moqués de moi. Je n'en pouvais plus. Je me suis dit qu'il était grand temps que j'acquière un peu d'indépendance. Ma sœur possédait alors une chambre de bonne dans le même immeuble que la boutique. Je lui ai demandé de me la prêter. Je ne dis pas « louer », puisque je n'ai jamais perçu un seul salaire, pas même d'argent de poche.

Hervé met un sucre dans son café.

— Vous continuiez pourtant à travailler pour eux, dit-il.

— Oui, monsieur. Dix heures par jour, samedi compris !

Hervé hoche la tête.

— Pour la chambre, Thérèse a refusé. Alors j'ai commencé à me révolter. J'ai refusé de me lever, et même de manger. C'est là que mon beau-frère est devenu violent. Il s'est mis à me battre plusieurs fois par jour. En fin de compte, quand ils ont vu que je ne leur obéissais plus comme une gentille petite fille, ils ont pris contact avec un de nos cousins psychiatre pour me faire interner. J'ai été placée en observation dans un service psychiatrique, qui a bien été obligé de me relâcher au bout d'un mois.

A ce moment de son récit, la dame éclate en sanglots. C'est à partir de là, explique-t-elle, que son calvaire a commencé. Sa sœur la tenait recluse dans sa chambre, et elle ne lui donnait à manger que des choses qu'elle, Charlotte, détestait depuis toujours. Elle n'avait plus le droit de sortir — même pas celui de regarder la télévision. A la boutique, quand les clients demandaient de ses nouvelles, on leur répondait : « La pauvre petite est malade, pour nous c'est un grand poids... »

Hervé se tortille sur sa chaise de cuisine :

— Et ça a duré longtemps ?

— Neuf ans, répond Charlotte. Jusqu'à leur accident, en 1986.

— Quel accident ?

— Un accident de voiture. Un jour qu'ils étaient partis faire une course, en me laissant seule, enfermée à la maison, ils ont eu un accident sur l'autoroute. Mon beau-frère est mort, Thérèse est restée paralysée des jambes.

Charlotte s'interrompt pour faire un large sourire.

— J'ai enfin pu commencer à me venger, dit-elle. Il y a cinq ans.

— Vous voulez dire que vous séquestrez votre sœur depuis cinq ans ? Mais c'est horrible !

— Où est l'horreur ? Cette saleté m'a bouffé ma vie, m'a exploitée jusqu'à la corde, m'a battue comme un âne, a essayé de me faire passer pour folle avant de m'enfermer pendant dix ans dans un cachot. Moi, je me contente de la nourrir sans lui adresser la parole et de la bâillonner quand je m'absente, ce qui est d'ailleurs très rare.

— Mais, dit Hervé, elle est sale et maltraitée...

— Elle est traitée comme elle le mérite. Et pour ce qui est de la saleté, permettez-moi de vous dire qu'elle n'a jamais été propre.

— Il faut la placer dans une maison de retraite, dit Hervé.

— Occupez-vous-en, puisqu'elle vous intéresse. Moi, je ne lèverai pas le petit doigt pour elle.

En prononçant ces mots, Charlotte éclate en sanglots. Des sanglots syncopés, douloureux, insupportables. Hervé en profite pour se retirer. Il a un certain nombre de démarches à accomplir auprès des services sociaux.

— Si je peux vous donner un conseil, dit-il en sortant, c'est de la rendre un peu plus présentable. Sinon, on risque de vous faire des difficultés...

— D'accord, dit Charlotte. Merci.

Hervé a fait son devoir.

Thérèse a été placée dans une maison de retraite. Charlotte a vendu la boutique de fleurs et, après deux ans de solitude, elle est morte dans l'appartement où elle n'avait connu que le malheur.

DES AMÉRICAINS PLUS VRAIS QUE NATURE

15 décembre 1944. Il fait très froid, comme dans tous les hivers de guerre, et, encore, ce n'est pas l'hiver, c'est toujours officiellement l'automne. Mais l'heure est à l'optimisme. Depuis le débarquement, au mois de juin précédent, et malgré une défense allemande acharnée, les succès se sont multipliés. Paris a été libérée en août et, le 23 novembre, c'était au tour de Strasbourg.

Et c'est alors que, ce 15 décembre, se produit le coup de tonnerre ! Sous la direction du maréchal von Rundstedt, vingt-huit divisions allemandes, dont neuf blindées, appuyées par mille avions, attaquent dans les Ardennes, pour couper l'armée alliée, trop étirée entre Liège et la frontière suisse. Cette percée, remarquablement exécutée, réussit et, le 16, le front américain est rompu sur soixante kilomètres.

L'effet de surprise a été total. Pour les Américains, les Anglais et les Français, qui se voyaient fêter Noël au cœur de l'Allemagne, il y a un moment de panique. Mais ce n'est pas tout : cette attaque militaire est complétée par une autre, secrète, celle-là, et tout aussi dangereuse.

A Paris, à cette époque, on se préoccupe, bien sûr, du sort de la guerre, mais on a aussi des soucis plus immédiats. La Libération n'a pas ramené l'abondance, bien au contraire. C'est la pénurie la plus complète, notamment en charbon et en nourriture. Aussi, ils sont nombreux, les habitants de la capitale disposant de moyens de transport personnel, à chasser dans les forêts avoisinantes.

C'est le cas de Robert Poivre, trente ans. Il possède une motocyclette et il part chaque week-end, avec son fusil, tenter de ramener quelque chose à sa famille. Ce dimanche 17 décembre, il chasse dans le bois de Montlognon, près d'Ermenonville, et, chance inespérée, un sanglier débouche devant lui. Il ne rate pas une si belle occasion et abat la bête. Seulement, impossible de la ramener sur sa moto. Alors, il n'a plus qu'une solution : appeler son père par téléphone pour qu'il le rejoigne en voiture. Justement, il sait qu'il y a dans le bois de Montlognon un hôtel-restaurant, l'Ermitage. Il dissimule son gibier dans des fourrés et s'y rend sans plus tarder.

Il n'est pas surpris de constater que l'établissement, comme tant d'autres, est réquisitionné par l'armée américaine. Il y a des G. I. partout. Il s'adresse à un gradé :

— Pardonnez-moi. Est-ce que je pourrais téléphoner ?

L'homme met un instant avant de comprendre et répond en français, avec un fort accent américain :

— Téléphone... Oh, bien sûr. Suivez-moi.

Il le conduit dans la salle du restaurant et lui désigne le combiné, qui se trouve derrière le comptoir.

Robert Poivre obtient son père sans difficulté. Inutile de dire que celui-ci lui répond qu'il saute dans sa voiture et qu'il arrive.

En l'attendant, Robert Poivre reste seul avec les Américains. Il les a découverts à la libération de Paris et ils sont bien tels qu'ils lui étaient apparus alors : sympathiques et souriants, avec un air un peu gamin. Beaucoup d'entre eux ont ce curieux et incessant mouvement de la bouche pour mâcher leur chewing-gum. Ça, c'est une des choses qui l'avaient le plus étonné quand il les avait vus. D'ailleurs, le gradé s'approche et lui en tend un.

— Chewing-gum ?

Robert Poivre secoue la tête.

— Non merci.

— Cigarette, alors ?

Cette fois, Robert accepte et savoure une de ces blondes au goût de miel, si différentes des Gauloises rationnées qui font son ordinaire. Le gradé, voyant qu'il apprécie, lui tend carrément le paquet.

— Pour vous... Si, si... Nous avons beaucoup...

Le Français se confond en remerciements et contemple les autres Américains qui emplissent la salle. Ils jouent aux cartes, posant des dollars sur la table. Il ne peut s'empêcher d'admirer leur décontraction. Ça aussi, c'est une chose qui l'avait frappé à Paris, leur décontraction... Mais, dans les circonstances présentes, il y a de quoi s'étonner. La radio a annoncé l'offensive allemande et les nouvelles ne sont pas bonnes. Pourtant, les soldats qu'il a devant lui n'en ont l'air nullement affectés. Ils gardent tout leur calme en attendant le moment où ils seront appelés au front. Robert leur tire intérieurement un coup de chapeau. Ils ont décidément du sang-froid, nos libérateurs ! Et il contemple avec émotion le paquet de cigarettes de leur pays, représentant un chameau, avec l'inscription « Made in USA ».

23 décembre. Une semaine exactement a passé et Robert Poivre est revenu sur les lieux. Cette fois, il a pris la précaution de partir avec la voiture de son père. Il n'est pas en compagnie de celui-ci, mais avec trois camarades, tous trois policiers. La chasse n'est pas aussi miraculeuse que précédemment, mais tout de même appréciable : un lièvre et plusieurs lapins de garenne.

La journée terminée, Robert Poivre propose, avant de rentrer, de retourner à l'hôtel-restaurant l'Ermitage.

— J'aimerais bien remercier encore les Américains. Et puis, on ne sait jamais, ils nous offriront peut-être un paquet de cigarettes...

La voiture se gare peu après dans la cour, et, là, tout change brutalement. Robert et ses compagnons sont immédiatement entourés d'une nuée de soldats d'outre-Atlantique. Mais ce ne sont pas les mêmes. Ce sont des membres de la Military Police, reconnaissables à leurs casques blancs. Ils ne parlent pas un mot de français, mais leurs intentions sont claires : ils pointent leurs armes sur eux et leur font signe d'entrer dans le restaurant.

Les mains levées, les quatre Français obéissent et Robert se retrouve dans la salle où il était une semaine auparavant. On leur prend leurs papiers d'identité et, sans un mot d'explication, on les place contre un mur où ils doivent rester pendant des heures, toujours sous la menace des fusils. Robert Poivre est abasourdi. Que sont devenus les Américains si gentils de la fois d'avant ? Et surtout qu'ont-ils fait pour mériter un pareil traitement ? La chasse est autorisée, il le sait bien. Est-ce qu'elle aurait été subitement interdite sans qu'il le sache ?

C'est avec le soulagement qu'on imagine qu'ils voient arriver un capitaine de la gendarmerie française et c'est avec plus de soulagement encore qu'ils constatent qu'il est souriant. A sa vue, les Américains ont baissé leurs fusils et se sont écartés.

— Tout va bien, messieurs, vos papiers ont été vérifiés à Paris et votre identité a été confirmée. Vous pouvez partir...

Robert Poivre se risque à demander timidement :

— Mais qu'est-ce qu'on nous reprochait ?

— Il s'agit d'une erreur, c'est tout ce que je peux vous dire.

— On nous a pris pour d'autres ?

— C'est ça : on vous a pris pour d'autres. Maintenant, partez. Le secteur est dangereux.

La vérité, l'incroyable vérité, Robert Poivre l'a apprise un peu plus tard par un de ses camarades policiers, qui l'a sue lui-même d'un de ses supérieurs. Les Américains de la première fois, ces Américains plus vrais que nature, qui mâchaient du chewing-gum, dépensaient leurs dollars au poker et fumaient des blondes, étaient des soldats allemands déguisés ! Ils étaient partis peu après le départ de Robert et quand celui-ci était revenu, chez les vrais Américains cette fois, ils l'avaient pris pour le contact français avec les commandos du Reich.

Car, ainsi que nous l'avons dit, l'offensive militaire de von Rundstedt était doublée d'une offensive secrète menée par l'homme de confiance de Hitler, Otto Skorzeny, qui s'était déjà illustré en faisant évader Mussolini.

Il s'agissait d'une opération aussi audacieuse que dangereuse : envoyer de petits commandos de faux Américains derrière les lignes, pour faire des sabotages, détruire les dépôts de munitions, changer de direction la signalisation routière, couper les lignes de téléphone, détruire les postes de radio.

Les brigades étaient composées d'hommes parlant anglais avec un accent d'outre-Atlantique parfait. Ils avaient suivi des cours approfondis sur les Etats-Unis, non seulement sur l'histoire et la géographie, mais sur mille détails de la vie quotidienne, comme les règles du base-ball, le nom des principaux commentateurs de radio ou la manière d'ouvrir un paquet de cigarettes, qui n'est pas la même qu'en Europe. Le plus difficile avait été de leur inculquer cette fameuse décontraction qu'avait remarquée Robert Poivre. Les espions avaient le plus grand mal à s'empêcher de saluer en raidissant le buste et en claquant les talons à la prussienne. Tous les accessoires étaient authentiques. Les uniformes, les dollars, le chewing-gum et les cigarettes avaient été pris à des prisonniers, les jeeps avaient été récupérées sur le front.

Oui, un travail remarquable, qui a échoué, en définitive pour la même raison que l'opération militaire elle-même : le manque de carburant. Les espions et les véhicules ne manquaient pas, mais, faute d'essence, Otto Skorzeny n'a pu en envoyer que quelques dizaines, ceux précisément sur lesquels était tombé Robert Poivre.

Pourtant, si les sabotages ont été limités, l'effet psychologique a été énorme. Les Américains ont vécu à partir de ce moment dans une véritable psychose de l'espionnage. Les mots de passe étaient changés sans arrêt, les contrôles étaient multipliés, bien des soldats se suspectaient en secret. Il était loin, le bel enthousiasme qui avait suivi le débarquement ! Sur le plan moral, le but avait été pleinement atteint et a laissé des traces durables.

« Longtemps, conclut Robert Poivre, j'ai conservé le paquet de cigarettes qui m'avait été donné, un jour de décembre 1944, par un officier américain plus vrai que nature. Et puis, j'ai fini par le jeter. Aujourd'hui, je le regrette. C'était presque un objet historique, le témoignage d'un des plus étonnants épisodes de la Seconde Guerre mondiale. »

LE SAUT DANS LE VIDE

Octobre 1964. Louis Gerstein rejoint au pas de course la petite équipe de parachutistes amateurs qui l'attend sur le terrain, près de l'avion. A quarante-quatre ans, il est licencié dans cette discipline depuis bientôt vingt ans, et moniteur depuis huit. Joaillier à Besançon, c'est un homme plein de charme : grand et sportif, toujours bronzé sous des cheveux déjà argentés — on ne compte plus ses succès féminins. Pour autant, Louis ne s'est jamais marié, ce qui lui permet sans doute de se montrer plus libre quand une aventure se présente avec une jeune femme — et c'est peu dire que les jeunes femmes ne manquent pas dans son entourage.

— Bonjour à tous !

Pour ce stage, le petit groupe de parachutistes est composé de cinq hommes et d'une seule femme. Louis la connaît depuis longtemps : c'est Maria, la dernière fille du vieux Charperet, l'ambassadeur ; une jolie femme, toujours souriante, avec des yeux turquoise, mais qui arbore souvent des airs de garçon manqué que Louis trouve déplaisants. « De toute façon, se dit-il, elle n'a pas trente ans. » Comme si c'était un argument.

— Aujourd'hui, pour ce troisième saut de la semaine, nous allons sauter à 1 500 mètres ; le passage n'est que de 25 secondes ; aussi je compte sur votre concentration, déclare Louis en serrant la main à chacun.

Arrivé devant Maria, il hésite ; elle lui tend la joue de façon si ostensible qu'il lui fait la bise.

Une fois vérifiés les harnais et leurs attaches, les six parachutistes se hissent dans l'étroite carlingue du Cesna. Le pilote met l'hélice en marche et, quelques minutes plus tard, l'avion décolle et amorce sa spirale ascensionnelle.

Pendant le vol, Maria ne détache pas les yeux de Louis, qui trouve cela horripilant.

— C'est amusant de vous voir à ce stage, lui lance-t-il enfin, par pure politesse. Vous voulez sauter la première ?

— Non, je préfère voir les autres devant moi.

— Pour les dominer ?

Avec un large sourire, Maria fait signe que oui. Louis détourne le regard.

— Nous allons sauter ! crie-t-il soudain. Je vous rappelle qu'aujourd'hui nous comptons jusqu'à dix avant d'ouvrir le parachute. C'est bien entendu ?

Tout le monde hoche la tête.

— Parfait !

Et il ouvre la petite porte latérale. Le pilote se retourne et, levant le pouce, fait signe qu'on peut y aller. Le premier stagiaire s'assied sur le seuil, les pieds dans le vide.

— On y va ?

Le jeune homme saute, suivi par un autre, puis un autre. Le rythme est bon, il n'y a pas de problème. C'est au tour de Maria. A peine assise, elle s'est jetée dans le vide, sans une seconde d'hésitation. « Elle a du cran, cette petite », pense Louis. Puis il saute à son tour, debout, avec la grâce d'un plongeur.

Trois corolles sont déjà ouvertes, et la quatrième se déploie au moment même où Louis commence sa chute dans le vide. Le moniteur observe Maria, juste un peu plus bas. Son parachute ne s'ouvre pas... « Par saint Michel, qu'est-ce qu'elle attend ? » se demande Louis. Deux, trois, quatre secondes supplémentaires. On est encore à 1 000 mètres, et il n'y a pas d'urgence — cependant Louis s'énerve : « Elle fait cela pour m'épater », pense-t-il avec lassitude. En huit années de stage, il en a tellement vu, de jeunes femmes qui essayaient de l'impressionner !

Ça y est, les voiles de Maria sortent enfin ! « Pas trop tôt », se dit Louis qui s'apprête à lâcher les siennes. Mais catastrophe : le parachute de la jeune femme se met en torche et refuse de se déployer normalement. Comme chaque fois qu'un incident se produit, le cœur de Louis se serre dans sa poitrine. « Le ventral ! hurle-t-il à l'intérieur de lui-même. Vire la voilure et ouvre ton ventral ! Allez ! » Mais rien ne se produit. Maria continue à tomber en chute libre, très peu freinée par la sorte de grande mèche blanche entortillée au-dessus d'elle.

Comme un nageur qui sonderait, Louis pique alors du nez vers le bas en vue de se rapprocher de Maria. La jeune femme est moins lourde que lui et se tient presque à l'horizontale, ce qui devrait permettre de réduire l'écart rapidement. De fait, Louis se rapproche de Maria. Il consulte son altimètre : 550 mètres ! Il n'y a plus une seconde à perdre. Dans leur chute libre, Louis et Maria ont dépassé les quatre autres sauteurs. Tombant à pic, Louis touche maintenant la voilure en torche de la jeune femme. Encore une seconde.

Quand il parvient à sa hauteur, Maria se raccroche à lui ; elle le cramponne maintenant à bras-le-corps. Il déploie aussitôt son parachute, et la torche de Maria se rabat vers la terre. La jeune femme se tient fermement à son sauveur, rouvre les yeux et lève la tête : elle contemple en soufflant la corolle sphérique des immenses voiles. Louis s'active à rompre la suspente de Maria pour la libérer. C'est fait ; comme une mue inutile, la masse d'étoffe s'éloigne à la dérive. L'altimètre indique 250 mètres ; et de fait, le sol paraît tout proche.

— On est presque sauvés ! crie Louis à la rescapée. Tout va bien !

Sans ouvrir les yeux, elle hoche la tête en signe d'assentiment. Mais, en fait, rien n'est gagné. Car non seulement le parachute s'est ouvert trop tard, mais en plus il est en surcharge. Les malheureux vont arriver au sol à une vitesse extrême : soixante kilomètres à l'heure, peut-être soixante-dix... Leur seule chance, ce sera d'atterrir en terrain meuble, au milieu d'un champ labouré.

A quelques mètres du sol, Maria s'éloigne de Louis pour limiter l'impact. C'est un choc violent, inouï — et très douloureux. Tandis que les voiles retombent gracieusement sur la terre, Louis s'évanouit. Maria, quant à elle, tente de se relever, mais elle ne peut pas : elle s'est fracturé une jambe.

Les blessures de Louis Gerstein sont beaucoup plus sérieuses : fractures des deux jambes, tassement de vertèbres et traumatisme crânien. A l'hôpital, Maria s'occupe de lui comme une épouse attentionnée. Bien qu'elle marche difficilement avec son plâtre, elle se démène pour lui trouver tout ce qu'il demande et l'assister au moindre mouvement.

— Vous m'avez sauvé la vie, lui a-t-elle dit quand il s'est réveillé après l'intervention.

Et il a répondu :

— Je crois que nous pouvons nous tutoyer, pas vrai ?

Les jours passent, pendant lesquels Louis s'habitue à la présence de Maria, à ses soins, à sa tendresse. La jeune femme est la reine des cadeaux. Un jour, elle lui apporte un poisson rouge, dont il ne veut pas.

— Qu'est-ce que je vais en faire ? demande-t-elle, dépitée.

— Eh bien... mange-le, réplique Louis. Farci, c'est peut-être bon.

Tous deux s'écroulent de rire. Un autre jour, elle lui apporte tout un assortiment de bonbons. Et, sous le prétexte un peu facile de lui faire goûter le sien, Louis en profite pour l'embrasser sur la bouche. Les rescapés s'entendent à merveille ; et le côté un peu trop énergique du tempérament de Maria, loin de rebuter Louis, le séduit à présent. Finalement, ce long séjour à l'hôpital est une délectation permanente, pour l'un comme pour l'autre. En quelque sorte, des vacances amoureuses. Mais ça ne peut pas durer toujours.

— Tu sors demain, je crois ? lui demande-t-elle timidement un soir.

— Oui... mais j'espère que nous allons continuer à nous voir.

— Je l'espère aussi.

Louis se redresse dans son lit :

— Maria... j'aimerais te demander en mariage.

La jeune femme doit se tenir au mur pour ne pas tomber à la renverse. Louis insiste :

— Tu serais d'accord ?

En guise de réponse, elle se précipite sur lui et, le faisant retomber sur son lit, l'embrasse amoureusement.

— Le plus difficile, dit le joaillier, ça va être de trouver la bague de fiançailles.

Maria éclate de rire. Un rire pur, heureux, sans rapport évident avec la plaisanterie.

Et le 9 août 1965, dix mois après leur grand saut dans le vide, Louis et Maria se marient. Ils se promettent amour et fidélité.

Vingt-quatre ans vont passer, émaillés de quelques peines et de nombreux bonheurs. Et puis ce sera la maladie. En juin 1989, Louis s'apprête à mourir d'un cancer généralisé. Sa femme reste à ses côtés à l'hôpital, mais ce n'est plus du tout l'atmosphère heureuse du long séjour de 1964. L'amour est toujours là, cependant, pour apaiser les souffrances.

Maria se penche vers son mari à l'agonie.

— Louis... il y a une chose que je ne t'ai jamais dite. J'aimerais t'en parler aujourd'hui.

— Tu crois qu'il le faut vraiment ?

— Oui. Je traîne ça depuis trop longtemps. C'est à propos de ce jour où tu m'as sauvé la vie, tu te rappelles ?

— Si je me rappelle...

Une larme perle aux yeux de Louis.

— Tu ne m'as jamais demandé pourquoi je n'avais pas ouvert mon ventral...

— J'ai supposé que tu n'avais pas pu.

— En fait, je n'ai pas voulu, Louis. J'espérais que tu viendrais me sauver.

Le vieil homme grogne dans sa barbe :

— On aurait pu se tuer.

— Oui, c'était le risque. Mais il y a autre chose.

— Quoi encore ?

Maria prend sa respiration. Les larmes qu'elle avale l'empêchent quelques instants de parler. Elle se mouche et reprend :

— Mon parachute dorsal ne s'est pas mis en torche tout seul. C'est moi qui l'avais saboté.

Un long silence s'installe. Louis a les yeux fermés. Maria soudain craint le pire et se lève de sa chaise. Mais il rouvre les yeux ; elle lui tient la main. Il dit enfin, simplement :

— Tu as bien fait.

VACANCES MAROCAINES

En 1975, Claire habite Rabat, au Maroc, depuis de longues années. Si elle n'est pas marocaine, elle a épousé un Marocain. Ils se sont connus et mariés en France, mais, en arrivant au Maroc, ils ont dû se marier religieusement — la seule cérémonie valable légalement —, l'islam étant religion d'Etat. Ces considérations juridiques peuvent sembler compliquées, mais elles sont indispensables pour comprendre ce qui va suivre.

En cette année 1975, Claire et son mari ont quatre enfants, deux filles et deux garçons, âgés de treize à quatre ans, mais leur couple traverse une mauvaise passe. Cela ne va pas entre eux, sans qu'ils aient toutefois l'intention de rompre définitivement. Ils se séparent afin de réfléchir à leur situation et optent pour une demi-mesure : ils divorcent selon la loi du pays, c'est-à-dire que Claire est répudiée par son mari devant les autorités musulmanes, mais qu'ils restent mariés selon la loi française.

La séparation ne dure pas. Au bout de quelques mois, ils décident de reprendre la vie commune et de se remarier à la marocaine. Tout va donc redevenir comme avant, mais c'est à ce moment, dans cette situation transitoire, qu'intervient le drame.

Qu'y a-t-il de plus banal et de plus brutal qu'un accident de la circulation ? Au cours d'une promenade, le mari de Claire se tue sur la route. Les enfants, qui étaient avec lui dans la voiture, sont indemnes. Prévenue, Claire arrive à l'hôpital dans la nuit. Elle découvre ses deux filles et ses deux fils légèrement commotionnés. On ne leur a pas dit que leur père était mort.

Elle demande à voir ce dernier et c'est maintenant que son drame va commencer. Au deuil qu'elle éprouve va s'ajouter une terrible épreuve. La réponse du médecin responsable est sans ambages :

— Non, madame.

— Mais je suis sa femme !

— Justement pas. Sa famille m'a appris que vous étiez divorcés. Vous n'aurez aucun droit vis-à-vis de lui. Je regrette.

La famille du disparu, Claire va la voir entrer

en action sans plus tarder. Alors qu'elle erre dans les couloirs de l'hôpital, en pleurs, complètement désemparée, elle est abordée par un de ses beaux-frères — ou ex-beau-frère, si on s'en réfère à la loi marocaine. Il lui demande de but en blanc :

— Donnez-moi la combinaison du coffre.

— Pardon ?

— Le coffre-fort qui est chez vous. Ce qui est dedans ne vous appartient pas. Vous êtes divorcée...

Abasourdie, indignée, Claire refuse. Heureusement, l'aîné des beaux-frères, celui avec lequel elle s'est toujours le mieux entendue, intervient pour calmer les choses.

— Ne parlons plus de cela. Allez auprès de vos enfants et annoncez-leur la nouvelle. Ensuite, vous rentrerez à la maison avec eux. Pour le reste, nous aviserons demain.

C'est donc à Claire qu'incombe la terrible tâche d'annoncer à ses fils et filles la mort de leur père et ils reprennent ensemble, dans l'état qu'on peut imaginer, la direction du logis familial.

La suite ne traîne pas. Le défunt est enterré le matin même et, ainsi qu'on le lui avait dit, en fin d'après-midi, la veuve se retrouve convoquée devant ses ex-beaux-frères. Là encore, le discours est sans fioritures :

— Si vous voulez que nous respections vos droits, vous allez respecter nos coutumes. Vous êtes divorcée, vous allez quitter cette maison immédiatement.

Cette fois, Claire réagit. Elle tempête, elle hurle. Elle est divorcée, d'accord ; elle n'est plus rien par rapport à celui qui fut son mari, d'accord ; elle n'a droit à rien le concernant, elle est d'accord : elle renonce à tout. Mais ses enfants, eux, sont bien les siens ! Ils sont souffrants et très choqués moralement. On peut la menacer de tout ce qu'on voudra, elle est leur mère, ils ont besoin d'elle et elle ne les abandonnera pas.

Ebranlés par sa détermination, les beaux-frères se concertent et finissent par céder. Mais la concession est on ne peut plus limitée.

— D'accord. Vous êtes autorisée à rester trois jours avec eux.

— Et après ?

— Après, vous devrez partir.

— Vous n'avez pas le droit ! Je suis sûre que, même selon la loi marocaine, une mère ne peut pas être privée de ses enfants.

— C'est exact. Vous aurez un droit de visite une fois par semaine.

A partir de là, c'est le calvaire de Claire, son calvaire et celui de ses enfants, car ils souffrent de la situation tout autant qu'elle. Elle ne peut les voir que de 9 heures à 16 heures le mercredi et, au bout de trois mois, ils sont envoyés de Rabat à Casablanca. Elle doit faire un long trajet pour les voir, ce qui ne lui est pas possible toutes les semaines. C'est son seul contact avec eux, car elle n'a pas le droit de leur écrire et on ne leur a pas installé le téléphone exprès. Elle a même l'interdiction d'entrer en contact avec leurs professeurs, sous peine d'être privée de les voir à jamais.

C'est à ce moment-là qu'elle fait la rencontre de Martial. Elle est secrétaire dans un grand hôpital, il est français comme elle et médecin. Il lui propose de travailler dans son cabinet. Elle accepte. Il est divorcé depuis quinze ans et des relations se nouent entre eux. Les enfants de Claire, mis au courant, encouragent leur mère à se remarier, ce qui finit par se faire.

Mais ce bonheur conjugal retrouvé ne saurait satisfaire Claire. Elle ne peut accepter cette situation, contraire aux lois françaises et aux simples lois naturelles : on ne sépare pas une mère de ses enfants, sauf motif grave.

Elle décide d'employer tous les moyens légaux possibles et finit par obtenir une entrevue avec un ministre. Mais le résultat est désespérant.

— Vos enfants ont de quoi manger ?

— Oui, monsieur le ministre.

— Ils vont à l'école ?

— Oui, monsieur le ministre.

— Ils sont bien logés ?

— Oui, monsieur le ministre.

— Alors de quoi vous plaignez-vous ? Nous n'allons tout de même pas les confier à une Française !

Dans ces conditions, il n'y a plus qu'une solution : passer à l'action. Entre-temps, la situation de Claire a changé. Son mari a obtenu un poste dans le Var et elle s'est installée en France avec lui. Un accord a été trouvé avec les beaux-frères : son droit de visite hebdomadaire a été remplacé par un mois de vacances avec ses enfants, au Maroc, bien entendu, et sous étroite surveillance. Les prochaines auront lieu à Tanger.

Dès lors, Claire et Martial n'ont plus qu'une idée : enlever les enfants pendant les vacances. Un plan est mis au point : Claire emmènera les enfants pique-niquer sur la plage ; Martial, qui aura loué un bateau en Espagne, arrivera à ce moment et tout le monde embarquera.

Et, pendant des mois, Claire et Martial s'activent sans relâche. Martial s'entraîne à faire des régates. Ensemble, ils se rendent à Tanger. Dans le plus grand secret, ils étudient les vents, les fonds et les courants, prennent des photos de chaque plage, et ils ne rentrent que lorsque la région n'a plus de secret pour eux.

Claire se renseigne également sur le plan légal. Les autorités françaises la rassurent entièrement. Ses enfants sont bien les siens et les emmener avec elle ne peut aucunement s'apparenter à un enlèvement. Une fois en France, elle n'aura rien à craindre d'une demande venant du Maroc. Selon notre loi, les oncles et tantes n'ont pas le droit de visite. Claire se fait donc faire un passeport où figurent ses quatre fils et filles et c'est ainsi qu'elle part pour Tanger.

Sa première initiative est de mettre ses enfants au courant. Dire qu'ils sont d'accord est au-dessous de la vérité, ils sont fous de joie. Maintenant, il n'y a plus qu'à attendre l'occasion favorable. Mais les choses ne se présentent pas comme prévu. Au bout de deux jours à Tanger, l'oncle aîné, qui est chargé de la surveillance, annonce à Claire qu'ils vont aller en Espagne et lui demande son passeport et les papiers de sa voiture. Effroi de celle-ci à l'idée de donner ce document où elle figure en compagnie de ses enfants. Elle prétexte une démarche à faire. Qu'ils partent les premiers ; elle les rejoindra après. Par bonheur pour elle, l'ex-beau-frère ne se méfie pas.

C'est donc en Espagne, à Algésiras précisément, que tout va se jouer. Et, cette fois, il va falloir improviser. Tout le travail patiemment accompli à Tanger n'aura servi à rien.

Et ce ne sera pas facile, car le beau-frère se montre particulièrement méfiant. Ils sont installés dans une résidence ; il occupe l'appartement du dessus et les surveille constamment. Il ne les laisse jamais sortir seuls. Claire et ses enfants sont sur le point de désespérer, lorsque, enfin, la chance leur sourit. Le beau-frère leur déclare un beau soir :

— Demain matin, je dois me rendre à l'aéroport pour chercher un parent.

Claire fait preuve d'une présence d'esprit remarquable.

— C'est ennuyeux. Nous voulions aller en pique-nique avec les enfants !

L'homme hésite un instant et puis se décide :

— Bon, c'est d'accord. Mais pas de blagues !

Et le lendemain, tout se passe avec une facilité

déconcertante. Claire et les siens n'emportent que l'essentiel dans des sacs de plage, laissant presque toutes leurs affaires sur place afin de ne pas attirer l'attention, et ils prennent la direction du Portugal où ils passent sans encombre. Au cas où ils seraient suivis, ils mettent la voiture sur le train et c'est ainsi qu'ils rentrent en France.

Telle est l'histoire de Claire. Mais elle ne s'arrête pas là : elle comporte le plus étonnant des épilogues. Par la suite, les choses se sont arrangées entre elle et la famille marocaine. A tel point qu'elle est retournée la voir avec ses enfants et que sa fille aînée, Maria, a épousé le fils aîné de l'ex-beau-frère qui les avait accompagnés en Espagne. Ce fut un mariage grandiose, avec des fêtes qui ont duré trois jours, au cours desquelles Claire, jadis pestiférée, a été traitée comme une reine.

Maintenant, il faut souhaiter que les choses vont en rester là et que Maria n'aura pas la mauvaise idée de divorcer et de vouloir récupérer ses enfants. Car alors, à une génération de distance, tout recommencerait. Mais nous ne voulons pas y croire et nous souhaitons, au contraire, à Maria et aux siens, beaucoup de bonheur.

L'OPÉRATION JÉRICHO

Nous sommes le 18 février 1944. Raymond Lemonier se trouve dans la prison d'Amiens. Il a été arrêté par les Allemands pour un délit mineur : faux papiers ; il avait falsifié un ausweiss. Mais qu'est-ce qu'un délit mineur quand on est à la merci de la Gestapo, quand on peut à tout instant être fusillé en représailles d'un attentat ?

Il n'est pas loin de midi. C'est une fin de matinée d'hiver froide et claire. Mais Raymond Lemonier ne pense pas à lui, en cet instant. Il pense, comme tout un chacun dans la prison, aux quatre hommes qui occupent une cellule non loin de la sienne et dont l'exécution est prévue pour le lendemain.

Eux, ils ne sont pas là pour des faits mineurs, ce sont des résistants, des vrais, ce sont même de purs héros. Raymond Lemonier en connaît plusieurs. Il y a Marcel Fuzzelier, qui habitait son quartier et qui a rejoint l'année précédente le maquis le plus proche, celui du Vimeu, dans la région la plus boisée de la Somme. Avec deux camarades, il s'est fait prendre dans Amiens, les armes à la main, au cours d'une expédition nocturne. Le genre de chose qui ne pardonne pas. Un jugement expéditif et une date : 19 février. Ils seront passés tous les trois par les armes demain.

Mais, avec eux, il y a surtout Jean Beaurin, dit « Jeannot ». Tout le monde dans la prison connaît son nom. C'est une figure de légende. Les coups qu'il vient d'infliger aux Allemands en quelques mois sont dans toutes les conversations.

C'est le spécialiste des sabotages ferroviaires. C'est lui qui est personnellement responsable du déraillement de Frieulles il y a deux mois. Ce jour-là, un train complet de soldats allemands qui partait vers le front de l'Est s'est renversé sur la voie. Il y a eu deux cents tués et plus de quatre cents blessés. Mais quinze jours plus tard, il a fait plus fort encore. A Miremont, toujours dans la Somme, il a réussi, en inversant les aiguillages, à faire se télescoper un train de permissionnaires de la Wehrmacht et un convoi de panzers à destination de la Russie. Une hécatombe : un général de division, quatre-vingt-dix officiers, cent sous-officiers et soldats tués, plus des dizaines de chars détruits.

Cela, Raymond Lemonier le sait. Mais ce qu'il ne sait pas, c'est l'étrange comportement qu'a en ce moment même Jean Beaurin dans sa cellule : il chantonne ! Ses trois camarades sont admiratifs devant son mépris complet de la mort, ce défi qu'il lance pour la dernière fois à l'ennemi. Mais, à la fin, ils n'en peuvent plus.

— Tais-toi, Jeannot !

— Pourquoi ?

— Il faut nous comprendre. Ce n'est pas supportable. Tu ne sais donc pas ce qui va se passer demain ?

— Demain... c'est loin demain.

Jean Beaurin les regarde en silence. Ses camarades lui trouvent soudain un air étrange.

— Si tu sais quelque chose, il faut le dire, bon sang !

Il est exactement midi, ce 18 février 1944. Les douze coups viennent de sonner, au loin, à la cathédrale d'Amiens. Et brusquement, en même temps que le dernier coup, il y a un bourdonnement léger qui s'amplifie peu à peu.

Les quatre hommes se précipitent vers le vasistas. Là-haut, très haut dans le ciel, il y a des petits points brillants ; deux escadrilles s'approchent à toute allure et piquent vers la prison. Maintenant, ils sont tout près. On distingue leurs cocardes bleu-blanc-rouge avec le rouge à l'extérieur : des Anglais.

— Mais alors, tu savais, Jeannot...

Effectivement, Jean Beaurin savait. Et s'il n'a rien dit à ses camarades, c'est de peur de leur donner un espoir inhumain.

Car c'est une opération folle, insensée, unique en son genre. Par un gardien, Jean Beaurin a pu communiquer avec son lieutenant, un Espagnol, vétéran de la guerre civile, qui se fait appeler Pépé ou Pistole. Il lui a simplement demandé de faire le nécessaire. Et Pépé a fait le nécessaire. Il s'est mis en contact avec Londres, par l'intermédiaire de Dominique Ponchardier, un autre responsable du maquis. Et Ponchardier a su trouver des accents convaincants pour faire comprendre aux Anglais qu'ils devaient tenter une grande action, un coup d'éclat.

Le message de Ponchardier aux autorités britanniques disait en substance : « Dans la prison d'Amiens, il y a des dizaines de résistants dont beaucoup sont condamnés à mort et sur le point d'être exécutés. Dans d'autres prisons de France, il y en a des centaines d'autres. Alors, il faut frapper un grand coup. Il faut une action spectaculaire afin que les résistants français comprennent que Londres ne les abandonne pas. »

Au bout d'une semaine d'attente, la réponse du haut commandement britannique est arrivée et ce fut : oui.

Le 18 février 1944 au matin, dans mon quartier général, une base aérienne de la banlieue de Londres, l'Air-vice-marshall sir Basil Embry a convoqué les pilotes de deux escadrilles de Mosquitos. Sur une table devant lui, il y avait un grand paquet, recouvert d'un papier de couleur verte, attaché par plusieurs cordons fixés par de nombreux cachets de cire aux armes royales.

Avec la dignité qui convenait à l'événement, l'Air-vice-marshall a fait sauter les cachets de Sa Majesté et a découvert une maquette en carton représentant un grand bâtiment rectangulaire entouré de petites maisons.

— *Gentlemen*, ceci est la prison d'Amiens, où plusieurs dizaines de braves Français sont enfermés en attendant d'être fusillés. Vous devrez faire votre possible pour les délivrer.

Les pilotes se sont regardés, incrédules. Comment est-ce que des bombardiers pourraient bien délivrer des prisonniers ? Cela n'avait pas de sens !

Mais sir Basil a continué imperturbablement son exposé :

— L'opération nécessite de votre part une extrême précision. Vous devrez descendre jusqu'à l'altitude de trente mètres. La première escadrille devra viser la tour centrale, dans la cour de la prison, qui abrite la garnison allemande. La seconde devra lâcher ses bombes à une dizaine de mètres des murs extérieurs, de façon que ceux-ci soient soufflés par l'explosion, sans que le bâtiment ne s'écroule.

Oui, un exploit jamais tenté. Tout cela, Jean Beaurin le savait. Par le même gardien, il a été tenu au courant de tout. Mais est-ce que ce sera possible ? Est-ce que la prison ne va pas tout simplement s'effondrer sous les bombes ?

Dans la cellule de Raymond Lemonier, ils ne sont pas moins de huit. Une terrible explosion les jette à terre. Le vasistas est arraché. Tous se mettent à cracher le sang. C'est le souffle de la bombe. Ils restent au sol, terrorisés. Ils ne peuvent évidemment imaginer la vérité. Ils croient à un bombardement allié comme il y en a tous les jours ou presque. Sans doute les avions avaient-ils pour objectif une gare ou une caserne allemande. Au lieu de cela, ils viennent de frapper l'endroit où se trouve le plus grand nombre de leurs partisans. Mais pouvaient-ils savoir ? Peut-on leur en vouloir ?

Une deuxième explosion, encore plus forte que la précédente. Cette fois, comme ils étaient à terre, le souffle ne les a pas atteints. Raymond Lemonier se relève péniblement. Non, il n'a rien. C'est miraculeux ! Et ce l'est d'autant plus que, si lui-même et ceux qui l'entourent sont indemnes, leur cellule est gravement touchée. Une fissure vient d'apparaître dans le mur tandis que la porte est à moitié arrachée de ses gonds.

Il y a alors une terrible succession d'explosions, mais plus loin. C'est sans doute le poste allemand, au milieu de la cour, qui vient d'être atteint. Qu'est-ce que cela veut dire ? Décidément, le miracle continue !

Et voilà que, brusquement, sous l'effet des chocs, la porte cède d'un coup. Ils sont libres ! Raymond Lemonier se précipite dans le couloir, ou du moins dans ce qui en reste, au milieu des gravats, des pierres qui volent dans tous les sens, des blessés et des morts. C'est là qu'il croise Jean Beaurin, entouré des siens. Celui-ci s'adresse à lui :

— Pourquoi t'étais là, toi ?

— Faux papiers.

— Alors viens avec nous.

A l'extérieur, les bombes continuent à pleuvoir, les murs d'enceinte de la prison d'Amiens se lézardent et s'écroulent sans que le bâtiment ait bougé d'un millimètre. Mais, à présent, c'est la Résistance qui entre en action, selon un planning parfaitement coordonné avec les Anglais.

Dominique Ponchardier et ses maquisards ont pénétré avec plusieurs camions par la porte d'entrée pulvérisée et tirent sur les Allemands hébétés. Raymond Lemonier y monte sans bien encore avoir compris. Il se trouve qu'il est placé juste à côté de Jean Beaurin.

— Mais qu'est-ce qu'il s'est passé ? Explique-moi.

Et Jean Beaurin lui explique, à lui comme aux autres :

— On peut dire que vous avez tous eu de la veine ! C'est un gros coup qui a été décidé à Londres : ouvrir une prison en la bombardant. Ils ont appelé cela d'un nom de code tiré de la Bible : « opération Jéricho » ! Normal, pour un miracle...

Dans le camion, ils sont bien peu à avoir lu la Bible. Ils ignorent que Jéricho est cette ville dont, selon la légende, les Hébreux ont renversé les murailles uniquement en soufflant dans leurs trompettes. Ce qu'ont fait les Anglais en remplaçant les trompettes par des bombes : un exploit jamais réalisé auparavant et jamais réédité depuis.

DUEL AU SOLEIL

Alain Baude et Paul Rougier ont eu dix ans le même jour, le 5 août 1947. Ils sont tous les deux en classe de septième à l'école communale de Villaize, un petit bourg du Morvan. Mais là s'arrêtent leurs points communs. Car si Rougier et Baude sont jumeaux astraux et compatriotes, ils sont d'abord et avant tout des frères ennemis. Aussi loin qu'ils puissent se rappeler, ils se sont toujours cordialement détestés. Au point que tous les prétextes sont bons pour se battre, s'affronter, se jauger. Entre Baude et Rougier, la grande habitude, c'est de se lancer des défis. On les a vus monter au sommet d'arbres toujours plus gigantesques et sauter jusqu'au sol, jusqu'à ce que Baude se casse les deux jambes. Une autre fois, c'est Rougier qui a failli se noyer en essayant de rester plus longtemps que son rival au fond d'une citerne pleine d'eau. Leur dernière trouvaille, ce fut d'entrer dans le pré aux taureaux en faisant leur possible pour en sortir le dernier.

— Tout ça finira mal, leur a dit plusieurs fois M. Loriot, le maître d'école.

Aujourd'hui, le brave instituteur est en train de prodiguer à toute la classe une leçon sur les abeilles. Pour M. Loriot, c'est l'occasion d'intéresser ses élèves à une société animale très complexe. Mais, pour

Rougier, il n'y a d'intéressant que ce qui permet de se mesurer à Baude. Il se penche sur l'épaule de son voisin.

— Fais passer à l'autre imbécile que moi, les abeilles, elles me piquent pas !

Le défi passe de place en place, par chuchotements. M. Loriot s'impatiente :

— C'est bientôt fini, ces messes basses ?

Mais Baude a pour principe de ne jamais laisser une provocation sans réponse :

— Réponds-lui que les abeilles, je les connais mieux que lui.

La dépêche est répercutée dans le sens opposé. Et Rougier s'entend répondre :

— Il dit qu'il connaît les abeilles mieux que toi.

Rougier laisse échapper un grognement :

— Dis-lui que si c'est un homme, je l'attendrai demain après-midi aux ruches de la Pépette.

La Pépette, c'est le surnom de la Jeanne Haudetier, une brave femme du village qui entretient des ruches un peu isolées, sur les hauteurs de Villaize.

Le défi est transmis et le lendemain jeudi, jour sans école, les deux têtes brûlées se retrouvent après déjeuner à l'orée du fameux rucher. Le temps est superbe, c'est une de ces rares journées d'octobre à rappeler les lumières somptueuses de l'été.

Rougier est déjà entré dans la petite propriété de la Pépette ; il tourne autour des ruches d'un air détaché, sans doute plus par bravade que par réelle familiarité. Baude est plus prudent ; grimpé sur la murette qui sépare le rucher d'un potager à l'abandon, il observe d'un peu loin la configuration des lieux. Le terrain comporte une dizaine de ruches en assez mauvais état, dont sept ou huit seulement paraissent encore occupées. Les deux qui se trouvent le plus près de la murette du potager sont aussi les plus grosses ; elles doivent contenir à elles seules plusieurs milliers d'abeilles.

— Qu'est-ce que t'attends ? T'as peur ?

« Ça y est, se dit Baude, il commence son cinéma. »

Il faut dire que les deux garçons sont aujourd'hui très entourés ; la moitié des gamins de la classe sont venus assister à l'affrontement des frères ennemis ; même ce fayot d'Hervé Moine, le premier de la classe, toujours prêt à condamner leurs affrontements, a fait le déplacement jusqu'au rucher de la Pépette.

— Comment qu'on fait ? demande Baude. T'es prêt à t'exposer ?

— Qu'est-ce que tu crois que je fais depuis un quart d'heure ?

— Ah non, ça c'est de la rigolade. Si tu veux vraiment que ça vaille le coup, il faut les faire sortir.

— Les faire sortir ?

Rougier a laissé percer dans sa voix comme une pointe d'inquiétude :

— Et on peut savoir comment que tu les fais sortir ?

Baude savoure son avantage ; il a un oncle apiculteur en Nivernais ; et ça, Rougier ne peut pas le savoir.

— C'est pas difficile, répond-il. Suffit de les renverser.

Rougier considère la proposition en silence.

— C'est que c'est plutôt lourd, dit-il.

— Oui, mais on a de l'aide, fait Baude en jetant un regard ironique autour de lui. Qui est volontaire pour nous aider à faire tomber les ruches ?

La plupart des garçons qui sont montés commencent à regretter leur curiosité. Tout le monde regarde ses sabots.

— Hé les gars ! Un peu de courage ! Dès que les ruches sont tombées, vous filez derrière la murette. Rougier et moi, on reste seuls tous les deux.

Personne ne bronche.

— Après tout, dit Rougier, on n'a peut-être pas besoin d'eux. A nous deux, on devrait bien y arriver, à faire tomber ces ruches.

— Suffit d'en renverser deux, concède Baude. Ces deux-là, par exemple.

Et il désigne les deux dernières ruches, les plus proches du vieux potager. Avant qu'il ait fini sa phrase, tous les spectateurs ont disparu derrière la murette. Une fois derrière cet abri, toutes les paires d'yeux sont fixées sur les deux éternels boutefeux. Moine prend la parole :

— Non, les gars, arrêtez ! crie-t-il. Vous n'avez pas le droit de renverser des ruches qui ne vous appartiennent pas !

— Toi, ta gueule !

Moine continue plus bas, comme pour lui-même :

— En plus, c'est rudement risqué...

— Moine !

— J'ai rien dit, j'ai rien dit.

Les frères ennemis se lancent un regard presque complice.

— On y va ?

— On y va !

En poussant ensemble sur la première ruche, ils la font tomber sans trop de mal. Au bout de quelques secondes, les abeilles désorientées se mettent à sortir.

— L'autre, maintenant !

La manœuvre est rendue un peu plus difficile cette fois, car les abeilles d'à côté envahissent déjà l'atmosphère. Au moment où tombe la deuxième ruche, le gros de l'essaim de la première se montre au jour.

— Ça alors !

Derrière la murette, les petits spectateurs n'en reviennent pas. En très peu de temps, ce sont deux nuages palpitants et bourdonnants qui se retrouvent en l'air, à deux ou trois mètres au-dessus des ruches renversées. Le bourdonnement est peut-être ce qu'il y a de plus impressionnant dans le phénomène.

Immobiles, raides près des ruches, Baude et Rougier constituent des victimes toutes désignées.

— Ils vont se faire bouffer ! dit quelqu'un.

Hervé Moine se racle la gorge :

— Vous croyez ? demande-t-il avec angoisse.

Les deux garçons sont, il est vrai, couverts d'abeilles. On les voit se promener sur leurs jambes nues, mais aussi jusque sur leur visage. Tous deux sont silencieux ; mais, à voir leurs traits crispés, on peut imaginer que les abeilles ne font pas que se promener. Certaines doivent les avoir piqués.

— Elles vous piquent ? demande Moine. Est-ce qu'elles vous piquent ? Répondez, quoi ! Elles piquent, oui ou non ?

— Bien sûr qu'elles piquent, abruti ! crie soudain Rougier. Même qu'elles piquent bien, les saloperies !

Comme si cet aveu était en même temps un signal de départ, Hervé Moine détale aussitôt vers le village, suivi de deux ou trois autres.

— Arrête, Baude ! Arrête, Rougier ! Arrêtez, tous les deux !

Parmi ceux qui sont restés, certains souhaiteraient que l'expérience s'arrête là. Mais c'est compter sans la fierté des combattants — une fierté à mort.

Soudain Baude se met à se débattre, à tourner sur lui-même en écrasant des abeilles. Juste ce qu'il ne faut pas faire. Aussitôt, les dizaines, peut-être les centaines d'abeilles qui le recouvrent se mettent à piquer en même temps. Baude pousse des cris, tousse ; il s'agenouille et se tord de douleur. Lui-même couvert d'abeilles, Rougier se précipite sur lui — comme s'il volait à son secours. Et les rares écoliers qui ont eu le cran de regarder jusque-là vont assister alors à l'incroyable : Rougier, pourtant défiguré et visiblement très affaibli, prenant Baude dans ses bras et le portant jusqu'au fossé pour se jeter dans l'eau avec lui.

La manœuvre ne suffit bien sûr pas à se débarrasser des insectes piqueurs, mais c'est un premier pas vers le salut.

Au même moment retentissent les premiers accents du carillon de la Pépette. Frappant sur le dos d'une poêle avec une grande cuiller en bois, la Jeanne Haudetier accourt en effet vers ses ruches. Hervé Moine et les autres l'avaient à peine prévenue qu'elle était déjà partie à toutes jambes sur le petit chemin de pierre.

— Voilà la Pépette ! Baude ! Rougier ! Tenez bon, la voilà !

La maîtresse des abeilles sait se faire reconnaître. En quelques coups bien frappés, elle reconstitue les essaims. Reste ensuite à leur faire réintégrer leur maison.

— Allez, vous tous ! crie la brave Jeanne. Remettez-moi ces ruches d'aplomb !

Tranquillisés par la présence de l'apicultrice, les gamins rentrent dans le rucher et redressent les habitacles de bois. En quelques minutes seulement, les abeilles se regroupent et réintègrent leurs ruches respectives. La Pépette peut alors cesser son tintamarre.

— Vite ! crie-t-elle. Aidez-moi à redescendre les deux garnements au village. Le docteur est prévenu ; pourvu maintenant qu'il soit encore temps.

Oui, chère Pépette, il est encore temps. Grâce à votre bonté et à votre présence d'esprit, Alain Baude et Paul Rougier auront la vie sauve. Le premier écopera de quelque deux cent soixante piqûres, le second de « seulement » soixante-dix. Mais l'heure n'est plus aux comptes. Car, depuis cet épisode, Alain et Paul ne se font plus la guerre ; on les dit même inséparables. Ce que les hommes n'avaient pu faire, ce sont les abeilles qui l'ont accompli.

Octobre 1991. Les bras chargés de sacs en plastique, Murielle sort de son supermarché habituel. Elle vient de faire ses provisions pour la semaine, en y consacrant un peu plus de temps que prévu : il faut à présent qu'elle se dépêche d'aller ranger tout cela à la maison, si elle veut être à l'heure pour la sortie de l'école. Murielle ouvre le coffre de sa petite voiture et y dépose rapidement les sacs pleins à craquer. Puis elle referme le coffre d'un coup sec et ouvre de grands yeux : à travers la lunette arrière, elle vient de découvrir en effet que son auto est occupée.

« Je me suis trompée de voiture ! » pense-t-elle aussitôt.

Mais une rapide vérification lui prouve le contraire. Murielle observe de plus près la silhouette qui a pris place dans l'auto, à la place du passager : une femme assez corpulente, sans doute âgée, et qui ne bouge pas plus que si elle était morte.

Murielle croit entendre Pierre, son mari, tellement plus prudent qu'elle : « Tu verras, lui a-t-il souvent répété, à force d'abandonner ta voiture sans la fermer à clé, il t'arrivera des histoires... » Murielle hausse les sourcils : elle aurait pu imaginer qu'on lui vole sa voiture, mais pas qu'on vienne s'y installer. « Cette femme a dû se tromper », pense-t-elle. Et ouvrant la portière, côté conducteur :

— Excusez-moi, madame, dit-elle. Vous êtes dans ma voiture.

La passagère n'a pas l'air autrement surprise. Elle se tourne un peu et, toujours cachée sous une sorte de grand châle, bredouille quelques mots éraillés, dans une langue incompréhensible. Murielle parvient cependant à comprendre quelques termes :

— Fatiguée... dit par exemple la grosse dame. Fatiguée...

— Je comprends bien, fait Murielle un peu énervée, seulement moi, je suis pressée et je vais devoir y aller.

Renonçant à s'expliquer dans son jargon, la vieille femme sort alors de sous son gilet un petit calendrier publicitaire tout froissé et le tend à la propriétaire de l'auto. Murielle lit le nom de l'annonceur et comprend aussitôt : « Foyer Saint-Vincent ». Il s'agit d'une grande maison de retraite, à la sortie de la ville.

— Vous êtes au foyer Saint-Vincent ? demande-t-elle.

La grosse passagère hoche la tête avec soulagement.

— Et vous voulez que je vous y conduise ?

— *Please !* répond l'autre dans son étrange volapuk.

— Ça ne m'arrange pas, dit Murielle qui, néanmoins, se sent incapable de refuser ce service à une vieille femme sans doute malade.

« Tant pis, pense-t-elle en démarrant, j'irai directement du foyer à l'école, et j'arriverai juste pour la sortie des petits... » Et jetant un œil à sa passagère : « Elle doit venir de Roumanie, ou de Bulgarie, par là... » Pleine de bonne volonté, elle tente une fois encore de lancer la conversation :

— Vous venez d'où ? demande-t-elle. De quel pays ? *Country ?*

Bien trop timide sans doute pour oser la regarder, la grosse femme secoue la tête sans dire un mot. « N'insistons pas, se dit Murielle, elle ne comprend rien. » Et, pour détendre l'atmosphère, elle allume la radio. La ville n'est pas très grande, et déjà la voiture traverse les faubourgs.

La passagère semble assoupie, et, discrètement, Murielle peut détailler son accoutrement : des bottes en caoutchouc bien usées, de gros bas de laine orange, au moins deux jupes l'une sur l'autre, des épaisseurs superposées de pulls et de gilets et, couvrant toute la tête, une sorte de grand châle russe...

Soudain Murielle se raidit. Son sang ne fait qu'un tour : entre la manche du gilet et le gant de laine rose crasseux, elle vient d'apercevoir deux centimètres de la peau du bras — seulement, c'est une peau mate, velue, avec de grands poils noirs ! Aucune vieille femme au monde ne pourrait être aussi velue. Et Murielle doit se rendre à l'évidence : elle n'a pas embarqué une passagère, mais un passager !

Aussitôt, elle met son clignotant et bifurque pour se garer le long du trottoir. Mais c'était compter sans la vigilance de l'intrus ; d'une main ferme, le passager redresse le volant pour remettre la voiture dans l'axe de la route.

— Pas d'histoire, on continue ! ordonne-t-il d'une voix soudain forte et virile.

Murielle pousse un petit cri ; elle est en train de perdre ses moyens. Et quand l'imposteur découvre enfin son visage, le cœur de la conductrice s'arrête de battre : il montre les traits d'un homme fort et brutal, avec la bouche amère et des yeux incroyablement fiévreux. Il doit avoir quarante ou quarante-cinq ans.

— J'ai dit : on continue ! insiste-t-il en éteignant la radio.

Puis, d'un geste vif, il tire de son déguisement un couteau à cran d'arrêt dont il déploie en un éclair la lame effilée et légèrement sinueuse. L'homme place son arme tout près du cou de Murielle, à deux centimètres de la carotide. La pauvre ne peut retenir quelques larmes ; elle renifle, ce qui semble agacer le maniaque. Elle essuie ses larmes comme elle peut, avec sa paume. Elle est tellement perturbée qu'elle grille un feu rouge.

— Tu as intérêt à conduire mieux que ça, O.K. ?

Et avec un petit rire, il ajoute :

— Allez, on va prendre la route de Mingoute.

— Mingoute ?

Murielle sait ce que cela signifie. C'est une petite

route peu fréquentée, qui traverse une forêt épaisse. Elle tente d'apitoyer son bourreau :

— Je... je suis mère de famille... dit-elle piteusement.

— Continue, ça m'excite !

Murielle tremble de tout son corps. La présence de la lame tout près de son cou l'obsède, lui donnant bientôt un violent mal de tête. Le maniaque surveille l'itinéraire :

— Allez, dit-il, on ralentit maintenant.

A moins de cent mètres, la voiture va devoir décrocher de la nationale pour emprunter la petite route de Mingoute. « Une fois là-bas, ce sera fichu. Il fera de moi ce qu'il voudra... »

— C'est sur la droite, à angle droit !

— Je sais...

On atteint trop vite le carrefour fatidique, la croisée des chemins. Un fourgon blanc, venant justement de Mingoute, s'arrête au stop, sur la droite ; il attend que la voiture de Murielle soit passée pour emprunter la nationale. « C'est le moment, je n'ai plus rien à perdre. »

Elle lève le pied de l'accélérateur, met son clignotant, tourne le volant à droite — et braque soudain à mort.

— Qu'est-ce que c'est ?

La voiture heurte de plein fouet l'avant du fourgon blanc, cassant des phares, froissant des tôles. Dans le choc, le couteau aurait pu trancher la gorge de Murielle, mais le maniaque a été tellement surpris qu'au contraire il a écarté la lame au même moment. A présent, il essaie désespérément d'ouvrir sa portière qui reste bloquée. Murielle en profite pour ouvrir la sienne et sortir d'un bond. Son passager fait de même et, se jetant dehors par la portière du conducteur, se met à détaler sur la route aussi vite que le lui permettent ses bottes en caoutchouc.

— On se retrouvera ! crie-t-il sans se retourner.

Murielle est tétanisée. Elle voudrait pleurer pour se soulager mais n'y parvient même pas. Le chauffeur du fourgon, un petit homme chauve, est descendu sur la route, partagé entre la colère et l'étonnement. Murielle ne peut pas prononcer un mot. Effondrée, pliée en deux sur le capot, elle est en train de s'évanouir.

— Bon, bon, fait le petit chauve, il n'y a pas de quoi se mettre dans des états pareils.

Mais Murielle n'entend plus ; elle est tout entière à sa crise de nerfs.

Quand la gendarmerie arrive sur les lieux, l'orage est fini. Murielle peut expliquer, presque calmement, ce qui s'est passé. Elle demande qu'on prévienne son mari, ce qui est fait aussitôt. Il va s'occuper des enfants, puis venir la rejoindre. Les gendarmes veulent tout savoir, ils inspectent la voiture.

— Vous aviez mis quelque chose sous le siège du passager ? demande un brigadier à Murielle.

— Non... rien, pourquoi ?

— Parce qu'on y a retrouvé quelque chose. Un gros objet...

— Quel genre d'objet ?

Sur un signe du brigadier, un gendarme apporte une énorme hache au tranchant acéré, avec un manche en bois vernis.

Cette fois, Murielle s'évanouit pour de bon.

Alain-Gérard L., dangereux psychopathe, sera interpellé quelques jours plus tard par la police, en train d'essayer de convaincre une jeune femme de le laisser entrer dans son appartement, déguisé en marchand de tapis. Cette fois, ce ne sont pas ses mains qui le trahiront, mais ses yeux. « Mère-grand, comme vous avez de grands yeux... — C'est pour mieux t'admirer, mon enfant... »

GRÂCE AUX VAUTOURS

16 juin 1967. Il est 1 heure du matin. L'appareil, un vieux C-47 à hélices de l'armée brésilienne, survole l'Amazonie à destination de Manaos. En dessous, on ne voit rien. On pourrait imaginer une campagne paisible avec des champs, des maisons et, de temps en temps, un petit aérodrome accueillant. Mais Jérôme Cimiez, reporter photographe, sait bien que toute défaillance mécanique est interdite, sinon c'est la plongée dans l'immense forêt, cette toile d'araignée verte, prête à se refermer sur sa proie.

C'est alors que la voix du pilote dans le haut-parleur le fait bondir :

— Nous avons perdu notre position. Nous n'avons plus d'essence. Nous allons tenter un atterrissage forcé. Déchargez immédiatement l'appareil.

Pour tous, c'est le réveil brutal. Le chef, le lieutenant Velly, ouvre les portes. L'avion a perdu de l'altitude et l'air chaud de la nuit s'engouffre dans le vieux C-47. Comme des automates, les hommes se mettent à jeter dans le vide les armes et les caisses de munitions qui, évidemment, en cas de choc, exploseraient immédiatement.

L'avion, dont les moteurs se sont arrêtés, descend lentement, mollement, en vol plané. La nuit est toujours aussi noire. Par les portes ouvertes, il monte une odeur lourde de terre humide et de fleurs, l'odeur de la forêt. Et brusquement, c'est le choc. Un choc terrible, puis un second. Jérôme Cimiez se souviendra par la suite d'une interminable sensation de chute, et après, plus rien.

Quand, quelques heures plus tard, il reprend conscience, il fait déjà clair. La première chose qu'il voit, ce sont hélas des morts. Il est environné de cadavres. Il est dans la queue de l'avion, là où il se trouvait avant le choc.

Jérôme constate que, par miracle, il n'a rien. Il parvient à se traîner hors du fuselage. Il est au milieu d'arbres immenses, dans une terre si molle qu'on enfonce jusqu'à mi-mollet. L'humidité et la chaleur sont intenses. Il appelle. Une crainte, une angoisse s'est brusquement emparée de lui : et s'il était le seul survivant ? S'il était seul parmi les morts ?

Mais non, d'autres cris répondent aux siens. Voici le lieutenant Velly, le docteur Paolo Fernandes, le médecin du groupe, et puis des soldats : un, deux, trois... trois soldats. Ils sont six survivants en tout.

Mais dans quelles conditions ! Le C-47 s'est éparpillé un peu partout. Il s'est brisé en plusieurs morceaux au contact de la forêt et seule la queue de l'appareil est parvenue intacte au sol avec une relative douceur. Dans les branches, on peut distinguer des formes sombres. Ce sont les cadavres qui sont restés là et qui pendent tragiquement à mi-chemin entre les airs et le sol.

Une journée entière s'est écoulée. Nous sommes le 17 juin 1967. Le lieutenant Velly a pris les choses en main. Il décide que personne ne dormira cette nuit, ni les suivantes. La nuit, dans la forêt vierge, c'est le moment le plus redoutable : le danger peut surgir de n'importe où, qu'il s'agisse des animaux ou même des hommes. La nuit amazonienne est effrayante. Les bruits deviennent tous inquiétants, l'obscurité s'emplit de craquements, de bruissements tout proches. On dormira donc le jour, en laissant un seul homme de veille.

Une semaine passe. Il pleut souvent, ce qui permet de boire, mais il est impossible de faire du feu dans cet univers surchargé d'humidité. On doit se contenter de manger froides les quelques boîtes de conserve disponibles. Pour le reste, il n'y a rien que les cris assourdissants des singes et les chants tout aussi assourdissants des oiseaux.

Les oiseaux... Ce sont eux qui vont porter le cauchemar à son comble. Jérôme et les militaires brésiliens ont pu enterrer les corps qui étaient autour de l'avion, mais pas ceux qui restaient accrochés dans les branches. Et l'odeur de plus en plus insupportable qui s'en dégage attire les charognards.

Le matin du 23 juin, l'homme de garde pousse un cri qui réveille les autres. Là-haut, dans un grand bruissement d'ailes, une forme noire est apparue, puis d'autres. C'est maintenant un bruit étouffé et monstrueux qui arrive de tous les côtés à la fois. D'autres formes noires s'abattent les unes après les autres, par dizaines. Il en vient de partout. Les six hommes, horrifiés, voient les vautours qui commencent leur macabre besogne, qui s'acharnent sur les corps de leurs camarades.

Le lieutenant Velly a sorti son revolver, la seule arme que possède le groupe des rescapés. Il a pointé son canon vers le sinistre groupe noir, mais, pourtant, il ne tire pas. Il réfléchit. Et, brusquement, il déclare :

— Nous sommes peut-être sauvés !

Puis, devant l'incompréhension des autres, il s'explique :

— Tôt ou tard, un avion va nous survoler. Mais, du ciel, on ne peut pas nous voir. Les vautours sont notre seule chance. Il faudra tirer juste au moment où nous entendrons un moteur. A ce moment-là, ils prendront la fuite et, là-haut, ils les verront.

Laisser faire les vautours. Oui, c'est la seule chance et Jérôme Cimiez et ses compagnons sont d'accord avec le lieutenant. Mais heure après heure, jour après jour, ils vont se rendre compte de ce que cela représente concrètement.

Pendant six jours, il n'y a pas le moindre bruit d'avion, mais les vautours, en revanche, sont de plus en plus nombreux. Ils sont maintenant des centaines qui se disputent avec de grands battements d'ailes, de petits cris stridents et horribles, les cadavres perchés dans les arbres. Entre les charognards, ce sont des combats féroces et les plus faibles, les moins combatifs, vont s'installer tout simplement à côté des survivants.

Pour ces derniers, ce sont des moments atroces. Partout autour d'eux, il y a ces formes noires, immobiles, les ailes sagement repliées, avec leur bec crochu et leurs yeux globuleux qui observent... leurs futures proies.

29 juin 1967. Les boîtes de conserve sont terminées. Heureusement, il fait particulièrement beau, ce qui redonne un peu le moral à tout le monde.

Oui, il fait beau ce 29 juin. A quelques centaines de mètres plus haut, dans son avion de reconnaissance, un C-130 de l'armée brésilienne, le pilote vole en plein soleil. Il sait que l'avion qu'il recherche n'est pas loin. C'est dans cette région qu'on a localisé les S.O.S. C'est de ce côté également qu'un chercheur d'or a signalé, dans la nuit du 16 juin, une grande lueur.

Le C-47 est tout près, mais où est-il ? Comment le trouver dans cette uniformité que constitue la cime des arbres ? Le sol, le vrai, est quelques dizaines de mètres plus bas, et on ne peut pas le voir.

Dans leur prison verte, Jérôme et ses compagnons ont dressé l'oreille. Au milieu des cris des singes, des oiseaux et des disputes des vautours, ils ont perçu un ronronnement lointain. Un avion. Le lieutenant Velly sort son revolver. Maintenant, il va falloir tirer juste au bon moment.

Le bruit se rapproche. Pour l'instant, le bourdonnement s'amplifie encore, il faut attendre. Le doigt crispé sur la détente, le lieutenant Velly écoute. Il sait qu'il a une terrible responsabilité. Sa vie et celle de ses compagnons dépendent de lui. S'il appuie quelques secondes trop tôt ou quelques secondes trop tard, ils sont perdus. Car il n'y a qu'un revolver et, dans le revolver, qu'un chargeur.

Le vrombissement de l'avion est maintenant très fort. Les oiseaux se sont tus, les singes aussi. Seuls les vautours, nullement inquiétés, continuent tranquillement leur repas. Maintenant, c'est maintenant !

Avec une sorte de joie sauvage, le lieutenant Velly tire. Il vide tout son chargeur : six balles. Les vautours, un instant surpris, hésitent. Ils s'étaient habitués à ces bipèdes inoffensifs, à ces futures proies bien paisibles. Et puis, brusquement, c'est la panique. Dans un immense battement d'ailes, un gigantesque nuage noir prend son vol. Dans toutes les directions, en arrachant les feuilles, en se heurtant aux branches, tous en même temps, des centaines de charognards s'enfuient à tire-d'aile.

Enfin débarrassés de leurs horribles compagnons, les six survivants attendent. Le bruit de l'avion diminue. Il y a un moment d'angoisse. Jérôme et les autres regardent fixement le lieutenant Velly. Il a tiré trop tôt ou trop tard. Mais non, le bruit s'accroît de nouveau, puis il décroît. Les six hommes comprennent et s'embrassent : l'avion est en train de décrire des cercles autour d'eux. Les vautours peuvent bien revenir, ils savent maintenant qu'ils sont sauvés.

Là-haut, en effet, dans le soleil, le pilote s'apprêtait à rentrer à sa base. Machinalement, il a jeté un dernier coup d'œil à l'arrière de son appareil, et il a vu un drôle de nuage noir se déplacer en tournoyant, et il a compris. Il branche sa radio et se met à crier, fou de joie :

— Avion repéré. Position approximative 63° 15' longitude ouest, 2° 30' latitude sud.

Désormais, pour les survivants, l'attente ne compte plus. Les heures passent vite, les souffrances sont oubliées.

Le lendemain, un hélicoptère de l'armée brésilienne, équipé d'un harnais suspendu au bout d'un treuil, arrache les six hommes à la forêt vierge. En remontant, un par un, lentement vers le ciel et la liberté, ils croisent les vautours. Les vautours qui les regardent avec leurs yeux globuleux, comme s'ils étaient étonnés de les voir leur échapper. Les vautours, à qui ils doivent la vie.

Quant à sa vocation, Jérôme Cimiez y a définitivement renoncé après cette aventure. Il n'a pas quitté la photo, mais a préféré la mode au grand reportage. Et on peut le comprendre : un joli mannequin est quand même plus agréable à contempler qu'un vautour !

NUIT BLANCHE

1920. Haute-Savoie. Dans un tourbillon de neige, Marcellin Gratau rentre au chalet après une rapide inspection dans les environs. Sa femme l'aide aussitôt à retirer sa lourde gabardine et ses bottes pleines de neige ; tout cela restera dans le cellier.

— C'est mauvais, dit-il. Le vent vient du village.

— Oui, approuve la fidèle Jeanne. On entend les cloches d'ici.

Puis, parlant de leur fils aîné :

— François n'est pas avec toi ?

— Il est descendu jusqu'au chemin pour voir s'il est encore praticable. Ça ne servira pas à grand-chose, note bien. L'avalanche ne va plus tarder maintenant...

Dans l'étable voisine, le bétail s'agite, grogne, mugit, comme en été avant un orage.

— Pourvu que ça ne surprenne pas François tant qu'il est dehors, dit la mère, inquiète.

— Non, répond son mari. Il a tout son temps. Nous déjeunerons dès qu'il rentrera.

Le montagnard vient se réchauffer dans la salle ; il s'approche de l'âtre pour saluer sa mère, la vieille Amélie. Celle-ci a du mal à se faire entendre des deux plus jeunes enfants : Paul et Claudine passent leur temps à se chamailler.

— Ça suffit ! lance Marcellin. Respectez un peu votre grand-mère !

Jeanne apparaît à la porte du cellier :

— Voilà François ! dit-elle.

Le fermier secoue la tête et vient s'asseoir à table, bientôt rejoint par la grand-mère et les enfants. Il le sait, sa femme n'a jamais été rassurée depuis qu'ils ont repris la ferme familiale, en pleine montagne, loin du village.

— L'avalanche va se déclencher ! dit François en entrant, le visage couperosé. C'est une question de minutes.

Son père approuve d'un signe. Tout le monde se recueille à présent pour le bénédicité. Très doucement, au milieu du silence, la vaisselle se met à tinter sur la table. Puis on entend vibrer le lustre et les vitres des fenêtres. Personne ne bronche ; chez les Gratau, c'est une question d'habitude : le couloir d'avalanche passe si près de la ferme que tous les ans, ou presque, ils la sentent passer, là, juste derrière, le long de la forêt de sapins.

— C'est la fin du monde ! lance Paul, le plus jeune fils, en éclatant de rire.

Et il effraie sa sœur en s'agitant. La petite fille laisse échapper un cri et court se réfugier dans les jupes de sa grand-mère.

— Paul ! C'est bientôt fini ?

La tension est à son maximum. Les vibrations se font sentir beaucoup plus nettement que d'habitude.

Dans leur étable, les bœufs mugissent plus que jamais. Tout tremble à présent de façon impressionnante. Jeanne regarde avec anxiété son fils François, qui lui-même interroge son père du regard. Les verres se déplacent tout seuls sur la table, et l'on sent partout les trépidations des murs et du plancher. Même Paul s'est assagi ; interdit, il arbore une curieuse grimace.

— Je le sens mal, hasarde enfin François.

— Tais-toi, dit son père.

Mais, avant qu'il ait pu ajouter un mot, la catastrophe survient. D'un seul coup, ce sont des tonnes de neige qui s'abattent sur le chalet, le secouant violemment des fondations à la charpente. En quelques instants, les vitres volent en éclats, et les fenêtres s'obscurcissent tout à fait. Des trombes de neige s'engouffrent par la cheminée jusque dans le foyer.

Les femmes crient, les enfants pleurent ; même les hommes perdent leur sang-froid. On n'entend plus du tout les bêtes ; il est probable que l'avalanche les aura toutes englouties.

En moins d'une minute, la famille Gratau se retrouve piégée, enfermée dans le noir, au milieu de grincements et de craquements sinistres. Comment s'imaginer la charge hallucinante qui pèse maintenant sur le malheureux chalet ?

Le premier à reprendre ses esprits, c'est François.

— Il faut allumer, dit-il. C'est la première chose à faire.

— J'ai trouvé la lampe, dit son père en allumant soigneusement la petite mèche à pétrole.

Aussitôt, Jeanne, tâchant d'essuyer les larmes qui baignent son visage, s'empresse d'allumer le lustre de la salle.

— C'est drôle, fait remarquer Paul. On se croirait la nuit.

Son grand frère ne peut s'empêcher de sourire.

— Il ne faut pas perdre de temps, dit-il. Le cellier

ne va pas tarder à céder ; il faut sauver ce qui peut l'être.

— Commençons plutôt à creuser ! propose son père. La vie de ma famille plutôt que mes vieilles eaux-de-vie !

— De toute façon, tranche Jeanne, les pelles et les pioches sont entreposées dans le cellier.

La petite Claudine s'étouffe de sanglots dans les bras de sa grand-mère ; pour tenter de l'apaiser, la vieille a repris tout bas une vieille berceuse savoyarde.

Sans rien demander à personne, Paul a déjà sauté sur la porte du cellier.

— Ça ne veut pas s'ouvrir ! dit-il.

De fait, les montants se sont déjà affaissés, et la porte résiste. François et Marcellin soulèvent alors une vieille maie dont ils se servent comme d'un bélier. Au troisième coup de boutoir, la porte est enfoncée. Paul se précipite dans le cellier.

— Paul ! crie sa mère. Reviens ici !

— Paul ! insiste Marcellin.

Le petit garçon court chercher des pelles et une pioche, mais, fait étrange, il s'en tient là ; pour une fois, il obéit et revient aussitôt dans la salle. Heureusement, car, presque au même moment, avec des craquements terribles, le cellier s'effondre sur lui-même, arrachant une partie du mur de la salle et repoussant vers l'intérieur des trombes de neige et de poussière. Paul court dans les bras de sa mère.

— Nous voilà dans de beaux draps, soupire François.

— Au moins, nous avons les pelles ! relève Marcellin d'une voix blanche.

Le pauvre a beau jouer son rôle de chef de famille, tout le monde sent bien que le cœur n'y est pas. La catastrophe est trop complète et, dans cette affaire, Marcellin comprend que la famille a déjà perdu le plus gros de ses biens. Mais l'heure des bilans n'est pas venue ; pour le moment, il s'agit de survivre — et de s'en sortir !

Quand François ouvre la grande porte de la salle, c'est pour tomber sur un mur de neige plus ou moins givré, bien compact en tout cas. Avec une ardeur de dément, le jeune homme entreprend d'entamer le mur à grands coups de pioche. Derrière, son père et sa mère, aidés par Paul, déblaient les kilos de neige à l'aide de pelles.

— C'est bien, de creuser, dit Marcellin. A l'heure qu'il est, les secours doivent être prévenus. Ils doivent s'organiser, au village. Ils ne tarderont plus à venir nous tirer de là...

Soudain, c'est comme si le ciel s'écroulait. D'une seule masse, le toit éventré vient de laisser la neige envahir tout l'étage. Le poids monstrueux de toute cette énorme congère pèse donc à présent sur le plancher au-dessus de leur tête, ce qui provoque des grincements nouveaux et très impressionnants.

Claudine ouvre de grands yeux et redresse la tête, tandis que sa grand-mère interrompt sa chanson. Pour la première fois, la vieille Amélie prend la parole :

— Mes enfants, dit-elle, vous n'êtes pas raisonnables. Il faut nous réfugier dans la cave. La même chose est arrivée un peu plus haut en 1878. Si les malheureux avaient eu alors la présence d'esprit de se réfugier dans leur cave, sans doute aurait-on pu les sauver. Au lieu de quoi, tous ont péri.

Les grincements se font de plus en plus sinistres. Le père et la mère se regardent.

— Ta mère a raison, dit Jeanne à son mari. Posons ces pelles, il n'est plus temps.

— D'accord, fait Marcellin. Allons nous réfugier dans la cave. François, arrête-toi, mon garçon. Tout ça ne mène nulle part.

— Allez vous cacher si vous voulez, dit le jeune homme. Moi, je continue.

— François !

La voix de sa petite sœur vient de résonner :

— François, viens avec nous !

Finalement, toute la famille descend à regret dans ce qui revêt le terrible aspect d'un caveau. Quelques minutes après, dans un vacarme impressionnant, le plafond de la salle se déchire et le chalet finit de s'effondrer sur lui-même.

— Merci, mamé ! chuchote François à l'oreille de sa grand-mère.

Celle-ci reprend doucement sa berceuse.

Grelottant et sanglotant, les six rescapés se sont regroupés au bas des marches de la cave. Ils se tiennent chaud du mieux qu'ils peuvent, en se serrant le plus possible. La dernière bougie est en passe de s'éteindre ; dans une minute, il fera tout noir. Ça y est, la flamme vacille, et l'obscurité s'installe. C'est comme si tout avait disparu. Mais il y a toujours, perdus sous des mètres de neige, six cœurs humains qui battent à l'unisson.

Bien, bien longtemps plus tard, alors que tout le monde a sombré dans une sorte de profonde léthargie, la petite Claudine entend un raclement rythmé venant d'au-dessus. Ce ne peut plus être la neige. Ce sont des hommes qui font ce bruit-là. Elle tapote un bras, celui de son petit frère, qui à son tour réveille François, puis Marcellin et Jeanne. Seule la grand-mère continue à dormir. Les secours mettront plus de cinq heures à repérer l'abri des rescapés, grâce à une sonde d'avalanche. Plus de cinquante personnes ont été dépêchées sur les lieux. Deux nouvelles heures suffiront à percer une galerie fiable, jusqu'au réduit des six malheureux, avant de les remonter un à un vers la surface.

Quand la famille Gratau reprend contact avec le monde des vivants, il fait nuit au-dehors, malgré la puissance des lampes de campement. On fait d'abord remonter les enfants, puis c'est au tour de la grand-mère. Mais, au moment de réveiller la pauvre Amélie, on se rend compte qu'elle est trop engourdie pour répondre.

— Maman ! crie Marcellin à l'oreille de la vieille. Maman, je t'en supplie, réveille-toi !

Mais la grand-mère n'est plus. Cette ultime épreuve à l'issue d'une vie trop dure a eu raison de sa résistance.

En redescendant vers le village, son frère Paul dans les bras, François jette un dernier regard à l'énorme tas de neige, vaguement bleu sous la clarté lunaire. Qu'on le veuille ou non, cette fois, l'avalanche a eu le dernier mot.

AGONIE PAR TÉLÉPHONE

Nous sommes fin octobre 1939, à l'embouchure de la Seine, non loin du Havre. Fred Martin est scaphandrier et il fait équipe avec François Simon, son ami de toujours. Ce dernier est chargé de communiquer par téléphone avec les plongeurs et de veiller à ce que tout se passe bien.

Sur la Seine, en cette belle fin d'après-midi, une péniche de la marine de guerre est amarrée. La mer est toute proche et ses vagues viennent mourir contre la lourde coque.

Il s'agit, en fait, d'une péniche très spéciale. Elle est destinée à expérimenter des appareils d'écoute sous-marine tout à fait nouveaux, les sonars. Et, à ce titre, elle a reçu des aménagements particuliers. Elle est percée à l'avant, au milieu et à l'arrière de trois puits d'un mètre de diamètre environ et de quatre mètres de profondeur, qui débouchent d'un côté sur le pont et de l'autre sur le fond du bateau. Ce sont ces tubes qui servent à tester les appareils d'écoute. On les place dans le tube à sec, ensuite un scaphandrier est chargé d'aller, sous la coque de la péniche, déverrouiller le fond escamotable ; l'eau rentre et on fait les essais. Quand les essais sont terminés, on envoie de nouveau un scaphandrier, cette fois pour refermer le fond, et on aspire l'eau du tube avec des pompes. Quand il est à sec, on retire les appareils, on en place d'autres et ainsi de suite.

Cette opération dure déjà depuis plusieurs mois. Jusqu'ici, les essais avaient eu lieu beaucoup plus en amont sur la Seine, mais, d'autres bateaux ayant eu besoin de l'emplacement, la marine a décidé de transporter la péniche plus loin.

Toute la journée, on a fait des essais dans le tube 3, à l'arrière du bateau. Fred Martin et François Simon ont passé le temps ensemble à bavarder. Tant que les chercheurs travaillent, les plongeurs et leur équipe n'ont rien à faire.

Il est 5 heures, quand le capitaine s'approche d'eux.

— Les gars, c'est à vous. C'est terminé au tube 3. Il faut aller me le verrouiller en dessous.

Fred Martin revêt donc son équipement de scaphandrier et il se met en marche lourdement, traînant derrière lui les trois cordons qui le relient désormais au monde extérieur : le tuyau d'arrivée d'air, la corde de sécurité pour le ramener en cas de besoin et le fil du téléphone directement branché au casque.

Fred descend par le tube numéro 2, le tube central. Au bout de quatre mètres, il touche le fond dans un grand tourbillon de vase. On ne peut pas dire qu'il y ait beaucoup de place : la coque de la péniche est à peu près à soixante-quinze centimètres du fond. Fred doit ramper et il n'a même pas la possibilité de se retourner.

Là-haut, François, qui s'est installé à son poste, prend de ses nouvelles :

— Allô, Fred, ça va ?

— Cela irait mieux si le fond était un peu plus bas. Je suis obligé de jouer les crabes. Je me déplace en marche arrière. Je te rappelle quand j'y serai.

— D'accord. A tout à l'heure, vieux crabe !

Fred finit par arriver à destination. Il est au-dessous du tube 3. Le couvercle déverrouillé est là, qui pend sur le côté.

— François, t'es toujours là ?

— Qu'est-ce que tu crois ?

— Je suis sous le tube 3. Je referme le couvercle.

Fred sait ce qu'il a à faire. A tâtons, il cherche dans sa trousse à outils les boulons et la clé anglaise. Il est tout à fait dans la position d'un mécanicien qui répare une voiture : allongé sur le dos sous la coque du bateau. C'est un travail qui se fait à l'aveuglette, mais relativement simple. Il y a une vingtaine de boulons, et il faut compter une bonne minute pour chacun. Fred se met à siffler tout en commençant à visser. Au bout de dix minutes, il en est à la moitié.

Mais c'est alors qu'il a une curieuse impression, une impression de gêne. Il lui semble que ses mouvements se sont raccourcis. Son bras droit, qui va du sac à outils pour prendre les boulons au couvercle du tube, fait de moins en moins de chemin. Fred s'est arrêté de siffler.

— Eh, dis donc, François, elle coulerait pas, la péniche, par hasard ?

La voix de François arrive dans le casque avec une parfaite netteté :

— Tu rigoles ! Je t'assure qu'on flotte tout ce qu'il y a de plus normalement.

— Ecoute, je te dis qu'il se passe quelque chose. Le bateau descend sur moi.

— Tu plaisantes ou quoi ?

— Non, je ne plaisante pas !

Il y a un long moment d'attente. Fred, allongé sous la coque, entend, là-haut, des éclats de voix, et puis, dominant toutes les autres, la voix du capitaine :

— Nom de Dieu, la marée !

La marée : Fred a compris ! Jusqu'à présent, la péniche avait fait ses essais en amont du fleuve, là où les eaux restaient étales. Mais en se transportant à l'embouchure, on est entré dans la zone d'influence de la mer. Et c'est la marée descendante. Non, la péniche ne coule pas, mais elle s'abaisse au même rythme que le niveau de l'eau, insensiblement, inexorablement. Dans une demi-heure, dans une heure peut-être, elle sera à sec. Mais en dessous de ses cinq cents tonnes, il y aura... Non, il n'y aura plus rien. Il va être écrasé, pulvérisé.

— Fred, tu m'entends ? Ne t'affole pas. On va te tirer de là.

— Qu'est-ce que vous attendez ? Tirez la corde de sécurité.

— On a mis le treuil en marche... Tu sens quelque chose ?

— Rien du tout.

— Le treuil est au maximum. Ne t'inquiète pas, ça va venir.

— Je ne sens rien, François ! J'ai la corde entre les doigts, c'est tout mou, cela ne se tend pas.

Cette fois, il faut bien reconnaître que la situation est dramatique : la corde est coincée quelque part entre la coque de la péniche et le fond.

— François, il n'y a même plus cinquante centimètres de fond et le bateau se rapproche ! Mais, fais quelque chose, François !

La mort qui l'attend, Fred la connaît, comme tous les scaphandriers, et elle est atroce. En fait, il y a deux possibilités. Si la péniche continue à s'enfoncer, elle va faire éclater son casque, et alors c'est la noyade immédiate. Mais il y a pire encore : si le tuyau d'arrivée d'air se coince, c'est l'asphyxie progressive. Dans le casque, il y a de quoi respirer pendant deux à trois minutes... deux à trois minutes d'agonie.

Fred continue à se débattre dans ses ténèbres. Et les mouvements qu'il fait lui prouvent toute la gravité de sa situation. Maintenant, quand il essaie de remuer la tête, il touche le sol et la coque du bateau. Quand il ne pourra plus bouger du tout, ce sera le commencement de la fin.

— Fred, tu m'entends ?

— Je ne peux presque plus bouger, François.

— Ecoute, Fred. Le capitaine a trouvé la solution, on va t'envoyer la lance sous-marine.

La lance sous-marine, qui ressemble à une lance à incendie, est conçue pour projeter sous l'eau un jet à très forte pression. Elle seule est capable de creuser dans la vase une sorte de tranchée dans laquelle Fred pourra se glisser pour s'échapper. Mais l'opération n'est pas facile. Elle n'a même pas une chance sur deux de réussir. Tout le monde là-haut le sait, et Fred aussi.

— François, cela va prendre combien de temps, tout ça ?

— Pas longtemps, tiens le coup !

Fred est maintenant totalement enfoncé dans la vase. Il est allongé, aplati sur le sol. Comme un mort, exactement comme un mort.

Seul, dans ce silence total, dans cette obscurité impénétrable, Fred a pourtant un lien qui le retient au monde des vivants, au monde de la lumière et de l'air libre : ce lien, c'est le téléphone branché sur son casque, ce lien, c'est François.

— Tu es là, Fred ? Dis, tu es là ?

Jamais ils n'ont été si proches et en même temps si éloignés. Proches par leur amitié qui n'a jamais été si forte qu'en ce moment, éloignés par la situation dans laquelle ils se trouvent au même instant : l'un, sur le pont de la péniche dans une belle fin de journée d'automne, l'autre, quatre mètres seulement plus bas dans un trou noir qui ressemble de plus en plus à un tombeau.

Soudain, la voix de François se fait éclatante :

— Fred, tu m'entends ? On a réussi à dégager ta corde de sécurité. On attache la lance après. Quand je te le dirai, tu vas tirer.

— Je suis complètement dans la vase, j'ai la tête en arrière.

— Vas-y, la lance est attachée, tire la corde !

Fred ramène sa main libre. A tâtons, il cherche la corde. La voilà. Il tire de toutes ses forces. Elle vient et avec elle la lance qui y est attachée. Brusquement, sous la pression du jet d'eau, la vase est remuée dans tous les sens, tandis qu'une avalanche de cailloux vient frapper son casque. C'est un fracas assourdissant qui succède sans transition au silence.

Fred sait bien que chacun de ses gestes est maintenant vital. Heureusement, il y a la voix de François.

— Ne t'affole pas, Fred. Tu peux prendre ton couteau ?

— Oui, je vais essayer.

— Coupe le nœud qui relie la lance et la corde de sécurité. Mais fais attention, ne coupe pas la corde.

Avec des gestes incroyablement pénibles, Fred approche le couteau de la corde. Des doigts, il palpe le nœud. Il n'a pas assez de place pour donner au couteau un mouvement de va-et-vient. Alors, il appuie de toutes ses forces avec la lame. La corde de sécurité s'en va d'un côté, la lance de l'autre.

— Ça y est, François.

— Dirige le jet en dessous de toi, vite.

Et c'est le miracle ! La vase se creuse. Une tranchée se forme, de quelques dizaines de centimètres seulement, mais c'est suffisant. Fred s'enfonce. Il ne touche plus la coque de la péniche. Il peut remuer les bras, remuer les jambes.

— Ça y est ! Tirez-moi, tirez-moi !

Une brusque tension du câble, et Fred se sent

aspiré. Il maintient toujours la lance tournée vers le fond et la tranchée s'ouvre dans la vase au fur et à mesure qu'il est tiré vers l'arrière. Au tube numéro 2, d'où il était descendu, un scaphandrier l'attend. Fred est brusquement attrapé par les pieds. C'est fini. Il ressort, la tête en bas, sur le pont.

On se précipite sur lui, on déverrouille son casque. Enfin, c'est l'air libre, le soleil et le visage de François qui se penche sur lui, François qui est devenu brusquement autre chose qu'une voix.

Fred lui sourit et il a tout juste la force de lui dire, avant de s'évanouir :

— Tu parles d'un coup de téléphone !

LA SURPRISE DU BOUT DU MONDE

Aujourd'hui, avec Internet, communiquer à travers la planète est devenu une routine, mais il y a quelques dizaines d'années, c'était tout un exploit. Les internautes d'alors s'appelaient radioamateurs. Ils utilisaient des émetteurs sur ondes courtes, ce qui nécessitait des connaissances et aussi tout un équipement. Mais, à la différence de maintenant, il leur arrivait parfois de rencontrer l'aventure, la grande aventure.

Ce samedi-là, 18 mars 1972, Jean-Michel Leroy, cadre commercial dans une entreprise lilloise, se livre, comme chaque semaine, à sa passion. Il a orienté, ainsi qu'il le fait le plus souvent, son antenne directionnelle de vingt-six mètres en direction de l'Amérique du Sud ; il parle, en effet, couramment l'espagnol. Pendant toute la matinée et une partie de l'après-midi, c'est la routine, le rendez-vous avec les habitués, et puis, à 17 heures exactement, une voix nouvelle s'élève :

— Ici Victor Bravo Zoulou 5. Appel urgent.

Jean-Michel Leroy donne aussitôt ses indicatifs :

— Fox Papa Tango 3. Je vous écoute.

Il sait déjà d'où parle son correspondant. Le V de Victor signifie Venezuela et 5, Caracas, de même que le F de Fox, en tête de son propre indicatif, signifie France. Sur les ondes, la voix de l'interlocuteur est bien distincte. On peut percevoir son émotion.

— J'appelle pour un ami en traitement à l'hôpital central de Caracas. Il risque de perdre la vue suite à une rétinopathie due à un diabète si on ne lui administre pas tout de suite un médicament nouveau. Malheureusement, il n'est commercialisé dans aucun pays d'Amérique latine.

— Le nom du médicament ?

Le Vénézuélien le cite.

— Je suis le premier quc vous appelez en Europe ?

— Non. J'ai déjà essayé en Italie, en Suisse, cn Angleterre et en Espagne. Ils ne l'ont pas. Pouvez-vous essayer de savoir s'il est disponible dans votre pays ?

— Bien sûr. Je vous rappelle.

Jean-Michel Leroy délaisse aussitôt son micro émetteur pour son téléphone. Il compose le numéro de la principale pharmacie de Lille et explique toute l'histoire. La réponse ne tarde pas :

— Oui. Nous l'avons. Mais ce genre de traitement nécessite trois boîtes et cela coûte 400 francs. De plus, évidemment, il faut une ordonnance. Vous pouvez passer éventuellement demain dimanche : nous sommes de garde.

Jean-Michel Leroy remercie et raccroche. Quatre cents francs, c'est une somme en 1972, mais le principal c'est que le médicament soit en vente en France. Maintenant, comment le faire parvenir de l'autre côté de la planète ? Par avion, évidemment. Il se renseigne à Orly. Il y a un départ pour Caracas le soir même à 22 h 35 et le lendemain à 14 h 35. Reste le plus épineux : l'acheminement de Lille à Orly. Jean-Michel Leroy ne recule pas : il se met en contact avec le commissariat. Mais là, première contrariété, le standardiste lui répond d'une voix rogue :

— Qu'est-ce que cette plaisanterie ?

— Je vous assure que ce n'en est pas une.

— Nous avons autre chose à faire. Allez, bonsoir !

Et la sonnerie « pas libre » retentit. Jean-Michel Leroy n'insiste pas et revient à sa radio. Il ne lui faut pas plus de quelques minutes pour entrer en contact avec Victor Bravo Zoulou 5 et le mettre au courant des bonnes et mauvaises nouvelles qu'il vient de recueillir. Il conclut :

— Le médicament est chez nous : le mieux serait que vous trouviez un correspondant en région parisienne, qui puisse l'acheter et l'amener lui-même à Orly. Rappelez-moi, disons, demain matin à 8 heures...

Dimanche 19 mars 1972, 8 heures du matin. Victor Bravo Zoulou 5 est ponctuel au rendez-vous. Mais sa voix exprime le découragement.

— Impossible d'avoir quelqu'un en région parisienne. J'ai essayé des heures, aucune réponse.

Jean-Michel Leroy ne s'attarde pas à des commentaires inutiles. Ce ne sont pas les radioamateurs qui manquent autour de Paris, mais, sur les ondes, il arrive souvent que rien ne se passe comme prévu. C'est ainsi, il ne faut pas s'en étonner. Son correspondant du bout du monde se fait implorant :

— Vous êtes mon seul espoir. J'ai rappelé l'hôpital. Les médecins disent que c'est très urgent.

— Je ne m'occupe plus que de cela. Faites-moi confiance.

Encore une fois Jean-Michel Leroy laisse son micro pour son téléphone. Les policiers du commissariat l'ont envoyé promener, restent les gendarmes. Ce sera sans doute la même chose, mais il n'a rien à perdre.

Le voilà donc qui raconte de nouveau toute l'histoire et là, miracle, la réaction est toute différente.

— C'est d'accord. Nous pouvons mettre à votre disposition un motard pour convoyer le médicament jusqu'à Orly. Avez-vous un médecin de connaissance pour faire l'ordonnance ?

Il répond par la négative. Il se trouve qu'il n'a pas de médecin traitant et qu'il n'en compte pas non plus parmi ses amis.

— Non, je ne vois pas.

— Alors, ce n'est pas la peine d'essayer. Aucun docteur ne vous fera une ordonnance pour une personne inconnue. Nous nous en chargeons.

— Comment cela ?

— Auprès d'un médecin de l'hôpital principal de Lille. Nous l'avons déjà fait. Allez à la pharmacie et prenez le médicament, un motard vous rejoindra avec le document.

Jean-Michel Leroy s'exécute. Il se rend à la pharmacie et paye de sa poche les 400 francs. Il le fait sans hésitation. Il a la chance de bénéficier d'une certaine aisance et s'il y a une cause qui mérite un sacrifice, c'est bien celle-là. Il n'attend pas longtemps. Un bruit de moteur : le motard de la gendarmerie stoppe devant la boutique, l'ordonnance à la main. Il précise, en prenant réception du précieux paquet :

— Le commandant du vol de Caracas a été prévenu. Je le lui remettrai personnellement.

Jean-Michel Leroy rentre chez lui et se précipite sur sa radio pour annoncer la grande nouvelle à son correspondant. Il est 12 h 30 ; là-bas, c'est le petit matin, mais on lui répond tout de suite.

— C'est réussi ! Les médicaments s'envoleront d'Orly à 22 h 35.

— Merci, Fox Papa Tango ! Je préviens immédiatement l'hôpital ! Est-ce que je peux prévenir aussi la presse ?

— Si vous voulez...

La suite de l'histoire, Jean-Michel Leroy l'a apprise trois jours plus tard par son correspondant.

— Il y avait une véritable foule à l'arrivée du vol Air France, Fox Papa Tango ! La presse écrite, la radio, la télévision. A Caracas, vous êtes le héros du jour !

— Et votre ami, il a commencé son traitement ?

— Justement, c'est aussi pour cela que je vous appelle. Les effets ont été immédiats. Les médecins considèrent que le risque de cécité a disparu à cent pour cent !

Voilà. En apparence, c'est le point final. Tout est bien qui finit bien : grâce à la générosité, l'esprit d'entraide et d'initiative, un pont s'est constitué d'un bout à l'autre du monde pour sauver un être en détresse. Mais cette histoire nous réserve un rebondissement absolument inattendu, qui constitue son véritable dénouement.

Trois jours plus tard encore, le téléphone sonne chez M. Jean-Michel Leroy. Le correspondant se présente : c'est un des responsables du laboratoire pharmaceutique qui produit le médicament.

— Nous avons tout appris par la presse, monsieur Leroy. Bravo pour votre geste ! Bien entendu, notre société tient à vous rembourser les 400 francs que vous avez versés. Nous vous mettons un chèque au courrier.

Jean-Michel Leroy remercie. Son interlocuteur l'arrête aussitôt.

— C'est la moindre des choses. Et puis, même si

vous n'avez pas agi dans ce but, vous nous avez fait une excellente promotion. Mais ce n'est pas tout. Vous ne savez pas le plus beau et nous tenons à vous l'apprendre...

— Comment cela ?

— Eh bien, ce que vous avez fait est en tous points digne d'éloges, mais il y avait beaucoup plus simple.

— Je ne comprends pas.

— Votre correspondant vous a dit que le médicament n'était pas commercialisé en Amérique du Sud et c'est parfaitement exact. A vrai dire, il ne se trouve dans les pharmacies qu'en France, mais cela ne signifie pas qu'on ne pouvait pas se le procurer autrement.

— Autrement ?

— Notre médicament est à l'étude dans de nombreux pays. Cela veut dire que des équipes de chercheurs l'ont à leur disposition pour leurs expérimentations. Et c'est le cas, en particulier, au Venezuela.

— A Caracas même ?

— Oui, à Caracas même, et c'est encore mieux que cela ! Devinez dans quel endroit précis de la capitale... A l'hôpital central !

— C'est impossible !

— Si invraisemblable que cela paraisse, c'est tout à fait possible. L'hôpital central est une énorme machine administrative où les services sont très cloisonnés. Les médecins soignants ignorent à peu près tout de ce que font leurs collègues chercheurs.

— Alors le médicament était tout près ?

— Dans le couloir d'en face ou à l'étage au-dessus, si cela se trouve... Pour le savoir, il aurait suffi d'appeler le représentant de notre laboratoire à Caracas et il aurait tout de suite donné la réponse. Mais personne, là-bas, n'y a songé.

« Voilà, conclut Jean-Michel Leroy, comment j'ai mobilisé la pharmacie de la ville, la gendarmerie, un pilote d'avion et la presse de tout un pays, alors qu'il suffisait, pour avoir le même résultat en quelques minutes, de pousser une porte ou d'appuyer sur le bouton d'un ascenseur. Mais, bien entendu, je ne regrette rien. D'abord, je ne pouvais pas le savoir et puis, même inutile, un geste de solidarité, c'est encore ce que nous pouvons faire de plus beau, dans le monde qui est le nôtre. »

ENCORE UN PAS

Parmi la centaine de jeunes Anglais en classe de neige cet hiver 1962 à Champéry, Neil Humphrey est sans doute l'un des plus jeunes. C'est un petit garçon de treize ans, indépendant pour son âge, il est vrai ; les moniteurs du groupe l'ont toujours à l'œil, sous son bonnet de montagne rouge et blanc : le garnement ne rate jamais l'occasion de faire une bêtise. Cet après-midi, le groupe d'enfants, accompagné de guides chevronnés, quitte la station pour aller profiter un peu des pistes d'altitude — un domaine magnifique où il fait bon skier, à condition de ne pas s'égarer.

Arrivé là-haut, tout le monde s'en donne à cœur joie, et Neil Humphrey n'est pas le dernier à en profiter. Son plaisir, c'est de slalomer entre ses camarades moins doués que lui. Mais au beau milieu d'une descente, le petit garçon déchausse, tombe et voit son ski droit continuer la course sans lui et disparaître plus bas. Neil s'est fait mal en tombant ; il a dû se luxer le genou. Il se relève tant bien que mal et demande qu'on l'aide à récupérer son ski.

— Qu'est-ce qu'il t'arrive ? lui demande un des grands, natif comme lui de Seer Green.

— J'ai perdu un ski ! explique Neil.

— Eh bien, lance l'autre sans même s'arrêter, rattrape-le !

Neil aurait pu s'en douter : tout à leur plaisir, ses camarades ne se montrent pas très coopératifs. Et le petit garçon comprend vite qu'il va devoir se débrouiller seul. Tout en frottant son genou, il se remet en position et descend tranquillement quelques mètres sur un ski.

Arrivé dans le virage un peu plus bas, il retrouve la trace de son ski droit ; celui-ci a quitté la piste pour descendre beaucoup plus bas, dans un endroit escarpé d'où il nargue à présent tout le monde. Là-bas, tout en bas, le ski minuscule semble dire à Neil : « Eh bien, quoi ? Viens me chercher si tu es capable ! » Le petit garçon jette un regard autour de lui — si quelqu'un le voit quitter la piste, il va encore se faire houspiller. Puis, s'aidant de ses bâtons, il entreprend de dévaler, sur son ski restant, la pente assez abrupte qui le sépare encore de l'autre. Il ne va pas bien loin : l'exercice était trop périlleux et Neil fait cette fois une chute impressionnante ; puis il roule sur lui-même sur près de trente mètres. Dans l'opération, il perd bien sûr son deuxième ski.

Neil entreprend de récupérer celui-ci d'abord. Cette deuxième chute a été spectaculaire, mais le jeune skieur s'est fait moins mal qu'à la première. Il se relève très vite et, tenant ses bâtons d'une main, remonte vers une petite corniche pour aller chercher son ski gauche. L'endroit est dangereux, tout près d'un précipice qui donne le vertige. Neil commence à s'inquiéter : non seulement ses deux skis vont être difficiles à récupérer, mais tout cela l'éloigne un peu plus de la piste — et du groupe ! Maintenant, ses camarades sont hors de sa vue, il ne les entend même plus. La corniche où marche Neil est complètement déserte ; on n'y entend que le vent.

Soudain, c'est l'accident. Un morceau de glace se détache, l'enfant perd l'équilibre et bascule dans un très long couloir d'avalanche. Neil est littéralement aspiré vers le bas. Il fait des vols planés terribles, se heurte à des rochers, tourne sur lui-même à une vitesse inouïe, ne sait plus où est le ciel, où est la terre. Il tombe, tombe, sans pouvoir du tout s'y opposer, il tombe à une vitesse de plus en plus vertigineuse.

Et puis, d'un seul coup, après un choc plus violent que les précédents, ça s'arrête. Neil ne peut pas y croire, il se dit que ce n'est qu'un instant de répit. Mais non. Cette fois, la chute est finie, Neil vient de dévaler cent cinquante mètres comme un poids mort ; il se trouve à présent au pied de la paroi, dans un endroit inaccessible, désolé, invisible de partout. Il a vraiment très mal. Plus mal qu'il ne l'aurait cru possible. Il essaie de se tenir les côtes, mais la douleur est alors encore plus vive. Son bras droit est cassé, la plaie est même ouverte et saigne assez méchamment. Neil se sent meurtri, brisé, brûlant. Surtout, il se sent seul.

Il tente d'appeler au secours, mais aucun son ne sort de sa gorge. En revanche, il se met aussitôt à cracher du sang — et ça, c'est ce qu'il y a de plus impressionnant. Aussitôt, Neil se voit perdu. Il pense à ses parents, tout là-bas à Seer Green — à l'heure qu'il est, ils ne vont pas tarder à passer à table pour le lunch. Il pense aussi à sa sœur, sa grande sœur qui lui a dit en l'accompagnant au car : « Tu en as, de la chance, de partir en vacances, tu sais ? » Neil pleure en silence ; ses larmes sont chaudes et douloureuses.

« Je ne peux quand même pas mourir ici », se dit le petit garçon. Et, rassemblant toutes ses forces, il se relève comme il peut et se met à avancer, pas à pas, vers la vallée. Il ne sait pas trop ce qu'il cherche, mais une chose est sûre : il faut qu'il marche, qu'il aille plus loin. Les chances qu'on puisse le retrouver dans un coin pareil sont très faibles, mais si seulement il pouvait trouver un endroit où s'abriter, tout espoir ne serait peut-être pas perdu. Neil se concentre pour marcher, il pose ses pieds dans la neige avec une attention et une application qui jusqu'alors lui étaient étrangères. Et petit à petit, très progressivement, il finit par atteindre la lisière d'un champ de neige.

C'est alors qu'apparaît ce qu'il n'aurait osé espérer. Quatre ou cinq cents mètres plus loin, en contrebas du champ de neige, Neil aperçoit rien de moins qu'un chalet. D'un seul coup son cœur se dilate : cette maison, cette construction humaine lui paraît d'une beauté incroyable. Neil est soudain transporté par l'espoir. Seulement voilà : le chalet est quand même loin, et lui n'a plus aucune force.

Neil essaie d'avancer à genoux dans la neige, mais il sent bien que la vie le quitte. La nuit est en train de tomber, et, en même temps, un vent terrible vient de se lever, pour balayer le champ de neige et fouetter son visage à présent boursouflé. « Allons, se dit Neil, encore trois cents mètres ! Trois cents mètres ! » Mais à présent, cette distance lui semble énorme, presque infinie. Neil sait bien qu'il ne pourra pas la parcourir dans l'état où il est. « Un pas ! se dit-il. Allez, encore un pas ! » Son esprit commence à délirer ; ce qu'il voit est de plus en plus mouvant, de plus en plus coloré.

Neil s'évanouit.

Quand il revient à lui, il fait nuit, mais la lune éclaire assez le champ tout blanc pour qu'il puisse distinguer nettement, là-bas au loin, le petit chalet qui l'attend. Il rassemble toutes les forces qui lui restent et, dans un dernier effort, se met à ramper dans la neige. Heureusement, le champ est en pente vers le chalet, ce qui l'aide un peu. Neil a compris que, pour éviter de s'asphyxier, il doit cracher les glaires et le sang qui remontent dans sa gorge. La plaie de son bras aussi s'est remise à saigner, ce qui achève de l'affaiblir.

Les cent derniers mètres sont les plus ardus. Plus la masse sombre du chalet paraît proche, et plus le terrain à parcourir semble réel. Enfin, plus mort que vif, l'enfant touche au but. Sans même chercher l'entrée éventuelle de la maison, Neil casse un des grands carreaux de la fenêtre la plus proche et, au prix d'un ultime sursaut d'énergie, parvient à se hisser à l'intérieur, au sec, et relativement au chaud.

Le chalet est en fait un refuge de montagne. Il est entièrement vide et dépouillé du moindre confort. Livide, raide, à l'agonie, le petit garçon se traîne jusqu'au coin le plus proche et, grelottant de fièvre, se recroqueville sur lui-même comme un hérisson. Et c'est le noir.

Des bruits. Des mots qu'on répète à voix basse. Et puis de la chaleur, de la chaleur qui redonne vie à sa tête, à son ventre, à ses pieds pourtant gelés. Neil essaie d'ouvrir un œil, mais il n'y parvient pas. En tout cas il a compris ; des sauveteurs, sans doute guidés par son sang dans la neige, ont réussi à suivre sa trace et à le dénicher dans le petit coin où il était allé mourir. A présent ils s'activent pour le ranimer, le panser, le soulager de leur mieux. Neil entend maintenant les conversations assez distinctement, mais il ne parle pas la langue des sauveteurs et ne comprend rien à ce qui se dit.

Quelqu'un cherche à glisser quelque chose entre ses lèvres ; Neil le laisse faire : c'est un petit quartier d'orange. Puis un autre, et un troisième. Neil n'en accepte pas plus, car il sent que cela va le faire vomir. D'ailleurs c'est trop tard, il vomit.

Au moins cela le réveille tout à fait. Et c'est d'un œil assez ferme qu'il va suivre les opérations d'évacuation. On le couche sur une luge de secours, et on le traîne sans difficulté jusqu'à une sorte de camion à chenilles qui l'emmène vers la vallée, probablement vers l'hôpital. Alors qu'on hisse sa civière à l'intérieur de l'étrange véhicule, Neil aperçoit plusieurs de ses camarades, la mine consternée à la lueur des torches électriques. Il sort alors son bras valide de sous la couverture et, s'efforçant de sourire de son mieux, leur adresse un petit signe amical. S'ils viennent le voir demain à l'hôpital, il essaiera d'être digne. Il plaisantera. Il leur dira quelque chose comme : « Vous voyez, il en faut davantage pour tuer Neil Humphrey. » Tout le monde va parler de son aventure... A cette idée, le petit garçon sourit vraiment. Malgré la fièvre et les douleurs, il a déjà hâte d'être au lendemain.

UN CŒUR DE CURÉ

Tout commence à une époque qui n'est pas si lointaine que cela : une quarantaine d'années, mais qui semble à bien des égards remonter à un autre âge. Les curés portaient encore la soutane et le clergé avait, surtout dans les campagnes, une importance sans commune mesure avec celle d'aujourd'hui.

C'est d'ailleurs à la campagne que tout se passe, ou plutôt à la montagne, dans un gros bourg que nous appellerons Saint-Pierre-des-Pyrénées. Cette année-là, Saint-Pierre-des-Pyrénées a un nouveau curé : l'abbé Martin. C'est sa première charge ; il sort tout juste du séminaire, il n'a pas vingt-cinq ans et il est incontestablement beau, d'une beauté peu commune, qui cadre mal avec son état ecclésiastique. Il est rieur avec un rien d'espiègle, et de moqueur. Il a les cheveux bruns bouclés, les yeux bleus, des dents éclatantes...

Peu après son entrée en fonctions, à la Saint-Jean, M. l'abbé Martin organise une petite fête pour ses œuvres : un goûter en plein air dans le jardin du presbytère. C'est autant pour récolter quelques dons que pour faire mieux connaissance avec ses paroissiens. Dire qu'il est au centre des regards est au-dessous de la vérité : on ne voit que lui et on ne parle que de lui. Ce sont les mêmes phrases qui reviennent, dans les bouches féminines surtout :

— Comme il est mignon, notre curé !

Deux jeunes habitantes de Saint-Pierre-des-Pyrénées semblent particulièrement fascinées. On les appelle les « deux Jo », Josiane et Jocelyne. Elles ont vingt ans, elles sont inséparables et, bien qu'étant les plus jolies du village, elles ne sont pas fiancées. Tous les garçons tournent autour d'elles, elles adorent cela, mais cela ne les empêche pas d'être sages. Ce sont des aguicheuses, des allumeuses.

Justement, le religieux passe près d'elles. Jocelyne et Josiane s'approchent dans leurs robes d'été légères. Elles minaudent :

— Monsieur le curé, vous voulez bien qu'on vous aide pour vos œuvres ?

— Bien sûr. Toutes les bonnes volontés sont les bienvenues.

Il leur a dit cela avec son charmant sourire, mais sans faire particulièrement attention à elles, et il les quitte presque aussitôt. Les « deux Jo » sont mortifiées. D'autant qu'elles le voient à présent adresser exactement le même sourire à la vieille Mlle Goubier. Jocelyne a un éclair dans les yeux et agrippe le bras de sa compagne :

— Je veux le curé et je l'aurai !

— Tu veux coucher avec lui ?

— Pas seulement. Je veux l'épouser.

— Tu es folle ! C'est impossible.

— Tu paries que j'y arrive ?

Il y a un moment de silence et Josiane réplique à Jocelyne :

— Pari tenu.

Jocelyne est une fine mouche. Si elle s'était mise à tourner autour du jeune ecclésiastique, il aurait aussitôt compris ses intentions et l'aurait rappelée à l'ordre. Mais au contraire, elle fait preuve, dès ce moment, de la piété la plus fervente. Elle devient assidue aux offices. Rien, dans sa tenue, ne prête à la critique : elle s'habille de manière sage, elle ne met plus de rouge à lèvres, comme elle le faisait avant. Bref, rien ne la différencie des pieuses paroissiennes qui fréquentent l'église, à part, évidemment, son âge.

Cela finit quand même par intriguer l'abbé Martin.

— Pourquoi n'êtes-vous jamais avec les autres jeunes gens, ma fille ? Auriez-vous la vocation ?

— Ce n'est pas cela, mon père, mais je ne peux vous le dire qu'en confession.

Alors, Jocelyne se confesse. Elle le fait d'une voix craintive et langoureuse à la fois.

— Si je suis ici, mon père, c'est pour échapper à mes tourments.

— Quels tourments ?

— Ceux de la chair. Je suis prise de terribles désirs.

— A votre âge, c'est normal, ma fille. Vous trouverez un garçon avec qui vous fonderez un foyer.

Mais Jocelyne dément, d'un air apeuré :

— Non, ce n'est pas cela. Aucun garçon ne me plaît. C'est l'acte lui-même qui m'attire. Mon père, j'ai peur de devenir... une femme de mauvaise vie. Parfois, il me prend l'envie de quitter le village pour aller à Toulouse ou même à Paris et, là-bas...

— Vous n'y songez pas, malheureuse ?

— Si, mon père. Et c'est la raison de ma présence à l'église. Auprès de Dieu et... de vous, je me sens protégée.

C'est ainsi, peu à peu, pour sauver ce qu'il croit être une âme en danger, que l'abbé Martin s'intéresse de plus près à sa jeune paroissienne. Leurs conversations deviennent plus fréquentes, plus intimes, avant de devenir tendres.

Oh, cela ne se produit pas en un jour ! L'abbé est sérieux et Jocelyne est patiente ; on pourrait même dire acharnée. Elle met trois ans, oui, trois ans, qu'elle prend à sa jeunesse, à sa vie de femme, pour parvenir à ses fins, pour gagner son pari ! Enfin, quand elle sent le moment venu, elle prend l'initiative, brutalement, effrontément. L'abbé Martin cède d'un seul coup. C'est la faute et bientôt le scandale, car la jeune fille rend leur liaison publique et réclame réparation.

— Il m'a séduite sans que je m'en aperçoive. C'étaient des sourires par-ci, des mots gentils par-là. Ce n'aurait pas été un curé, je me serais méfiée, mais évidemment...

Par chance pour le jeune ecclésiastique, Jocelyne a vingt-trois ans. Il n'est donc pas poursuivi en justice pour détournement de mineure, mais c'est presque aussi terrible pour lui. Destitué par ses supérieurs, prêtre défroqué, homme déshonoré, il se voit contraint d'épouser son ex-paroissienne. A la mairie, seulement, bien sûr ; plus question d'église. Encore pourrait-il se dire qu'il n'avait pas la vocation, qu'il s'était trompé de voie et qu'il est au début d'une nouvelle vie. Malheureusement pour lui, le pire est à venir. Trois jours plus tard seulement, il voit sa femme faire ses valises. Elle n'a plus rien de ses allures sages. Elle s'est acheté une nouvelle robe particulièrement provocante ; elle est de nouveau maquillée.

— Qu'est-ce que tu fais ?

Jocelyne lui répond d'un ton parfaitement calme :

— Je te quitte.

— Qu'est-ce que tu dis ?

— Je te quitte. Je vais à Paris tenter ma chance.

Tu ne croyais tout de même pas que j'allais passer toute ma vie avec un ancien cureton !

Il y a un silence abasourdi, suivi d'une question bredouillée de manière presque inaudible :

— Et moi ?

— Quoi, toi ?

— Moi, qu'est-ce que je vais devenir ?

— Ça m'est égal. Ce que tu voudras... Tu peux demander le divorce si tu veux !

L'ex-abbé Martin a l'impression de tomber dans un gouffre plus profond que l'enfer, dont il lui arrivait de parler il n'y a pas si longtemps en chaire. Ce qui lui arrive est horrible, indicible, mais par-dessus tout incompréhensible. Cela n'a pas de sens. C'est absurde, c'est fou !

— Alors, pourquoi ? Pourquoi m'as-tu épousé ?

Jocelyne le regarde bien dans les yeux et a un petit rire :

— Un pari avec ma copine.

« Un pari avec ma copine » : c'est tout ce que l'ex-abbé Martin pourra obtenir de Jocelyne et, après son départ, il ne lui restera plus, effectivement, qu'à divorcer.

Et ensuite, que faire ? Aller plus loin encore dans la déchéance ? Commettre l'acte le plus épouvantable pour un ex-prêtre : le suicide ? L'ancien abbé Martin y pense sérieusement un moment, devant l'écroulement absolu de toute son existence, mais il résiste à la tentation et il végète à Toulouse, la grande ville où naguère Jocelyne menaçait d'aller vendre ses charmes.

C'est alors qu'il apprend que, dans un bourg voisin de Saint-Pierre-des-Pyrénées, Lucien Maury, un ancien prêtre-ouvrier, a acheté une grande maison en ruine et qu'il est en train de la restaurer pour une bonne œuvre. « Un ancien prêtre », c'est comme un signe du destin ou plutôt un signe de Dieu, car, bien sûr, il y croit toujours. Il se rend sur les lieux. L'ex-prêtre-ouvrier l'accueille avec chaleur. Puis, il lui explique son projet :

— Je voudrais faire un centre de réinsertion pour les jeunes sortant de prison.

A l'époque, dans les années 50, c'est un état d'esprit tout à fait nouveau. Les délinquants précoces sont considérés comme de la mauvaise graine, de futurs gibiers de potence, qui ne méritent pas qu'on s'intéresse à eux. Parfois, on les envoie en maison de correction, parfois, on les laisse livrés à eux-mêmes jusqu'à ce qu'ils récidivent.

— Et comment comptez-vous les réadapter ?

— Par la vie dans la nature, le travail en commun, beaucoup de patience et d'amour.

— Ils ne resteront pas.

— Si. Si nous leur faisons comprendre qu'avec nous, ils ont une réelle chance de s'en sortir.

C'était il y a quarante ans. Aujourd'hui, Lucien Maury, l'ancien prêtre-ouvrier, est mort, et c'est l'ex-abbé Martin qui dirige le centre de réinsertion, devenu le plus important de la région. On y retrouve, outre d'anciens détenus, d'anciens drogués.

Telle est l'histoire de l'ex-abbé Martin, qui, face au mal qu'il avait subi, avait choisi de faire le bien autour de lui. Chaque pensionnaire qu'il arrivait à sortir d'affaire était une manière de racheter la faute de Jocelyne et sa propre faute, car il s'était jugé sans indulgence et reconnu aussi coupable qu'elle. Récemment, il a pris en charge un jeune délinquant ayant commis des faits graves, un dur de dur. Il lui a demandé, comme aux autres :

— Pourquoi as-tu fait ça ?

L'adolescent a répliqué, voyant ses cheveux blancs :

— C'est à cause d'une fille. Vous ne pouvez pas comprendre.

Alors, l'ancien abbé Martin a souri, de ce sourire un rien espiègle, moqueur, qui était celui de ses vingt ans :

— Mais si, je peux comprendre. Il faut toujours chercher à comprendre. Toujours...

LE PORTRAIT DE SON PAPA

Résistant de la première heure, Henri Lemoine l'est sans conteste. Il fait partie du tout petit nombre de Français qui s'embarquent avec les Anglais à Dunkerque et qui, à Londres, se retrouvent autour du général de Gaulle. Dans la capitale britannique, Henri se sent pour le moins dépaysé, puisqu'il est originaire d'Alger où il a sa famille et où il est même marié. Mais c'est la guerre, il doit sacrifier sa femme, ses parents et son soleil pour accomplir son devoir.

Il décide de suivre un dur apprentissage pour faire partie de la RAF. Il y réussit et il est affecté dans une unité combattante comme bombardier. Il porte, bien entendu, l'uniforme britannique, afin d'être traité en prisonnier de guerre et non immédiatement fusillé s'il venait à être capturé.

Septembre 1944. Au retour d'une mission en France, son appareil est pris sous le feu d'une batterie allemande près d'Amiens et s'écrase en flammes. Tout l'équipage périt dans l'explosion, sauf lui, qui survit par miracle, mais dans quelles conditions ! Il n'a plus figure humaine, il n'a même plus de figure du tout : toute sa tête n'est qu'une plaie.

Les Allemands le recueillent et le traitent très correctement, comme ils le font, de manière générale, avec leurs prisonniers anglais. Malgré les combats contre les troupes alliées, ils prennent le temps de le soigner. C'est fait avec les moyens du bord, mais cela lui évite l'infection, la gangrène, et lui sauve la vie. Pourtant, quand on lui retire ses bandages, Henri est horrifié : toute sa face a disparu ; il n'a plus de nez, plus de bouche, plus de paupières. C'est une vision de cauchemar. Le malheureux est même tellement affecté qu'il faut l'attacher sur son lit pour l'empêcher de se suicider. C'est dans ces conditions que les Anglais le découvrent et le ramènent dans leur pays.

L'Angleterre est alors très en avance dans le domaine de la chirurgie réparatrice. Henri est conduit dans un service spécialisé. Il constitue, si on peut oser l'expression, un beau cas et les médecins se dépensent sans relâche à son chevet. Pendant des mois et des mois, les opérations se succèdent. Les praticiens lui mettent un crâne en métal et lui refont le visage avec des greffes prises à son propre corps : un os et de la peau du mollet pour le nez, un bout de cuisse pour les lèvres, de la peau d'un peu partout pour le haut du front et le crâne. Seuls les cheveux ne sont pas à lui. Ce sont des implants étrangers.

Tout cela dure très longtemps, car les greffes ne prennent pas du premier coup. Enfin, deux ans après, fin 1946, le chirurgien responsable arrive, l'air triomphal, avec un miroir.

— Nous avons réussi ! Regardez-vous.

Henri prend en tremblant l'objet qu'on lui tend. Bien entendu, il n'y avait pas de glace dans sa chambre. C'est la première fois qu'il peut se voir depuis la vision d'horreur qu'il avait eue chez les Allemands. Et il pousse un cri :

— Mais ce n'est pas moi !

Non, ce n'est pas lui. Les médecins ont fait un travail admirable, mais sans se préoccuper le moins du monde de ressemblance. C'est une beauté froide, impersonnelle, une beauté classique, un peu comparable à celle des statues antiques. Avant, Henri avait le front assez bas, le nez trop fort et les lèvres épaisses, un type un peu méditerranéen, conforme à son habitat. Il n'était pas spécialement beau, mais c'était lui, tandis que maintenant...

Pourtant, une fois le choc passé, il se raisonne. Il ne doit pas se plaindre. Son sort est enviable comparé à celui de tant d'autres victimes de la guerre. Et c'est avec cette idée en tête qu'il rentre chez lui, début 1947. Mais c'est alors qu'il met le pied sur les quais d'Alger que le drame commence véritablement. C'est sa mère qu'il aperçoit en premier. Il s'avance dans sa direction, tandis qu'elle continue à le chercher des yeux. Arrivé à sa hauteur, il lui pose la main sur l'épaule.

— C'est moi, maman.

La pauvre femme a une expression de stupeur. Elle ouvre la bouche pour dire quelque chose, ne parvient pas à articuler quoi que ce soit et s'évanouit. Simone, sa femme, ne s'évanouit pas, mais elle refuse de l'embrasser.

— Je n'ose pas... Tu comprends. J'ai l'impression que c'est un autre.

Un autre... C'est exactement de cela qu'il s'agit et cette situation va vite rendre intenable leur vie conjugale. C'est comme si un étranger s'était glissé entre eux. Simone fait tous ses efforts pour être comme avant, mais elle n'y réussit pas toujours et il en souffre énormément.

Il souffre quand elle est froide et distante, bien sûr, mais il souffre aussi, et plus encore, lorsqu'elle parvient à se montrer tendre. A ces moments-là, c'est pire que tout. Il a l'impression qu'elle le trompe avec cet apollon dont il a les traits, avec ce ridicule mannequin de mode masculine. Et il lui arrive alors de la repousser avec violence.

— Laisse-moi ! Tu m'entends ? Laisse-moi !...

Cherche-toi un type du genre bellâtre, puisque c'est cela qui te plaît !

Et en dehors de son ménage, c'est pareil. Ses amis et connaissances ont, malgré eux, les mêmes réactions de surprise et de crainte. On reconnaît sa voix, mais elle est dans le corps d'un autre. Quand il passe dans la rue, des femmes se signent. On l'évite, comme un fantôme ou un pestiféré.

Alors, au bout d'un an, Henri renonce. Il comprend qu'il n'y a rien à faire pour sauver son couple : il divorce. Il le fait avec d'autant moins de mal que Simone et lui n'ont pas d'enfant. Il comprend aussi qu'il ne lui est pas possible de vivre avec ceux qui l'ont connu. Auprès d'eux, il ne rencontrera que malaise et incompréhension. Tant pis pour sa famille, tant pis pour son soleil ! Il doit tout quitter pour se faire une vie neuve, aussi différente de l'ancienne que son visage actuel l'est du précédent.

S'il choisit d'habiter Paris, c'est tout simplement parce qu'il n'y est jamais allé et qu'il y sera parfaitement anonyme. Par chance pour lui, ses supérieurs dans la RAF ne l'abandonnent pas. Lorsqu'il s'adresse à eux pour leur demander de l'aide, ils se montrent compréhensifs et lui obtiennent un poste de représentant d'une firme anglaise dans la capitale.

Et, au début, tout semble se présenter pour le mieux. Il se fait très bien à son nouvel emploi qui a, en outre, l'avantage d'être confortablement payé. Il s'adapte tout aussi bien à la vie parisienne, qu'il trouve tout à fait à son goût. Ses moyens lui permettent de fréquenter les endroits à la mode et, avec son physique de cinéma, il va de conquête féminine en conquête féminine. Henri se prend, pour la première fois depuis ce sinistre jour de septembre 1944, à croire en l'avenir. Il n'a qu'à mener joyeuse vie jusqu'au moment où il rencontrera celle avec qui ce sera vraiment sérieux : c'est aussi simple que cela !

Hélas, non, ce n'est pas aussi simple. Ses succès ne tardent pas à lui laisser un goût amer. Il a l'impression que ce n'est pas lui qu'on aime, mais cet assemblage artificiel qu'ont créé les médecins, ce bellâtre qu'il déteste plus que jamais. Lui, il n'existe plus. Ses jolies conquêtes ne comprennent pas pourquoi ce beau garçon fortuné peut être si triste ni pourquoi il se ferme à ce point dès qu'il est question de son passé. Alors, elles le quittent, quand ce n'est pas lui qui prend les devants. Plus que jamais, Henri se sent seul. Il songe même pour la première fois au suicide.

Il est en train précisément d'y penser, ce jour de mai 1949, tout en marchant sur les grands boulevards, lorsqu'une voix féminine éclate derrière lui. Elle l'interpelle joyeusement :

— Henri !... Eh, Henri !...

Il se retourne. C'est Denise, une amie d'enfance qu'il a perdue de vue depuis longtemps. Celle-ci a un mouvement de surprise en découvrant son visage. Elle bredouille, toute confuse :

— Excusez-moi, monsieur, j'ai fait une erreur. De dos, à la silhouette et à la démarche, j'avais cru reconnaître quelqu'un...

« A la silhouette », « à la démarche »... Henri éprouve un choc immense ! Cela veut dire qu'il existe encore. Celui qu'il était avant n'a pas disparu sous les mains des chirurgiens anglais, puisque, des années après, on peut le reconnaître ! Et son amie d'enfance voit sa surprise se transformer en stupeur, lorsque cet inconnu se met à éclater en sanglots.

— Non, tu ne t'es pas trompée, Denise.

— C'est bien toi ?

Denise a posé la question mécaniquement, mais elle en connaît déjà la réponse, car, après la silhouette et la démarche, elle vient de reconnaître la voix.

— Oui, c'est moi.

— Mais qu'est-ce qu'il t'est arrivé ?

— C'est toute une histoire, une terrible histoire...

Et, pour la première fois depuis qu'il est à Paris, Henri parle. Il raconte tout : la blessure, la chirurgie, les réactions de sa femme et de son entourage, son divorce.

Denise était toujours célibataire et quand, quelques mois plus tard, Henri lui a proposé le mariage, elle a accepté sans hésiter. Gilbert, leur premier enfant, est né l'année suivante, en 1950.

Et vous ne savez pas le plus beau ? Pendant toute son enfance, Gilbert a entendu ceux des amis et connaissances qui n'étaient pas au courant de cette histoire dire de lui avec attendrissement :

— C'est tout le portrait de son papa !

LA SIESTE CLANDESTINE

C'est une tradition : chaque année pendant l'été, les Deval-Monier quittent Paris pour aller s'installer à la campagne, dans leur belle maison de Normandie. Pendant leur absence, les clés de l'appartement sont confiées à une vieille demoiselle habitant un deux-pièces, au cinquième étage du même immeuble ; et c'est peu dire que Mlle Marceline Aubier prend sa responsabilité à cœur. Tous les matins à 10 heures, elle descend par l'escalier de service jusqu'au deuxième étage ; là, elle déverrouille la porte de l'office et s'immisce avec respect dans l'appartement somptueux et désert. Vite habituée à la pénombre des persiennes fermées, elle vérifie alors que tout est bien en place, aère les pièces, nourrit les oiseaux et arrose toute une population de plantes vertes.

Pour Marceline, cette petite tâche quotidienne

tient lieu de divertissement estival. Elle la fait durer un peu plus longtemps chaque jour et ne ressort jamais de l'appartement avant midi. A chaque visite, elle s'aventure un peu plus loin dans l'exploration du frais et sombre caravansérail. Chaque année pourtant, il lui faut réapprendre à s'en donner le droit : au début de juillet, Marceline peut à peine s'asseoir au bord des grands canapés couverts de housses brunes ; et c'est tout juste si ses doigts timides osent caresser le clavier du piano de concert, au centre du grand salon. En fin de mois, ces premières réticences ayant disparu, la vieille demoiselle va jusqu'à sortir quelques ouvrages de la bibliothèque, pour les feuilleter à la sauvette, certaine de briser l'interdit. Mais c'est en août seulement que Marceline, plus aguerrie, se permettra d'ouvrir les buffets pour y admirer l'argenterie — voire, suprême hardiesse, de chiper un biscuit sec dans le grand bocal de la cuisine...

« Aujourd'hui, se dit-elle alors qu'elle finit sa tournée d'arrosage en ce mois d'août 1937, je vais m'intéresser d'un peu plus près à la chambre de Mme Deval-Monier. Avec toutes ces petites fioles qui encombrent sa coiffeuse, j'en ai bien pour une heure... » De fait, Marceline s'attarde à observer les festons de l'alcôve, la disposition des luminaires, et bien sûr tous les flacons de parfum. Au milieu de ces trésors, elle remarque surtout une mésange en porcelaine, peinte au naturel — si fine et si vraie qu'on s'attendrait à l'entendre chanter.

Marceline regarde sa montre et soupire : il est bientôt midi et demi, et elle n'a aucune envie de remonter dans son petit meublé, là-haut sous les toits, en pleine chaleur. « Il fait si bon ici », pense-t-elle en laissant traîner son regard sur une profonde méridienne à la turque — une invitation à la sieste. « Après tout, se dit la vieille demoiselle, je peux bien m'y étendre cinq minutes. Personne n'en saura jamais rien. » Et sans pouvoir s'empêcher de jeter autour d'elle un regard inquiet, elle s'assied doucement sur la méridienne, retire ses chaussures et, pivotant, s'allonge mollement au milieu des coussins. Mlle Aubier ronronne de plaisir et sourit aux anges ; il y avait des années qu'elle ne s'était pas sentie aussi bien.

Un grincement sonore la tire du sommeil. Marceline entrouvre les yeux et, d'un seul coup, se redresse en hâte. Son cœur bat fort. Elle tend l'oreille : à n'en pas douter, ce sont les verrous de la porte d'entrée qui travaillent. Les Deval-Monier auraient-ils décidé d'écourter leurs vacances ?

Mlle Aubier saute au bas de la méridienne, cherche des yeux le petit arrosoir avant de fondre dessus comme l'épervier sur le mulot, puis, ayant vérifié sa mise dans la glace de la coiffeuse, se précipite hors de la chambre, un sourire crispé aux lèvres. C'est alors que tout bascule. A peine la malheureuse a-t-elle fait trois pas dans le couloir qu'elle se trouve stoppée net par les voix qui lui parviennent, semble-t-il, du grand salon. A moins d'avoir attrapé la terrible grippe du mois d'août, il est impossible que M. Deval-Monier ait à ce point changé de timbre. Marceline essaie de percevoir ce qui se dit à l'autre bout de l'appartement, mais elle ne parvient pas à distinguer les phrases. Elle pointe alors le nez au détour du couloir, et ce qu'elle aperçoit lui glace les sangs : dépassant des sacs posés contre le mur, elle identifie en effet tout un attirail de pinces, de limes, de cordes et de pieds-de-biche — la panoplie complète du casseur efficace !

Mlle Aubier ouvre grand la bouche et, sautillant sur la pointe des pieds, regagne au plus vite la chambre de Mme Deval-Monier. « Des cambrioleurs ! se répète-t-elle, soudain paniquée. Ce sont de vrais cambrioleurs ! » Figée au milieu de la pièce, la pauvre demoiselle ne sait plus du tout à quel saint se vouer. Faut-il tenter de faire du bruit, dans l'espoir de faire fuir les bandits ? « Oui, se dit Marceline, mais si ce ne sont pas des bandits peureux... » Le mieux serait peut-être d'appeler au secours par la fenêtre. Mais cela ne risque-t-il pas d'attiser leur colère encore plus sûrement ? Elle n'a pas le temps d'imaginer une troisième solution, car les voix, en se rapprochant soudain, la font fuir : Mlle Aubier se cache de son mieux dans la garde-robe, en prenant bien soin de tirer les petits vantaux sur elle — mais pas tout à fait, cependant, de sorte qu'elle pourra suivre ce qu'il se passe.

Tout à coup survient le voleur — ou plutôt la voleuse, si l'on veut être exact. Il s'agit en effet d'une jeune femme assez élégante, et visiblement très zélée. Sans hésiter, elle inspecte les tiroirs du chevet et ceux de la commode, ainsi que deux coffrets posés sur une console. Son compagnon la rejoint — « grande classe », se dit Marceline — et c'est lui qui indique à sa complice un petit tableau anodin d'apparence. Aussitôt, la fille décroche la toile qui dissimulait en fait un coffre dans le mur. Depuis sa cachette, Marceline, qui retient son souffle, observe les opérations et n'en perd pas une goutte. « Les saligauds, peste-t-elle à l'intérieur d'elle-même, ah, les saligauds, les saligauds ! » Mais cela n'empêche pas les voleurs d'accomplir leur office.

Laissant sa complice à son œuvre, le casseur disparaît bientôt, non sans expliquer d'ailleurs les raisons de son départ.

— Je vais voir si je peux ouvrir le coffre du salon, dit-il.

— Oui, répond la fille, mais il ne faut pas que nous perdions de temps.

Elle, en tout cas, ne perd pas une seconde. Du petit coffre dans le mur, elle sort une dizaine d'écrins de toutes sortes — velours, maroquin, galuchat. Elle les ouvre un à un pour en vérifier — ou en admirer

— le contenu. Puis elle les referme et les engouffre prestement dans une grande sacoche de cuir qu'elle abandonne sur le lit pour ressortir à son tour.

« C'est le moment, se dit Marceline. Si je dois intervenir en quoi que ce soit, c'est le moment ou jamais. » Et, toute tremblante, la pauvre femme quitte sa cachette et se précipite sur le butin. Rouvrant alors tous les écrins, elle les vide de leurs joyaux avant de les fourrer de nouveau dans la sacoche, qu'il s'agit de lester au plus vite : quelques flacons de parfum feront l'affaire. Puis la vieille demoiselle, les mains pleines de joyaux rutilants, retourne se cacher, mais dans le cabinet de toilette cette fois-ci — ce qui lui permettra de s'enfermer à double tour — juste à temps !

— Laisse tomber ! dit la cambrioleuse à l'adresse de son compère, tandis qu'elle rentre dans la chambre. On a les bijoux, c'est l'essentiel.

Consciente d'être passée très près du drame, Mlle Aubier se signe plusieurs fois, très vite, en articulant des prières muettes. Bientôt elle pourra percevoir le crissement reconnaissable de la porte de l'office — « sa » porte en somme, celle qui donne sur l'escalier de service. Le danger semble écarté. Prudente, la vieille demoiselle met néanmoins plusieurs minutes avant d'ouvrir la porte du cabinet de toilette, pour traverser la chambre et courir jusqu'au téléphone, dans le petit salon. Elle appelle la police, puis les propriétaires de l'appartement.

Incroyable mais vrai : assurés par téléphone de l'échec du cambriolage, les Deval-Monier ne se déplaceront même pas pour venir constater la situation de visu ! Et Marceline Aubier devra attendre encore deux bonnes semaines pour se trouver congratulée de vive voix. Entre-temps, elle évitera de s'attarder dans l'appartement au-delà d'un arrosage express.

Quand Mme Deval-Monier rentra de vacances, elle demanda à Mlle Aubier de passer la voir et lui proposa un cadeau en remerciement de son acte d'héroïsme en chambre.

— Regardez ces bijoux, et prenez celui qui vous fera plaisir.

— Vous savez ce qui me ferait vraiment plaisir ? demanda Marceline en rougissant jusqu'aux oreilles.

— Non, mademoiselle, mais c'est à vous de me le dire.

— J'aimerais beaucoup votre petite mésange en porcelaine.

— Vraiment ? Mais ce n'est pas assez...

— Pour moi, c'est un cadeau royal.

Aussi le petit oiseau dut-il quitter ses pénates cossus pour venir orner le deux-pièces meublé de la demoiselle du cinquième. Personne ne songerait à l'en plaindre.

LE DÉSERT DE NUBIE

Au départ, il y a une bande de copains, des étudiants : deux Français et deux Américains. Jacques Durand, vingt-quatre ans, prépare une agrégation d'anglais. C'est un beau garçon sportif, un athlète, champion de ski, de natation, mais tout aussi brillant dans les études que dans les exercices physiques. Marcel Chardon, vingt-cinq ans, vient de terminer ses études de pharmacie. Lui aussi c'est un champion sportif et un ami d'enfance de Jacques Durand. Les deux Américains s'appellent John Haig, vingt-huit ans, qui prépare un diplôme de mathématiques, et Donald Brogan, vingt-huit ans également, qui, lui, est déjà professeur de français à Berkeley en

Californie. Haig et Brogan ont connu Durand quand il était aux Etats-Unis où il a passé un an à l'université.

Au mois de janvier 1959, les quatre jeunes gens se retrouvent à Paris. C'est autour d'un verre que Jacques Durand leur expose sa grande idée :

— L'Afrique, ça vous dirait ?

C'est souvent comme cela que commencent les grandes aventures et même que se jouent les destins. Un propos en entraîne un autre, on discute, on se passionne, on s'enflamme et le projet aboutit : il s'agit ni plus ni moins de faire le tour de l'Afrique en voiture.

Avec l'aide de leurs parents, les jeunes gens achètent deux 2 CV, et tout un matériel : une vingtaine de pneus, des bouteilles de gaz, des lampes de poche, des vivres en conserve et deux tentes. Les préparatifs enthousiastes durent six mois et, le 2 juillet, à la date prévue, tout est prêt. L'une derrière l'autre, les deux petites voitures couvertes d'inscriptions, la première vert pomme, la seconde rouge vermillon, s'élancent en klaxonnant.

Dans leurs coffres pourtant, par rapport à ce qui était prévu au départ, il y a deux modifications. On s'est muni d'une carabine de fort calibre qui permettra de chasser, de se défendre contre les bêtes sauvages et éventuellement contre les pillards. Mais on a choisi aussi de réduire au minimum les réserves en essence et en eau potable. Il ne faut pas trop charger les voitures. Ces deux décisions, sans que nul ne s'en doute, vont fixer le destin de l'expédition.

La traversée des pays méditerranéens passe très vite. Les choses sérieuses commencent quand on arrive au sud de l'Egypte, à Assouan. Là, l'expédition s'arrête quelques instants, mais pas pour admirer les splendeurs archéologiques.

Que s'est-il passé, au pied des temples égyptiens et des colosses d'Abou-Simbel ? Nul ne le sait. Toujours est-il qu'au lieu de suivre la voie normale, pour aller vers le Soudan, qui consiste à longer tout simplement le Nil, on décide de rejoindre l'étape suivante, Wadi-Halfa, en passant par une route que même les caravanes redoutent d'emprunter : le désert de Nubie.

Le désert de Nubie est presque aussi impitoyable que le Sahara. C'est une étendue de rocaille et de sable de plusieurs centaines de kilomètres de long et de large, à l'est du Nil. La température ne descend jamais à moins de 50° dans la journée. Pas de route, très peu de pistes et, si le vent se lève, alors il n'y a plus rien.

On ne saurait bien sûr s'y aventurer sans guide. Celui que l'équipe choisit est un Nubien de vingt ans, Waki. Jacques Durand le décrit ainsi dans une lettre à ses parents :

« C'est un jeune Bédouin de haute taille au visage fin et racé. Il regarde au loin et ne parle pas. Avec son grand bâton à la main, son turban blanc épais roulé très large, il a l'air ailleurs. Il ne sourit pas, il semble encore près de l'instinct. Il y a en lui quelque chose d'inquiétant et d'animal. »

Voilà. Le dernier personnage de l'histoire est en place. C'est maintenant entre eux cinq que tout va se jouer.

Les deux petites 2 CV dépassent le dernier village avant le désert. Les habitants, dans leurs burnous blancs, regardent disparaître à l'horizon ce qui n'est bientôt plus qu'un nuage de poussière.

Et ensuite... ensuite, il n'y a rien. C'est le silence, le grand silence du désert.

Les recherches commencent au début d'octobre. Des hélicoptères égyptiens survolent les lieux et il leur faut près d'un mois pour aboutir.

Le 28 octobre, à quelque quatre cents kilomètres

d'Assouan, en plein cœur du désert, on repère deux voitures presque entièrement ensablées et, à proximité, quatre corps totalement méconnaissables. La police égyptienne fait sans tarder ses constatations : trois des victimes sont mortes de soif, quant à la quatrième, elle a été tuée d'une balle dans la tête.

Ce dernier corps est revêtu du burnous des paysans nubiens. Pour les Egyptiens, il n'y a donc pas de doute, il s'agit du guide Waki. Mais il en manque un, de même qu'il manque la carabine, que la douane égyptienne avait enregistrée à l'entrée de l'expédition. Les deux Français peuvent être identifiés grâce à leurs papiers, ainsi qu'un des Américains, John Haig. Le quatrième est le guide Waki. Mais alors qu'est devenu le second Américain, Donald Brogan, et que s'est-il passé ?

Pour toute indication, on retrouve quelques petits mots griffonnés sur des bouts de papier, d'une écriture tremblante, une écriture qui annonce la mort.

Près de Jacques Durand, daté du 29 juillet :

« Ce qu'il y a de terrible, c'est que nous ignorons si notre guide sait où il va. Nous n'avons plus d'essence. »

Daté du 30 juillet, près du corps de Marcel Chardon :

« La vie touche à son terme, nous avons cherché de l'eau partout, mais en vain. »

Enfin, près de John Haig, à qui ses camarades apprenaient le français, on retrouve le journal bilingue qu'il tenait depuis le début de l'expédition et dont la dernière page porte :

« Nous sommes perdus — *We are lost.* »

Alors, que s'est-il passé dans cette immense étendue blanche sans autre témoin que l'implacable soleil de Nubie ? On ne peut qu'imaginer.

Nous sommes le 30 ou le 31 juillet 1959. Les deux

petites 2 CV sont maintenant définitivement enlisées. Les cinq hommes ont tenté de toutes leurs forces de les dégager, mais il n'y a rien à faire. Ils n'ont presque plus d'eau et ils se rendent compte qu'ils sont allés trop loin, si loin même qu'ils n'en reviendront pas.

Alors, la nature reprend ses droits. L'être qui se sent proche de sa fin redevient une bête, car l'instinct de conservation est plus fort que tout. Tous se ruent sur le peu d'eau qui reste et c'est une lutte sans merci. Les plus faibles tombent les premiers. Dans ce combat pour la vie, c'est Donald Brogan qui est le plus fort. Il abat le guide d'une balle dans la tête. Il laisse ses compagnons agoniser et s'en va droit devant lui avec dans ses mains un trésor : le dernier bidon d'eau et une idée fixe qui le soutiendra jusqu'à son dernier souffle : survivre.

Telle est, en tout cas, la version officielle des autorités égyptiennes et soudanaises, qui multiplient les patrouilles pour arrêter le fuyard. On signale l'Américain en plusieurs endroits, des gardes-frontière jurent l'avoir vu.

Mais deux personnes ne croient pas à cette version.

Il y a d'abord Françoise Durand, la sœur de Jacques. Elle a bien connu Donald à Paris et elle est sûre que c'est lui la victime et non le meurtrier. Quelque chose, son instinct de femme, ou simplement son bon sens, le lui dit. Quelque chose de si puissant qu'au mois de novembre, elle part pour l'Egypte avec un but qui semble insensé : prouver que le quatrième corps est celui de Donald Brogan.

Bien loin de là, une autre femme, la mère du jeune homme, Mme Brogan, pense exactement la même chose : son fils est mort, elle en est sûre ; mort dans le désert avec les autres.

Françoise Durand arrive au Caire et ce qu'elle va réussir est tout à fait exceptionnel. Elle fait le tour des autorités et des ministères. Elle attend des heures dans les antichambres, dans les couloirs ; elle essuie refus sur refus. Sa tâche est d'autant plus difficile qu'à l'époque les rapports entre l'Egypte et la France sont franchement mauvais. La crise de Suez n'est pas si loin et les relations diplomatiques sont toujours rompues.

Pourtant, Françoise est persuasive. Elle met tant d'insistance, tant de conviction, tant de chaleur dans ses paroles, qu'on finit par l'écouter. On va exhumer le corps du guide, ne serait-ce que pour lui prouver qu'elle a tort et mettre un point final à toute cette affaire. L'exhumation a donc lieu. Elle ne donne rien de concluant. De part et d'autre, on reste sur ses positions. Et les choses vont en rester là, quand l'ambassade des Etats-Unis transmet à la police égyptienne un document capital.

Mme Brogan a demandé au dentiste de son fils la radiographie de sa mâchoire. Et quand cette pièce parvient sur le bureau des autorités du Caire, une nouvelle expertise est décidée. Les divers plombages, la forme des dents et de la mâchoire ne laissent aucun doute : le quatrième corps est bel et bien celui de Donald Brogan. Il est rapatrié et inhumé en terre américaine.

C'est ici que se termine la partie connue, officielle de cette histoire. Pour le reste... pour le reste, il faut bien revenir au désert de Nubie.

Que s'est-il donc passé le 30 ou le 31 juillet 1959 à quatre cents kilomètres au sud d'Assouan ?

On peut d'abord imaginer le même récit que tout à l'heure, mais en changeant les noms de la victime et du meurtrier. Les cinq hommes mourant de soif, et dont l'esprit s'égare peu à peu, se disputent avec sauvagerie la possession des dernières gouttes d'eau. Et c'est le guide qui sort vainqueur de la lutte. D'ailleurs, n'est-ce pas vraisemblable ? C'est lui, l'homme du désert, habitué à la chaleur et à la soif, qui devait survivre.

Mais on peut aller plus loin. On peut imaginer plus terrible encore.

Le désert de Nubie n'est pas immense. Normalement, une expédition, même mal préparée, aurait dû en venir à bout ; à condition, bien entendu, qu'elle suive la bonne route, qu'elle ne s'égare pas, ou plutôt qu'on ne l'égare pas. Et si le guide avait tout prévu, tout calculé depuis le départ ? S'il avait conduit délibérément les quatre hommes à la mort, dans un endroit fixé à l'avance, un endroit difficile à repérer, où l'attendaient d'autres complices ? Bien sûr, il ne semble pas qu'il y ait eu pillage. Mais on n'a découvert que ce qui restait et on ne saura jamais ce qui a pu être volé.

Car il est troublant que, malgré les recherches qui ont été entreprises, on n'ait jamais retrouvé le guide Waki. Alors pourquoi n'aurait-il pas trouvé refuge, avec sa provision d'eau, dans un village ami, où il vit peut-être encore, avec femme, enfants, petits-enfants et parfois, peut-être aussi, sa conscience ?

POUR VOTRE SÉCURITÉ

Françoise pratique l'auto-stop depuis l'âge de seize ans. Elle en a une trentaine au début des années 80, et, grâce à ce mode de locomotion, elle peut se flatter d'avoir parcouru gratuitement une distance équivalant à plusieurs fois le tour de la Terre. Françoise est arrivée en Floride fin 1982, pour travailler au pavillon français du grand parc d'attractions d'Orlando. Chaque matin et chaque soir, c'est en stop qu'elle parcourt les dix-sept kilomètres entre le parc et son domicile. Il faut dire qu'elle n'a pas tellement le choix : aux horaires qui sont les siens, les autobus ne fonctionnent pas. Or, son guide touristique affirme que l'auto-stop est partout autorisé aux Etats-Unis, à l'exception des Etats du Nevada et de Washington.

En ce matin du 16 novembre 1983, Françoise doit aller faire une course dans le nord d'Orlando, à quelques kilomètres de chez elle. Tout naturellement, elle se poste donc en bordure de la grande rue la plus proche et tend le pouce droit en l'air, comme elle l'a fait tant de fois par le passé. Mais aujourd'hui, c'est un peu différent.

Moins d'une minute plus tard, en effet, une voiture s'arrête à quelques mètres. C'est un policier qui en surgit, comme un diable hors de sa boîte. Il marche droit vers Françoise et l'apostrophe sur un ton brutal, et d'autant plus inattendu que c'est une région où les gens sont, au contraire, généralement courtois.

— Qu'est-ce que vous faites ici ?

— Je fais de l'auto-stop.

— L'auto-stop est interdit à Orlando. Vous n'avez qu'à prendre le bus un peu plus loin ; il y en a un dans trente minutes.

Sur quoi il remonte dans sa voiture, démarre en trombe et disparaît au premier virage.

Françoise reste un peu soufflée ; c'est la première fois qu'elle entend parler de cette prétendue interdiction. Elle réfléchit un instant : « Trente minutes d'attente pour un bus, alors que dans une minute, si je veux, je peux être tranquillement installée dans une voiture ? »

(Ce qu'il faut savoir, c'est qu'en fait le policier a dû dire : « dans trois minutes ». Mais Françoise n'est pas encore habituée à la langue, et elle a compris « trente » au lieu de « trois ».)

Sans aucun état d'âme, elle se remet en position et tend de nouveau le pouce. Mal lui en prend : sans doute agacé par l'assurance de la jeune Française, le policier fait en effet le tour du pâté de maisons pour repasser aussi vite au même endroit. Cette fois, il s'arrête net devant Françoise et bondit hors de sa voiture en hurlant :

— Je viens de vous dire que le stop est interdit ici et vous, vous recommencez ! Vous allez voir ce qui arrive quand on défie la police de cette façon !

Et, disant cela, il se précipite sur Françoise, lui arrache violemment son sac à main qu'il jette dans le coffre et, lui tordant les deux bras dans le dos, tente de lui passer les menottes. La malheureuse se débat de toutes ses forces :

— Mais enfin lâchez-moi ! Je ne suis pas une criminelle !

Heureusement pour elle, quelques badauds s'attroupent ; le policier craint alors le scandale et la pousse sans l'entraver dans la voiture de police. A partir de cette minute, Françoise se retrouve, et pour plusieurs heures, dans l'engrenage infernal de la machine policière. Rien ne lui est épargné : contrôle des papiers, prise d'empreintes, photographies panoramiques comme dans les prisons, contrôle médical assez sévère et, surtout, une fouille corporelle si poussée qu'elle en devient terriblement humiliante.

Puis on la boucle dans une cage de trois mètres sur trois. Au bout d'une demi-heure, un inspecteur entre pour l'interroger. Là encore tout y passe ; la vie de Françoise est passée au crible, à travers des dizaines de questions sans le moindre rapport avec son infraction mineure. Puis l'inspecteur conclut :

— Pour que nous puissions vous laisser repartir, il faut que vous nous versiez 250 dollars de caution.

Françoise sursaute et le fait répéter plusieurs fois pour être sûre de bien comprendre. Mais il n'y a pas d'erreur : si elle ne verse pas tout de suite 250 dollars, il est impossible de la libérer. Or, à l'époque, la jeune Française n'a jamais entendu parler d'une telle pratique.

— Je refuse de payer pour sortir, finit-elle par répondre.

— Pourquoi ?

— C'est une question de principe. Depuis un an que je travaille dans votre pays, je n'entends parler que de liberté. Eh bien moi, dans le pays de la liberté, je ne paie pas pour être libre.

Sidéré par tant d'aplomb, l'inspecteur finit par quitter la cage. Il est bientôt remplacé par un autre policier, puis encore un autre — sans plus de succès. A l'évidence, les policiers américains n'ont pas été formés pour affronter ce genre de prévenu récalcitrant.

— Vous allez voir le patron, lui annonce-t-on au bout d'une nouvelle heure de détention arbitraire. Vous l'aurez voulu...

La jeune femme voit entrer alors un homme d'une quarantaine d'années, visiblement amusé par la situation. Et après un long entretien, le « patron » finit par fléchir :

— Je vous laisse partir sans caution, mais on va vous remettre une convocation au tribunal d'Orlando pour y être jugée. Il vaudrait mieux pour vous que vous vous y présentiez sans faute, car je n'ose pas imaginer ce qui se passerait sinon...

— Très bien. J'y serai.

Après une première audience annulée pour d'obscures raisons administratives, Françoise se retrouve donc au tribunal pour y être jugée de son horrible crime.

— Quatrième étage, salle 401, dit la réceptionniste.

La salle d'audience est tout à fait conforme aux décors des westerns. Au centre, un gros policier en uniforme fait les cent pas, revolver à la ceinture ; il mâche un chewing-gum. Françoise s'assied sur un banc et attend. Les travées ne tardent pas à se remplir, puis la cour investit les lieux avec pompe : le président en toge noire, les greffiers, les assesseurs en tenue.

Après plusieurs affaires expédiées à toute vitesse, Françoise entend qu'on l'appelle à la barre des accusés. D'emblée, après lui avoir intimé de jurer, le président lui demande :

— Plaidez-vous coupable ou non-coupable ?

— Je n'en sais rien, Votre Honneur. Je ne ressens aucune culpabilité pour avoir fait de l'auto-stop et...

— Ce n'est pas ce que je vous demande : plaiderez-vous coupable ou non-coupable ?

— Mais je l'ignore, Votre Honneur !

Un peu agacé, le président fait signe à la greffière de prendre l'accusée à part pour lui expliquer l'alternative.

Très aimable, la brave femme explique la procédure à Françoise. Puis elle conclut :

— Dans les deux cas la sentence sera la même : 25 dollars d'amende et soixante jours de probation. Sauf que si vous plaidez non-coupable, ce sera beaucoup plus long.

Pressée d'en finir, Françoise choisit de plaider coupable.

— Vous avez raison, dit la greffière.

Reprise de l'audience. C'est la greffière qui répond « coupable » à la place de Françoise, mais en ajoutant :

— Si je puis me permettre, Votre Honneur, compte tenu de l'ignorance dans laquelle se trouvait l'accusée concernant la législation de notre pays, nous voudrions solliciter de votre bienveillance une dispense d'amende.

— Faveur accordée, dit le président. Vous pouvez vous retirer.

Mais Françoise n'est pas venue jusque-là pour rien.

— Avant de sortir, Votre Honneur, je voudrais vous poser une question.

— Je vous écoute.

— Pouvez-vous m'expliquer pourquoi l'auto-stop est interdit à Orlando ?

— Pour deux raisons : d'abord pour éviter la prostitution ; ensuite pour réduire la criminalité. Sachez qu'il y a beaucoup d'agressions à Orlando. C'est donc une mesure de protection du citoyen. Tout cela, Miss, c'est pour votre sécurité. Et il ajoute en français, avec un drôle d'accent : pour votre sécurité.

Une fois hors de la salle d'audience, Françoise demande à un planton de l'aider à repérer sur la carte la limite à partir de laquelle l'auto-stop est autorisé. C'est alors qu'elle entend, venant de la salle 401, une sorte de violent claquement suivi de cris. La grande porte de la salle s'ouvre à toute volée, et un policier en surgit, poursuivi par un homme en blouson armé d'un revolver. Trois nouveaux coups de feu partent ; les deux hommes disparaissent en courant.

Sans prendre le temps de réfléchir, Françoise se précipite alors dans la salle 401, où elle découvre un étrange spectacle : tout le monde, président compris, est à plat ventre sous les tables et les bancs. Au même moment, une nouvelle détonation retentit, apparemment toute proche.

Comme un seul homme, les personnes allongées se relèvent alors et courent se claquemurer dans les deux bureaux du fond dont ils verrouillent les portes. Françoise n'a pas encore bien réalisé ce qui se passe ; elle s'avance dans l'allée centrale et, là, ce qu'elle découvre la glace de stupeur : un homme, le gros policier au chewing-gum, gît à terre, le crâne fracassé dans une grande flaque de sang noir. Il n'est pas mort et râle faiblement.

Nouveau coup de feu, encore plus rapproché. La porte du fond, à gauche, s'entrebâille, et un visage de femme apparaît :

— Venez vous mettre à l'abri, crie-t-elle. Vite !

Toujours aussi inconsciente du danger, Françoise se dirige sans précipitation vers la porte qu'on referme à double tour dès qu'elle en franchit le seuil. Dans le petit bureau bondé, c'est la panique : les femmes sanglotent, des hommes restent prostrés ; quant au juge, il tourne comme un lion en cage en répétant :

— *My God, my God.* Ce n'est pas possible. Ce n'est pas possible, *my God* !

Avec l'aide d'une secrétaire, Françoise tente d'appeler une ambulance pour le policier mourant.

Il s'écoulera deux bonnes heures avant que le tueur fou soit arrêté et que le calme revienne dans les locaux du tribunal ; Françoise mettra cette longue attente à profit pour s'expliquer avec le juge effondré :

— Voyez-vous, Sir, depuis un an que je suis aux Etats-Unis, j'ai parcouru plusieurs dizaines de milliers de kilomètres en auto-stop sans le moindre danger. Et, la première fois que je mets les pieds dans un tribunal, j'assiste à une tuerie effroyable. Avouez que ça fait réfléchir !

Mais le président n'a pas la tête à réfléchir.

— Ce n'est pas possible, dit-il seulement. *My God !*

LE COUTEAU DE CUISINE

Quatre heures du matin, le 6 octobre 1976, dans une grande ville de province. Comme tous les autres jours à la même heure, la cité est endormie. Dans les rues désertes passent quelques rares voitures et, dans les appartements aux volets clos, c'est la paix et le silence.

Du moins, cela c'est l'apparence, car dans l'intimité des habitations, il peut se produire bien des drames...

Henri Baudrier, qui habite avec sa femme un deux-pièces du centre-ville, est debout, en pyjama, près du lit conjugal. Il ruisselle de sueur. Devant lui, son épouse Michèle dort paisiblement. Henri contemple ce corps bien fait, ces longs cheveux blonds étalés sur l'oreiller, puis il se regarde lui-même et il murmure :

— Ce n'est pas possible...

Non, ce n'est pas possible ! Que fait-il debout, au pied du lit, avec un couteau de cuisine à la main ? Normalement il devrait dormir près de Michèle et voilà qu'il vient de se réveiller, le couteau levé au-dessus d'elle... Ce couteau, c'est celui qui sert à découper la viande, il était dans la cuisine. Il a donc fallu que, dans son sommeil, il se lève, qu'il aille le chercher. Et tout cela dans l'idée de tuer sa femme ! Mais que se passe-t-il ? Que lui arrive-t-il ?

Dissimulant l'arme sous le lit et prenant soin de ne pas réveiller son épouse, Henri reprend sa place auprès d'elle. A vingt-cinq ans, il est plutôt beau garçon. Il est brun aux yeux bleus ; des yeux qui, en cet instant, reflètent une terreur indicible.

Maintenant il se souvient. Il était en train de faire un rêve et, dans son rêve, il tuait Michèle. Il prenait un couteau et il la frappait dans le ventre, d'un coup terrible qui la clouait comme un papillon. Que se serait-il passé s'il n'était pas revenu à lui au dernier moment ? La réponse est malheureusement aussi claire qu'horrible : il serait devenu un assassin. Couvrant la respiration régulière de Michèle, Henri murmure :

— Un assassin...

Mais pourquoi tuerait-il Michèle ? Il l'aime et elle

l'aime. Depuis trois ans qu'ils sont mariés, ils n'ont pas eu une seule dispute sérieuse. Ils sont le modèle du couple uni.

Et pourtant, dans cette nuit silencieuse du 6 octobre 1976, Henri est bien obligé de se dire qu'il a failli devenir un assassin, ou plutôt qu'une partie de lui-même a voulu tuer. Il est bien obligé de se dire qu'il y a en lui un monstre incompréhensible et incontrôlable. Accident passager ? Il aimerait y croire, mais il a la certitude que cela se reproduira. Cette nuit, il a été le plus fort. Mais les autres nuits — car il y en aura d'autres —, que va-t-il se passer ?

Quelques heures plus tard, Henri est assis, tout tremblant, dans un couloir de l'hôpital psychiatrique central. Il a toujours eu une confiance très modérée dans les psychiatres et il n'aurait jamais pensé qu'il en consulterait un jour. Mais le moyen de faire autrement ? Quand on souffre des dents, on va chez le dentiste, même si on n'a aucune envie de s'y rendre ; quand on est en train de devenir fou, on va à l'hôpital psychiatrique.

Après être sorti de chez lui, ce matin du 6 octobre, Henri s'est arrêté à la première cabine pour téléphoner à son patron qu'il était souffrant et il a pris la direction de l'hôpital. Jamais de sa vie, il n'a été aussi mal à l'aise. Il jette à droite et à gauche des regards furtifs. Certains de ses voisins et voisines ont les yeux fixes et vagues, d'autres sont secoués de tics ou de rires nerveux ; d'autres enfin marmonnent indéfiniment quelque chose qui ressemble à une prière. L'attente dure des heures. Il faut dire que le professeur André Descamps est un psychiatre des plus réputés et que sa consultation est très fréquentée.

Il est plus de midi lorsqu'une jeune infirmière annonce d'une voix impersonnelle :

— La personne suivante.

Henri se lève. C'est enfin à lui.

Le bureau du professeur André Descamps forme un contraste saisissant avec le reste de l'hôpital. Autant les couloirs et la salle d'attente étaient froids et quelconques, autant ici l'ambiance est chaude et luxueuse : des murs capitonnés de soie, des fauteuils de cuir... Le professeur Descamps lui-même est un septuagénaire distingué aux cheveux blancs, aux mains fines et aux lunettes dorées. Henri s'éponge le front et part dans un discours précipité.

— C'est affreux, docteur ! Ma femme : j'ai voulu la tuer ! Dans mon sommeil... Avec un couteau de cuisine !

Le professeur lui désigne le fauteuil qui lui fait face :

— Prenez place, je vous prie, et commençons par le commencement : vos nom, prénom, âge, profession...

Un peu désarçonné par ce calme, Henri répond aux questions du praticien et raconte aussi complètement que possible le drame qu'il a vécu la nuit précédente. A sa surprise, le psychiatre ne manifeste pas d'inquiétude. Au contraire, il le voit esquisser de temps à autre un léger sourire. André Descamps prend enfin la parole :

— Eh bien, je vais vous prescrire quelques tranquillisants légers. Pour le reste, il n'y a rien de grave.

Henri est partagé entre la colère et la stupeur.

— Comment cela : « rien de grave » ? J'ai failli tuer ma femme sans aucune raison, devenir un assassin, et vous trouvez que ce n'est pas grave !

— Calmez-vous, monsieur Baudrier. D'abord, comme vous le dites, vous avez failli tuer votre femme, vous ne l'avez pas tuée.

— Il ne manquerait plus que cela ! Si je l'avais tuée, je ne serais pas ici...

— Vous ne l'avez pas tuée et vous ne la tuerez pas. Vous vous êtes retrouvé avec votre couteau à la main, mais en aucun cas vous n'auriez frappé. Vous avez commis un acte symbolique, rien d'autre. Vous ne pouviez pas aller plus loin...

— Vous êtes sûr ?

— Absolument. Rassurez-vous, monsieur Baudrier. Vous n'êtes pas un assassin. La psychologie de l'assassin, je la connais, et elle est très différente, croyez-moi.

Henri regarde avec attention le psychiatre qui, cette fois, ne sourit plus. Il ressent un intense soulagement et il ne peut s'empêcher d'être impressionné par la personnalité de son interlocuteur. Il finit par demander :

— Je veux bien vous croire, mais alors pourquoi ?

— C'est la bonne question à poser, car votre acte n'est absurde qu'en apparence. Il a même, pour avoir pris une telle intensité, des raisons très profondes.

— J'ai des raisons de tuer ma femme !

— Pas de la tuer : je vous ai déjà dit que c'était symbolique... Dans votre rêve, c'est bien au ventre que vous vouliez la frapper ?

— Oui.

— Ouvrir le ventre de votre femme, cela ne vous suggère rien ? Réfléchissez...

Henri se prend la tête dans les mains. Il sent confusément que le praticien a raison, mais tout cela est trop difficile, trop douloureux. Il ne parvient pas à faire sortir cette vérité enfouie au fond de lui-même.

— Non, vraiment... je ne vois pas.

— Je vais vous venir en aide. N'auriez-vous pas envie d'un enfant que votre femme vous refuse ? Ouvrir son ventre signifierait dans ce cas la forcer à accoucher. Comme vous le voyez, il n'y a rien là de criminel. Cela serait même plutôt positif.

Henri est désemparé devant cette révélation succédant à l'angoisse de sa nuit de cauchemar. Il bredouille quelque chose comme :

— C'est vrai... Pour l'enfant, Michèle ne veut pas...

— Elle ne veut pas et à la fin cela a fini par vous

rendre malade. Parlez-moi un peu d'elle, monsieur Baudrier.

Henri redresse la tête.

— Michèle est une enfant. Elle a le même âge que moi, mais elle se comporte un peu comme une petite fille. C'est cela que j'aime en elle d'ailleurs... Enfin, jusqu'à une certaine limite. Je voudrais fonder un vrai foyer, mais, quand je lui en parle, elle se fâche. Elle dit qu'elle ne se sent pas mûre, pas prête. Je pense aussi qu'elle a peur que la grossesse l'enlaidisse. Elle est très coquette.

— Je vois... C'est un genre de comportement plus fréquent que vous ne l'imaginez.

— Qu'est-ce que je dois faire ?

— Eh bien, vous allez lui expliquer tout cela.

— Tout ? Même le rêve, le couteau de cuisine ?

— Bien sûr.

— Mais elle ne comprendra jamais ! Elle va en faire une maladie.

— C'est à vous de voir.

— Vous voulez dire que si elle n'est pas capable de comprendre, je dois en tirer les conséquences ?

Le professeur Descamps se lève.

— Je ne veux rien dire de tel, monsieur Baudrier. Je suis là pour guérir vos symptômes, pas pour vous dicter votre conduite.

On peut imaginer dans quel état Henri rentre au domicile conjugal. Avec un être fragile, hypersensible comme l'est Michèle, il s'attend au pire quand il va lui raconter ce qui s'est passé la nuit dernière : cris, hurlements, crise de larmes, crise de nerfs, fuite précipitée chez ses parents, peut-être pour ne jamais revenir. Mais il est décidé. Il croit ce que lui a dit le médecin. Il sent profondément, de tout son être, que c'est la vérité. Si Michèle n'est pas capable de le comprendre, tant pis !

« Tout ne s'est pas passé facilement et rapidement, conclut Henri Baudrier... cela aurait été trop beau.

Il y a bien eu des cris, des larmes. Michèle a eu surtout peur, très peur. Mais nous sommes retournés consulter ensemble le professeur Descamps, qui a su la convaincre. La meilleure preuve est que notre premier enfant est né un an après. Nous ne lui avons jamais raconté les événements qui avaient précédé sa naissance. A quoi bon lui dire qu'il devait sa venue au monde à un couteau de cuisine ? »

L'ÉCHAPPÉE BELLE

Avril 1941. Cela fait bientôt un an que le général de Gaulle a lancé son appel depuis Londres, mais peu nombreux sont ceux qui ont eu le courage ou l'opportunité d'y répondre. Roland et Jacques, deux copains, âgés d'à peine vingt ans, ont décidé d'être de ceux-là. Quitte à tenter le diable. Pour rassurer leurs parents, ils leur ont écrit, sur des cartes interzones, qu'ils étaient élèves pilotes des forces de Vichy en Afrique du Nord. En réalité, ils ont déserté depuis déjà pas mal de temps et se trouvent toujours en métropole. Ils parcourent maintenant la Normandie à la recherche d'un moyen pour rallier l'Angleterre.

Jacques et Roland n'ont que cent cinquante heures de vol. L'avion le plus puissant sur lequel ils aient volé est un Morane 230, un petit appareil d'entraînement. Presque un jouet. Cela n'empêche pas nos deux gaillards de vouloir rejoindre la France libre par les airs, en « empruntant » au besoin un avion aux Allemands. D'ailleurs, les terrains d'aviation ennemis ne manquent pas dans la région : il y a celui de Saint-Martin à Bernay, celui de Saint-Gatien à Deauville, celui d'Evreux ou celui de Caen-Carpiquet. Ils n'ont que l'embarras du choix ! Nos deux apprentis pilotes optent finalement pour la base de Caen, où plus de deux cents avions les attendent. Comment y pénétrer ? Comment dérober un appareil ? Sauront-ils le piloter ? N'ayant aucune réponse à ces questions, ils décident d'aviser sur place.

Après avoir pris conseil auprès d'un camarade connaissant le terrain de Carpiquet, Jacques et Roland s'y introduisent un beau matin par une entrée au sud. Là, une sentinelle les interpelle :

— Halte ! Qu'est-ce que vous faites ici ?

— Nous venons chercher du travail, lui répond Jacques sans se démonter.

Quelques minutes plus tard, le chef de chantier observe les deux jeunes hommes de la tête aux pieds, avant de conclure :

— Ma foi, si vous n'avez pas peur du travail, il y a toujours les trous de bombes à reboucher. Si ça vous tente, revenez lundi avec vos papiers ; on verra de quoi vous êtes capables.

Cette réponse laisse les jeunes gens perplexes.

— C'est risqué, avoue Jacques en sortant de la base. S'ils ont nos coordonnées, ils pourront facilement retrouver nos parents. Pas question de leur causer des ennuis.

— Pourtant, c'est notre seule chance de pénétrer sur la base, soupire Roland. Mais après tout, on n'est pas obligés de demander l'autorisation.

Son ami ne voit pas où il veut en venir.

— Il suffit de le jouer au bluff ! précise Roland.

— Au bluff ?

— Oui, nous n'avons qu'à nous comporter comme si nous étions embauchés. Ils n'ont pas l'air d'être trop méfiants.

Dès le lendemain, les deux jeunes gens saluent en souriant la sentinelle de l'entrée. Voyant leur assurance, elle s'efface devant eux. Sans hésiter, ils se dirigent vers les pistes, tout surpris de voir que personne ne fait attention à eux. Il faut dire que la base est fréquentée en permanence par une foule de mécaniciens, de pilotes et de gardes.

Non loin des pistes, les deux intrus dénichent un petit hangar un peu à l'écart. Ils y pénètrent d'un pas assuré et découvrent avec satisfaction qu'il n'est pas gardé. Cela leur laisse tout loisir d'inspecter les deux appareils entreposés là : un Heinkel 111 et surtout un Bucker Youngmaster, qui est un biplan assez léger et maniable, l'idéal pour gagner l'Angleterre. Aussitôt, Roland et Jacques remuent l'appareil : un bruit de liquide leur signale que le plein d'essence a été fait. La chance continue à leur sourire.

— Magnifique ! s'exclame Roland. Juste ce qu'il nous fallait !

— Silence ! dit Jacques qui est allé jeter un coup d'œil à l'autre avion. Il y a un gars dans le Heinkel 111.

Inutile de se cacher, l'homme les a vus. Il range tranquillement ses outils puis s'avance vers eux avec nonchalance et leur adresse un sourire complice. Puis il sort du hangar.

— Merde ! Ce que j'ai eu peur ! soupire Jacques.

— Sortons de là !

— Non, attends ! Il faut vérifier les commandes de l'avion, insiste Roland en montant dans le biplan.

Mais il ne tarde pas à déchanter :

— Pas de chance, annonce-t-il d'une voix inquiète, le tableau de bord est entièrement en allemand : je n'y comprends rien !

— Descends ! lui intime son camarade. On n'a plus le temps.

En effet, deux sentinelles s'approchent et s'apprêtent à entrer dans le hangar. Roland ne perd pas son sang-froid et décide d'y aller une fois de plus au culot. Avec calme, il prend une cigarette et avance vers les deux soldats :

— Vous avez du feu, s'il vous plaît ? leur demande-t-il d'une voix dégagée.

C'est si gentiment demandé qu'une des deux sentinelles tend son briquet.

— Merci !

Décidément, personne ne se méfie d'eux. Ils comprendront bientôt que cette absence de contrôle tient au fait que le petit hangar qu'ils ont visité est consacré à la maintenance des avions. Alors que dans les groupes de chasse, les mécaniciens connaissent les pilotes et s'étonneraient de voir rôder deux jeunes inconnus autour de leurs appareils, ici, personne ne s'en inquiète.

Pendant trois jours, Jacques et Roland préparent leur évasion du sol français. Afin d'être sûrs de ne pas être repérés, ils acquièrent des combinaisons semblables à celles des mécaniciens de la base et leur donnent (avec de la teinture) la couleur noire réglementaire. Surtout, ils se procurent le dictionnaire allemand-français qui va leur permettre de déchiffrer les indications du tableau de bord. C'est le décollage qui risque d'être le plus périlleux ; en vol on s'en sort toujours. Quant à l'atterrissage, ils improviseront, une fois de plus.

Le 12 avril 1941 au petit matin, les deux candidats à l'exil revêtent leurs combinaisons. Dans leur poche, une paire de lunettes de cycliste : ce n'est pas l'idéal, mais ça fera l'affaire. Chacun se remémore le plan prévu, bien conscient d'avoir à le modifier en fonction des circonstances.

A 7 heures, le petit équipage pénètre sans difficulté sur la base. Maintenant, les sentinelles les connaissent. Arrivés au bord de la piste, ils constatent avec un frisson qu'une batterie de défense antiaérienne a été installée depuis leur dernière visite : de quoi pulvériser leur avion s'ils sont repérés. En outre, la météo n'est pas favorable : une brume assez épaisse recouvre encore le terrain d'aviation.

Heureusement, le Bucker Youngmaster les attend dans le petit hangar. Afin de ne pas être vus des sentinelles, ils le reculent de quelques mètres. Puis ils montent à bord. A l'aide du petit dictionnaire bilingue, ils commencent à traduire les indications marquées sur les compteurs et les manettes. Avec soulagement, ils constatent alors que les commandes principales sont les mêmes que sur les Morane de leur école de pilotage. Un seul doute subsiste : faut-il pousser ou tirer la manette des gaz pour démarrer ? On verra en temps utile. Quant à l'arrivée d'essence, ils ne s'apercevront que plus tard qu'elle était ouverte — heureusement.

— Bon, qui prend les commandes ? demande Jacques.

— Moi, s'écrie Roland, enthousiasmé à l'idée d'accomplir un petit exploit sportif.

— Le problème c'est que j'aimerais aussi piloter, avoue Jacques. Comme il y a une double commande, l'un n'a qu'à se charger du décollage, l'autre de l'atterrissage.

Et il lance une pièce en l'air.

— Face : à toi le décollage !

Jacques se contentera du rôle de copilote. Pour indiquer le cap à suivre, il ne dispose que d'une carte des P&T ! Qu'importe, il suffit de prendre plein nord. On a rarement vu un équipage décoller dans des conditions aussi hasardeuses, mais cela amuse plutôt les jeunes gens : ils ont tant rêvé d'aventure !

Tout est maintenant en ordre. Après avoir enlevé les cales, Jacques se place devant l'appareil et commence à brasser l'hélice en se suspendant à elle. Le moteur démarre, vrombit un instant, toussote, mais finit par caler.

— Recommence, et magne-toi ! lance Roland, blême.

« Ce foutu moteur fait un bruit d'enfer, pense Jacques en lui-même. Avec tout ce vacarme, les Germains ne vont pas tarder à rappliquer. »

Le deuxième essai est le bon. Le moteur tourne bientôt normalement. Mais pas silencieusement.

— Merde, v'là les Germains !

Une voiture noire approche en effet, avec à son bord un officier allemand et son ordonnance. Au lieu de s'inquiéter de la présence des deux jeunes hommes, l'officier fait signe à son chauffeur de ne pas s'arrêter, pensant sans doute qu'il s'agit de mécaniciens chargés de réviser les moteurs.

Peu de temps après, deux mécaniciens français se présentent dans le hangar. Mais, maintenant, Roland a les coudées franches. Indiquant une brouette qui encombre le passage, il interpelle l'un des hommes :

— Dites, vous pouvez pousser la brouette ?

— Pour quoi faire ? demande celui-ci.

— Parce qu'on s'en va.

— Vous êtes allemands ?

— Non, français. On s'en va en Angleterre.

— C'est pas vrai... Alors là, les gars, chapeau !

Et le mécanicien enlève docilement la brouette. La voie est maintenant libre.

Au moment du décollage, Roland décide de pousser la manette des gaz — et ça marche ! Encore un coup de chance !

L'avion gagne rapidement de l'altitude et s'éloigne avant que l'alerte ne soit donnée. Les deux jeunes pilotes survolent Caen, puis ils mettent le cap sur Ouistreham. Après quelques minutes de vol à huit cents mètres d'altitude, le biplan quitte les côtes françaises. C'est alors qu'une patrouille anglaise composée de deux avions surgit à l'horizon. S'ils aperçoivent les croix gammées qui ornent les ailes du biplan, les Anglais risquent de l'abattre sans demander d'explications. Roland tente d'éviter l'obstacle et descend en piqué. Il redresse son appareil au ras de l'eau et le stabilise de justesse. La patrouille anglaise passe son chemin.

Voilà bientôt les deux équipiers en vue des côtes

anglaises ; ils poussent des hourras de joie. Il ne leur reste plus qu'à trouver où se poser... en espérant qu'on le leur permettra. Pendant dix minutes, ils virevoltent au-dessus de la campagne anglaise, déclenchant l'alerte dans plusieurs villages, mais sans trouver de terrain propice. Apparaît alors un petit avion de patrouille, et ils décident de le suivre. Quelques minutes plus tard, le Bucker Youngmaster se pose sans problème sur l'aéroport de Creight Church.

Mais là non plus, personne ne semble se préoccuper de la présence d'un avion allemand sur le territoire de Sa Très Gracieuse Majesté. Ce n'est qu'au bout de plusieurs minutes qu'une patrouille les interpelle :

— Vous êtes français ? remarque l'officier britannique avec un flegme légendaire. Ah bon, je préfère ça. Mauvais temps pour voler, n'est-ce pas ?

Jacques et Roland échangent un sourire désabusé. Ça peut être utile de passer inaperçu, mais, dans certaines circonstances, on aimerait susciter plus de curiosité.

L'ARCHE DE NOÉ

Tout commence à Bangkok, le 8 mai 1950. Le cargo l'*Endurance,* que commande Pierre Larrigue, emporte vers les Etats-Unis une cargaison très particulière : des cages contenant cent singes, huit éléphants, cinq pythons, quatre crocodiles, quatre panthères et une panthère noire récemment capturés. Ce peu commun chargement est destiné au zoo de New York et à un cirque américain.

D'ailleurs, le cirque a délégué quelqu'un pour surveiller les opérations : Jenny Cuprys, vingt-quatre ans, sa dompteuse vedette. Elle est assez grande, brune, avec de magnifiques yeux bleus, et elle a presque quelque chose de commun avec les bêtes sauvages qu'elle est chargée de convoyer.

La première semaine du voyage se passe sans histoire. Ici, pour comprendre la suite des événements, il faut faire une rapide description du navire. Les bêtes ne sont pas, comme on pourrait le croire, dans la cale. Des animaux sauvages n'auraient pas supporté la lumière artificielle et le manque d'air. Les cages sont donc sur le pont, à l'avant, solidement amarrées par des câbles. Quant au cargo, il se présente comme tous les bateaux de commerce. Au niveau du pont se trouvent la salle à manger, les cuisines et quelques cabines dont celle du capitaine et de Jenny. Au-dessus, le pont supérieur, avec le poste de pilotage. Dans la cale, les couchettes des matelots et les machines.

Ce 16 mai, Pierre Larrigue est dans le poste de pilotage. Il surveille l'horizon d'un air soucieux. Il n'aime pas cette ligne de nuages noirs. A ce moment, le radio lui passe un message d'un air inquiet :

— Capitaine, un avis de la météo : nous avons un typhon droit devant.

Il n'y a rien à faire. Aucune manœuvre n'est possible : un demi-tour n'empêcherait pas le typhon de les rejoindre. Il faut continuer et espérer que tout se passera bien. Le contact avec le typhon se fait brutalement. D'un seul coup les nuages recouvrent tout et des trombes de pluie s'abattent tandis que le vent soulève des vagues gigantesques.

L'homme de barre a toutes les peines du monde à maintenir le cap, mais le navire est solide ; il n'y a pas d'inquiétude à avoir de ce côté. Le capitaine Larrigue et Jenny, eux, regardent les bêtes dans les cages, au-dessous d'eux. Pierre Larrigue avait eu peur que les éléphants, affolés par la tempête, essayent de briser leurs barreaux. Mais, au contraire, ils sont allongés, prostrés sur le sol, tout comme les autres animaux. Jenny Cuprys explique :

— Ils ont le mal de mer. Dès que ce sera calmé, j'irai leur donner un médicament.

Le typhon dure deux heures encore et puis, progressivement, les éléments s'apaisent. Jenny, munie de sa trousse à pharmacie, descend sur le pont. Le capitaine et ses hommes respirent. Ils s'en sont sortis sans dommage. La traversée va reprendre sans histoire.

Du haut de la cabine de pilotage, Pierre Larrigue pousse un cri. La panthère noire ! Avec la fin de la tempête, elle est devenue comme folle. Elle s'en prend au verrou de sa cage. Un coup de patte, un autre, et, brusquement, le verrou cède, libérant la grille, qui s'ouvre d'elle-même.

Pierre se met à crier :

— La panthère !

Mais Jenny Cuprys n'entend pas. Le vent souffle encore, couvrant le bruit des voix. Et elle n'a rien vu, occupée qu'elle est à soigner les éléphants. Horrifiés, le capitaine Larrigue et ses compagnons de la passerelle voient le fauve sortir de sa cage. D'un même mouvement, les matelots présents sur le pont ont couru dans le carré ou les cuisines et ont refermé les portes derrière eux.

La suite se passe en un éclair, un éclair noir. La panthère se jette sur Jenny, la renverse, lui ouvre la gorge d'un coup de patte et enfonce ses crocs dans l'épaule. Heureusement le mauvais temps n'est pas tout à fait fini. Il y a une grosse vague qui déséquilibre le cargo. La bête roule sur le côté.

Avec une présence d'esprit surprenante, la jeune fille, qui perd son sang en abondance, trouve le seul refuge qui lui reste. Elle s'agrippe aux cordages et grimpe à la hune, tout à l'avant du navire. Sur un cargo, la hune est réduite à sa plus simple expression. C'est un cylindre dans lequel on peut tout juste tenir debout. Mais enfin, Jenny est sauvée, du moins momentanément.

La panthère, qui a repris son équilibre, a un rugissement de dépit. Elle se remet à parcourir le pont à la recherche d'une autre proie. Le capitaine Larrigue, qui, jusque-là, n'avait fait attention qu'à la tragédie de Jenny, reprend immédiatement ses esprits. Il fait retirer l'escalier, heureusement amovible, conduisant à la passerelle. Puis il empoigne le transmetteur d'ordres, qui communique avec les machines :

— Fermez immédiatement l'écoutille... La panthère noire !

En bas, il n'y a pas de réponse. Les hommes ont compris. Pierre Larrigue voit l'écoutille se fermer juste au moment où le fauve s'approchait en reniflant. Il se rue dans le poste de pilotage et prend le poste de radio.

— Allô, ici cargo l'*Endurance*. S.O.S...

Il donne sa position.

— Appel à tous les navires de guerre se trouvant dans les parages. Panthère noire en liberté sur le pont. Avons blessé grave à bord. N'avons aucune arme.

Car, c'est extraordinaire, mais c'est ainsi : il n'y avait pas une seule arme à bord de ce navire bourré de bêtes sauvages.

Au bout de cinq minutes environ, il y a enfin une réponse. C'est un contre-torpilleur britannique.

— Sommes à environ six jours de vous. Si vous faites route dans notre direction, nous nous rencontrerons dans trois jours. Bon courage et bonne chance !

18 mai. Deux jours ont passé. L'*Endurance* avance de toute la vitesse de ses machines sur l'océan

Indien. La mer est plate, il fait une chaleur torride depuis que le typhon a cessé.

En haut du mât, Jenny Cuprys, la dompteuse, est invisible. Elle s'est affaissée dans la hune. Elle n'a rien bu, rien mangé depuis deux jours. Ses blessures doivent la faire souffrir épouvantablement ; elle doit être rongée de fièvre, si toutefois elle est encore en vie.

Sur la passerelle, au poste de commandement, quatre hommes se trouvent en compagnie du capitaine Larrigue : les deux sous-officiers, le radio et l'homme de barre. Eux non plus n'ont rien mangé et rien bu depuis deux jours. Ils sont prisonniers sur le pont supérieur où le soleil tape avec une vigueur implacable.

Les marins qui se sont réfugiés au niveau du pont ont eu plus de chance. Ils ont les cabines, les cuisines. Ils peuvent boire, manger, dormir. Dans les machines, au contraire, les hommes ont presque atteint la limite de leurs forces. Depuis deux jours, ils ne sont pas sortis à l'air libre. Ils ont épuisé leurs réserves d'eau. Et comme ils poussent les chaudières au maximum, ils sont dans une véritable fournaise. Mais comment faire autrement, avec ce fauve qui vient de temps en temps devant l'écoutille renifler l'odeur de l'homme ?

Pierre Larrigue fixe le pont éclatant de soleil. Il regarde la panthère noire avec haine. Il se prend à dire entre ses dents :

— Mais toi non plus, tu n'as rien mangé et rien bu depuis deux jours. Toi aussi tu as soif et tu as faim. Alors, c'est toi qui vas crever, sale bête !

Oui, la panthère noire souffre de la soif et de la faim, mais elle ne va pas crever, bien au contraire ! Vers la fin de l'après-midi, le fauve semble devenir subitement fou. Il fait des bonds inutiles et terribles en direction de la passerelle. Et puis, comme s'il avait tout à coup compris, il se rue sur les cages.

Il s'attaque à celles des singes. Il y en a vingt contenant chacune cinq animaux. Elles ne sont pas closes par des barreaux mais seulement par un grillage. En quelques coups de patte, le fauve a déchiqueté le premier. Le pont s'emplit des cris stridents, déchirants, des singes fous de terreur. La masse noire se rue à l'intérieur. Un flot de sang gicle, c'est un carnage, qui dure une heure entière.

Enfin, le dernier singe tombe sous la patte noire. Pierre Larrigue pousse un cri :

— Non, ce n'est pas possible !

Si, c'est possible. La panthère s'attaque maintenant aux autres cages grillagées. Mais celles-là, ce ne sont pas des singes qu'elles contiennent, ce sont les pythons. Les yeux agrandis de terreur, Pierre Larrigue et ses compagnons voient les cinq autres grillages s'ouvrir et leurs occupants s'en extraire lentement, paresseusement. Cinq longs tuyaux dorés et noirs se mettent à glisser sur le pont.

L'horreur atteint son paroxysme. Avec la panthère, ils étaient prisonniers, sans eau, sans nourriture, sous le soleil, mais, du moins, ils étaient en sécurité. Mais avec les pythons, plus personne n'est à l'abri. Pierre Larrigue prend l'interphone :

— Allô, les machines : surveillez toutes les bouches d'aération... Les pythons sont en liberté !

Mais avant qu'il n'ait pu entendre la réponse, son second l'agrippe par le bras.

— Regardez, capitaine.

Le spectacle est inimaginable. Il a quelque chose d'horrible et de fascinant à la fois, comme dans les films d'épouvante. Les pythons ne viennent pas dans leur direction. Ils rampent vers les cages des crocodiles. Ils passent à travers les barreaux. Et c'est un combat hallucinant qui commence, plus impressionnant sans doute encore parce qu'aucun des adversaires ne crie. Trois des serpents sont entrés en même temps dans la première cage. Le crocodile se défend furieusement. On entend claquer son énorme mâchoire, sa queue fait un bruit métallique en cognant contre les barreaux.

Pierre et ses compagnons ne peuvent pas voir la suite, la nuit tombe. Ils restent figés dans l'obscurité d'où montent des claquements de queues et de mâchoires. Ils se retournent sans cesse, dans la crainte de voir apparaître derrière eux l'horrible forme rampante. La panthère noire, qui parcourt le pont sans le moindre bruit, lance de temps en temps un rugissement.

C'est le lendemain 19 mai que leur cauchemar s'est terminé, avec l'arrivée du contre-torpilleur anglais. Il a mis une chaloupe à la mer et une douzaine d'hommes armés de mitraillettes sont montés avec précaution sur le pont. Une seule rafale a suffi pour abattre la panthère noire. Jenny Cuprys, bien que gravement blessée, a pu se rétablir et, finalement, cette terrifiante aventure n'aura pas fait de victimes.

Quant à la conclusion, nous la laisserons à Pierre Larrigue : « L'histoire de l'arche de Noé, franchement, je n'y crois pas. Ou alors, je n'aurais pas aimé être à la place de Noé ! »

HEUREUX ÉVÉNEMENTS

Depuis leur naissance, le 23 mai 1965, Patricia et Alexandra sont inséparables. Comme beaucoup de sœurs jumelles, elles ont longtemps eu les mêmes vêtements, les mêmes jeux, les mêmes amis. Elles ont également franchi ensemble les grandes étapes de l'existence : de la maternelle au baccalauréat, du premier ours en peluche au premier petit ami... Et si aujourd'hui elles ont chacune leur vie de couple, elles n'en habitent pas moins le même lotissement de la banlieue lyonnaise ; elles n'ont qu'une rue à traverser pour venir se retrouver, et ne s'en privent d'ailleurs pas. Toujours fourrées ensemble, ces deux-là ! Au point que leurs compagnons respectifs passent le plus souvent au second plan.

— Alexandra ! Ça y est !

C'est Patricia qui accourt. Elle est radieuse. Alexandra devine ce qui remplit sa sœur de joie, et elle pâlit légèrement. Les deux sœurs ont bien sûr l'habitude de partager leurs joies, mais aujourd'hui, c'est différent.

— Eh bien, explique-toi ! dit Alexandra d'une voix faussement enjouée.

— Je suis enceinte, ma chérie, le docteur est formel !

— Quelle chance tu as...

— Oh oui, Alex, c'est merveilleux !

— Je suis très contente pour toi, vraiment.

Mais Patricia connaît trop sa sœur pour ne pas percevoir son malaise.

— Toi, tu es jalouse !

— Jalouse ? Mais pas du tout. C'est vrai que nous avions décidé ensemble de devenir mamans ; cela dit, il n'est pas forcé que nos enfants viennent au monde en même temps.

Sur quoi elle sourit. Dans quelques jours, ce sera peut-être son tour, il suffit d'être patiente. Leurs vies ont toujours été parallèles ; pourquoi en irait-il autrement cette fois-ci ?

D'ailleurs, moins d'un mois plus tard, arrive ce qui devait arriver : Alexandra est enceinte à son tour ! Elle saute au cou de sa sœur.

— Pat chérie, je suis tellement heureuse ! J'attendais ce moment, tu sais ? Nous allons vivre en même temps le bonheur de donner la vie !

Alexandra sautille sur place en battant des mains

et traverse le salon en dansant. Au passage elle renverse un petit animal en cristal qui se brise sur le sol.

Patricia s'agenouille pour ramasser les morceaux.

— Voyons, Alex... Il ne faut pas te mettre dans des états pareils.

Mais sa sœur est trop heureuse pour se calmer facilement.

— Allons prévenir tout le monde ! dit-elle très vite, comme si elle avait peur de reprendre son souffle.

Ainsi Antoine, le mari d'Alexandra, peut-il apprendre enfin l'heureuse nouvelle ; puis c'est au tour des parents et des voisins... A chacun, Alexandra répète comme une incantation : « Je suis enceinte ! » Et tous lui disent que rien n'est plus beau, que son bonheur extrême fait plaisir à voir.

Les semaines qui suivent sont entièrement consacrées à préparer la venue des deux enfants. Les accouchements sont prévus pour le début de l'été et nous sommes en novembre, mais les jumelles tiennent à tout préparer à l'avance : « Quand nous aurons un gros ventre, disent-elles, il nous sera moins facile de nous démener. » Alors elles se précipitent dans les magasins : elles achètent de la layette, un petit parc, une poussette à deux places, et ne regardent pas à la dépense : rien n'est trop beau pour les petits anges tant attendus. Les maris ont d'abord tenté de freiner l'ardeur de leurs compagnes, mais rien n'y fait. Alors, comme souvent, ils se prennent au jeu, au point de consacrer leurs week-ends à l'aménagement de chambres pour des enfants qui naîtront, au plus tôt, dans six et sept mois.

Comble de bonheur : à quelques jours d'intervalle, des examens échographiques révèlent aux deux jumelles qu'elles attendent toutes les deux un garçon. Pour marquer ce nouveau cadeau de la Providence, elles décident que les deux enfants porteront le même prénom : ils s'appelleront Julien. Alexandra et

Patricia ne s'étaient encore jamais senties aussi proches l'une de l'autre.

En apparence du moins ! Car si Patricia attend bien un enfant, Alexandra, elle, joue la comédie. Aux autres comme à elle-même. Une comédie pathétique qui l'amène à se rendre à de faux examens gynécologiques, et à feindre un bonheur qui, de dissimulation en mystification, se transformera en un véritable cauchemar. En effet, quitte à défier les lois de la nature, Alexandra a décidé d'aller jusqu'au bout : elle aura un enfant, coûte que coûte.

Comment la jeune femme va-t-elle s'y prendre pour simuler une grossesse neuf longs mois durant ? Simplement en glissant chaque semaine un peu plus de linge sous ses vêtements, puis, au cours des derniers mois, en plaquant, à l'aide de deux ceintures, une baudruche remplie d'eau contre son ventre. Des robes amples achèvent de créer l'illusion.

Bien sûr, le subterfuge transforme la vie d'Alexandra, plus que si elle était vraiment enceinte : par prudence elle doit limiter peu à peu ses sorties, et refuser que son mari ne la voie nue ou ne la touche. Jour après jour, Alexandra s'enferre dans son mensonge. Même Patricia, sa sœur chérie, est repoussée sèchement quand elle lui propose de l'accompagner chez le gynécologue.

Le jour de la naissance du premier Julien, Alexandra vient féliciter sa sœur à la maternité. Elle en profite pour repérer les lieux. Au passage, elle dérobe une blouse d'infirmière dans la salle de garde. Son désir d'enfant est à présent si fort qu'elle acquiert vite une conscience aiguë des gestes qui vont lui permettre de le réaliser. Son fils est maintenant devenu une réalité dans son esprit ; reste à le rendre réel aux yeux des autres.

Un matin de juin 1993, Alexandra appelle son mari au bureau :

— Antoine, le médecin m'annonce que l'accouchement est imminent.

— C'est magnifique ! J'arrive tout de suite !

— Non, ne te dérange pas. J'ai plus que jamais besoin d'être seule...

— Enfin, chérie, ma place est près de toi !

— N'insiste pas, Antoine. Et surtout je te demande de ne parler de cela à personne.

— Mais...

Alexandra raccroche. Puis elle prend un taxi qui la conduit à la périphérie de Lyon ; là elle loue une chambre dans un de ces motels où l'on ne vous demande même pas votre nom. En fin de soirée, elle téléphone à Patricia :

— Pat chérie, c'est fait ! Notre deuxième Julien est né ! s'exclame-t-elle avant que sa sœur ait pu dire un mot. Il est mignon comme un cœur, tu verras. Je suis si heureuse !

Patricia est un peu désemparée.

— Alex, il faut que je vienne te voir.

— Oh non, pas encore. Je sors de l'hôpital aprèsdemain, et, d'ici là, j'aimerais mieux être seule.

— Comme tu voudras...

Alexandra sait qu'elle peut tabler autant sur la fidélité de sa sœur que sur la faiblesse de caractère d'Antoine. Elle passe donc une nuit tranquille. Il lui reste une journée pleine pour s'imprégner des gestes qui vont la rendre enfin maman — elle répète chaque étape dans sa tête, un peu comme un sportif qui visionnerait mentalement les différentes phases d'un mouvement avant de l'exécuter.

Et le 28 juin 1993 à 9 heures du matin, Alexandra s'introduit dans la maternité où sa sœur avait accouché quelques semaines plus tôt. Munie d'un grand sac de sport, elle prend l'ascenseur jusqu'à l'étage des chambres individuelles. Puis elle gagne les toilettes et s'y enferme, le temps de revêtir sa blouse d'infirmière volée. Après avoir rapidement tiré sa coiffure en arrière sous un bandeau, elle ressort, dissimule le grand sac de son mieux et se dirige vers la porte coupe-feu. Sur l'un des deux battants est affichée la liste des enfants nouveau-nés, avec leurs nom, prénom, date de naissance et numéro de chambre ; elle sélectionne les garçons nés depuis plusieurs jours et repère deux chambres contiguës, la 321 et la 323. Puis elle franchit la lourde porte et vient se cacher dans un renfoncement d'où elle peut surveiller les allées et venues.

La chance lui sourit. Au bout de deux ou trois minutes, une femme, visiblement une jeune maman, sort de la chambre 321 ; elle doit avoir besoin de prendre un peu l'air. C'est le moment d'agir. D'un pas décidé, Alexandra se faufile dans la chambre. Mais là, surprise : elle tombe sur un jeune homme, sans doute le père du petit, qui tient le nourrisson dans ses bras. La fausse infirmière ne perd pas son sang-froid :

— Bonjour, monsieur. Alors, c'est vous, le papa d'Arnaud ?

L'homme sourit, et l'on peut lire de la fierté dans son regard.

— Je vous l'emprunte pour un petit examen auditif. Juste un quart d'heure...

Alexandra a dit cela avec un tel naturel que le jeune papa lui tend le poupon sans broncher, après l'avoir embrassé une dernière fois.

Maintenant il faut faire vite. Alexandra s'emploie à rassurer complètement l'enfant ; elle murmure : « Mon bébé, mon Julien » à l'oreille du nourrisson, et le presse contre son sein. Elle revient dans les toilettes, récupère le grand sac aménagé comme un couffin, et, d'une main un peu fébrile, y dépose l'enfant. Puis elle libère ses cheveux, enlève sa blouse d'infirmière, la roule en boule et la dispose dans le bout du sac. Elle s'apprête à refermer la glissière, lorsque l'enfant se met à gémir doucement. Prise de sueurs froides, Alexandra le berce patiemment jusqu'à ce qu'il se rendorme. Elle le redépose ensuite délicatement dans le sac de sport, puis tire la glissière presque entièrement.

D'un pas rapide, la ravisseuse se dirige à présent vers l'ascenseur. Elle croise en chemin une infirmière qui lui sourit. Elle presse déjà le pas quand, juste avant d'atteindre le perron, elle croise avec stupeur la femme dont elle est en train d'enlever le bébé ! « Bonjour », lui lance-t-elle, aimable ; la jeune maman répond d'un signe de la main. Alexandra s'empresse alors de franchir la porte de sortie et dévale les marches en soufflant.

La ravisseuse a tout prévu depuis des semaines, allant jusqu'à vérifier l'horaire de passage des bus, au bout de l'allée de la clinique. Elle en attrape un de justesse, mais à peine le bus a-t-il démarré qu'elle sent le bébé bouger dans le sac. Craignant qu'il ne se mette à pleurer, elle descend à l'arrêt suivant et ouvre la glissière quelques instants. Cela suffit semble-t-il à calmer l'enfant, et, quelques minutes plus tard, elle monte dans un autre autobus qui la conduit jusqu'à l'entrée d'une autre clinique, privée celle-là. D'une cabine, elle appelle une ambulance.

C'est en fin de matinée qu'Antoine verra sa femme descendre de l'ambulance avec un charmant bébé. Patricia, bien sûr, ne tarde pas à les rejoindre, son propre bébé dans les bras. Et voilà bientôt les deux Julien côte à côte dans un berceau, le temps de la photo... Pourtant, lorsque Alexandra leur demande : « Et la maman, vous ne la félicitez pas ? », ni son mari ni sa sœur n'osent répondre.

Après quarante-huit heures de recherches poussées, la police s'oriente sur la piste Alexandra Bonnery. Un inspecteur et deux agents, dont une femme, se présentent bientôt au domicile du jeune couple. « Julien est notre bébé, messieurs », leur répond la mère outragée en brandissant la facture de l'ambulancier et un faire-part de naissance. Pour faire bon poids, elle précise le nom de la clinique et celui de l'accoucheur. N'ayant pas encore de mandat judiciaire, les policiers doivent battre en retraite. Renseignements pris, la clinique en question n'a jamais entendu parler d'une Mme Bonnery ni de son Julien ; quant au médecin accoucheur évoqué par Alexandra, il était en vacances au moment de la naissance.

Cette fois la police revient en force et doit casser une vitre avant qu'Antoine ne vienne ouvrir. On retrouve le bébé tranquillement endormi dans un berceau, vêtu d'une barboteuse neuve. Alexandra a beau se débattre, hurler qu'on lui vole son fils, elle est arrêtée. L'enfant sera restitué à ses vrais parents le soir même.

Pendant l'instruction de l'affaire, l'une des principales questions porta sur la responsabilité du mari et de la sœur jumelle d'Alexandra. Or, Patricia prétendit avoir été complice : « Je savais que ma sœur n'était pas vraiment enceinte, mais je n'ai pas eu le courage de la détromper », lit-on dans sa déposition. Dans ses conclusions, le juge minimisa ce témoignage, estimant qu'il était surtout motivé chez la jeune femme par le besoin de lier son destin à celui de sa sœur. En vain. Aujourd'hui, les deux jumelles ne se voient plus que dans le parloir d'une prison.

L'ANGOISSE DE LA PAGE BLANCHE

Il est 9 heures du matin, ce jeudi 13 mars 1957, et Claire, alors demoiselle Guillot, institutrice dans la banlieue lilloise, s'apprête à corriger, en ce jour sans école, l'interrogation écrite qu'elle a donnée la veille à ses élèves.

A trente-quatre ans, Claire Guillot n'est pas laide, mais elle ne sait pas se mettre en valeur. Pourquoi a-t-elle choisi ces grosses lunettes alors qu'elle aurait pu prendre un modèle plus féminin ? Pourquoi se coiffe-t-elle en chignon ? Pourquoi porte-t-elle des robes aux tons neutres et à la coupe trop sévère ? Difficile de répondre à ces questions. Toujours est-il que Mlle Guillot, qui vit seule depuis douze ans dans ce petit deux-pièces, est déjà une résignée.

La porte s'ouvre. C'est Luce Perrin, la femme de ménage, qui entre avec sa clé. Luce Perrin, la cinquantaine, est une femme assez corpulente au teint coloré et au caractère jovial.

— Tenez, mademoiselle Guillot, je vous ai pris le courrier chez la concierge. En plus du journal, il y a une lettre. Même qu'elle est drôle.

— Comment cela, drôle ?

— Regardez vous-même...

Claire prend l'enveloppe en main. Effectivement, son nom et son adresse ont été imprimés à l'aide d'un tampon, ce qui n'est pas commun... Elle ouvre. Dedans, il y a une feuille de papier courrier ordinaire. Elle la déplie, a un mouvement de surprise. Elle la retourne. Pas de doute : la feuille est blanche des deux côtés. Elle lève les yeux vers Luce Perrin :

— Qu'est-ce que cela veut dire ? C'est absurde !

La femme de ménage regarde à son tour. Elle hasarde :

— C'est peut-être une erreur. La personne aura

pris une feuille blanche à la place de la lettre. A mon avis, vous la recevrez demain.

Un petit peu intriguée, Claire se remet à ses corrections. Au bout de quelques minutes, elle ne pense plus à l'incident. Elle n'y repense que le lendemain soir, quand elle rentre chez elle. Mme Perrin avait raison : à côté du journal, il y a une deuxième lettre frappée d'un tampon. Elle va savoir ce que lui voulait son correspondant distrait de la veille. Elle ouvre l'enveloppe avec l'ongle, elle déplie la feuille qu'elle contient, elle la retourne et se met à parler toute seule :

— C'est incroyable !

Effectivement, c'est incroyable : encore une fois, la feuille est blanche.

Jeudi 20 mars 1957, 9 heures du matin. Une semaine a passé. En apportant le courrier à Mlle Guillot, Mme Perrin affiche une mine de catastrophe. En même temps que le journal, elle tend à l'institutrice une enveloppe rédigée à l'aide d'un tampon. Bien entendu, elle contient une feuille blanche. C'est la sixième, une par jour, sauf le dimanche.

Mlle Guillot secoue interminablement la tête en répétant :

— Mais pourquoi ?

Pourquoi, en effet ? Pourquoi quelqu'un s'est-il donné le mal de faire confectionner un tampon à son nom et à son adresse ? Pourquoi quelqu'un dépense-t-il un timbre quotidiennement et tout cela pour ne rien lui dire du tout ? Elle reste les yeux vagues derrière ses grosses lunettes. Voyons. Pour comprendre, le mieux serait peut-être de se mettre à la place de l'expéditeur anonyme. Pourquoi enverrait-elle elle-même une feuille blanche par jour à la même personne ?

Mlle Guillot s'est mise à rougir. Et si c'était un homme qui lui envoyait ce déroutant courrier, un homme qui l'aime en secret et qui n'a pas le courage de se déclarer ?

Elle plisse le front. Une silhouette lui apparaît : M. Belmont, l'instituteur des cours moyens deuxième année. Une ou deux fois, il lui a semblé qu'il voulait lui dire quelque chose, mais qu'il n'osait pas. D'ailleurs, il faut qu'il soit timide pour ne pas être marié à trente-cinq ans. Le mieux sera de lui parler demain, de lui faire comprendre discrètement qu'elle a tout deviné.

Le lendemain, à la récréation, Mlle Guillot se dirige vers les cours moyens deuxième année. M. Belmont est là. C'est un grand barbu blond aux yeux bleus. Après quelques banalités sur le temps et les problèmes de leurs classes respectives, Claire Guillot sort d'un classeur six feuilles blanches et regarde M. Belmont. Celui-ci a un air d'incompréhension.

— Qu'est-ce que c'est, mademoiselle ?

— Ce sont des feuilles blanches.

— J'ai vu, mais je ne comprends pas très bien...

M. Belmont la fixe avec un sourire interrogateur. Il y a un silence prolongé. Claire Guillot devient progressivement toute rouge, tourne les talons et s'en va à l'autre bout de la cour, en laissant son collègue ahuri.

Le soir, en rentrant, elle trouve sur son paillasson la septième lettre. Elle l'ouvre avec rage, avec dégoût. Non, ce n'est pas un message tendre qu'exprime cette surface blanche. Ce n'est pas du bien que lui veut l'expéditeur anonyme, mais du mal.

Seule dans son appartement vide, Mlle Guillot réfléchit comme la veille. Mais ses pensées sont loin d'être agréables. Qui peut lui en vouloir ? Qui s'amuse à la tourmenter, à la ridiculiser ? Elle n'a pas d'ennemi. Et pourtant si, elle en a un. L'évidence est là, dans cette feuille immaculée de papier courrier ordinaire pliée en quatre, dans cette enveloppe marquée d'un tampon à son nom et à son adresse.

Une semaine a encore passé, une semaine qui a apporté ses six envois anonymes. Dans l'immeuble de Claire Guillot, la concierge et les locataires, mis au courant par les soins de Mme Perrin, se passionnent pour sa mystérieuse aventure. Ils tentent comme ils peuvent de la rassurer.

— Dans le fond, il vaut mieux cela que des méchancetés.

Claire Guillot répond : « Oui, oui », en serrant les dents et pense exactement le contraire. Non, cela ne vaut pas mieux que des méchancetés. Elle préférerait qu'on lui dise des horreurs, qu'on la couvre d'injures ! Tout, plutôt que ce supplice insupportable. Cette feuille qui est là, mais qui ne dit rien, ce silence, qu'on prend la peine de lui expédier tous les jours, cet acte gratuit, absurde, monstrueux, c'est pire que tout !

Claire Guillot finit par prendre sa décision. Le 27 mars, troisième jeudi depuis le début de l'aventure, elle laisse ses copies et se rend au commissariat. Elle explique son cas à la personne qui la reçoit, un jeune inspecteur aux allures sportives, et elle lui demande ce qu'il compte faire. Celui-ci secoue la tête.

— Attendre, mademoiselle...

Elle se récrie mais l'inspecteur continue calmement :

— De simples feuilles blanches, ce n'est pas un délit. Cela ressemble plutôt à une plaisanterie, de très mauvais goût, je vous l'accorde... D'autre part...

Claire Guillot a une désagréable impression.

— D'autre part ?

— D'autre part, je n'y peux rien, mais dans neuf cas sur dix, les expéditeurs de messages anonymes sont des femmes seules.

— Vous m'accusez de m'être envoyé ce courrier à moi-même ?

— Je ne vous accuse pas, mademoiselle, mais d'autres auraient pu le faire pour tromper leur ennui, pour se rendre intéressantes.

L'institutrice se lève brutalement.

— Parfait, puisque c'est comme cela !

L'inspecteur se lève à son tour.

— Ecoutez, mademoiselle, je vous propose une chose : si dans quinze jours les envois n'ont pas cessé, revenez me voir et portez plainte. Mais je vous préviens qu'une plainte est une chose sérieuse et que le coupable, quel qu'il soit, en subira les conséquences.

10 avril 1957. Mlle Guillot dépose sur le bureau de l'inspecteur vingt-quatre feuilles blanches et vingt-quatre enveloppes rédigées à l'aide d'un tampon. Elle a pâli et maigri depuis la dernière fois. Cette aventure l'empêche de dormir, l'empêche de penser à autre chose, l'empêche de vivre. Pourtant, elle n'a jamais été aussi entourée et soutenue. Ses voisins, ses collègues et même ses élèves manifestent leur sympathie. On ne parle que de cela dans le quartier. Un journaliste de la presse locale est venu la trouver et un article est paru sous le titre : « La torture par le silence. »

Cet article, l'inspecteur l'a lu et il prend, cette fois, les choses beaucoup plus au sérieux.

— Nous allons faire le tour des gens qui pourraient vous en vouloir. Dans votre famille, parmi vos voisins, vos collègues, vos élèves ?

Mais Claire Guillot secoue la tête.

— Impossible. Je ne vois personne, vraiment personne !

— Dans ce cas, nous allons procéder d'une autre manière. Toutes les lettres ont été postées au bureau de la rue Faidherbe, à Lille. Nous allons faire le tour des boîtes aux lettres de ce secteur. Je vous demande de ne rien dire à qui que ce soit. Le coupable est certainement l'un de vos familiers.

15 avril, 8 heures du matin. L'inspecteur est dissimulé à proximité d'une des boîtes aux lettres, en compagnie de Claire Guillot. Celle-ci pousse un cri :

— Mon Dieu !

L'inspecteur voit s'approcher une femme d'une cinquantaine d'années, assez corpulente, au teint coloré. Elle glisse une missive dans la boîte.

— Qui est-ce ?

— Luce Perrin, ma femme de ménage...

Le policier se plante devant Luce Perrin. Celle-ci, d'abord surprise, blêmit en apercevant sa patronne.

— Je ne voulais pas mal faire. Je vous le jure !

Et puis elle baisse la tête.

— Dans un sens, je préfère que cela se termine comme cela. Je ne savais plus comment m'arrêter, comment dire que c'était moi...

Tandis que Claire Guillot regarde la scène, médusée, l'inspecteur interroge la coupable :

— Pourquoi avez-vous fait cela ?

— Cette pauvre Mlle Guillot, je la voyais si seule, si triste ! J'ai voulu qu'il lui arrive enfin quelque chose. J'ai pensé à lui écrire une lettre sans signer. Mais je n'ai pas su quoi dire. Alors j'ai laissé la feuille blanche. Et après, j'ai continué...

Claire Guillot a retiré sa plainte et le plus extraordinaire est que l'initiative si particulière de sa femme de ménage a tout changé. Claire a réagi. Elle s'est dit que pour avoir inspiré un tel geste, elle devait avoir l'air bien pitoyable. Elle a défait son chignon, elle a changé de lunettes et rajeuni sa manière de s'habiller.

Et, aux vacances suivantes, au lieu d'aller chez ses parents, elle s'est inscrite dans un voyage organisé en Belgique. Le hasard a fait qu'elle y a rencontré un instituteur de son âge et de sa région, la chance a fait qu'ils se sont plu et eux-mêmes ont fait le reste. Ils se sont mariés peu après, et Claire Guillot, devenue Grenier, a été mère à trente-sept ans.

« Si aujourd'hui, je suis grand-mère, conclut-elle, je le dois à ces feuilles blanches. Vous avouerez tout de même que ce n'est pas banal ! »

LA MALEMORT

Cela s'est passé en 1960, une époque où la Corse ne faisait pas parler d'elle dans les médias, où elle se contentait d'être un pays fier, sauvage, d'une beauté sans égale et où se produisaient des histoires qui n'auraient jamais pu se passer ailleurs.

Nous sommes à Piedimonte, village du centre de l'île, qui n'a pour ainsi dire pas changé depuis le Moyen Age, avec ses hautes maisons à plusieurs étages pour la plupart inhabitées, ses châtaigniers et ses cochons sauvages qui se promènent librement.

Ce jour-là, Antonia Pietri, l'épicière, une femme maigre, vêtue de noir, qui fait entre cinquante et soixante ans, ferme la porte de sa boutique à l'heure accoutumée. Elle a dans la main un panier recouvert d'un torchon. Elle traverse rapidement la place, sans adresser un regard aux deux commères qui discutent ni aux trois petits vieux qui sont assis sur leur banc habituel, et disparaît par la sortie du village allant vers la montagne.

A priori, il n'y a rien d'extraordinaire à ce que l'épicière se rende quelque part dans la montagne et pourtant, les petits vieux, comme les commères, comme tout le village de Piedimonte, ne parlent que de cela et se posent tous exactement la même question :

— Vous y croyez, vous, à leur réconciliation ?

Pour comprendre la situation, il faut se reporter trente-cinq ans plus tôt. Antonia et Julia Pietri, les filles de l'épicier, avaient respectivement vingt et dix-huit ans. Antonia était fiancée avec Pascal Simonetti, le fils des propriétaires de la bergerie au-dessus du village. Antonia était heureuse. Elle aimait Pascal et elle estimait avoir beaucoup de chance car elle n'était pas spécialement jolie, beaucoup moins en tout cas que Julia, de loin la plus ravissante fille du village.

Et puis brutalement, Pascal a rompu les fiançailles. Il a dit à Antonia :

— Nous ne nous marions plus. J'épouse Julia.

Tout le monde à Piedimonte a souffert pour Antonia, mais il n'y avait rien à faire. Après le mariage, Julia Pietri est allée vivre avec son mari, en haut, dans la bergerie, et Antonia est restée à l'épicerie.

Elle ne s'est jamais mariée et elle n'a revu sa sœur qu'à l'enterrement de leur père, puis de leur mère. Julia et Pascal Simonetti ne descendaient jamais à Piedimonte par respect pour Antonia. Ils vivaient dans la montagne, du seul produit de leur ferme.

Et puis, en 1945, alors que Julia et Pascal étaient mariés depuis vingt ans, a eu lieu le drame : Pascal s'est tué dans un chemin escarpé où son mulet a glissé. Julia a pris le deuil et, par un geste extraordinaire, Antonia aussi. Depuis, les deux sœurs ennemies, vêtues toutes deux de noir, l'une régnant sur la bergerie, l'autre sur l'épicerie, ont vécu en s'ignorant.

Cela a duré quinze ans. Jusqu'à un jour de février 1960 où les habitants de Piedimonte ont vu Antonia fermer sa boutique à midi et prendre la sortie du village allant vers la montagne. Il n'y avait aucun doute : Antonia allait voir Julia. Mais dans quelles intentions ? Agressives ou pacifiques ?

On en a eu la réponse le lendemain, un dimanche, lorsque Julia a paru à l'église où elle était venue quatre fois depuis trente-cinq ans et a pris place à côté de sa sœur. Tout Piedimonte a regardé ces deux femmes voilées de noir, portant le deuil du même homme, qui s'inclinaient et s'agenouillaient ensemble. Il fallait se rendre à l'évidence : Antonia et Julia s'étaient réconciliées, mais pourquoi ?

Son panier rempli de provisions à la main, Antonia marche à petits pas en direction de la bergerie. Elle, elle sait la réponse à la question que se pose tout Piedimonte.

Si elle a accepté de revoir sa sœur, c'est que, ce matin de février, un gamin lui a apporté un billet à l'épicerie. A trente-cinq ans de distance, elle a reconnu immédiatement l'écriture :

« Je suis très malade. Je voudrais avoir ton pardon avant de mourir. » Et c'était signé « J ».

Antonia Pietri n'a pas hésité. A midi, elle fermait la boutique et elle prenait la direction de la bergerie. Non, Julia n'avait pas menti. Il n'y avait qu'à voir son corps terriblement amaigri, son visage creusé, ses yeux fiévreux. Antonia, qui gardait le souvenir de la plus ravissante fille du village partant au bras de son mari, a été bouleversée.

— Ma pauvre Julia !

Et elles sont tombées dans les bras l'une de l'autre. Depuis, elle revient aussi souvent que possible à la bergerie apporter à sa sœur quelques gâteries, mais surtout sa présence.

Antonia est arrivée au bout du sentier devant la barrière de bois brut. D'habitude, Julia est là qui l'attend. Elle appelle :

— Julia !

Prise d'une terrible appréhension, elle court vers la ferme. Peut-être Julia a-t-elle eu un malaise ?

Mais elle n'a pas besoin d'entrer pour savoir. Une forme noire se balance à la branche du gros châtaignier. Elle s'approche en tremblant. Il n'y a hélas rien à faire : la mort a fait son œuvre. Julia, qui lui avait dit la dernière fois qu'elle ne pouvait supporter ses souffrances, a choisi d'y mettre un terme.

Antonia se précipite dans la cuisine pour chercher un couteau. Elle revient, coupe la corde, prend le corps de Julia dans ses bras et se dirige vers la maison. Elle n'a pas de mal pour la porter : la malheureuse était tellement amaigrie par la maladie qu'elle est légère comme une plume. Elle entre dans la chambre à coucher, où elle n'était jamais allée. Elle a un pincement au cœur en pensant que ce fut autrefois la chambre de Julia et de Pascal et qu'elle la découvre en portant sa sœur morte dans ses bras.

Elle installe Julia sur le grand lit conjugal, après lui avoir noué son fichu autour du cou, afin de dissimuler la trace de la corde. Car c'est cela qui compte à présent : cacher le suicide. En Corse, en effet, le suicide, qu'on appelle parfois la « malemort », est, à l'époque, le déshonneur suprême. Les suicidés n'ont droit qu'au mépris. Leur mémoire est retranchée de la collectivité.

Antonia regarde intensément la morte. Elle prononce à voix basse :

— Non, Julia, tu ne connaîtras pas la malemort, je le jure !

Puis elle quitte la maison et se dirige vers le village.

Quelques heures plus tard, le Dr Orlanducci est à la bergerie en compagnie du brigadier-chef Dominique Batistini. Debout au pied du lit, le Dr Orlanducci désigne le cou de la morte :

— Antonia Pietri m'a fait venir pour le certificat

d'inhumer. Elle m'a dit que sa sœur avait un cancer et c'est sûrement vrai. Seulement, ce n'est pas de cela qu'elle est morte.

Le docteur pousse un soupir.

— J'aime bien Antonia, mais je dois faire mon devoir. Pour mon examen, j'ai enlevé le fichu qu'elle a autour du cou et c'est là que j'ai vu des traces de strangulation.

Le brigadier-chef Batistini, trente ans, est corse, mais pas de Piedimonte ni de sa région. C'est dire qu'il n'éprouve pas les mêmes scrupules vis-à-vis des personnes en cause.

— Elle a été étranglée avec quoi ?

— Avec une étoffe quelconque, car il n'y a pas de traces de doigts, exactement comme si elle s'était pendue.

Le médecin marque un temps.

— Mais ce n'est pas le cas : Antonia m'a dit qu'elle l'avait trouvée comme cela sur son lit en arrivant.

Le brigadier-chef Batistini n'a plus qu'à faire son devoir. Il entre dans l'épicerie Pietri, où Antonia est seule.

— Par égard pour vous, j'ai préféré vous interroger ici plutôt qu'à la gendarmerie. Mais il faut me dire la vérité. Votre sœur n'est pas morte de son cancer. On l'a étranglée.

Il y a un silence. La femme en noir au visage aigu le regarde dans les yeux.

— Alors, c'est un crime de rôdeur.

— Impossible. On n'a rien volé. Il n'y avait aucun désordre. Aucune trace de lutte.

Dominique Batistini attend qu'Antonia dise quelque chose. Mais elle n'ouvre pas la bouche.

— Vous êtes certaine que ce n'est pas un suicide ?

— Ce n'est pas un suicide !

— Sans que ce soit un suicide, elle vous a peut-être demandé de mettre fin à ses jours à sa place, d'abréger ses souffrances...

— Pas du tout !

— Alors c'est un crime, un crime dicté par la vengeance ! Julia Pietri, je suis obligé de vous arrêter.

Et, quelques instants plus tard, les habitants de Piedimonte voient sortir Antonia, menottes aux mains.

9 avril 1960. Le brigadier-chef Dominique Batistini est de nouveau dans la bergerie où a eu lieu le drame, pour se livrer à des investigations supplémentaires. Il parcourt les abords à la recherche d'indices nouveaux, lorsqu'il aperçoit un gamin qui l'observe de loin. Il le connaît bien. C'est le petit Joseph Porta, employé de temps en temps à la bergerie pour de menus travaux. Il reste planté à distance, l'air bizarre. Dominique Batistini comprend qu'il a quelque chose à lui dire, mais qu'il n'ose pas. Il l'interpelle :

— Hé ! Joseph, viens un peu ici.

Joseph Porta s'approche à contrecœur. Il a le regard fuyant et le front bas.

— Tu as vu quelque chose ?

— Non, non... Je n'ai rien vu.

— Si, tu as vu quelque chose. Même que tu vas me dire quoi.

Le gamin avale sa salive.

— C'est-à-dire... j'ai vu la pendue...

— La pendue ! Tu es sûr ?

— Oui, Mme Julia... Elle se balançait à la branche du gros châtaignier.

— Mais alors, ce n'est pas Antonia...

— Mlle Antonia, elle est arrivée tout de suite après moi. Elle a été chercher un couteau et elle a coupé la corde. Elle a ramené Mme Julia dans la maison.

Le brigadier-chef Dominique Batistini est corse. Il ne se pose pas la question : pourquoi Antonia Pietri s'est-elle laissé accuser ? Il sait très bien la raison de sa conduite : elle a voulu éviter à Julia et à elle-même la honte d'un suicide. Non, c'est une autre question qu'il pose au jeune Joseph Porta, une question purement matérielle :

— Et la corde ? Tu sais ce qu'elle en a fait ?

— Oui, j'ai vu : elle l'a jetée dans le puits.

Le brigadier-chef Batistini se dirige vers le puits. Il se penche. Il distingue au fond une tache brunâtre. C'est bien la corde avec laquelle Julia Simonetti s'est pendue.

Tout cela s'est passé en 1960. Aujourd'hui, le suicide n'est plus un déshonneur en Corse et on ne parle plus de la malemort. Il est vrai qu'il y a malheureusement d'autres sujets de conversation.

UN ENLÈVEMENT PAS COMME LES AUTRES

Le téléphone sonne dans le bureau du commissaire Blanchard, situé à Neuilly et plus précisément dans la partie la plus résidentielle de Neuilly, ce qui n'est pas peu dire. Au bout du fil, une voix de femme à l'accent britannique :

— Ici mademoiselle Caroll Logan. Je suis la gouvernante anglaise du jeune Régis Carbonel. Vous savez, les surgelés Carbonel...

Le commissaire Blanchard n'est pas impressionné par ce nom, connu dans toute la France. Il a l'habitude des gens importants.

— Il est arrivé quelque chose ?

— Je suis inquiète. Régis devait rentrer de son collège à 17 heures. A 17 h 30, il n'était pas là. J'ai été aussitôt voir au collège. La directrice l'avait vu partir...

— Il rentrait à pied ?

— Oui. C'est tout près. Deux cents mètres environ.

— Quel âge a-t-il ?

— Treize ans.

— Ses parents sont avec vous ?

— Non. Son père est en voyage à l'étranger. Sa mère est souffrante. Elle est à la clinique...

— Votre adresse ?

— 312, boulevard Bineau.

— Ne bougez pas. J'arrive.

Dix minutes plus tard, le commissaire Blanchard se trouve dans le luxueux appartement des Carbonel. Caroll Logan est une jeune femme rousse. Ses mains tortillent nerveusement un mouchoir.

— Rien de nouveau, mademoiselle ?

— Non.

— Vous avez examiné le chemin qui mène au collège ?

— Non. J'étais trop émue.

— Venez... Nous allons le faire.

Lentement, le commissaire et la gouvernante, chacun sur un trottoir, parcourent le trajet de l'école. Caroll Logan pousse soudain un cri.

— Mon Dieu !

Le policier se précipite. Elle lui désigne du doigt, sans pouvoir en dire davantage, une grille d'arbre. Le commissaire se baisse et ramasse une casquette et un bouton de blazer.

— C'est à lui ?

— Regardez à l'intérieur de la casquette : j'ai cousu ses initiales : R.C.

Le commissaire Blanchard retourne le couvre-chef. C'est malheureusement cela. Il ne fait plus de doute que le petit Régis a été enlevé à cet endroit précis. C'est une négligence incroyable de laisser un enfant de milliardaire rentrer seul à pied de l'école. Mais l'heure n'est pas aux critiques, elle est à l'action.

L'affaire de l'enlèvement du petit Régis Carbonel commence. Nous sommes le 21 avril 1979. Il est 18 heures.

8 heures du soir. Le commissaire Blanchard est dans l'appartement des Carbonel, en compagnie de plusieurs de ses hommes. Il est assis sur le canapé du living, en face du téléphone. A ses côtés, Caroll Logan. La sonnerie retentit. C'est la première fois depuis l'enlèvement. Il demande à Caroll de décrocher et prend l'écouteur.

— Ecoutez-moi bien. Je ne répéterai pas.

La voix est déformée par un mouchoir ou quelque chose d'approchant. Il semble que ce soit une voix de femme. La mystérieuse correspondante poursuit :

— Le petit Régis est avec nous. Nous le rendrons contre une rançon de 5 millions. Son père ou sa mère devra nous donner la réponse, demain à la télévision dans le journal de 20 heures. Sinon, l'enfant sera exécuté.

Il y a la sonnerie « pas libre » : la femme a raccroché. Caroll Logan fait de même. Le commissaire Blanchard la regarde quelques instants en silence. Il a l'air sombre.

— Je n'aime pas cela...

— C'est que ce soit une femme, qui vous inquiète ?

— Non. C'est la demande de déclaration à la télévision. D'habitude, les ravisseurs exigent avant tout qu'on ne prévienne pas la police. Ils souhaitent le minimum de publicité. Là, c'est exactement l'inverse.

— Qu'est-ce que cela peut vouloir dire ?

— Rien de bon. Une déséquilibrée, un mouvement politique ou une vengeance. En tout cas, je n'ai pas l'impression que nous sommes en face de truands classiques.

Le visage de la gouvernante est devenu blême.
— Qu'est-ce qu'il faut faire ?
— Leur donner satisfaction. M. ou Mme Carbonel doit parler demain au journal télévisé de 20 heures.
— Mais c'est impossible, je vous l'ai dit. Chantal Carbonel est en cure de sommeil à la clinique et son mari Gérard est en voyage d'affaires au Japon.
— Il faut pourtant qu'ils parlent. Je crains que la vie de l'enfant en dépende. Donnez-moi l'adresse de la clinique.

Une demi-heure plus tard, le policier se trouve en face du Dr Lyon, responsable de la clinique.
— Réveiller Mme Carbonel ? Mais c'est absolument impossible !
— Vous avez bien compris la situation, docteur ?
— J'ai compris, mais je ne peux rien contre l'action chimique des médicaments. Avec ce que Mme Carbonel a dans les veines à l'heure actuelle, il lui faut quarante-huit heures pour recouvrer sa conscience. Et encore... en pratiquant un traitement intensif.
— Si on l'amène devant la caméra à 20 heures demain, dans quel état sera-t-elle ?
— Elle aura l'air d'une somnambule, d'un zombie, d'une droguée. Choisissez la comparaison que vous voudrez... De toute manière, je m'y oppose.

Un quart d'heure plus tard, le commissaire Blanchard est de retour au domicile des Carbonel. En téléphonant au directeur adjoint de la firme, il a pu savoir où joindre Gérard Carbonel à Tokyo. Il n'est pas loin de minuit, mais là-bas, on est en plein après-midi. La communication est juste audible. En quelques mots, le policier met le milliardaire au courant des événements. Il y a un moment de silence et la voix altérée de Gérard Carbonel :

— Je donne des instructions pour débloquer les 5 millions.

— Ce n'est pas suffisant, monsieur Carbonel.

— C'est ce qu'ils demandent, non ?

— Ils demandent aussi que vous fassiez une déclaration demain à 20 heures à la télévision.

— Demain, 20 heures ? Mais c'est impossible ! Vous savez le temps qu'il faut pour revenir de Tokyo ?

— En prenant le premier avion, vous avez le temps.

— Je ne peux pas. Je suis en plein travail. Je pourrais être là après-demain, pas avant. Enfin, qu'est-ce que cela peut leur faire de me voir à la télévision, puisque je suis d'accord pour les 5 millions ?

— C'est peut-être indispensable, monsieur Carbonel. J'ai l'impression que ce ne sont pas des ravisseurs comme les autres...

— Commissaire, faites-leur comprendre que je ne peux absolument pas faire autrement. Faites-les patienter jusqu'à après-demain, je vous en prie !

Le commissaire Blanchard insiste encore, mais en vain. Ni M. ni Mme Carbonel ne pourront être là, comme l'exigeait la ravisseuse.

Et le lendemain, à 20 heures, c'est le moment fatidique. Le présentateur du journal télévisé parle bien entendu du dramatique enlèvement, puis il enchaîne :

— Maintenant, vous allez entendre le message de M. et Mme Carbonel, les parents de Régis : « Nous supplions les ravisseurs de ne pas faire de mal à notre fils. La rançon qu'ils demandent leur sera versée où et quand ils voudront. Ils n'ont qu'à appeler chez nous ou nous contacter de la manière qu'ils voudront. Signé : Chantal et Gérard Carbonel. »

Dans l'appartement Carbonel, le commissaire Blanchard a suivi l'émission. Le téléphone sonne. Il fait décrocher par Caroll Logan et prend l'écouteur. C'est la même voix féminine déformée :

— Vous n'avez pas respecté nos conditions !

— Si. M. Carbonel a débloqué les 5 millions...

— Il ne s'agit pas des 5 millions. Pourquoi ne sont-ils pas venus eux-mêmes ?

— Ils ne pouvaient pas...

— Alors vous pouvez dire à M. et Mme Carbonel qu'ils ne reverront jamais Régis !

La sonnerie pas libre résonne lugubrement. Caroll Logan, trop bouleversée, n'a pas raccroché ; on n'entend que cela dans la pièce. Le commissaire réfléchit pendant un long moment et, brusquement, son visage s'éclaire.

— Je crois que j'ai compris !

Et il s'adresse à la gouvernante :

— A votre avis, si Régis avait fait une fugue, où se serait-il réfugié ?

— Parce que vous pensez que ce pourrait être ?...

— Répondez, s'il vous plaît.

— Eh bien, normalement, je dirais qu'il est chez Armand Desurmont. C'est son camarade de classe. Ils ne se quittent jamais. Mais, en ce moment, Armand n'est pas là. Il est en voyage avec ses parents.

— De sorte que leur appartement est vide... C'est loin d'ici ?

— Ce n'est pas un appartement. C'est une maison qui donne sur le bois de Boulogne.

— Alors, allons-y.

Dix minutes plus tard, le commissaire Blanchard, Caroll Logan et un nombre impressionnant de policiers arrivent devant la villa. Blanchard fait rester tout le monde à bonne distance et part seul en compagnie de la gouvernante. Il parvient à s'introduire par un soupirail mal fermé. Une fois dans la maison, il appelle doucement :

— Régis ! Régis ! Je sais que tu es là.

Il y a un remue-ménage au premier étage. L'adolescent doit tenter de s'enfuir. Mais le policier est plus rapide. En quelques bonds il est sur place et l'instant d'après, il le tient fermement par le bras. Il est très grand, très brun et paraît à la fois plus et moins que son âge. Caroll Logan arrive à son tour. Elle a un cri de délivrance.

— Régis ! Dieu soit loué !

Blanchard fait asseoir Régis Carbonel dans un fauteuil du living et prend place en face de lui.

— Comment as-tu fait pour entrer dans la maison ?

L'adolescent a retrouvé son sang-froid. Il parle avec un rien de provocation. Sous l'effet de la mue, sa voix est très élevée. En faisant attention, on reconnaît le timbre déformé de la ravisseuse anonyme.

— J'avais la clé.

— C'est ton camarade qui te l'a donnée ?

— Oui. Je lui ai dit que j'avais besoin de sa maison pour amener une fille.

— C'était il y a combien de temps ?

— Quinze jours...

— Donc, cela fait longtemps que tu as prémédité ton faux enlèvement !

Est-ce la notion de préméditation qui effraie soudain le jeune fugueur ? Toujours est-il qu'il change d'attitude. De grosses larmes coulent le long de ses joues.

— J'ai fait cela parce que mon père et ma mère ne m'aiment pas. Quand je dis : « ne m'aiment pas », ce n'est même pas vrai. Je préférerais qu'ils me détestent. Au moins, j'existerais pour eux. Mais jamais ils ne font attention à moi, jamais ils ne s'occupent de moi. J'ai fait cela pour que, une fois dans leur vie, ils me remarquent. Mais cela n'a pas marché. Ils ne se sont pas dérangés.

— Tu es injuste, Régis. Ton père ne pouvait pas venir parce qu'il était en voyage très loin et ta mère était malade à la clinique.

— C'est pas vrai ! Elle n'est pas malade. Elle va à la clinique pour dormir ! Elle passe son temps à dormir. Mon père, s'il va loin, c'est pour gagner du fric. Son sale fric, il n'y a que cela qui compte pour lui. Ils ne sont pas venus. Je n'ai plus qu'à mourir !

— Ils seront là demain. Ils me l'ont promis.

— Je ne vous crois pas.

— Tu verras bien.

Le lendemain, Chantal et Gérard Carbonel, qui avaient appris, bouleversés, le geste de leur fils, le serraient enfin dans leurs bras. Depuis ce jour, le climat a changé. Chantal n'a plus fait de cure de sommeil, quant à Gérard, ses cadres ne sont même plus surpris lorsqu'ils l'entendent dire :

— Désolé, messieurs, je vous quitte. J'ai promis à mon fils de rentrer pour déjeuner.

L'ENFANT DANS LES NUAGES

— Regardez ! Le voilà qui arrive !

Un jeune homme montre le ciel du doigt, mais personne ne voit rien.

— Mais si ! Juste au-dessus de la colline !

Plusieurs centaines de personnes scrutent l'horizon, protégeant leurs yeux de la main contre un soleil déjà déclinant. Voilà des heures que les habitants de Drieux-Sainte-Marie piétinent la grande prairie sous un ciel orageux. Car, en ce 15 août 1952, c'est la fête annuelle du village. Le maire a fait un discours, le groupe folklorique a dansé, puis les jeunes filles du village sont venues chanter. A présent, tous attendent l'arrivée triomphale du héros local : Jules Delamotte, le plus vieil aérostier de France, un enfant du pays.

Bientôt un silence admiratif plane sur la foule. La sphère bleue rayée de bandes rouges est apparue au-dessus du bois qui borde la prairie. A moins de cent mètres du sol, le ballon se rapproche lentement. Un court instant il passe devant le soleil, l'éclipse, puis décrit un arc de cercle. Maintenant il surplombe la clairière. Depuis la nacelle, Jules Delamotte, le pionnier de quatre-vingt-quatre ans, adresse de grands signes aux spectateurs. Malgré son âge, il savoure plus que jamais le voyage ; il se souvient sans doute qu'en 14-18 déjà, il surveillait le front ennemi depuis un ballon d'observation.

Au sol dans le public, Frédéric, un garçon de sept ans, ne quitte pas des yeux la gigantesque enveloppe azur. Il serre contre sa poitrine un gros bouquet de fleurs. Un jour, se jure-t-il, lui aussi il ira là-haut, dans les airs, comme son grand-père. Il a déjà tant écouté de récits aériens qu'il s'imagine aisément libre comme l'air, évoluant sur une mer de nuages.

Quand le ballon n'est plus qu'à dix mètres du sol, l'équipier de Jules Delamotte lance des cordages par-dessus bord. Aussitôt des villageois accourent, s'en saisissent et tirent dessus à plusieurs. Ils les attachent ensuite à des pieux, afin d'arrimer la nacelle au sol. Le vieil aérostier attend que le ballon se stabilise un peu, puis il saute à terre, encore agile. Avec son pull-over bleu assorti au ballon, « le petit Jules », comme on l'appelait autrefois, a toujours aussi fière allure.

— A présent, déclare le maire, Frédéric Delamotte va remettre à son grand-père un bouquet tricolore, témoin de notre sollicitude !

Des badauds s'écartent pour laisser passer le jeune garçon. Nullement impressionné, celui-ci avance d'un pas décidé vers son illustre aïeul et lui remet le bouquet sous quelques applaudissements.

— Tu es bien gentil, dit le grand-père d'une voix éraillée.

— Dis, grand-père, je peux monter dans la nacelle ?

La question fait sourire ceux qui l'ont entendue.

— Il n'y a rien de plus que la dernière fois, tu sais ? Mais si ça t'amuse, profites-en. Tiens, on va t'aider à monter.

Et aussitôt plusieurs mains s'emparent du petit garçon pour le hisser dans le grand panier.

Frédéric n'a pas les yeux assez grands. Ce qu'il aime dans la nacelle, c'est qu'elle est peuplée d'un tas d'équipements. On y trouve des sacs de lest, bien sûr, et des cordages, mais aussi une malle de rangement. Sur une petite tablette sont fixés un baromètre, une boussole et un altimètre. En levant la tête, Frédéric peut contempler la soupape qui libère le gaz contenu dans l'énorme sphère du ballon.

Frédéric est encore perdu dans ses rêves lorsqu'il ressent une légère secousse. Le ballon vient de tressauter. Il est à présent légèrement incliné. Deux ou trois voix s'élèvent :

— Attention au ballon, une amarre vient de lâcher !

Une autre secousse, bien plus forte, agite la nacelle, et Frédéric tombe à genoux.

— Mais rattrapez ces amarres, nom d'un chien ! crie le vieux Jules un peu plus loin.

Frédéric se remet sur ses pieds et penche la tête au-dehors. Ce qu'il voit alors lui serre le cœur : le sol est en train de s'éloigner.

— Grand-père ! crie Frédéric, incrédule. Mais... grand-père !

Quelques hommes se précipitent sur les filins. Certains s'y cramponnent, mais il est déjà trop tard : le troisième et le quatrième cordages cèdent ensemble, libérant d'un coup le ballon. Celui-ci s'élève tranquillement. Deux paysans tiennent bon et s'accrochent aux amarres.

— Lâchez tout ! hurle le maire. Vous allez vous tuer !

Il faudrait que les malheureux sautent pendant qu'il est encore temps. L'un des deux lâche prise à environ quatre mètres du sol et retombe sans trop de mal, mais le second, ne sachant trop comment réagir, se laisse emporter. Quand il réalise le danger de sa situation, le ballon a dépassé la cime des arbres. Terrorisé, il finit par se laisser tomber dans une fosse pleine d'eau qui amortit sa chute. Le ballon, impassible, poursuit son ascension.

— Grand-père ! Gra-and-pè-re ! gémit Frédéric, déjà en larmes et la gorge nouée, tandis que le sol s'éloigne inexorablement.

Les gens dans la prairie deviennent de plus en plus petits. Le garçon est tétanisé.

En bas, la foule fascinée suit des yeux la lente ascension de Frédéric.

— Enfin, faites quelque chose ! proteste une femme, rompant le silence.

Mais on ne ramène pas aussi facilement un ballon sans équipage qui dérive au gré du vent, à des dizaines de mètres d'altitude. Encore quelques minutes, et la boule bleue disparaît derrière la colline.

— Calmons-nous, articule le vieux Jules Delamotte, tout tremblant. Ce ballon finira bien par redescendre... Le tout, c'est de ne pas le perdre de vue. Nous devons le voir atterrir.

— Prenez des voitures et tâchez de repérer le ballon ! ordonne le maire.

Les villageois se ruent sur tous les véhicules disponibles. Autos, motos, et même un tracteur — tout ce qui roule se lance sur les routes et les chemins à la poursuite de Frédéric ; le ballon bleu reste visible dans les lueurs du couchant. Les bruits les plus contradictoires ne tardent pas à circuler. Certains prétendent avoir aperçu le ballon au-dessus du hameau de Bellechasse, d'autres aux abords de l'étang des Cygnes. En fait, l'épaisse couche de nuages qui a recouvert la région rend bientôt impossible la localisation du ballon depuis le sol.

La gendarmerie, alertée, décide d'employer les grands moyens. Quatre avions de sport sont mis à la disposition des sauveteurs. Ils décollent du terrain d'aviation local et commencent à sillonner le ciel. Chaque aviateur passe au peigne fin une zone située dans un rayon de dix kilomètres autour du champ d'envol. Mais les nuages se font de plus en plus denses, et l'orage approche. Frédéric et son ballon restent introuvables.

La tombée de la nuit oblige à interrompre les recherches. On n'hésite plus maintenant à parler de catastrophe : le ballon a pu s'enflammer ou se déchirer et tomber dans la campagne en chute libre. Et même si ce n'est pas le cas, la jeunesse du pilote laisse présager le pire : un enfant de sept ans, totalement inexpérimenté, risque d'aggraver sa situation. Sa seule chance de survie, ce serait d'attendre patiemment. Seulement la peur, la solitude et le froid vont peut-être pousser le garçon à tenter l'impossible. Et s'il cède à la panique, le pire est à craindre.

Le grand-père de Frédéric, bien qu'habitué aux situations périlleuses, n'en mène pas large :

— Il finira bien par redescendre, répète-t-il d'une voix blanche.

Mais le cœur n'y est plus. Et, lorsqu'un premier éclair illumine le ciel, bientôt suivi d'un coup de tonnerre, Jules a du mal à cacher son angoisse. Les rares fois où un orage l'a surpris en vol, lui-même a cru y rester. Des souvenirs terribles lui reviennent : la foudre qui lacère le ciel, le vent qui secoue violemment le ballon. Dans ces conditions, l'enveloppe de toile menace de se déchirer à tout moment. On a l'impression d'être ballotté comme une feuille morte. Jules n'ose imaginer son petit Frédéric livré ainsi à la tourmente. Mais que faire ?

Vers 3 heures du matin, un fermier appelle la gendarmerie : « Venez vite, un ballon est retombé dans mon verger. » Une demi-heure plus tard, on découvre à vingt kilomètres de Drieux l'enveloppe du ballon accrochée au feuillage d'un grand cèdre. La nacelle pend le long du tronc, à quelques mètres du sol.

— Vous n'avez pas vu un jeune garçon ? demande un gendarme au fermier.

— Non, on n'a vu personne. Mon fils est monté dans l'arbre pour vérifier.

Maintenant il faut s'attendre au pire : si Frédéric n'est pas près du ballon, c'est parce qu'il a dû prendre peur et sauter avant d'atterrir. On retrouvera sans doute son corps dans un champ aux alentours.

Les parents de l'enfant, arrivés bientôt sur les lieux, comprennent que les chances de retrouver Frédéric en vie sont faibles. Pourtant, Jules Delamotte, le vieil aérostier, marche nerveusement autour du cèdre. Il refuse d'accepter la fatalité.

— Il faudrait décrocher le ballon, suggère-t-il, on aura peut-être des indices...

— Retrouvons le gosse d'abord ! L'enquête peut attendre, lui répond l'officier de gendarmerie.

Le père de Frédéric intervient timidement :

— Quelles sont les chances pour que...

— On commencera les battues à l'aube, l'interrompt le gendarme, sans autres commentaires.

Soudain, Jules Delamotte croit entendre un bruit venant du ballon.

— Silence ! Taisez-vous !

On se rapproche du cèdre. Les torches électriques balaient une nouvelle fois les frondaisons, espérant apercevoir Frédéric suspendu à une branche. Mais il faut s'y résoudre ; il n'y a pas âme qui vive dans le grand arbre.

Jules Delamotte, lui, n'en est pas si sûr. Sans rien demander à personne, le voilà qui entreprend, à quatre-vingt-quatre ans, d'escalader le vieux cèdre.

— Allons, monsieur, soyez raisonnable...

Le gendarme n'a pas le temps d'achever sa phrase : la nacelle vient de bouger légèrement. Ce balancement est peut-être dû aux à-coups du grand-père le long du tronc.

— Pierre, apporte-moi donc une échelle, ordonne le gendarme à un camarade.

Quelques minutes plus tard, on décroche la nacelle de l'arbre. Avec de grandes précautions, on la redescend jusqu'au sol. A l'intérieur, tout est en désordre, la plupart des sacs de lest sont éventrés, les instruments de navigation ont été brisés par la violence de l'atterrissage.

— Et la malle ? Vous avez regardé dans la malle ? demande Jules Delamotte.

Sans savoir pourquoi, il se sent soudain tout regonflé d'espoir.

Le vieil aérostier indique une malle de rangement. Les sauveteurs dégagent aussitôt quelques sacs de lest, puis ils ouvrent le couvercle. Ils n'en croient pas leurs yeux : Frédéric est là, roulé en boule. L'enfant s'est recroquevillé sous un sac de toile. Il est encore sans connaissance.

Après quelques heures de soins, le jeune Frédéric est de nouveau sur pied. On l'interroge pour savoir ce qui lui a donné l'idée de s'enfermer dans cette malle.

— C'est mon grand-père, explique-t-il. Il m'a raconté plein de fois que dans le temps, il emmenait une petite chienne à bord de son ballon. Comme elle était frileuse, elle se blottissait contre ses pieds ;

quand elle tremblait, mon grand-père la mettait dans la malle de rangement. Moi aussi je tremblais ; beaucoup, même. Alors j'ai fait pareil...

Cette idée bizarre avait permis à Frédéric de résister sans dommage au froid et à l'orage ; épuisé, il s'était même endormi. Le bruit de l'enveloppe se déchirant dans l'arbre l'avait réveillé en sursaut, mais, un instant plus tard, un choc violent lui avait fait perdre connaissance.

Après cette mésaventure, Jules Delamotte a dû partager sa gloire de plus vieil aérostier de France avec celle de son petit-fils : car Frédéric, lui, était à coup sûr devenu le plus jeune d'entre eux.

UN CHAUSSON DE POUPÉE

25 février 1962, Stéphane Constant, assis devant la table de la salle à manger, baisse la tête et s'abîme dans la contemplation de la toile cirée. On ne voit plus que ses cheveux très bruns coiffés d'une manière un peu folle.

— Tu vas m'écouter, Stéphane ?

Stéphane se redresse. Il est assez grand pour ses quinze ans, plutôt maigre aussi, notamment ses bras et ses longues mains semblables à celles d'un pianiste. Pourtant il ne donne pas une impression de fragilité, au contraire. A l'intensité de son regard noir, à la mobilité expressive de son visage, on sent qu'il est habité par une énergie, une flamme peu communes.

— Je t'écoute.

— Cela t'écorcherait la bouche de dire : « papa » ?

— Je t'écoute, papa.

Le « papa » en question est un homme d'une quarantaine d'années aux cheveux par endroits grisonnants coupés en brosse. Il n'est pas difficile de deviner qu'il s'agit de quelqu'un d'important, ne serait-ce qu'à la qualité de son costume sombre ou à la rosette de la Légion d'honneur qui orne sa boutonnière. Curieusement, son élégance contraste avec le cadre dans lequel il se trouve : un appartement tout ce qu'il y a de modeste dans une rue populaire du XXe arrondissement de Paris. Son allure contraste également avec celle de la femme qui se tient un peu en retrait derrière lui. Elle aussi a la quarantaine, mais on dirait plutôt sa bonne que sa femme.

Et cette apparence reflète exactement la réalité. Le père de Stéphane ne s'appelle pas Constant, comme lui, mais Dumesnil, Etienne Dumesnil. Il a rencontré Micheline Constant, la mère de Stéphane, tout de suite après la guerre. Ils ont eu une liaison et Micheline s'est retrouvée enceinte. Lorsqu'elle le lui a appris, elle espérait qu'il divorcerait pour l'épouser. Mais c'est loin d'être ce qui s'est passé.

— Il n'en est pas question. Ma situation, l'entreprise que je dirige... D'ailleurs, ma femme aussi est enceinte. Elle ne le supporterait pas.

Et Etienne Dumesnil a précisé ses intentions :

— Je veux que tu gardes cet enfant. Tu l'élèveras et je te donnerai l'argent nécessaire. Je tiens à veiller moi-même à son éducation. Je te procurerai un logement et je viendrai vous rendre visite une fois par semaine, tous les dimanches.

Micheline Constant a mis au monde un garçon, tandis que Mme Dumesnil, à quelques jours de différence, accouchait d'une fille, Véronique. Et, depuis quinze ans, tout se passe selon les décisions qu'a prises Etienne Dumesnil. Sans que ni sa femme ni sa fille légitimes se doutent de quoi que ce soit, tous les dimanches, il quitte son appartement du XVIe arrondissement pour se rendre chez Micheline et Stéphane. Il y passe une partie de la journée, se permettant même de leur parler de son autre foyer et, le soir venu, il rentre.

En quinze ans, pas un accroc à ce scénario réglé comme du papier à musique. Etienne Dumesnil règne en maître absolu sur son monde tel qu'il l'a conçu et organisé. Il y a pourtant un petit quelque chose qui l'ennuie depuis peu : Stéphane semble moins docile. Il ne l'écoute plus avec la même soumission. L'âge ingrat, sans doute. Il faut y mettre bon ordre. Et c'est cette reprise en main qu'a décidée Etienne Dumesnil, ce dimanche 25 février 1962.

— Stéphane, je trouve que tu prends de drôles d'habitudes quand je ne suis pas là.

— Tu n'as qu'à être là !

Une gifle retentissante claque dans la pièce. Stéphane ne bronche pas et continue à fixer son père dans les yeux.

— Comprends-moi, mon petit, tout ce que je fais, c'est pour ton bien. Je veux que tu sois digne de moi. Tu verras qu'un jour tu me remercieras...

Sur ce, Etienne Dumesnil jette un coup d'œil à sa montre, pousse une exclamation de contrariété et s'en va rapidement. Stéphane, qui n'avait rien dit depuis la gifle, serre les poings.

— Digne de lui... Je préférerais mourir que de lui ressembler !

Micheline Constant s'approche de son fils. Comparée à lui, elle est toute menue. Elle le regarde d'un air suppliant :

— Ton père est quelquefois un peu dur, mais il a raison, Stéphane. C'est pour ton bien.

Stéphane pose ses deux mains sur les épaules de sa mère. Il y a chez cet adolescent une maturité étonnante. Son attitude est presque paternelle.

— Non, maman, il a tort. Il n'agit pas pour mon bien, mais par orgueil, par égoïsme, comme il l'a toujours fait.

— Voyons, Stéphane...

— C'est fini, maman ! Il a gâché ta vie, il a empêché la mienne depuis que j'existe, mais c'est fini...

— Qu'est-ce qu'il te prend ? Tu es devenu fou ?

— Non, je ne suis pas fou. Je sais parfaitement ce que j'ai à faire.

— A faire ?... Mais quoi, mon Dieu ?

— Je vais tout détruire, maman ! Tout ce qu'il est.

C'est ainsi que, ce 25 février 1962, dans la tête fiévreuse d'un adolescent, un projet insensé a germé.

19 mars 1962, Stéphane, planté devant un arrêt d'autobus d'une rue du XVIe arrondissement, attend. Il n'attend pas l'autobus ; cela, c'est simplement pour ne pas éveiller l'attention. Il fixe au contraire, sur le trottoir d'en face, les grilles de l'institution Sainte-Catherine, une école privée pour filles.

Stéphane n'est pas là pour une quelconque aventure sentimentale. Celle qu'il attend n'est autre que Véronique Dumesnil, sa demi-sœur. La semaine précédente, Stéphane a suivi son père lorsqu'il est parti de chez eux. C'est ainsi qu'il a découvert son domicile. Le lendemain, il s'est mis en faction devant l'immeuble et a vu Etienne Dumesnil accompagner sa fille à l'école. Maintenant, le moment est arrivé. Il va pouvoir parler seul à seule à Véronique.

Un flot d'uniformes bleu marine envahit la rue. C'est la sortie, des petites d'abord, des moyennes ensuite, puis des grandes. Stéphane sent son cœur se serrer. Pourvu qu'il reconnaisse Véronique. Il ne l'a vue qu'une fois, pendant quelques secondes, et d'assez loin. Il plisse les yeux. Oui, c'est elle ! Elle est blonde, alors qu'il est brun, mais Stéphane ne peut s'empêcher d'être pris d'un étrange malaise : elle lui ressemble.

La jeune fille a pris place dans la file de l'autobus. Stéphane se crispe. C'est maintenant qu'il doit l'aborder, et c'est le point le plus délicat de tout son projet. Elle risque d'avoir une réaction de peur ou de colère et de tout faire échouer. Son entrée en matière est capitale. Il vient se mettre à ses côtés et prononce à voix basse :

— Véronique...

Elle a le sursaut prévu, mais elle ne crie pas.

— Qui vous a dit mon nom ?

— Votre père.

— Mon père ?

— Oui, Etienne Dumesnil.

— Comment connaissez-vous mon père ?

C'est l'autre moment crucial, celui où il doit se jeter à l'eau.

— Je le connais depuis longtemps... depuis quinze ans...

— Qu'est-ce que cela veut dire ?

— Regardez-moi bien. Vous ne remarquez rien ? Une ressemblance ?

Véronique contemple ce jeune inconnu aux cheveux ébouriffés et au regard fiévreux. Elle pense à un fou, à un coureur de jupons. Enfin, elle voudrait le penser, mais elle n'y arrive pas. Précisément parce qu'il ne lui semble pas un inconnu. Stéphane poursuit :

— Etienne Dumesnil est mon père. Il vient nous voir, ma mère et moi, tous les dimanches après-midi. Est-ce qu'il est chez vous le dimanche après-midi ?

— Non, il va... à son bureau.

Stéphane Constant regarde sa demi-sœur bien dans les yeux.

— Cela ne sert à rien d'aller plus loin. Je vais vous donner une preuve. Dimanche prochain, avant son départ, mettez quelque chose — ne me dites pas quoi — dans la poche droite de son imper. Lundi, je vous le rapporterai. A lundi.

Et Stéphane disparaît, laissant Véronique Dumesnil bouleversée.

Lundi 26 mars 1962. Véronique sort d'un pas pressé de l'institution Sainte-Catherine et se dirige vers l'arrêt d'autobus. Stéphane est là, immobile. Il ne parle pas. Il ouvre sa main et découvre un petit chausson de poupée. Il dit simplement :

— Tiens.

Véronique est aussi pâle que lui.

— Alors, il m'a menti depuis quinze ans ?

— Oui, à toi, à moi, à ta mère, à la mienne, à tout le monde.

— Ta mère... comment est-elle ? A quoi ressemble-t-elle ?

— A une victime. Tu lui pardonnes, toi ?

Véronique Dumesnil secoue vivement la tête.

— Non.

— Tu es prête à agir ?

— Oui !

Dimanche 1er avril 1962. Comme il le fait depuis quinze ans, Etienne Dumesnil arrive devant l'immeuble modeste de la rue populaire du XXe arrondissement. Mais là, il a une surprise. Stéphane l'attend.

— Au revoir, papa !

— Qu'est-ce que tu dis ?

— Je te dis que je pars. Je vais faire un tour.

— Tu es fou ? Qu'est-ce qu'il t'arrive ?

— Il m'arrive que c'est fini. Tu ne me verras plus. Je ne serai plus là le dimanche. Tu ne verras plus maman non plus. Je ne t'empêche pas de la voir, note bien. Je ne t'en empêche pas parce que je sais que ce n'est pas la peine. Si je n'y suis pas, tu ne viendras pas. Elle, elle ne t'intéresse pas. Il n'y a que moi qui t'intéressais, parce que tu voulais me faire à ton image.

M. Dumesnil devient tout rouge. Il avance d'un pas.

— Je vois que tu n'es pas dans ton état normal. Laisse-moi te dire...

Mais Stéphane s'enfuit en courant.

— Adieu, papa !

Etienne Dumesnil est rentré dans le luxueux appartement qu'il habite dans le XVIe arrondissement. Il s'est enfermé dans son bureau. Véronique vient frapper à sa porte. Alors qu'il est la plupart du temps souriant avec sa fille, cette fois, il la reçoit très mal.

— Je t'en prie. Ce n'est pas le moment !

— Si, papa, c'est le moment.

Au ton décidé de sa fille, Etienne Dumesnil a un sursaut.

— Qu'est-ce qu'il se passe ? Vous vous êtes donné le mot aujourd'hui !

— Exactement, Stéphane et moi, nous nous sommes donné le mot.

Etienne Dumesnil reste bouche ouverte. Il est encore plus cramoisi que tout à l'heure. Véronique continue :

— Stéphane t'a dit ce qu'il avait à te dire. Maintenant, c'est à mon tour.

Etienne Dumesnil retrouve enfin la parole :

— Mais comment as-tu appris ?

Véronique ne prend même pas la peine de répondre.

— Je ne peux pas faire comme lui. Je ne peux pas t'empêcher de me voir, m'en aller, puisque, moi, je suis ta fille légitime. Mais dans le fond, ce sera la même chose. Je crois même que ce sera pire.

Véronique parle d'une voix glaciale.

— Tu m'as trahie ! Tu nous as menti pendant quinze ans à maman et à moi, tandis que tu gâchais la vie de cette pauvre femme et de ton fils ! Eh bien maintenant, avec moi aussi, c'est fini. Oh ! tu me verras tous les jours, aussi souvent qu'avant. Mais je ne serai plus qu'une façade, une apparence, un fantôme. Je ne te dirai plus rien de vrai, de sincère. Je n'écouterai plus rien de ce que tu pourras me dire. Pour moi, tu as cessé d'exister le jour où Stéphane a rapporté le chausson de poupée que j'avais glissé dans ta poche.

Etienne Dumesnil est décomposé. En quelques minutes, il semble avoir vieilli de vingt ans. Il défait sa cravate et cherche à respirer avec difficulté. Véronique reste impassible.

— Un bon conseil : profites-en pour t'occuper de maman. Je ne t'ai jamais vu faire attention à elle. Comme Stéphane a dû te le dire, il n'y avait que tes enfants qui t'intéressaient. Alors, puisque tu n'as plus d'enfants, occupe-toi de ta femme. Maman est quelqu'un de très bien, tu sais.

Etienne Dumesnil pousse un cri de bête blessée. Véronique change de ton. Elle s'exprime à présent d'une manière aimable, mais impersonnelle, un peu comme une domestique stylée.

— Tu veux que je te fasse du thé, papa ? Non, tu ne veux pas ? Eh bien, je vais dans ma chambre. Je serai là pour le dîner.

— Véronique !

Véronique ne répond pas. Elle se dirige vers la porte du bureau et la referme doucement, très doucement, derrière elle.

Le 1er avril 1954, Jacques Drochart, surnommé Drock par allusion au grand clown Grock, arpente comme chaque jour les Champs-Elysées. Il s'est collé un nez rouge et agresse les passants avec un pistolet en bakélite ; en souriant, il leur dit : « La bourse ou la vie ! » Quand il appuie sur la détente, un petit bouquet de plumes jaunes sort du canon et Drock tend la main pour faire la manche.

D'habitude ce gag remporte peu de succès ; mais ce matin, poisson d'avril oblige, les passants ont le sens de l'humour. La plupart lui répondent par un sourire, certains vont jusqu'à lui donner une pièce de monnaie.

— La bourse ou la vie !

Ce monsieur au chapeau bleu détourne à peine le regard et passe son chemin. Drock soupire ; dur métier ! Arrivé dix mètres plus bas, l'homme fait cependant demi-tour et revient vers Drock. Il lui prend le pistolet des mains, fait fonctionner lui-même le mécanisme et rend son jouet au clown avec un sourire :

— Vous voyez ce garçon de café là-bas ? Un billet de 1 000 pour vous si vous lui faites mettre les mains en l'air.

Le plaisir de Drock est de faire rire, pas de faire peur ; aussi la proposition le laisse-t-elle sceptique :

— Je ne comprends pas pourquoi vous me demandez ça.

— Parce que c'est le 1er avril, mon vieux, et qu'il faut bien rire un peu !

L'homme sort un billet de 1 000 de sa poche et le tend au clown d'un geste décidé.

— M... merci, fait Drock.

— Je vous regarde faire, dit l'homme tout excité.

Rangeant le billet dans sa poche, Drock arme le pistolet et retire son nez rouge.

— Qu'est-ce que vous faites ? l'interrompt le farceur. Gardez le nez, voyons ! C'est ce qui fait tout le charme !

Drock se racle la gorge. Il y avait longtemps qu'on ne l'avait pas payé pour faire un travail. Il remet son nez rouge et se dirige vers le café. Arrivé au coin de la terrasse, il se plante devant le garçon et le met en joue :

— Haut les mains ! crie-t-il. Ceci est un hold-up !

Le garçon reste un instant interloqué.

— Les mains en l'air ! insiste le clown.

Le garçon tombe à genoux :

— Non, monsieur le clown, je vous en supplie, ne me tuez pas !

— Trop tard ! dit Drock.

Un coup sec, et le plumet jaune apparaît. A la table la plus proche, une dame élégante laisse échapper un joli rire.

— Bravo, monsieur, vous êtes très drôle. Tout à l'heure, quand vous avez crié : « Haut les mains ! », j'y ai vraiment cru.

Puis, réfléchissant un moment, elle ajoute :

— Vous devriez faire le coup au gros portier du Claridge. Cet homme-là est assommant.

— Comme vous voudrez, belle dame. Mais aujourd'hui, je tue pour 1 000 francs.

— Voilà 2 000 ! Mais faites-moi ça proprement.

Drock n'en revient pas, mais il prend sa nouvelle mission très à cœur. Il va lui faire peur, à ce gros portier ! Ce sera sa revanche sur le personnel du palace, toujours prêt à le narguer et à l'envoyer promener.

Cette fois, Drock va tenter de jouer sur l'effet de surprise. Longeant la façade du Claridge, il avance à pas de velours sur l'épais tapis rouge. Pointant le canon du pistolet en bakélite dans le dos de sa victime galonnée d'or, il profère ses menaces d'une voix rauque :

— Pas un geste, mon gros. Tu vas faire bien sagement ce que je te dis !

Le portier n'a même pas sursauté, il reste parfaitement immobile.

— Maintenant, tu vas avancer de trois pas et te retourner tranquillement vers moi.

Le gros homme s'exécute. Découvrant alors le nez rouge, il est partagé entre la surprise et la colère. Pas très rassuré, Drock presse la détente en criant :

— Poisson d'avril ! Poisson d'avril !

— Tu te crois malin, hein ? demande le gros portier.

— Avouez que vous avez eu peur !

— Mouais ! Tu as de la chance que ce soit le 1er avril...

— Vous savez, si vous me donnez 1 000 francs, je peux faire la même blague à la personne de votre choix.

— Mille francs ! Tu ne crois pas que tu abuses un peu de la situation !

Mais l'idée de faire un canular à ses copains du bar n'est pas pour déplaire au portier. Le tueur à gages prend ses renseignements :

— Qui sera la victime ?

— Le barman, répond le gros homme. Tu le trouveras facilement, il est toujours derrière son comptoir. Tu traverses le hall, et c'est la porte vitrée à droite. Je compte sur toi pour le faire mariner un bon moment.

— C'est comme si c'était fait, répond le clown.

Drock lève la main pour retirer son nez rouge ; puis, se ravisant, il décide de laisser l'accessoire en place.

— Vous désirez ?

Au comptoir, le barman ne peut s'empêcher de sourire. Un clown avec un revolver, ça flaire le poisson d'avril gros comme une baleine. Ce n'est donc pas le moment de manquer d'humour.

— C'est mon nez rouge qui te fait rire ? Pourtant il n'y a pas de quoi. Allez file-moi la caisse, et vite fait !

— Mais... je...

— N'essaie pas d'appeler au secours, je ne suis pas d'humeur à plaisanter.

Avant que le barman ait eu le temps de réagir, un homme en smoking se rue sur Drock et le plaque au sol.

— Poisson d'avril ! Poisson d'avril ! crie piteusement le clown en essayant de rattraper son pistolet.

Mais le barman s'est déjà saisi du jouet. L'homme au smoking tord le bras de Drock dans son dos, jusqu'à lui arracher un cri.

— Vous pouvez le lâcher, monsieur. Ce n'est qu'un poisson d'avril.

— Un poisson d'avril ? demande l'homme au smoking. Vous êtes sûr, James ?

— Oui, regardez. Son arme n'est qu'un jouet d'enfant...

Le justicier libère le clown.

— James !

— Monsieur ?

— Voulez-vous servir un cocktail à ce poisson d'avril de ma part ?

— Avec plaisir, monsieur.

Au bout d'une demi-heure, le portier, étonné de ne pas voir le clown ressortir, abandonne son service un instant et vient aux nouvelles.

— Il a rencontré un ami ! lui lance le barman.

— Non ! fait le portier. Ça alors...

— Je plaisante. En fait, c'est Manoggi qui l'a entrepris. Le pauvre a perdu 3 millions hier soir au baccara, face à Gardner. Alors tu penses s'il est content d'avoir trouvé quelqu'un à qui raconter ses malheurs.

Le dénommé Manoggi sort un briquet en or de sa veste de smoking et allume le cigare qu'il vient d'offrir à Drock.

— Il faut tirer dessus plus que ça ! dit-il. Ce n'est pas une cigarette !

Le clown tousse tant qu'il peut. Il attaque son deuxième cocktail.

— Vous savez ce qui serait drôle ? lui demande son nouveau protecteur. Ce serait de lui faire un canular — tous les deux !

— Oui ? A qui ça ?

— Mais à Gardner, voyons ! A ce vieux truand de Gardner... Il doit prendre l'avion ce midi pour Dublin. Nous avons encore le temps de le choper. J'ai une idée !

— Oui ?

Drock boit une autre gorgée de son cocktail. Délicieux, vraiment.

— Voilà ce que nous allons faire, dit l'homme à Drock. Vous allez vous rendre au terrain d'aviation du Bourget, avec un mot de ma main disant que vous devez parler à tout prix à monsieur Watson Gardner, en personne. Ce vieil escroc pensera sans doute que je veux resquiller, pour les 3 millions. Alors il vous recevra. Vous me suivez ?

— Oui.

Drock se demande combien il va pouvoir tirer d'une mission aussi mondaine.

— Quand on vous introduira auprès de lui, vous sortirez votre joujou en disant : « C'est de la part de M. Manoggi ! » Dites-le, pour voir.

— C'est de la part de M... Malozzi...

— Manoggi. M. Manoggi.

— C'est de la part de M. Mano... ggi.

— Bravo !

Drock hoche la tête. Il y arrivera.

— Et quand Gardner vous supplie de lui laisser la vie sauve, vous le regardez droit dans les yeux, vous vous approchez tranquillement et, l'air de rien, vous lui lancez à la figure un « Poisson d'avril » tonitruant.

— Et mes gages ?

— Cent mille pour vous dès votre retour.

— Cent mille ?

— Ah, au fait ! Un détail simplement : retirez ce nez, vous serez plus crédible.

Une heure plus tard, notre clown se retrouve sur la banquette arrière d'une limousine du Claridge. Il explique son aventure au chauffeur : cette succession de mauvaises blagues lui a rapporté 3 500 francs de l'époque, deux cocktails, un cigare, l'estime d'une jolie femme et un voyage en limousine.

— Finalement, dit-il, c'est plus facile de faire peur aux gens que de les faire rire.

— Plus facile, Monsieur, mais parfois plus dangereux...

Se mirant dans la glace, Drock essaie de se composer la tête d'un tueur. Puis il met un instant son nez rouge pour faire sourire le chauffeur ; celui-ci lui demande les consignes :

— Devrai-je attendre Monsieur, ou bien Monsieur partira-t-il avec l'avion ?

— Attendez-moi, dit Drock, je n'en aurai pas pour longtemps.

Avec sa voix forte et son accent de Vancouver, M. Gardner est assez impressionnant. L'homme d'affaires canadien a déjà pris place à bord d'un avion privé, quand son homme de main lui fait savoir qu'un employé de Manoggi voudrait à tout prix lui parler.

— Manoggi ? Hmm... Juste une minute, O.K. ?

Tout émoustillé de se retrouver pour la première fois de sa vie dans un avion, Drock regarde autour de lui avec curiosité. Les hélices tournent déjà, la carlingue vibre. Gardner a horreur de perdre son temps.

— Alors, dit-il avec un terrible accent. Qu'est-ce que Manoggi veut me dire ?

Drock fait mine de réfléchir et sort le revolver de sa poche intérieure. D'un geste rapide, il colle le canon sous le nez de l'homme d'affaires.

— C'est fini pour toi, Gardner. Tu peux faire ta prière.

— Mais...

— Y a pas de mais ! Je vais t'exploser la cervelle, maintenant.

Ce seront les derniers mots de Drock. Une première balle va le toucher à la hanche ; la deuxième se loge dans son cœur. Le garde du corps rengaine.

— Ça va, m'sieur ?

— Merci, Ben. Ce fumier de Manoggi a bien failli m'avoir.

Le garde du corps inspecte le cadavre. Il palpe le nez rouge dans la poche du veston mais n'y prête pas attention.

— Pas de papiers, m'sieur, juste un peu d'argent.

Mais Watson Gardner considère avec consternation l'« arme » de son agresseur — un vulgaire jouet en bakélite !

— Ben, j'ai l'impression que tu as fait une petite erreur, vois-tu ?

— Comment ça, m'sieur ?

— Rien, c'est sans importance. Allons, décollons maintenant !

Quand ils furent au-dessus de la Manche, Watson Gardner ordonna à son homme de main d'ouvrir la petite porte à l'arrière de l'appareil. Il l'aida lui-même à transporter le corps. Tous deux le poussèrent dans le vide à coups de pied. La silhouette de Drock tournoya un moment dans les airs, puis elle disparut dans l'eau grise.

Ne voyant pas son passager redescendre de l'avion de Gardner, le chauffeur de la limousine du Claridge crut d'abord à un nouveau poisson d'avril. Il ne commença à en douter que la semaine suivante, en lisant dans la presse qu'un inconnu avait été retrouvé dans la Manche — un inconnu avec un nez rouge !

FRANÇOIS ET FRANÇOISE

28 novembre 1956. Il neige à Nanterre. Un froid pénétrant envahit la maison des Boson. « Maison » n'est pas, en fait, le terme approprié. C'est une baraque faite de planches et de tôle ondulée, au milieu de ce qui est alors le plus grand bidonville de France. Les Boson sont pauvres, très pauvres. Emile, le mari, quarante-deux ans, exerce depuis la guerre le métier de cantonnier.

Pour l'instant, Emile Boson, son béret basque enfoncé sur la tête et le col de son manteau relevé à cause du froid, arpente la pièce nerveusement. Etendue sur le lit, sa femme Angèle, trente ans, gémit sans arrêt. Son ventre fait une bosse sous la couverture. A son chevet, assis sur l'une des deux chaises du logis, le Dr Fabien Castel, la trentaine. Il y a quatre ans qu'il exerce la médecine et il a choisi de se consacrer en priorité aux déshérités de Nanterre. Il prend la main de la femme.

— Ne vous inquiétez pas, madame Boson. J'ai demandé l'ambulance. Elle sera là dans quelques minutes.

Angèle Boson regarde le médecin d'un air implorant.

— Dix ans qu'on attendait ce bébé et voilà que le bon Dieu va nous le reprendre ! Qu'est-ce qu'on a fait pour qu'il nous punisse comme ça ?

— Calmez-vous. Vous allez accoucher à sept mois, voilà tout. De nos jours, c'est tout à fait possible. Votre bébé ira en couveuse et tout se passera bien.

L'avertisseur de l'ambulance retentit à l'extérieur et, quelques instants plus tard, le Dr Castel et les Boson roulent aussi vite que la neige le permet vers l'hôpital de Nanterre.

Deux heures plus tard, dans la salle de travail, le médecin accoucheur ruisselle sous son masque. Tout se passe mal, très mal. La future mère donne des signes de faiblesse cardiaque et l'enfant se présente dans une position difficile. Le médecin n'a pas trop de l'aide de la sage-femme pour faire face à la situation. Enfin, la délivrance a lieu. Le docteur remet l'enfant, un prématuré de trois livres, à la sage-femme. Celle-ci l'enveloppe rapidement dans de la gaze et de l'ouate, tandis que le médecin accoucheur doit assister, à l'aide d'un masque à oxygène, Mme Boson, qui vient de perdre connaissance.

Angèle Boson sort de son inconscience. Elle se tourne vers la sage-femme.

— C'est un garçon ? Dites-moi que c'est un garçon !

— Oui, madame.

Avant de s'évanouir de nouveau, Mme Boson prononce d'une voix faible :

— Il faut l'appeler François.

Un mois a passé. C'est le grand jour pour Angèle et Emile Boson, qui attendent, fiévreux, dans une chambre de l'hôpital de Nanterre. Le drame n'a été évité que de peu. Angèle a été à deux doigts de la mort lors de l'accouchement et pendant les jours qui ont suivi.

Depuis, elle n'a pas revu son enfant, qui a tout de suite quitté l'hôpital pour une maternité parisienne ultramoderne. Elle n'a eu aucune nouvelle de lui, si ce n'est que tout se passait normalement. Mais aujourd'hui, Mme Boson et son mari vont le voir pour la première fois et l'emporter chez eux. Le Dr Castel a tenu à être présent, car l'état de la mère est encore fragile.

Une infirmière arrive, tenant dans ses bras une forme rose. D'émotion, Emile retire son béret qu'il n'enlève jamais.

— C'est tout le portrait de papa !

Tandis qu'Angèle lui tend les bras en répétant :

— François ! François...

L'infirmière a un sursaut.

— Quel François, madame ? C'est une fille.

Il s'ensuit une confusion indescriptible. On déshabille l'enfant et force est de constater que c'est bien une fille. Mme Boson s'évanouit, Emile serre les dents et les poings, le regard fixe. Et lorsque la mère est revenue à elle, le Dr Castel lui déclare :

— Il faut trouver ce qui s'est passé. Je m'en occupe personnellement...

Le médecin-chef de la maternité parisienne, un homme d'une soixantaine d'années aux cheveux déjà blancs, regarde avec stupeur son jeune confrère, assis en face de lui.

— Ce que vous dites est extrêmement grave. Vous êtes certain de ce que vous avancez ?

— Absolument. L'enfant a été déclaré à l'état civil par le père sous le nom de François. Sa femme lui a dit que c'était un garçon !

— Mais nous, nous avons rendu à ses parents une Françoise Boson qui nous a été remise le 28 novembre, jour de sa naissance, par l'hôpital de Nanterre.

Le Dr Castel ne comprend pas. Il avait évidemment pensé à une substitution de bébé, une erreur extrêmement rare, mais qui peut se produire. Or, il semble maintenant que l'enfant de Mme Boson ait toujours été une fille. Pour le convaincre, le médecin-chef l'invite à le suivre dans le pavillon des prématurés. L'infirmière responsable est formelle :

— Mais bien sûr c'était une fille ! On sait quand même voir la différence ! Je crois même que j'ai encore son bracelet.

L'infirmière revient avec un petit ruban de toile blanche.

— Regardez... Que lisez-vous ?

Fabien Castel n'en croit pas ses yeux.

— Françoise Boson, 28.11. 56.

— Et ce n'est pas nous qui avons écrit ça, docteur. L'enfant le portait au poignet quand il est arrivé ici. C'est l'hôpital qui a pratiqué l'accouchement qui rédige le bracelet d'identité.

Le Dr Castel le sait parfaitement. Après avoir promis au médecin-chef de le tenir au courant, il revient à l'hôpital de Nanterre en emportant le bracelet.

Le médecin-chef de l'hôpital de Nanterre tombe des nues.

— Bien sûr que c'est une fille. C'est écrit sur nos registres. Je ne vois pas pourquoi les parents s'imaginaient le contraire.

— Parce qu'on le leur a dit.

— Qui cela ?

— La sage-femme, après l'accouchement.

Quelque temps plus tard, celle-ci se trouve devant eux. C'est une femme imposante d'une cinquantaine d'années. On sent un être doué d'une forte personnalité. Pourtant, elle a l'air particulièrement mal à l'aise en répondant aux questions de son directeur.

— Enfin, c'était un garçon ou une fille ?

— L'accouchée était très faible. A un moment, elle

a repris conscience et elle m'a demandé si c'était un garçon, j'ai répondu « oui ».

— Je ne vous demande pas ce que vous avez dit, je vous demande si c'était un garçon ?

Le malaise de la sage-femme s'accroît.

— Jamais je n'avais vu un accouchement aussi dramatique. J'ai cru que la mère et l'enfant allaient y passer. C'était terrible !

— Allez-vous répondre, oui ou non ?

La sage-femme éclate brusquement en sanglots.

— J'ai commis une faute. Et depuis ce jour-là, je ne dors plus. C'est la première fois que j'ai perdu la tête en trente ans de carrière. Quand la mère m'a dit : « Dites-moi que c'est un garçon ! », j'ai voulu lui donner cette joie. J'étais sûre qu'elle allait mourir. Après, quand j'ai vu que c'était une fille, j'ai inscrit « Françoise » sur son bracelet.

En retournant voir les Boson, le Dr Fabien Castel essaie de son mieux de raconter ce qui s'est passé. Il s'efforce de sourire.

— Il n'y a jamais eu de François. La sage-femme a menti. C'est une fille que vous avez mise au monde. Il suffira de faire la rectification à l'état civil...

Mais Mme Boson se met à éclater en sanglots, puis à pousser des hurlements. Emile, son béret basque toujours vissé sur le crâne, écarte le médecin de sa femme.

— Soyez gentil, docteur, emportez ça ! C'est pas à nous. Et ramenez-nous notre petit François. Vous l'aviez promis.

Le Dr Castel fait une piqûre à la mère, éprouvée par le choc. Il est sûr qu'avec le temps, ces braves gens un peu simples comprendront.

Six mois ont passé. Nous sommes le 25 mai 1957. Le Dr Fabien Castel avait tort quand il s'imaginait qu'une piqûre à Mme Boson et une explication avec le couple arrangeraient la situation. Rien ne s'est arrangé, bien au contraire. Avec un entêtement incompréhensible, les Boson continuent à réclamer leur petit François. Ils ont même déposé plainte contre X pour substitution d'enfant. Quant à Françoise, il a bien fallu la mettre dans un orphelinat en attendant.

L'enquête consécutive à la plainte des Boson n'a fait que confirmer celle qu'avait menée lui-même le jeune médecin : il n'y a pas eu substitution d'enfant. Angèle Boson a bien accouché d'une fille mais la sage-femme, prise de panique et croyant la mère mourante, lui a dit que c'était un garçon.

C'est le lendemain, 26 mai, que le jugement sur cette affaire doit être rendu par le tribunal de Nanterre. Le Dr Fabien Castel tente une dernière démarche auprès du couple. Angèle et Emile, qui naguère le recevaient avec les plus grandes marques d'estime et de sympathie, le regardent sans mot dire, le visage fermé.

— Enfin, cette fille est à vous ! Les examens sanguins que vous avez passés prouvent qu'il n'y a aucune incompatibilité...

Angèle Boson secoue la tête.

— J'y comprends rien à ces histoires. Tout ce que je peux vous dire, c'est que c'est un fils que j'ai eu.

Emile approuve en agitant énergiquement son crâne, coiffé de son éternel béret basque.

— Ce qu'on veut, c'est retrouver François. Si vous en êtes pas capable, le juge il saura bien, lui.

Le Dr Castel déploie des trésors de patience.

— Le juge ne retrouvera pas François. Il n'y a jamais eu de François.

Mme Boson recommence à secouer la tête.

— C'est un fils que j'ai, pas une fille !

— Mais enfin... songez qu'elle est en ce moment à l'orphelinat et qu'elle est la seule à avoir des parents.

Emile intervient :

— Ses parents, ils n'ont qu'à la reprendre.

Le Dr Castel tente un dernier argument auprès d'Angèle Boson.

— Pendant dix ans, vous avez voulu avoir un enfant. Vous en avez un et vous n'en voulez plus !

— Ce que je veux, c'est le mien.

Fabien Castel abandonne.

— Tant pis pour vous ! De toute manière, Françoise sera demain chez vous et, d'accord ou pas d'accord, vous serez bien forcés de vous en occuper.

Angèle Boson quitte brusquement son air buté. Ses yeux s'allument de colère.

— S'occuper de celle-là, ah ça non alors ! Pas vrai, Emile ? C'est à cause d'elle que j'ai plus mon François. Je préférerais la tuer de mes propres mains !

26 mai 1957. Au tribunal de Nanterre, la sage-femme, qui a été entre-temps renvoyée de l'hôpital, vient reconnaître sa faute. De toute évidence, l'opinion du juge est faite. Françoise est bien la fille des Boson. Et la loi française ne permettant pas à un couple légitime d'abandonner son enfant, ils vont être contraints de la reprendre.

Il reste à entendre comme témoin le Dr Castel. Celui-ci vient à la barre et fait cette déclaration stupéfiante :

— Il ne faut pas rendre Françoise à ses parents !

Le juge sursaute sur son siège.

— Mais, docteur, c'est interdit par la loi !

— Non. C'est autorisé, si la déchéance parentale est prononcée. Et, en allant chez les Boson hier, j'ai eu conscience que si Françoise leur était rendue, non seulement elle ne serait pas bien traitée, mais elle serait en danger de mort. Il vaut mieux que Françoise reste à l'orphelinat. Elle y sera seule, mais, du moins, elle restera vivante !

Le juge a suivi le médecin. Il a compris que la stupidité du couple Boson ne demandait qu'à devenir criminelle et il a prononcé leur déchéance parentale.

« Aujourd'hui, conclut le Dr Castel, Françoise a tout juste quarante ans et elle est heureuse. Car il faut être optimiste : toutes les orphelines ne sont pas malheureuses. »

L'HOMME NU

Nous sommes au mois de février 1985, au centre de la France. Charles et Yvonne circulent en voiture sur une route de campagne. Il fait nuit noire et la route est couverte de neige. Yvonne, pelotonnée contre son mari, lui murmure :

— Fais attention au verglas. Dans le tournant là-bas il y en a souvent.

— Mais oui, ma chérie, je fais attention. Ne t'inquiète pas. Nous sommes presque arrivés.

— Oh ! Il fait un froid de canard ! J'ai hâte d'être au lit, bien au chaud.

— On se fera un petit grog !

— Non, non, pas de grog. On a déjà assez bu comme ça. J'ai passé une soirée charmante chez Yvette et Ludovic, mais ça suffit pour ce soir.

La voiture avance, pas trop vite. Soudain Yvonne pousse un cri :

— Charles ! Attention ! Regarde ! Là ! Au milieu de la route ! Qu'est-ce que c'est ?

Ils ont vite compris ce que c'est. C'est un homme,

entièrement nu, qui vient de se planter au milieu de la route départementale. Il fait des gestes pour que l'automobile dont les phares l'éblouissent veuille bien s'arrêter.

Charles, tout en freinant à mort, s'exclame :

— Mais, ma parole ! C'est Francis !

— Tu le connais ?

— Et comment. C'est Francis, l'employé de la station Total. Mais d'habitude il porte une salopette. C'est la première fois que je le vois à poil.

— J'espère bien.

La voiture vient de s'arrêter au ras des genoux de Francis, l'homme nu. Celui-ci se précipite vers la portière du conducteur :

— Vite, laissez-moi monter. Il y a quelqu'un qui veut me tuer. Emmenez-moi à la gendarmerie.

— Eh Francis, calme-toi un peu. C'est moi ! Charles Fontenac, le représentant de chez Michelin. Tu ne me reconnais pas ?

— Euh ! Ah, c'est vous, monsieur Fontenac. Avec la lumière des phares je vous vois à peine.

— Monte en vitesse. Tu dois te les geler dans cette tenue sous la neige.

— Vite, vite, démarrez ! Il est armé.

Francis Lalonde ouvre la portière arrière et se glisse sur la banquette. Il claque des dents. Est-ce la peur ou le froid ? Ou les deux...

Charles, en parfait homme du monde, fait les présentations.

— Tu connais mon épouse, Yvonne ?

— Ah oui ! Excusez ma tenue. Je n'ai vraiment pas eu le temps d'enfiler quoi que ce soit.

Yvonne répond, bêtement :

— Ce n'est pas grave. J'en ai vu d'autres...

Charles prend un air vexé :

— D'autres quoi, si je peux me permettre ?

— Je veux dire, mon chéri, j'ai vu des choses pires dans mon existence. N'oublie pas que je suis infirmière ! En attendant, ce garçon va attraper le mal de la mort. Même avec le chauffage. Charles, tu devrais lui prêter ta veste. Il ne peut pas se présenter comme ça chez les gendarmes.

Charles, avant de redémarrer, passe sa veste au passager.

— Alors, Francis. Qu'est-ce qu'on fait ? On va chez nous pour t'habiller ou bien on file chez les gendarmes ?

— Je préfère aller chez les gendarmes. J'ai peur qu'il ne la tue.

— Qu'il ne la tue ? Mais dis donc, ça m'a l'air très sérieux ton histoire. C'est indiscret de te demander des détails ?

Yvonne dit :

— Oui, tout à l'heure, quelqu'un voulait vous tuer. Et maintenant cette personne pourrait LA tuer. Qu'est-ce qui se passe ?

Francis reprend un peu son souffle :

— Bon, autant tout vous dire. J'ai un ticket sérieux avec Pierrette. Vous la connaissez : elle vend des pull-overs sur le marché.

— Ah oui, une petite blonde à lunettes. On lui donnerait le bon Dieu sans confession.

— Oui, c'est ça. Elle est de Montpellier. Bref, ça fait un moment qu'on se fréquente. Et tout allait pour le mieux. Le samedi soir, quand je suis libre, je vais souvent dormir chez elle. Super. Elle a du tempérament.

— Et tu en profites pour te déshabiller entièrement.

— Forcément. On se met au lit...

Yvonne remarque :

— C'est ce que j'avais cru comprendre. Et alors ?

— Bon, ce soir, comme tous les samedis, j'arrive chez elle. Elle avait préparé un petit dîner sympa. J'avais apporté deux bouteilles de vin et tout allait pour le mieux.

— Mais quelque chose n'a pas fonctionné...

— Justement je me suis décidé à lui demander de m'épouser. L'après-midi même j'avais acheté une petite bague bien sympa. Qui m'a coûté bonbon. Donc je fais ma demande en règle.

— Et Pierrette saute au plafond de joie...

— Pas du tout. Elle tripote la bague dans tous les sens et me dit : « C'est gentil, Francis. J'aimerais bien faire ma vie avec toi, mais, vois-tu... il y a un problème. » Je lui dis : « Quel problème ? Tu as un enfant ? — Non, qu'elle me répond, je n'ai pas d'enfant mais j'ai quelqu'un dans ma vie. — Ah bon, elle est bien bonne celle-là. Et ça fait longtemps que ça dure ? Tu me fais cocu ? — Non, mon amour. C'est toi qui le fais cocu, lui. — Explique un peu pour voir ! — Eh bien, voilà. Avant de te connaître j'étais en ménage avec Luigi. Un pas commode qui bricolait un peu dans les voitures volées... — Et moi qui travaille dans une station-service. Tu as du goût pour l'automobile. — Enfin, bref. Il y a trois ans, Luigi s'est fait coincer et il a écopé quatre ans fermes. Il en a encore pour une année. Alors, tu comprends, si on se mariait, on aurait des ennuis quand il sortira de taule ! » Quand elle m'a annoncé ça, ça m'a fait un coup. Je n'avais pas prévu cette concurrence. Dans un sens on peut dire que son Luigi est « prioritaire ». Et puis moi je ne suis pas du genre à me bagarrer pour une fille. Enfin bref, j'étais là, sur le lit de Pierrette, nu comme un ver, et je réfléchissais en fumant une cigarette. Pierrette me regardait sans rien dire. Mais nous n'étions pas au bout de nos surprises. Tout d'un coup j'entends du bruit à la porte d'entrée de la maison. Je dis à Pierrette : « Tu attends quelqu'un ? — Personne. Tu crois que ça pourrait être un cambrioleur ? — Comment veux-tu que je sache ? Descends et va voir qui c'est. Peut-être quelqu'un que tu connais ? — A 1 heure du matin. Je ne vois pas du tout qui ça peut être. » Mais en bas on commençait à frapper à grands coups sur la porte et soudain j'entends une voix d'homme qui se met à brailler : « Pierrette ! Pierrette ! Ouvre-moi. Je sais que tu es là ! C'est moi ! Luigi ! Je sais que tu n'es pas toute seule. Je suis bien renseigné ! Ouvre-moi ou je fais sauter la serrure à coups de fusil ! Ne t'en fais pas ! Je vais vous régler votre compte à tous les deux, espèce de garce ! »

Yvonne, en écoutant ce récit dramatique, remarque :

— Le moins qu'on puisse dire c'est que ça s'annonçait mal. Mais je croyais que Luigi était encore en prison pour un an ?

— Pierrette a compris tout de suite. Elle m'a dit : « On a dû le libérer par anticipation. Pour bonne conduite sans doute. Luigi c'est le genre sournois. Il est capable de jouer les bons apôtres pour obtenir ce qu'il veut... » Je lui dis : « Va lui ouvrir. Tu crois qu'on peut s'expliquer ? Après tout j'ignorais tout de son existence. Tu aurais pu me prévenir plus tôt ! » Alors Pierrette est descendue. Moi, comme un imbécile, j'étais resté dans la chambre, au premier, et je n'ai même pas pensé à enfiler mon pantalon. J'écoutais pour voir comment ça allait se passer en bas. Ah, j'ai vite compris ! Pierrette est allée à la porte. Elle a demandé, comme ça, pour gagner du temps : « C'est toi, Luigi ? Tu aurais pu me prévenir. J'aurais pu m'absenter. Aller chez maman ! » L'autre a répondu : « J't'en foutrai de la maman. Je sais bien ce que tu es en train de faire dans notre lit ! Ouvre-moi tout de suite sinon ça va barder ! » Pierrette a ouvert, sans méfiance. Depuis la chambre j'ai entendu le bruit de la gifle que Luigi lui a envoyée. Elle a eu le souffle coupé. Luigi s'est mis à beugler : « Où qu'il est ton amant ? Je vais lui trouer la paillasse à coups de chevrotines, tu vas voir ça. Je vais lui faire sauter les bijoux de famille. Il n'est pas près de revenir te les remettre sous le nez ! »

Francis conclut :

— Quand j'ai entendu ça, mon sang n'a fait qu'un tour. J'ai ouvert la fenêtre et je me suis laissé tomber dans le jardin. J'ai même oublié mes lunettes sur la table de nuit.

Charles remarque :

— J'en aurais fait autant à ta place !

Yvonne, qui ne perd pas son sens de l'humour, dit :

— Des lunettes à plus de 2 000 francs. Tu m'aurais entendue ! Bon, c'est pas tout ça, il faut prévenir les gendarmes. On ne sait jamais : ce Luigi a peut-être commis l'irréparable !

Francis avoue :

— Pendant que je filais tout nu dans la neige, j'ai entendu deux coups de feu. Vous croyez qu'il l'a tuée ?

— Ce n'est pas à nous de le vérifier ! La maréchaussée est là pour ça.

Les gendarmes se paient une pinte de rire quand ils voient entrer Francis pieds nus mais chastement recouvert de la veste en mouton retourné de Charles. Charles et Yvonne sont là pour témoigner de la gravité de la situation. Le brigadier décide :

— On va aller faire un tour. Mais prudence, ce Luigi est armé.

Quand ils arrivent sur place, les gendarmes conseillent à Charles et Yvonne de ne pas s'approcher trop de la maison. Ils entrent sans difficulté dans le bâtiment. Apparemment, ni Luigi ni Pierrette n'ont eu le réflexe de refermer la porte.

Quelques instants plus tard, Charles et Yvonne aperçoivent deux gendarmes qui sortent. Entre eux Luigi, menottes aux poignets. Le brigadier suit avec un fusil à la main. Derrière, Pierrette en déshabillé bordé de pilou apparaît sur le seuil de la maison « du crime ». Apparemment elle est toujours vivante. Pourtant elle a un magnifique œil au beurre noir qui va certainement ralentir son chiffre d'affaires au marché samedi prochain. En plus elle essaye d'arrêter le sang qui lui coule du nez.

Francis attend dans la voiture de Charles. Un gendarme lui rapporte ses vêtements, ses chaussures et ses lunettes. Heureusement que la justice ne les a pas conservés comme « pièces à conviction ».

Pierrette quelques jours plus tard rend la « bague de fiançailles » avec un soupir de regret. Pendant toutes les années qui suivent, à chaque fois que Charles aperçoit Francis à la station-service, il ne manque jamais de lui faire la même mimique : celle d'un homme tout nu qui essaye de dissimuler ses organes intimes avec ses deux mains. Et comme tout le monde connaît l'histoire, à chaque fois, c'est un éclat de rire général. On n'a pas tellement l'occasion de s'amuser en province.

LE SACRIFICE DE LA DAME

— William, est-ce que tu m'écoutes ?

William Ferrier, vingt-cinq ans, relève la tête. Son visage osseux, au regard sombre, dégage une impression d'intelligence un peu inquiétante. En ce moment précis, ce 10 avril 1963, William Ferrier est en train de déjeuner avec sa femme Gisèle, dans leur maison de la banlieue parisienne. Enfin, déjeuner n'est pas exact ; disons que William est attablé en face de sa femme. Car il y a quelque temps déjà qu'il ne mange plus, ou si peu...

— William, laisse ce livre une seconde et écoute-moi !

William repousse de la main un ouvrage de problèmes d'échecs, qui était posé, en compagnie d'un échiquier de poche, à côté de son assiette pleine. Il fixe sa femme d'un regard ennuyé.

— Mais je t'écoute, chérie...

Gisèle a un geste rageur pour tordre sa serviette. Elle est incontestablement jolie : rousse, le teint pâle, les lèvres délicates, avec on ne sait quoi de fragile qui lui donne un charme supplémentaire. Il y a six ans qu'ils sont mariés. Quand elle a épousé William, elle n'avait que dix-sept ans. Ils étaient amis d'enfance ; c'était un mariage d'amour. Tout s'annonçait si bien.

— William, tout à l'heure, au bureau, j'ai reçu un coup de téléphone de mon père.

— Ah...

— Tu ne me demandes pas de ses nouvelles ?

— Si, si, bien sûr. Comment va-t-il ?

— Il va très mal et c'était pour cela qu'il m'appelait. Il voudrait que nous allions le voir dimanche prochain.

— Dimanche prochain, ce n'est pas possible !

— William, papa peut mourir de son cœur à tout moment et il veut nous voir.

— Eh bien, va le voir, mais moi je ne peux pas. Tes parents habitent Reims et j'ai un tournoi à Paris.

— William, cela ne peut pas durer !

— Je t'en prie, Gisèle, nous n'allons pas reparler de cela !

— Si, nous allons en reparler ! Tu deviens fou à cause de ces maudits échecs et moi aussi, je deviens folle ! Tu ne fais rien d'autre, tu vis à mes crochets.

— Je cherche du travail...

— C'est faux ! Tu ne bouges pas de la maison, tu ne quittes pas tes livres et tes pièces. Enfin, William, reviens sur terre. Tu n'étais pas comme cela quand nous nous sommes mariés.

Le regard de William se met soudain à briller.

— Je n'y peux rien si les échecs sont devenus une passion. C'est venu, je ne sais pas pourquoi. Je vais essayer de t'expliquer...

— Non, ne dis rien. Quand tu parles de cela, tu me fais peur.

William replonge rageusement sur son livre de problèmes.

— Comme tu voudras !

— William, sois gentil, viens avec moi dimanche...

— Dame en B 3 !

— Comment ?

— Il faut sacrifier la dame en B 3 ! C'est évident ! C'est la solution ! Tu te rends compte d'un coup génial ? Le sacrifice de la dame, c'est ce qu'il y a de plus beau aux échecs. Dame en B 3 et le mat est imparable ! Mais c'est vrai, tu ne peux pas comprendre. Tu ne sais pas jouer...

Gisèle pousse un gros soupir. Non, elle n'arrive pas à comprendre ce qui se passe et pourtant, elle ne renonce pas, bien au contraire. Elle est décidée à se battre. Elle va lutter contre ce jeu qui, jour après jour, lui prend son mari plus sûrement que ne le ferait une maîtresse. Non, elle ne sait pas jouer et pourtant, elle va engager, avec la passion envahissante de William, une partie dont l'une des deux devra sortir vainqueur.

Début mai 1963, William a consenti, pour une fois, à quitter la banlieue parisienne et à se rendre à Reims. Il faut dire qu'il ne pouvait guère faire autrement : son beau-père vient de mourir. Pendant tout l'enterrement, il provoque l'inquiétude générale : il a considérablement maigri, ses yeux ont pris quelque chose d'halluciné et, à l'église aussi bien que dans le cortège, il ne cesse de marmonner des prières. Cette attitude surprend beaucoup ceux qui le connaissent. William a toujours été incroyant : pourquoi ce brusque accès de foi ? Seule Gisèle sait qu'il ne s'agit pas de prières : ce sont des coups d'échecs qu'il murmure ; son mal, car c'est bien d'un mal qu'il faut parler, a encore progressé. A la fin de la cérémonie, elle tente une démarche qu'elle sait perdue d'avance :

— William, tu sais ce que m'a dit papa la veille de sa mort ? Il voulait que tu renonces aux échecs. Il était sûr que tu allais y perdre la raison.

— Ne me parle pas de cela !

— William, c'est sa dernière volonté !

— Laisse-moi tranquille ! Parle-moi de tout, sauf d'abandonner les échecs. Tu as compris ?

1er juillet 1963. Deux mois ont passé, mais bien des choses ont changé dans le couple Ferrier. William et Gisèle se sont encore éloignés l'un de l'autre. Chacun évolue maintenant sur une planète différente : Gisèle dans la réalité, William dans un monde de cases noires et blanches, en compagnie de rois, de dames, de fous, de cavaliers, de tours et de pions.

Ce 1er juillet, en rentrant de son travail, qui les fait vivre difficilement tous les deux, Gisèle pousse un soupir accablé. Elle aussi a maigri : ses joues sont devenues presque aussi creuses, ses yeux presque aussi fiévreux que ceux de William. Renoncer ? Quitter ce malade qui ne peut que la rendre malade, ce fou qui ne peut que la rendre folle ? Ce serait la sagesse. Mais il n'est pas question de sagesse dans tout cela. Elle aime William et elle a la certitude qu'à part lui, elle n'aimera personne d'autre.

William vient à sa rencontre. Il est aussi excité qu'elle est abattue. Il brandit une lettre.

— Chérie, c'est formidable ! Je suis sélectionné pour le championnat de France ! Je pars dans quinze jours. C'est à Nice que cela se passe. Tu m'accompagneras, n'est-ce pas ? C'est indispensable pour mon moral.

Il y a un moment de silence. Gisèle a un sourire triste.

— Tu as pensé que moi, j'ai un travail et que je ne peux pas m'absenter ?

— Tu n'auras qu'à demander un congé.

— Non, William, je ne viendrai pas.

— Gisèle, je t'en prie !

— Je ne viendrai pas. William, si tu fais ce championnat, je te quitte ! Ce seront les échecs ou moi, choisis !

Totalement pris au dépourvu par cette déclaration, William reste les bras ballants. Il regarde Gisèle d'un air incrédule, où se lit la douleur. Un instant, elle retrouve l'ancien William, celui d'avant, celui qu'elle a aimé et qu'elle aime toujours.

— Gisèle, ce n'est pas possible ! Tu ne peux pas me faire cela maintenant !

— « Maintenant » ?

— Oui, à quinze jours du championnat. Tu te rends compte dans quel état d'esprit je vais me trouver ? Je vais perdre ! Tu n'as pas le droit de me faire perdre !

— Parce qu'après, cela t'est égal que je te quitte ?

— Ce n'est pas cela que je veux dire... Je fais le championnat et nous reparlons de tout cela ensuite. D'accord ?

Gisèle regarde son mari longuement. Voilà, c'est fini ! Elle a joué et elle a perdu. Maintenant, plus rien n'a d'importance. Elle n'a plus qu'à renoncer définitivement. A moins que...

— William, tu te souviens de ce que tu m'as dit un jour à propos du sacrifice de la dame ? Qu'est-ce que cela veut dire exactement ?

— Tu t'intéresses aux échecs ? Mais c'est merveilleux !

— Réponds à ma question.

— Eh bien, dans certaines situations, on perd volontairement une pièce pour en retirer un avantage, souvent le gain de la partie : c'est ce qu'on appelle un sacrifice. Dans le cas de la dame, étant donné que c'est la pièce la plus forte, c'est évidemment le sacrifice le plus beau.

Gisèle marque un nouveau silence et elle finit par déclarer sur un ton grave :

— J'irai avec toi à Nice !

15 juillet 1963. William et Gisèle viennent d'arriver à Nice. A 8 heures du matin, William quitte l'hôtel pour se rendre dans le Palais des Congrès où a lieu le championnat. Gisèle, au dernier moment, a refusé de l'accompagner, prétextant un léger malaise. C'est donc seul qu'il prend place devant l'échiquier. Il se sent parfaitement sûr de lui. Le brusque revirement de sa femme, qui a l'air de le soutenir après lui avoir tellement fait la guerre, agit sur lui comme un dopage. Il gagne sa partie en trois heures, ce qui est une jolie performance.

Il quitte la table, lorsque l'arbitre s'approche de lui, une lettre à la main.

— C'est arrivé pour vous juste après le début. Comme vous le savez, il est interdit de remettre quoi que ce soit aux concurrents avant la fin.

William Ferrier prend l'enveloppe. Il lit : « A William. » C'est l'écriture de sa femme. Très intrigué, il la décachète...

William chéri,

Je suis sûre que tu as gagné ta partie. Moi, je ne sais pas encore pour la mienne. Car tu ne t'en es pas rendu compte, cela fait un bon moment que nous jouons aux échecs tous les deux. Quelle audace, quelle folie de ma part de m'être mesurée avec un champion comme toi ! C'est l'amour qu'il faut accuser ; l'amour permet toutes les audaces, toutes les folies. Lorsque je t'ai menacé de te quitter, lorsque je t'ai demandé de choisir entre ta passion pour ce jeu et moi, tu as choisi le jeu. Malgré cela, j'ai accepté de te suivre ici. Je suis désolée,

William, ce n'était pas pour te forger un moral de vainqueur, c'était pour mourir plus près de toi...

William s'appuie sur la table, renversant d'un geste involontaire plusieurs pièces de l'échiquier.

Ne me cherche pas à l'hôtel, je l'ai quitté. Quand on me retrouvera, il sera trop tard. Oui, William, j'ai joué mon dernier coup, le seul que tu m'aies enseigné, celui qui, paraît-il, est le plus beau de tous les échecs : le sacrifice de la dame !... Pour te guérir de ton mal, il te fallait un choc. Est-ce que ma mort sera suffisante pour le créer ? Je ne le sais pas et, si c'est le cas, je ne serai pas là pour en profiter... Adieu, William, j'ai suivi tes leçons. L'avenir dira si j'ai été bonne élève.

Immédiatement alertée par William, la police de Nice a diffusé le signalement de Gisèle dans toute la ville et a fini par la retrouver inanimée, dans un terrain vague. Malgré les barbituriques qu'elle avait absorbés, il a été possible de la ramener à la vie. A son réveil, William était là. Il lui a simplement dit :

— Tu as gagné la partie : j'abandonne.

LA MARABUNTA

Régulièrement, certaines régions d'Amérique du Sud sont dévastées par des armées composées de milliards de fourmis légionnaires. Les indigènes ont donné un nom à cette invasion, aussi imprévisible que destructrice ; ils l'ont appelée la « marabunta ». Nous sommes au début des années 50 dans le centre du Brésil.

Une fois de plus, le *commissionario* lève la main pour donner plus de poids à sa mise en garde :

— Je t'assure, Meffertz, rien n'arrête ces créatures. C'est comme l'eau, c'est même pire !

Gunter Meffertz hoche la tête et adresse un large sourire au vieil homme :

— Cette propriété que tu vois, c'est une ferme modèle. J'y ai mis tout ce que la technique a de plus perfectionné. Alors tu penses si tes fourmis...

— Ces fourmis-là sont plus fortes que tout, insiste le vieux. D'ailleurs ce ne sont pas « des » fourmis, c'est une seule armée, unie, indivisible. C'est la marabunta.

— Bah ! La marabunta !

— Tu ne sais pas de quoi tu parles, Meffertz. Tu ne sais vraiment pas.

Sitôt le vieil homme parti, Gunter réunit ses hommes — une cinquantaine en tout — pour leur faire part de la nouvelle : les fourmis légionnaires arrivent, elles sont en route. Aussitôt la peur se lit sur les visages ; cependant tous les ouvriers font une telle confiance à Gunter que personne ne bronche.

— Les chevaux sont bien nerveux, remarque le patron le lendemain matin.

Et, peu de temps après, il voit passer le long de la propriété une incroyable faune en fuite : des cerfs, des pumas, des tapirs, tous mêlés et ne songeant qu'à s'éloigner. Des troupeaux de buffles les suivent, puis les rongeurs, et enfin les reptiles. Tout ce bestiaire longe les fossés pleins d'eau. La propriété est en effet protégée par cette remarquable défense, qui s'alimente au fleuve et s'y déverse plus bas.

Ayant fait évacuer, pour plus de tranquillité, les femmes et les enfants, Gunter propose à ceux qui le voudraient, parmi ses ouvriers, de quitter la propriété. Tout le monde refuse. Tout le monde s'en remet à son optimisme.

— Parfait, dit-il. Alors nous allons inspecter le fossé intérieur.

Cette deuxième saignée, nettement plus petite, vise à isoler le *rancho* central du vaste domaine des plantations ; le cas échéant, il sera toujours possible, en ultime recours, de remplir ce fossé-là avec du pétrole contenu dans les cuves toutes proches, et bien approvisionnées. Puisque tout est en ordre, Gunter Meffertz décide de monter jusqu'à un petit promontoire d'où il verra l'ennemi arriver.

C'est alors que son estomac se noue pour la première fois. Il faut dire que le spectacle est ahurissant. Partout à l'horizon, c'est un interminable tapis qui s'offre au regard, un interminable tapis de fourmis en marche. Des dizaines de kilomètres carrés d'insectes affamés !

Très vite, avec une coordination quasi surnaturelle, les fourmis se séparent en deux armées qui encerclent d'abord la propriété, puis se rejoignent sur le front principal juste au bord du grand fossé. Très intrigué, Gunter et quelques hommes se rendent aussitôt à cheval pour inspecter ce front. Soudain, comme guidées par un ordre de bataille clair et rapide, les fourmis se mettent à s'agiter sur une largeur de cent mètres environ.

— Patron, elles se jettent à l'eau ! Elles font exprès de se noyer !

De fait, des milliers de fourmis s'engloutissent volontairement, afin que leurs cadavres servent de pont naturel aux autres. Gunter n'en croit pas ses yeux. Il donne l'ordre aussitôt d'ouvrir les vannes en amont, pour que le niveau de l'eau monte dans le fossé. Dès qu'un « pont naturel » est envisagé par les fourmis, il se trouve désormais balayé par un courant de plus en plus puissant. La tactique paie tout de suite, assez en tout cas pour que Gunter puisse aller passer une nuit sereine dans sa maison bien gardée.

Mais le lendemain matin, la stratégie des fourmis a évolué. Coupant et amassant les dizaines de milliers de feuilles, de brindilles et de petites branches qu'elles ont pu trouver dans les parages, elles les transportent en un lieu précis pour y faire progresser une sorte de ponton végétal.

— Il faut réagir, les gars ! dit Gunter. Vous n'allez tout de même pas les laisser faire !

Et il indique au péon chargé des vannes comment s'y prendre ; il s'agit de faire alterner dans le fossé des niveaux hauts et des niveaux bas — afin de noyer les fourmis à chaque crue.

Peine perdue ! En quelques heures seulement, les « ouvrages d'art » élaborés par l'assaillant sont d'une telle solidité que rien ne les atteint plus. Soudain, une clameur s'élève :

— Elles ont traversé !

Gunter Meffertz comprend aussitôt que la plantation est perdue. Tirant trois coups de pistolet en l'air, il donne l'ordre à tous de gagner le *rancho* au plus vite. Et dès que tout le monde se trouve à l'intérieur du second fossé, l'une des trois citernes de pétrole est ouverte en grand. Puis, à l'abri derrière ce « rempart de benzène », Gunter rentre chez lui ; il a de nombreux plans à établir, en vue de remettre en état, dans les meilleurs délais, les cultures dévastées — « dans les meilleurs délais », c'est-à-dire dès que les fourmis seront parties.

Pour l'instant, elles sont toujours là. Et tandis que Gunter dort assez paisiblement dans sa chambre, l'immense masse d'insectes se rassasie des plantations intégralement investies. Le plus incroyable, c'est qu'à son réveil, le patron peut constater que la marabunta n'a pas été détournée par l'abandon de toutes ces richesses végétales ; comme poussée par une faim inextinguible, elle cherche toujours un moyen de pénétrer à l'intérieur du second fossé — il est vrai qu'un festin l'y attend : cinquante hommes, des chevaux et quelques animaux.

S'embarquant littéralement sur des sortes de petits radeaux végétaux, les fourmis ont donc entrepris de traverser le canal de pétrole. On en trouve déjà des milliers en train d'accoster sur la rive intérieure du fossé.

— Attention ! crie Meffertz. Reculez-vous !

Une mèche est allumée et, en un instant, c'est tout le sillon qui s'embrase. Mais le pétrole se consumant assez vite, la voie est bientôt de nouveau libre pour l'ennemi. Les fourmis occupent immédiatement tout espace vacant. Et tout le pétrole de la deuxième citerne n'est pas de trop pour stopper leur avancée. A ce moment précis — mais à ce moment seulement —, Gunter réalise enfin la nature réelle de son agresseur. Il avait cru affronter la masse impressionnante mais anarchique de millions et de millions de fourmis ; en fait, il se trouve confronté à l'efficacité surpuissante d'un seul être, un être gigantesque, intelligent, infiniment mobile et probablement doté d'une forme de conscience — un être qui a pour lui la fluidité de la multitude et l'endurance de la singularité : la marabunta ! Les mots du *commissionario* lui reviennent à l'esprit : « C'est comme l'eau, mais c'est pire, car c'est indivisible. »

Maintenant, Gunter a vraiment mal au ventre ; il sait que ses chances de sauver ses hommes et de s'en sortir lui-même sont en réalité très faibles. « Il faut tout inonder, se dit-il, c'est le seul moyen. On n'aura qu'à se réfugier avec mes hommes sur la terrasse du *rancho*. »

Seulement, pour ouvrir à fond les vannes qui laisseront les eaux du fleuve envahir l'ensemble de la propriété, encore faut-il traverser un vaste terrain désormais investi par la marabunta. Gunter connaît assez les dimensions de sa propriété pour savoir qu'il y a plus de deux kilomètres à parcourir en territoire hostile. « Je vais tenter l'expérience moi-même, se dit-il. C'est le genre de tâche qui ne se délègue pas. »

Gunter se harnache pour la circonstance : bottes de cuir, plusieurs épaisseurs de chemises, gants qui montent très haut sur l'avant-bras. Dans le moindre interstice, il bourre des chiffons imbibés d'alcool. Enfin et surtout, il protège ses yeux derrière des lunettes hermétiques, se bouche les narines et les oreilles avec du coton, et demande à ses hommes de l'asperger d'essence. Avant qu'il ne sorte :

— Bois cela, lui dit un vieil Indien en lui présentant un breuvage amer, censé l'immuniser contre l'acide formique.

Ainsi paré, Gunter Meffertz s'élance. Il court à grandes enjambées, répugnant à toucher le sol couvert de fourmis grosses comme le pouce. Mais le chemin est long ; le coureur ne tarde pas à être recouvert d'insectes qui commencent à se glisser sous ses vêtements et à le mordre. Les premières morsures font à Gunter l'effet d'un coup de poignard, tant il espérait pouvoir leur échapper tout à fait. Mais au bout d'un moment, il finit par ne plus les sentir. L'écluse n'est pas très loin, à trois cents mètres tout au plus. Il ne faut pas qu'il se laisse ralentir par la masse de fourmis qui l'a maintenant recouvert.

Quand enfin il touche au but et tourne la manette, Meffertz a tellement de fourmis devant les yeux qu'il ne peut même pas contempler l'effet de sa manœuvre. L'eau se déverse pourtant à gros bouillons dans le canal, avant d'envahir lentement la plantation. Cette fois l'élément fourmi trouve en face de lui un autre élément à sa taille ; la marabunta ne tardera plus à battre en retraite — ou tout au moins à continuer sa progression vers des terres moins hostiles.

Cela, Gunter ne le verra jamais. Il essaie désespérément de se débattre sous le poids sans cesse croissant des fourmis, mais ses déplacements sont entravés par une masse vibrante et adhérente, qui le dévore à présent tout vif. C'est vrai : Gunter Meffertz a sauvé ses hommes ; mais il n'est plus là pour en remercier le Ciel — son corps lui-même n'est plus qu'une forme sanguinolente sous la masse des fourmis guerrières. Demain, on retrouvera son squelette, blanchi, parfaitement nettoyé — le squelette d'un homme trop sûr de lui.

LE SAUT EN VOLTIGE

25 avril 1929. L'express Paris-Bordeaux file à toute vapeur en direction de son terminus. Dans la locomotive, Thomas Roudier, le mécanicien, et François Lepage, le chauffeur, s'évitent ostensiblement, l'un penché sur sa chaudière, l'autre devant ses manettes. Depuis deux heures qu'ils ont pris le relais de l'autre équipe, ils n'ont pas échangé un seul mot. Et il y a à cela une raison toute simple : Thomas Roudier et François Lepage se détestent.

Thomas Roudier, quarante-cinq ans, le mécanicien, est un grand blond au teint rose. C'est une figure bien connue des cheminots de la compagnie ; mauvais caractère mais bon camarade, aimant rigoler, pas toujours avec bon goût, il faut le prendre tel qu'il est.

C'est justement ce que n'a pas fait son chauffeur, François Lepage. Vingt et un ans, petit, brun, maigre, François Lepage est volontiers taciturne. Rester des heures en silence ne le dérange nullement.

A la première plaisanterie que lui a lancée Roudier, François Lepage n'a pas ri. « Ce n'est pas drôle ? a demandé Roudier. — Non », a répondu Lepage.

Cela a suffi pour brouiller définitivement les deux hommes.

Soudain, l'express Paris-Bordeaux freine en catastrophe en pleine campagne. Les voyageurs sont précipités les uns sur les autres dans un fracas de valises qui dégringolent. Dans le petit wagon-dortoir, situé juste derrière le tender, les deux hommes de l'équipe de relais, qui étaient en train de sommeiller, se réveillent en sursaut. Gérard Fuzier, le mécanicien de la seconde équipe, saute le premier sur la voie.

Apparemment tout est normal. Il bondit dans la locomotive. Elle est vide. C'est alors qu'il entend des cris derrière lui. Il se retourne. François Lepage est agenouillé sur le ballast auprès d'une chose horrible. Il faut avoir beaucoup d'imagination pour comprendre que cet amas sanglant est ce qui reste d'un être humain. C'est uniquement à la combinaison qu'on reconnaît Thomas Roudier, qui, il y a un instant encore, conduisait la locomotive de l'express Paris-Bordeaux.

Crime ou accident ? Le commissaire Lelong, de Bordeaux, n'a pas d'idée préconçue. Avant toute chose, il veut entendre la version de celui qui, pour l'instant, est le témoin principal.

François Lepage est encore recouvert du sang de son camarade.

— C'est affreux ! Je n'oublierai jamais cette image.

— Je comprends votre émotion, monsieur Lepage, mais tâchez de me raconter les choses avec précision. C'est important.

— Roudier a voulu aller se reposer. Il m'a donné les manettes. Et c'est en essayant de sauter en voltige dans le wagon-dortoir qu'il est tombé. J'ai immédiatement serré les freins, mais c'était trop tard.

— Qu'est-ce que c'est « sauter en voltige » ?

— C'est-à-dire... le travail est très dur. Alors, ça nous arrive d'aller nous reposer dans le wagon-dortoir pendant la marche. Théoriquement, c'est interdit par le règlement, mais tout le monde le fait. Pour cela, il faut passer sur le tender, s'agripper à la poignée du wagon-dortoir et se laisser glisser.

— Je vois... Mais pourquoi a-t-il raté son saut cette fois-ci ? Il y a eu une secousse, un virage ?

— Non, la voie était toute droite et le train avançait régulièrement.

Le chauffeur marque un temps et reprend :

— Autant vous le dire tout de suite, car de toute manière vous l'apprendrez : Roudier et moi, nous ne nous entendions pas bien.

Le commissaire Lelong contemple le cheminot maculé de sang. Il refuse toujours de prendre position prématurément. Il remercie François Lepage et va procéder lui-même aux investigations dans la locomotive.

En examinant l'habitacle, il est frappé par les taches de sang qui se trouvent un peu partout, mais il n'en tire pas de conclusion définitive. Lepage a très bien pu laisser ces traces en remontant dans la locomotive après avoir été éclaboussé de sang en relevant le corps de son camarade.

Au même moment, la gare de Bordeaux est en pleine effervescence. Spontanément, les cheminots ont débrayé et tiennent un meeting improvisé dans un hangar. Ils sont une centaine à être présents. L'atmosphère est explosive. Un grand gaillard de trente ans environ, Martin Leroy, harangue ses camarades du haut d'une plate-forme de locomotive. Martin Leroy est le responsable du syndicat du personnel roulant.

— La mort de notre camarade Roudier est un crime ! Un crime dont la compagnie est responsable.

Des cris d'approbation et de colère s'élèvent.

— Il y a des mois que nous demandons à la direction de ne plus rouler sur ce matériel périmé et dangereux. Il y a des mois que nous réclamons une passerelle pour éviter le saut en voltige. Maintenant, il n'y a qu'une seule solution : la grève !

Les poings se lèvent et le même cri est repris par tout le monde :

— La grève !

Martin Leroy descend de sa locomotive et le groupe commence à se former en cortège pour aller ameuter le reste du personnel. C'est alors qu'une autre voix se fait entendre :

— Et si c'était un crime ?

Tout le monde se retourne. C'est Gérard Fuzier, le mécanicien de l'équipe de relais qui était monté le premier sur la machine après le drame. Gérard Fuzier a vingt-cinq ans ; ses camarades ne l'aiment guère et pas seulement parce qu'il n'est pas syndiqué. Martin Leroy se plante devant lui :

— Est-ce que par hasard tu accuserais Lepage ?

Devant l'hostilité générale, Fuzier préfère ne pas insister.

— Je pose la question, c'est tout...

Des huées éclatent autour de lui. Et puis les cheminots reprennent leur cortège et le laissent là. Dès qu'ils ont disparu, Gérard Fuzier se dirige, sans se faire remarquer, dans le sens opposé, vers la partie de la gare où se trouvent les bureaux de la direction.

Gérard Fuzier est un bon employé, très bien noté. Etre mécanicien à vingt-cinq ans, ce n'est pas si courant. Fuzier sait bien qu'il doit une partie de son avancement à une certaine souplesse vis-à-vis de ses supérieurs. C'est qu'il est ambitieux et qu'il vise beaucoup plus haut qu'un simple poste de conducteur de locomotive.

Que se passe-t-il dans les bureaux de la direction ? Nul ne le sait. Toujours est-il que peu après, Gérard Fuzier vient trouver le commissaire Lelong.

— J'ai quelque chose à vous dire...

— Je vous écoute...

— Eh bien voilà... Quand je suis monté dans la locomotive après l'accident, j'ai vu du sang, et Lepage n'y était pas encore remonté lui-même...

Avec ce témoignage, la situation change évidemment du tout au tout. Cela signifie que le malheureux Roudier n'est pas mort sous les roues de l'express, mais dans la locomotive, que ce n'est pas un accident, mais un crime. François Lepage est arrêté et inculpé de meurtre, malgré ses protestations d'innocence.

Lors de la réunion, qui a lieu pour décider de la poursuite du mouvement, l'atmosphère n'est plus du tout la même. Martin Leroy est tout aussi déterminé que la première fois.

— Pour moi, rien n'est changé. Je n'ai jamais eu confiance en Fuzier. Ou il s'est trompé ou il ment. Il faut continuer la grève.

Mais, cette fois, il n'y a plus unanimité.

— Pas d'accord ! Lepage déshonore notre profession. Il faut se débarrasser des brebis galeuses !

— Oui, il a tué l'un des nôtres !

— A mort, Lepage !

C'est alors qu'une voix s'élève, une voix de femme :

— Vous n'avez pas le droit de dire cela ! C'est ignoble !

Tout le monde se retourne dans sa direction. Une petite blonde s'est levée de son siège et parcourt l'assistance. Un silence gêné s'installe. Chacun a reconnu Hélène Lepage, la femme du chauffeur emprisonné.

— Mon mari est innocent ! Vous savez tous qu'il est incapable d'une chose pareille. Vous écoutez les accusations du premier venu. C'est Fuzier qui devrait être en prison. C'est un vendu, un traître !

Après quelques paroles de sympathie, prononcées par les uns et par les autres, la discussion reprend. Deux camps opposés se forment et on passe au vote. La grève est suspendue à une courte majorité.

Les participants au meeting se retirent dans une atmosphère d'amertume et de défaite. Seul reste un petit groupe autour de Martin Leroy. Hélène Lepage se dirige vers eux d'un pas décidé.

— Il faut faire parler Fuzier !

— Il ne parlera pas.

Hélène Lepage, malgré sa petite taille, toise les hommes qui l'entourent.

— Il parlera ! Il faut le menacer, si c'est nécessaire, mais il faut qu'il dise qu'il a menti. Si vous ne voulez pas m'aider, j'irai toute seule !

Le visage de Martin Leroy se crispe.

— Oui. C'est le seul moyen...

Le lendemain, alors que Gérard Fuzier traverse les voies pour prendre son poste de travail, il voit surgir cinq hommes qui s'étaient cachés derrière un wagon. Il reconnaît à leur tête Martin Leroy. Il veut crier mais, d'un même mouvement, tous les cinq sortent une barre de fer de leur combinaison et l'entourent. Il les regarde avec un air désespéré.

— Non. Ne faites pas cela !

Martin Leroy l'agrippe par le col.

— On ne vient pas pour te tuer, mais pour te proposer un marché. Tu as bien menti en accusant Lepage, n'est-ce pas ?

— Oui, oui, j'ai menti.

— La direction t'a payé ?

— Non. Elle m'a dit de témoigner d'abord et qu'après on verrait.

— Bien. Alors, tu vas aller immédiatement retirer ton témoignage. Sinon, je vais t'expliquer ce qui va se passer...

Gérard Fuzier regarde les visages impitoyables qui l'entourent. Martin Leroy continue posément :

— Tu es mécanicien et, un jour ou l'autre, un chauffeur te cassera la tête par-derrière. Même si tu changes d'équipe, il y en aura toujours un pour le faire. Alors on dira que c'est un accident et on l'aura quand même notre grève. A ta mémoire !

Gérard Fuzier avale sa salive et dit d'une voix étranglée :

— Lâchez-moi... Je vais chez le commissaire.

Le jour même, François Lepage est sorti de prison et Gérard Fuzier a pris sa place. La direction de la compagnie, gravement mise en cause, a protesté de son innocence. Une enquête a été faite, mais elle s'est terminée par un non-lieu. Inutile de préciser que certaines revendications des cheminots ont été satisfaites et, en particulier, des passerelles ont été installées entre le tender et le wagon-dortoir. Thomas Roudier a été la dernière victime du « saut en voltige ».

LUIGI, TU ES MORT !

« Chez Luigi » est un petit bar sympathique de Nice, du côté du port. Un bar qui a ses habitués ; peu de gens de passage et pas du tout de touristes. Derrière le rideau en perles de bois, on vient se retrouver pour passer l'après-midi ou la soirée. Autour des petites tables, ce sont d'interminables parties de belote, des discussions à n'en plus finir sur le football ou la politique, le tout arrosé de verres de pastis.

Le patron, un homme de soixante-deux ans, grisonnant déjà, mais plein de santé et jovial, trône derrière le comptoir en compagnie de sa femme Emilia. Il s'appelle effectivement Luigi, comme l'indique le nom du bar, Luigi Marino. C'est un Italien d'origine, venu en France après la guerre et naturalisé.

Comme beaucoup d'autres, il a préféré ne pas faire trop de chemin après la frontière et s'est installé à Nice.

Luigi Marino s'est tout de suite mis à travailler dur. Il était maçon de son métier. Avec l'argent qu'il a mis de côté, il a réussi, au bout d'une dizaine d'années, à s'acheter un petit bar.

Voilà l'histoire, toute simple, de Luigi Marino : un homme gentil, souriant, avec son embonpoint sympathique, dont toute l'existence semble être promise à une rassurante banalité. En tout cas, ce n'est assurément pas le genre d'individu à qui il pourrait arriver quelque chose d'extraordinaire. Cela, tous les habitués du bar « Chez Luigi » seraient prêts à le jurer et même à parier là-dessus une tournée générale.

6 mai 1976. Le rideau de perles vient de s'écarter brusquement et continue à tressaillir. Luigi adresse un large sourire au nouvel arrivant.

— Alors, Charles, tu apportes la réponse pour mon tabac ?

Car il faut expliquer qu'il y a quelques mois, Luigi Marino a fait une demande pour adjoindre à son café-bar un débit de tabac. Comme chaque fois en pareil cas, l'Administration a demandé une enquête sur sa moralité et ses antécédents. Or, Charles Mattei, qui vient d'entrer, travaille justement à la mairie de Nice et il avait promis d'annoncer le résultat à son ami Luigi dès qu'il le connaîtrait.

Luigi Marino donne une bourrade amicale à l'employé de mairie.

— Un petit pastis, Charles ?

— Non merci. Jamais pendant le service.

Il a dit cela d'un ton tellement triste, tellement funèbre, que Luigi a pâli. Emilia, derrière son comptoir, a cessé de laver ses verres et les clients se sont rapprochés en un cercle muet. Luigi Marino s'éponge le front.

— Tu veux dire... qu'ils ont refusé ?

L'employé de la mairie se laisse tomber sur une chaise.

— Si ce n'était que cela, mon pauvre Luigi... Après tout, donne-moi quand même un pastis. Je sens que j'en ai besoin.

Le patron du bar s'exécute en tremblant. Charles boit une grande gorgée, regarde Luigi et puis, rassemblant son courage, il se lance :

— Luigi, tu es mort... Je n'y peux rien, c'est le résultat de l'enquête : officiellement, tu es mort !

Il y a, dans tout le café, un grand silence, un silence si total qu'on entend l'employé de mairie avaler sa salive avec difficulté. Il sort un papier de sa poche.

— Ecoute, Luigi, je vais te dire ce qu'ils ont écrit : « Luigi Marino, né le 7 janvier 1914 à Bardonera (Sicile), est décédé dans la même localité, le 28 mars 1916. » Tu comprends, Luigi, quand on a reçu cela, on a pensé à une erreur ; on a demandé aux Italiens de vérifier. Ils l'ont fait et ils sont formels. Tu es mort...

Tandis que sa femme se serre contre lui, et que ses fidèles clients le regardent avec des yeux ronds, Luigi Marino essaie visiblement de rassembler ses esprits, mais il est incapable de s'exprimer. C'est au contraire son ami Charles qui continue.

— C'est pas tout, Luigi, les Italiens ont transmis ton dossier à la police française. Ils pensent que tu as pris l'identité de quelqu'un d'autre, parce que tu as quelque chose de très grave à te reprocher.

L'employé de mairie termine son verre d'un coup.

— Alors tu comprends... pour ton bureau de tabac...

Dans le petit bar, on entendrait voler une mouche. Tout le monde regarde le patron, cet homme rondouillard à la soixantaine déjà dépassée, si sympathique, si tranquille en apparence. Et brusquement, Luigi réagit. Il donne un grand coup de poing sur le comptoir.

— Ah, je suis mort ! Les Italiens t'ont dit que j'étais mort ! Eh bien, je vais aller les voir les Italiens, et dès demain !

Luigi n'a pas de voiture, c'est en train qu'il accomplit le long trajet qui doit le conduire en Sicile. Et, tandis que défile sous ses yeux la campagne italienne, il se replonge dans son enfance.

A priori, il n'y a rien de mystérieux. Ses premiers souvenirs remontent à l'âge de deux ans. Ses parents habitaient dans une belle maison à Catane, au cœur de la ville.

Il se revoit grandir entre son père architecte, qui gagnait largement sa vie, et sa mère qui passait son temps à s'occuper de lui. Soixante ans plus tard, tandis que le train l'entraîne vers sa terre natale, il ne peut s'empêcher d'être ému. Sa mère l'a couvé, choyé, adulé ; peu d'enfants sans doute ont été aimés comme lui. Elle veillait même sur sa santé avec une inquiétude proche de l'angoisse, comme si elle craignait à tout moment qu'il ne tombe malade.

Pourtant, c'est elle qui est tombée malade alors qu'il avait sept ans. Il l'a perdue quelques semaines plus tard et il s'est retrouvé seul avec son père.

C'est vrai qu'il y a quelque chose de mystérieux dans sa naissance. Il l'a toujours su, mais, jusqu'ici, il ne s'en était pas vraiment inquiété. Pourquoi ? Tout simplement parce qu'il y a eu la vie, ses contraintes, ses imprévus, et qu'il n'a jamais eu le temps d'y penser.

Dans son compartiment, Luigi hoche la tête. Comment a-t-il pu oublier ce qui l'a tant gêné et même fait souffrir pendant toute son enfance : ne pas porter le même nom que ses parents ? Ils s'appelaient

Carloni et lui Marino. A l'école, ses petits camarades se moquaient de lui à cause de cela et il en était très malheureux.

Un soir, pourtant — il devait avoir dix ans —, son père s'est approché de lui, avec un air à la fois solennel et gêné.

— Luigi, maintenant tu es un grand, alors, je vais te dire la vérité. Tu n'es pas mon fils. Tu es celui de ta mère avec son premier mari. Ton père est mort tout de suite après ta naissance et ta mère m'a épousé alors que tu n'avais pas deux ans.

Bien sûr, Luigi a été ému, bouleversé. Il a multiplié les questions : « A quoi ressemblait mon père, est-ce que j'ai encore de la famille de son côté ? » Mais son père — enfin son beau-père — n'a pas répondu ; il lui a même conseillé de ne plus penser à tout cela.

C'est ce qu'a fait Luigi. Son beau-père a été tué dans un bombardement lors du débarquement américain. Alors, il est venu en Francc avec Emilia. Voilà, c'est tout.

Non, ce n'est pas tout. Luigi Marino plisse le front de manière soucieuse. Ses souvenirs remontent à l'âge de deux ans. Mais que s'est-il passé avant ? Pourquoi commencent-ils précisément à deux ans, c'est-à-dire... à sa mort ?

Bardonera est le village sicilien typique accroché à la montagne avec ses maisons blanches et ses ruelles étroites. Il fait sombre en ce jour de mai 1976, dans la chambre d'une petite maison de paysans.

Quand il est arrivé, Luigi a eu un choc. Il connaissait ces lieux. Ils appartenaient à ses plus vieux souvenirs, ses souvenirs oubliés. Il a demandé, au premier passant venu, la maison Marino. Il s'attendait à un geste d'ignorance. Mais non, on lui a tout de suite désigné la dernière ferme du village.

La vieille dame qui lui a ouvert n'a pas compris quand il s'est présenté et qu'il lui a parlé de son fils Luigi mort il y a soixante ans. Mais il a insisté, il voulait savoir. Alors, elle a accepté de le recevoir en présence de son neveu, le gendarme du village, et du doyen de la commune, Giovanni Guardini, qui était à l'époque fossoyeur, celui qui avait enterré son enfant.

Le jour tombe, il commence à faire sombre dans la chambre de la signora Marino. Dehors, il pleut. La vieille dame rompt enfin le silence.

— Il pleuvait aussi ce jour-là. On marchait pieds nus pour ne pas réveiller Luigi. Mais le pauvre petit ne nous entendait plus sans doute. Il avait la diphtérie. Le curé était déjà passé. Et puis le soir, le docteur est revenu. Il nous a dit que c'était fini. Il a signé le certificat de décès et il a fait conduire Luigi à la morgue à cause de la contagion.

La vieille femme tourne la tête vers le doyen du village.

— Giovanni, c'est toi qui as veillé le petit à la morgue et c'est toi qui l'as enterré. Alors parle.

Le vieillard passe sa langue sur ses lèvres. Et puis, d'une voix blanche, il déclare enfin :

— Oui, il faut que je parle.

Et devant les trois auditeurs stupéfaits, bouleversés, il raconte ce qu'il n'avait jamais osé avouer à personne : le mystère de l'identité de Luigi Marino.

— J'étais seul pour garder la morgue. Il y avait plusieurs cercueils, tous des enfants, à cause de l'épidémie de diphtérie. Mais il y avait quelqu'un avec moi : une dame de Catane dont le petit venait de mourir dans le village. Elle ne cessait pas de pleurer. Et puis brusquement elle s'est arrêtée. Au début, j'ai pas compris et après, comme elle, j'ai entendu. Cela venait du cercueil de Luigi...

Le vieillard se tasse encore un peu plus et continue d'une voix craintive :

— Oui, Luigi n'était pas mort. Il s'est mis à geindre et puis à crier. Alors la dame de Catane s'est approchée du cercueil qui n'était pas fermé. Elle a pris le petit dans ses bras et elle m'a dit : « Dieu m'a pris aujourd'hui mon enfant et il m'en donne un autre. C'est un signe du ciel. Cet enfant est à moi. » Alors, elle m'a donné de l'argent, beaucoup d'argent. J'étais pauvre. La dame m'a dit, parce qu'elle savait que j'étais aussi employé de mairie : « Vous me ferez des papiers pour l'enfant, à son vrai nom, pas à celui de mon fils qui est mort, cela lui porterait malheur. » J'ai fait comme elle m'a dit, des papiers au nom de Luigi Marino, que je venais de rayer moi-même sur le registre. Quand la dame est partie, j'ai mis des pierres dans le cercueil. C'est tout... J'ai toujours pensé qu'on s'en apercevrait un jour, mais personne ne m'a jamais posé de questions.

C'est ainsi que Luigi Marino a appris la vérité sur sa naissance. Giovanni Guardini, le vieux fossoyeur employé municipal, n'a bien sûr pas été inquiété, soixante ans étant un délai de prescription plus que suffisant.

Dans le village de Bardonera, où il a passé encore quelques jours, Luigi a pris le temps de connaître sa nouvelle famille, sa vraie famille. Outre sa vieille mère, il a découvert une foule de cousins et de cousines. Pour lui, qui s'était cru orphelin à sept ans, c'était une merveilleuse surprise.

Six mois plus tard, un jour de décembre 1956, il régnait une animation inhabituelle dans un café-bar « Chez Luigi » près du port de Nice. Il y avait, bien sûr, tous les vieux clients, mais aussi des inconnus venus profiter de la tournée générale offerte par le patron. Il faut dire que Luigi Marino avait un heureux événement à fêter : la municipalité de Nice venait de lui accorder son bureau de tabac.

LE REVENANT

A Chabanet et dans la région, le rugby est plus qu'une passion, c'est une religion. Les quinze garçons de l'équipe locale ont beau évoluer dans une division modeste, ils sont vénérés par toute la population et les victoires qu'ils remportent donnent lieu à des démonstrations de liesse incroyables.

Le jour le plus important à Chabanet est le deuxième dimanche d'août. C'est, en effet, à cette date que, chaque année, les rugbymen de la ville voisine de Béziers viennent disputer un match amical au profit des bonnes œuvres. Mais, malgré toute leur volonté, leur rage de vaincre, les joueurs de Chabanet se sont toujours fait écraser par les prestigieux Biterrois.

Dimanche 12 août. Il fait particulièrement chaud, ce jour-là, et le public qui s'entasse dans le petit terrain de Chabanet souffre affreusement de la canicule. Les hommes et les femmes transpirent tant qu'ils peuvent. Ceux qui n'ont pas de chapeau ont noué leur mouchoir sur la tête pour se protéger du soleil.

Pourtant, l'atmosphère est animée, elle est même explosive. Car, pour la première fois, l'incroyable va peut-être arriver. L'équipe locale est certes menée, mais elle fait mieux que se défendre. A vingt minutes de la fin, elle n'a qu'un tout petit point de retard sur Béziers.

Et soudain, c'est le miracle : un avant de Chabanet franchit la ligne avec le ballon. Essai ! Chabanet a battu Béziers ! Il y a une clameur de triomphe, qui s'interrompt brutalement : l'arbitre refuse l'essai pour hors-jeu. C'est d'abord un immense silence, puis des cris, des sifflets, des huées. Les poings se dressent : c'est un scandale, une honte ! Ça ne va pas se passer comme ça...

Et c'est l'émeute. Un groupe d'individus plus excités que les autres quitte la tribune et envahit le terrain. La mêlée devient générale. On remarque principalement un grand et fort moustachu en maillot de corps rayé qui distribue généreusement à droite et à gauche les gifles et les coups de poing.

Le pugilat dure un bon moment, le temps que les gendarmes appelés en renfort interviennent et arrêtent ceux qui n'ont pas eu la présence d'esprit de s'enfuir. Parmi eux, le colosse moustachu qui, de toute évidence, semble être le meneur et qui ne cesse de répéter, tandis qu'on l'entraîne :

— Y avait pas hors-jeu !

Dans le commissariat de Béziers où on se retrouve quelque temps plus tard, tout le monde parle en même temps. Le commissaire arrive quand même à établir son autorité. Il élève la voix :

— Ça suffit comme ça ! Montrez-moi vos papiers. Et d'abord, vous, le moustachu au maillot rayé.

L'homme s'avance. Il est devenu subitement craintif. Il sort de sa poche une vieille carte d'identité toute froissée. Alors il se produit quelque chose d'extraordinaire : le commissaire regarde le document, lève des yeux ronds sur l'homme qui est debout en face de lui et, devant les assistants médusés, il a un geste incroyable : il fait le signe de croix.

Pour comprendre sa réaction, il faut connaître l'histoire de Gilbert Plantier, une histoire qui commence seize ans plus tôt.

Juillet 1946. Gilbert Plantier a vingt-quatre ans et il est peut-être le seul garçon de Chabanet à ne pas se passionner pour le rugby. Il lui préfère un autre sport : la boxe. C'est assurément un bel athlète, un poids lourd. Il pèse quatre-vingt-dix kilos et il est fier de ses biceps, de son tour de poitrine et de ses mollets. Il a déjà fait des combats en amateur. Il est champion du département et, bientôt, il envisage de passer professionnel.

Le jeune boxeur a pourtant une autre préoccupation que ses futurs combats. C'est Renée : une jolie paysanne avec laquelle il est fiancé depuis deux ans. Bien entendu, aucun garçon de Chabanet ou de la région ne se hasarderait à tourner autour de Renée. Malheureusement, en ce début d'été 1946, un ouvrier agricole, un Espagnol venu pour faire la récolte de maïs, travaille dans la ferme des parents de Renée. Et lui, il ignore tout de ses fiançailles et de la personnalité de Gilbert.

Par ses amis, ce dernier apprend que le jeune employé s'est permis un brin de cour à Renée. Pour lui, c'est une question de réputation, d'honneur. Plus que la jalousie, c'est ce sentiment qui l'aiguillonne. Il ne va tout de même pas se laisser ridiculiser, et par un Espagnol par-dessus le marché.

Un soir de juillet 1946, Gilbert Plantier va attendre dans une rue de Béziers, devant un bar où il sait que l'Espagnol passe la soirée. Quand il sort, il s'approche de lui et, sans dire un mot, le frappe de toutes ses forces en plein visage. L'autre tombe à la renverse. Sa tête heurte le pavé. Il ne bouge plus. Gilbert se penche et découvre avec horreur qu'il est devenu un meurtrier, car sa victime a été tuée, au sens propre du terme, sur le coup.

Aux assises, c'est sous l'inculpation d'homicide volontaire que Gilbert Plantier comparaît devant les juges. Il est emprunté dans son costume de ville qui ne convient pas à sa carrure de boxeur. Il est terrorisé aussi, surtout lorsqu'il entend le réquisitoire implacable du procureur :

— S'il s'était agi d'une simple bagarre, on aurait pu croire à un geste de colère. Mais Plantier est allé attendre sa victime dans une rue sombre, espérant qu'il n'y aurait pas de témoins. Il s'agit bel et bien d'un assassinat !

Et malheureusement pour Plantier, les jurés suivent l'accusation : il est condamné à trente ans de prison.

Pour lui, c'est terrible ! Dans trente ans, ou même dans vingt, s'il a une rémission pour bonne conduite, il aura la quarantaine largement dépassée. La boxe est finie... Il ne sera jamais champion.

Les années s'écoulent. Gilbert s'empâte, sa silhouette athlétique est devenue pesante. Peu à peu, la graisse a enrobé ses muscles. Ce n'est qu'un prisonnier, un criminel comme beaucoup d'autres, qui purge sa peine dans l'oubli.

Le début 1962 arrive et c'est là que tout va changer, c'est là que Gilbert Plantier va cesser d'être un prisonnier banal pour avoir rendez-vous avec ce qu'on ne peut pas appeler autrement que le destin.

Tout à coup, il se plaint de malaises. Lui, dont l'appétit était légendaire, s'alimente à peine. Il se met à maigrir avec une rapidité effrayante. A tel point qu'on commence à s'inquiéter et qu'il est transporté à l'infirmerie. On lui fait des examens. Le résultat n'est pas bon. On craint un grave ulcère à l'estomac et il est conduit, cette fois, à l'hôpital de la ville pour y être opéré.

L'intervention a lieu le 22 janvier 1962. Mais à peine le chirurgien a-t-il ouvert le ventre du malade, qu'il se tourne vers son assistant en poussant un soupir : cancer au dernier stade, le pauvre bougre est perdu. Il n'y a plus qu'à refermer ; on ne peut rien faire pour lui.

Le jour même, le directeur de l'hôpital adresse un rapport aux autorités judiciaires : « Je certifie que l'état de santé de Gilbert Plantier justifie une mesure de grâce immédiate. Ce malade est atteint d'un cancer inguérissable de l'estomac qui a déjà gagné l'intestin. Il ne devrait pas survivre plus de deux mois. »

Quand le directeur de la prison reçoit le rapport, il agit très vite. Gilbert Plantier a toujours été un détenu sans histoire et il a, depuis le début, considéré que sa condamnation à trente ans était bien lourde pour un tragique coup de poing. Il transmet immédiatement une demande de grâce au président de la République. Et, cette fois encore, on ne perd pas de temps. Le cas de Gilbert a été exposé par la presse et l'opinion s'est émue en faveur du malheureux. Une procédure accélérée est mise en place et, le 12 février 1962, une ambulance quitte la prison de Béziers. Gilbert Plantier est libre, libre de mourir.

Rentré chez lui, il repose dans sa chambre de jeune homme qu'il n'avait pas revue depuis ce fatidique mois de juillet 1946. Au mur, il y a, toujours accrochés, ses gants de boxeur et les photos des champions de l'époque qui étaient alors ses idoles.

A son chevet, sa mère se dépense sans relâche. Elle ne le quitte pratiquement pas, ni le jour ni la nuit. Tout le monde, à Chabanet, la plaint et la soutient. On lui apporte des cadeaux. Renée, l'ancienne fiancée, qui est mariée depuis longtemps et qui habite maintenant Toulouse, a écrit une lettre affectueuse. La mère de Gilbert remercie de toutes ces marques de sympathie, mais elle ne laisse entrer personne. Son fils ne veut aucune visite, d'ailleurs il est beaucoup trop faible. Même le curé de Chabanet trouve porte close.

Et le temps passe. On a décidé de respecter la volonté de Mme Plantier, de la laisser seule avec Gilbert. On s'attend à tout instant à apprendre la tragique nouvelle, mais les jours se succèdent et rien ne se produit.

Quand ils se rencontrent chez eux, au marché ou

à l'église, les habitants de Chabanet commentent ce combat désespéré de Gilbert Plantier contre la mort. Ils hochent la tête.

— Y a pas à dire, Gilbert, c'était un costaud !

Quand, quatre mois plus tard, a lieu le match de rugby tant attendu entre Béziers et Chabanet, personne ne fait attention à ce colosse moustachu en maillot de corps rayé. Et c'est la bagarre, l'arrivée des gendarmes et l'incroyable révélation lorsque le commissaire demande ses papiers au meneur : cet homme débordant de vitalité, cette force de la nature, c'est Gilbert Plantier !

Le commissaire n'a pas encore complètement retrouvé ses esprits. Il parvient à articuler :

— Mais comment... comment avez-vous guéri ?

Gilbert fait avec les bras un geste d'incompréhension.

— Je ne sais pas, moi... Un jour je me suis senti de l'appétit et puis j'ai mangé. C'est tout. J'ai pas arrêté de manger. En trois mois, j'ai pris quinze kilos et je grossis tous les jours. Ma mère ne voulait pas que je sorte. Elle avait peur qu'on me remette en prison si on apprenait que j'étais guéri. Mais pour le match contre Béziers, je n'ai pas pu résister...

Inutile de dire qu'il y a foule les jours qui suivent à Chabanet. Des journalistes d'abord, venus faire leurs articles sur le « prisonnier miraculé ». On interroge la mère, qui, entre deux rires et deux larmes, ne peut que dire :

— Il a guéri comme ça, tout seul...

On va voir le curé pour lui demander s'il croit à une intervention divine.

Mais il n'y a pas que des journalistes à Chabanet, il y a aussi des médecins qui se sont déplacés pour étudier ce cas extraordinaire, ce qui donne lieu à des controverses scientifiques sans fin. Pour les uns, Gilbert Plantier n'a jamais eu de cancer. Le chirurgien a tout simplement fait une erreur de diagnostic. Celui-ci se défend avec acharnement, il n'y avait aucun doute possible : c'était un cancer au dernier stade.

Pour d'autres médecins, au contraire, la maladie n'avait pas disparu. On avait assisté à une rémission rarissime ; pourtant le mal était toujours là. Mais, quoi qu'il en soit, la grâce présidentielle ne pouvait être remise en question et Gilbert Plantier est resté en liberté.

Aujourd'hui, il n'est plus de ce monde. Il est mort en 1989, dix-sept ans après sa libération, d'une brusque rechute de sa maladie. Mais tout de même : dix-sept ans de sursis, après tant d'années d'épreuves, c'était un joli cadeau du destin !

LE SIGNAL

Novembre 1948, aux alentours de minuit, sur une route de montagne. Rémy Sablons, quarante et un ans, est grossiste en jouets ; il roule assez lentement au volant de sa traction avant ; on pourrait même dire qu'il avance prudemment — en effet, non seulement c'est la nuit, mais il pleut des cordes. Rémy rentre d'Oyonnax, ce gros bourg de l'Ain où se développe alors l'industrie des matières plastiques ; aussi l'arrière de sa traction est-il rempli de cartons pleins de jouets d'enfants qu'il s'en va revendre à Lyon. Il est très loin de se douter encore que sa précieuse cargaison n'arrivera jamais à bon port.

La pluie est à présent si forte que Rémy doit se coller le nez au pare-brise pour y voir quelque chose ; ses essuie-glaces ne fournissent plus. Et tout à coup c'est la surprise : à quelques mètres seulement, la route est semée de grosses pierres, des moellons assez volumineux et pleins de terre. Rémy freine autant qu'il peut, au risque de déraper sur la chaussée glissante. Cela ne l'empêche pas de heurter deux ou trois pierres, qui viennent rouler sous la voiture avant qu'elle ne s'immobilise.

Rémy jette un regard sur sa gauche ; les pierres ont dû se décrocher de la paroi rocheuse, en surplomb de la voie ferrée qui longe la route. Si le chauffeur veut passer, il faudra d'abord qu'il déblaie le chemin sur plusieurs mètres. Il fait donc marche arrière et vient garer sa voiture au bord de la route, juste en contrebas de la voie ferrée. La pluie semble vouloir se calmer, et, de toute façon, Rémy n'a pas le choix ; il rajuste sa veste de cuir, laisse les phares allumés et sort pour aller dégager la route.

C'est alors qu'à dix mètres de là, un peu en hauteur sur le talus du chemin de fer, Rémy aperçoit, dans l'obscurité, la masse d'un rocher — quelque chose d'énorme, quatre ou cinq fois le volume de sa voiture ! Il escalade rapidement le talus et marche de son mieux sur le ballast. Le morceau de roche est au bord de la voie ; la pierre s'est à l'évidence détachée de la montagne en même temps que les autres ; mais vu son poids, elle n'a pas pu rouler jusqu'à la route et s'est trouvée immobilisée sur le remblai ferroviaire. L'éboulement doit être très récent. Machinalement, Rémy se met à pousser de toutes ses forces sur le morceau de roche — peine perdue, la masse ne bouge pas d'un millimètre.

Rémy prend tout de suite la mesure de la situation : le rocher ne se trouve pas exactement en travers de la voie ; cependant il est trop près d'un des rails pour ne pas être heurté par le premier convoi qui passera. A coup sûr, il y a là de quoi faire dérailler un train. Rémy jette un œil à sa montre : minuit cinq. Si les horaires n'ont pas changé depuis l'année dernière, l'express de nuit devrait arriver d'un moment à l'autre. « Vite, se dit-il, il faut prévenir la gare ! » Seulement voilà : comment se montrer le plus efficace possible ? Le coin est quasiment désert, et le premier téléphone doit se trouver à la maison forestière que Rémy a dépassée en venant, c'est-à-dire à dix bonnes minutes en voiture. Et dans dix minutes, il sera peut-être trop tard. Si seulement Rémy pouvait se rappeler ce qu'on trouve en continuant sur la route...

En se rasseyant au volant, il aperçoit dans son rétroviseur la lueur des phares d'une auto qui se rapproche. « Ouf ! se dit-il. On va pouvoir chercher dans les deux directions ! » Et pour prévenir le nouvel arrivant de l'éboulis de pierres sur la route, il klaxonne avec insistance. La voiture freine ; c'est une Aronde gris clair. Rémy saute de sa traction et court à la rencontre du conducteur.

— Ce sont des pierres qui viennent de se détacher de la montagne, lui explique Rémy, ruisselant.

— Mon Dieu ! dit la passagère à côté du chauffeur.

— Mais il y a pire ! poursuit Rémy un peu énervé de devoir perdre du temps à expliquer la situation. Un gros rocher se trouve en travers du chemin de fer, et risque de faire dérailler le prochain train.

— Oh, mon Dieu ! Mon Dieu ! fait la dame, au bord des larmes.

— Allons, calme-toi, lui lance son mari.

Puis, ouvrant sa portière :

— Qu'est-ce qu'on peut faire ?

— Il faut prévenir la gare. Faites demi-tour et tâchez de trouver un téléphone. Je suppose qu'il y en a un à la maison forestière.

— Mon Dieu ! hasarde faiblement la passagère.

— Et vous ?

— Moi, je vais dégager la route et tâcher de trouver un téléphone un peu plus loin. Deux précautions valent mieux qu'une.

— Allons-y !

La voiture grise manœuvre un moment pour faire demi-tour, ce qui n'est pas facile sur une route aussi étroite. Pendant ce temps, Rémy déblaie les quelques moellons qui empêchaient sa voiture d'aller plus loin. L'Aronde s'éloigne vers sa mission. « Pourvu qu'il y ait un téléphone dans cette maison... » pense Rémy. Le seul point positif, c'est qu'il ne pleut presque plus ; dans quelques instants, la pluie devrait avoir cessé.

Mais au moment où Rémy retire la dernière pierre vraiment gênante, son sang se glace. Son cœur s'est arrêté de battre : car de l'autre bout de la vallée lui parvient un bruit de machine qui n'est sûrement pas celui d'une automobile. Aucun doute possible : l'express de nuit est annoncé et se rapproche à pleine vitesse ! Rémy regarde sa montre : minuit treize. « Ils ne pourront jamais le prévenir à temps, se dit-il. Vite ! Il faut que moi, j'y arrive ! »

Il saute aux commandes de sa traction et la fait redémarrer en trombe. Mais alors qu'il scrute le paysage noir et désert, il réalise combien la tâche est difficile. A cette allure, l'express heurtera le rocher dans moins de deux minutes. Il est impossible qu'on puisse l'avertir utilement en si peu de temps. Au bord de la panique, Rémy ralentit, la gorge serrée ; puis il arrête sa voiture tout à fait. Le grondement du train qui se rapproche est maintenant très distinct. C'est alors qu'une idée lui traverse l'esprit, une idée complètement folle.

Rémy appuie sur l'accélérateur et donne un fort coup de volant sur la gauche. Il longe de très près le talus du chemin de fer, quand, dérapant sur le ballast, il entreprend de grimper jusqu'en haut avec sa traction. Heureusement, le remblai n'est pas très élevé, et Rémy réussit la manœuvre sans trop de peine. Au fond de lui, une petite voix lui crie : « Arrête-toi. Arrête, voyons ! » Il imagine même la dame de l'Aronde criant : « Mon Dieu ! Mon Dieu ! » Mais Rémy sait ce qu'il doit faire. Sa voiture chevauche le premier rail, la roue avant gauche d'abord, puis la roue arrière gauche. La traction avance cahin-caha, en tressautant sur les traverses.

Vision terrible. Rémy aperçoit dans la nuit les quatre petits phares jaunes de la motrice. Cette fois, l'express n'est plus qu'à quelques centaines de mètres. Rémy respire profondément. Ce n'est pas le moment de faiblir. Il appuie un peu plus encore sur l'accélérateur. Puis, quand il estime pouvoir être entendu du train, il klaxonne comme un sourd. « Après tout, se dit-il, autant que ça serve une dernière fois. » Or, à sa stupéfaction, le train répond à son avertissement par un coup de trompe à vous donner la chair de poule. Mais c'est tout ; pour le reste, il continue de se rapprocher, inexorablement. Rémy lance à présent plusieurs appels de phare. Et cette fois c'est la victoire : un long sifflement aigu lui apprend que le convoi est en train de freiner.

Les quatre phares de la locomotive sont maintenant à cent cinquante mètres. Rémy laisse sa voiture en pleins phares, puis, par la place du passager, il abandonne sa traction. Il court jusqu'au bas du talus, tombe, se relève et traverse la route pour s'éloigner le plus possible de la collision.

Le bruit du freinage est assourdissant. Dans une fantastique gerbe d'étincelles, le train percute de plein fouet la malheureuse traction qui s'écrase. Sidéré, Rémy devine sa belle voiture se froissant sous la machine et se laissant traîner sur près de cent mètres. L'odeur de brûlé est terrible. De grandes flammes sortent à présent de sous la motrice, mais le pire est écarté : le convoi s'arrête enfin.

Rémy souffle, plusieurs fois de suite, comme s'il venait de courir un cent mètres. Puis il se met à trottiner sur la route en direction de la loco. De loin, il aperçoit un mécanicien qui a sauté au bas de la machine et lutte contre les flammes avec un extincteur. Rémy grimpe sur le talus et s'approche de la cabine ; la porte est ouverte, et il se hisse à bord.

Le conducteur est en grande conversation au téléphone :

— Je te dis que c'est pas un rocher, c'est une bagnole ! Enfin... c'était.

Rémy se dit qu'il est temps d'intervenir :

— Rémy Sablons. C'est moi, le chauffeur de la traction.

— Quoi ?

Le conducteur dévisage Rémy et reprend sa communication :

— Attends, j'ai peut-être du nouveau.

Et s'adressant à l'intrus :

— Vous connaissez ce véhicule ?

— Oui, dit Rémy, c'est le mien. Je l'ai mis là pour vous éviter un rocher. Un rocher énorme, qui s'est détaché de la montagne. Juste un peu plus loin.

Et en quelques mots, il lui explique ce qui vient de se passer. Le conducteur n'en revient pas ; il reste la bouche ouverte, comme un poisson.

— Merci, dit-il en retrouvant la parole. Les aiguilleurs étaient justement en train de me dire au téléphone qu'un rocher venait de leur être signalé...

— Oui, dit Rémy. Mais ç'aurait été trop tard.

L'homme à l'extincteur les rejoint.

— Vous savez ce qu'il y avait dans la voiture ? demande-t-il. En tout cas, ça crame bien.

Rémy retient son rire, un rire nerveux. Les deux autres le regardent sans comprendre. Cette fois, le marchand de jouets renonce à leur expliquer ; il n'a pas envie de se ridiculiser en leur apprenant qu'il transportait, notamment, toute une cargaison de trains miniature... On a beau être un héros, on a ses petits secrets.

Table

Composition réalisée par JOUVE

IMPRIMÉ EN FRANCE PAR BRODARD ET TAUPIN
La Flèche (Sarthe)
LIBRAIRIE GÉNÉRALE FRANÇAISE - 43, quai de Grenelle - 75015 Paris.

ISBN : 2 - 253 - 14648 - X

31/4648/7